Sandra Dünschede

DEICHGRAB

Sandra Dünschede

DEICHGRAB

Kriminalroman

Wir machen's spannend

Bibliografische Information
der Deutschen Bibliothek
Die Deutsche Bibliothek verzeichnet diese
Publikation in der Deutschen Nationalbibliografie;
detaillierte bibliografische Daten sind im Internet
über http://dnb.ddb.de abrufbar.

Personen und Handlung sind frei erfunden. Ähnlichkeiten mit
lebenden oder toten Personen sind rein zufällig und nicht
beabsichtigt.

Besuchen Sie uns im Internet:
www.gmeiner-verlag.de

© 2006 – Gmeiner-Verlag GmbH
Im Ehnried 5, 88605 Meßkirch
Telefon 0 75 75/20 95-0
info@gmeiner-verlag.de
Alle Rechte vorbehalten
6. Auflage 2008

Lektorat: Claudia Senghaas, Kirchardt
Umschlaggestaltung: U.O.R.G. Lutz Eberle, Stuttgart
unter Verwendung eines Fotos von photocase.de
Gesetzt aus der 9,7/13 Punkt GV Garamond
Druck: Fuldaer Verlagsanstalt, Fulda
Printed in Germany
ISBN 978-3-89977-688-1

Für Günter

1

Freitag, 7. April 1995

Mühsam sog er Luft in die brennende Lunge. Mit zitternden Händen suchte er nach einem Halt auf dem Laken, doch seine Nägel kratzten kraftlos über den glatten Stoff.

Mit den Lippen versuchte er, Worte zu formen, aber er brachte keinen Ton heraus. Stattdessen breitete sich dieser säuerliche Geschmack weiter in seiner Mundhöhle aus und je öfter sich sein Magen zusammenkrampfte, umso intensiver wurde dieser abscheuliche Geschmack, der einen pelzigen Belag auf seiner Zunge entstehen ließ.

Etwas war in seinen Körper gedrungen, hatte sich ausgebreitet und die Kontrolle übernommen. Er war zu schwach, sich dagegen zu wehren. Sein Körper gehorchte nun einer anderen Macht. Unkontrolliert und mit schnellem Rhythmus ließ diese seine Glieder zucken, pochte mit voller Wucht an seine Schläfen, sein Herz klopfte und das Blut rauschte in seinen Ohren. ›Dong, Dong, Dong‹. Wie ein Presslufthammer, der eine Betonplatte zerstörte, hallte es in seinem Kopf wider.

Zwanghaft versuchte er die Augen offen zu halten, wollte die Bilder, die wie Blitzlichter vor seinem inneren Auge aufflackerten, sobald seine Lider sich senkten, nicht sehen, konnte sie nicht ertragen.

Ein allerletztes Mal versuchte sein Körper sich aufzubäumen, er rang gierig nach Luft, aber das bleierne

Gewicht, welches sich auf seinen Brustkorb legte, war stärker. Er war fest überzeugt, sein Kopf würde in wenigen Sekunden zerspringen und seine Muskeln wie Angelschnüre, an denen ein zu großer Fisch hing, einfach reißen.

Er schloss die Augen und dachte, dass die Wahrheit nun für immer verloren war.

2

Freitag, 26. Mai 1995

Lieber Großvater,

*ich bin gut bei Onkel Hannes angekommen. Die Zug-
fahrt war sehr schön. Ich hatte einen Fensterplatz und
habe die ganze Zeit hinausgeschaut. Neben mir saß ein
Junge, der aus Norddeutschland kam. Der hieß Sönke
und war sehr nett.*

*Am Bahnhof hat mich die Schwester von Onkel Han-
nes, Tante Lisbeth, abgeholt. Ich konnte sie gar nicht über-
sehen, denn sie ist sehr dick und laut. Schon als ich ausstieg, rief sie über den gesamten Bahnsteig hinweg meinen
Namen. Ein wenig peinlich war es schon, da plötzlich alle
Augen auf mich gerichtet waren, ganz besonders, als sie
mich umarmte und mich mehrere Male küsste. Ihr Mund
war mit Lippenstift bemalt, den ich nachher im ganzen
Gesicht hatte. Aber sie meinte es ja nur gut und irgendwie
habe ich sie gleich gemocht.*

*Über die Bundesstraße sind wir mit ihrem alten VW
nach Risum-Lindholm, ins Dorf von Onkel Hannes gefahren. Tante Lisbeth hat die ganze Fahrt geredet und
geredet. Ich war allerdings viel zu aufgeregt und habe
gar nicht richtig zugehört. Draußen wurde es schon dunkel. Ich habe aber trotzdem gesehen, dass es hier sehr
wenige Häuser gibt. Dann habe ich Tante Lisbeth gefragt, warum ich eigentlich nicht bei ihr wohnen könnte,*

schließlich fand ich sie sehr nett. Sie hat aber nur geantwortet, dass sie viel arbeiten würde und ihre Wohnung
sowieso viel zu klein für zwei Personen sei. Bei Onkel
Hannes hätte ich ein eigenes Zimmer und es gäbe auch
einen Garten zum Spielen. Das würde mir sicher besser
gefallen als ihre kleine Wohnung. Ich fand, dass Tante
Lisbeth recht hatte. Ich war mächtig gespannt, wie es
bei Onkel Hannes sein würde. Ob das Zimmer auch
so schön wie bei dir sein würde, habe ich mich gefragt.
Du weißt ja, wie gerne ich an meinem Schreibtisch am
Fenster sitze und manchmal einfach nur so den Wolken
am Himmel zugucke.

Die Fahrt dauerte nicht besonders lang. Schon bald hatten wir das Dorf und wenig später Onkel Hannes Haus
erreicht. Draußen war es allerdings schon dunkel, sodass
ich nicht viel erkennen konnte. Onkel Hannes stand im
Schein einer kleinen Lampe, die über der Haustür hing. Er
ist sehr groß, nicht so dick wie Tante Lisbeth, aber in dem
schummrigen Licht der kleinen Lampe wirkte er irgendwie unheimlich. Tante Lisbeth ist dann plötzlich ganz komisch geworden. Sie hat Onkel Hannes nur kurz begrüßt,
meine Koffer ausgeladen und ehe ich mich versah, saß sie
bereits wieder im Auto und winkte mir zum Abschied zu.
Onkel Hannes hatte bis dahin noch nicht ein einziges Wort
gesagt. Er nahm meine Koffer und sagte:»Komm mit.«
Dann ging er ins Haus.

Drinnen gab es kaum Möbel. Vielleicht lag es daran,
dass es draußen bereits dunkel war und durch die kleinen Fenster kaum Licht hereinfiel, aber ich fand alles ein
wenig unheimlich.

Nun sitze ich hier in einem kleinen Zimmer und schreibe diesen Brief. Onkel Hannes ist, nachdem er mir mein
Zimmer gezeigt und zum Abendbrot einen Teller Gemü-

sesuppe aufgefüllt hatte, ausgegangen. Er hat nicht mit mir geredet, nur ein dunkles Jackett angezogen, eine schwarze Wollmütze aufgesetzt und das Haus verlassen.

Vor mir stehen meine Koffer. Ich habe gar keine Lust, sie auszupacken. Wenn ich doch nur bei dir sein könnte! Du fehlst mir so! Ich versuche jetzt zu schlafen und die Koffer packe ich vielleicht morgen aus.

Ich habe dich ganz schrecklich lieb und schreibe dir so schnell es geht wieder, damit du weißt, wie es mir geht.

Viele liebe Grüße,
Dein Tom

Tom saß in der kleinen, dunklen Küche von Onkel Hannes.

An den Tag seiner Ankunft, den er in diesem Brief beschrieben hatte, konnte er sich noch sehr genau erinnern. Damals war er zehn Jahre alt gewesen. Sein Großvater, der ihn nach dem tödlichen Autounfall seiner Eltern bei sich aufgenommen hatte, war kurz zuvor gestorben. Außer Onkel Hannes, dem Stiefbruder seiner Mutter, hatte man keine anderen Verwandten ausfindig machen können. Nur widerwillig hatte er sich damals bereit erklärt, die Vormundschaft für Tom zu übernehmen und ihn zu sich geholt. Tom hatte nicht wirklich begriffen, dass sein Großvater tot war. Er hatte eher das Gefühl gehabt, eine Art Ferien bei Onkel Hannes zu verbringen, irgendwie vorübergehend, nichts Endgültiges. Deshalb hatte er diese Briefe geschrieben. Für ihn war sein Großvater nicht tot, nicht unerreichbar gewesen. Für ihn war er lebendig geblieben. Tom war mit seinen Gefühlen und Gedanken so fest mit seinem Großvater verbunden gewesen, dass er sich nicht hatte vorstellen können, dass es ihn nicht mehr gab, dass er nicht mehr für ihn da war, ihm nicht mehr zuhörte.

Aber er war tot. Genauso tot wie Onkel Hannes jetzt. Das war der Grund, warum Tom nach all den Jahren hierher zurückgekehrt war.

Einen Teil der Strecke war er mit dem Zug gefahren. Wie damals. Er hatte am Fenster gesessen und hinausgesehen. Aber von der vorüberfliegenden Landschaft hatte er nichts wahrgenommen, sondern versucht, sich an Onkel Hannes zu erinnern. Bilder seiner Kindheit waren vor seinem inneren Auge aufgetaucht und brachten Erinnerungen mit sich, die Tom längst vergessen glaubte.

Ab Hamburg war er mit einem Mietwagen weitergefahren, zunächst die A 7 bis Flensburg und dann über die Bundesstraße. In Schafflund hatte er an einem Supermarkt angehalten, Brot, Käse und einen billigen Rotwein gekauft.

Den Haustürschlüssel hatte er dort gefunden, wo er bereits früher für Notfälle versteckt gewesen war: an einem rostigen Nagel hinter dem verwitterten Vogelhäuschen an der alten Birke im Garten.

Mit zitternden Händen hatte er die Haustür aufgeschlossen und war nach einem kurzen Moment des Zögerns eingetreten. Viele Jahre waren vergangen, seit er das letzte Mal hier gewesen war. Die Dunkelheit und der leicht modrige Geruch hatten ihn wie damals empfangen. Für einen kurzen Augenblick hatte er sich plötzlich klein und hilflos gefühlt. Der Druck aus seiner Magengegend hatte sich ausgebreitet. Eine halbe Ewigkeit war vergangen, bis er in der Lage gewesen war, die Tür hinter sich zu schließen. Durch den dunklen Flur war er in die Küche gegangen.

Und dort saß er nun.

Im Küchenschrank hatte er ein altes Weinglas gefunden. Ein Korkenzieher war nicht erforderlich gewesen. Der billige Rotwein hatte lediglich durch einen Schraubverschluss ›entkorkt‹ werden müssen. Das Brot und den Käse hatte er in kleine Stücke geschnitten und sich dann mit seiner kleinen Mahlzeit am Küchentisch niedergelassen.

Seine Blicke wanderten durch den Raum. Alles sah genauso aus wie damals: die leicht vergilbten Gardinen, der fleckige Linoleumfußboden, die viel zu laut tickende Küchenuhr in Form eines Wandtellers. ›Merkwürdig‹, dachte er. Als er hier gewohnt hatte, war ihm nie aufgefallen, dass die Uhr ein Jubiläumsgeschenk des Deichbauamtes gewesen sein musste. Während er sie betrachtete, sah er zum ersten Mal, dass um das Bild einer blauen Riesenwelle mit kleinen verschnörkelten Buchstaben eine Art Glückwunsch geschrieben stand: ›Für jahrelange, treue Dienste‹ und ›Wir freuen uns auf viele weitere, erfolgreiche Jahre gegen den ›Blanken Hans‹ mit unserem Kollegen Hannes Friedrichsen‹.

Tom kratzte sich am Hinterkopf. Er konnte sich überhaupt nicht daran erinnern, dass und vor allem was Onkel Hannes damals gearbeitet hatte.

Er trank einen Schluck vom Rotwein und dachte, dass er eigentlich so gut wie gar nichts von seinem Onkel wusste. Wer war er gewesen? Was hatte er erlebt? Wer waren seine Freunde gewesen? Wie war er gestorben?

Onkel Hannes war tot, ihn konnte er nicht mehr fragen. Alles was Tom von ihm geblieben war, waren diese Briefe, die er in einem alten Schuhkarton auf dem Küchenschrank gefunden hatte. In ihnen hatte er seine Gefühle und Erlebnisse seinem einzigen Vertrauten mitgeteilt und nicht gewusst, dass Onkel Hannes sie verständlicherweise nie abgeschickt und sie stattdessen in diesem Schuhkarton gesammelt hatte.

Der Rotwein und das monotone Ticken der Küchenuhr machten ihn schläfrig. Er schloss die Augen. ›Nur ganz kurz ausruhen‹, dachte er, doch dann übermannte ihn der Schlaf.

3

»Verdamm' mich noch mal!«, fluchte Broder Petersen, während er den Telefonhörer mit Wucht auf die Gabel des grünen Tastentelefons knallte. Klaus Nissen hatte gerade ihre wöchentliche Verabredung abgesagt und dies schon zum dritten Mal.

Klaus war vor gut einem Jahr zu seiner Tochter nach Husum gezogen. Früher hatte er ebenfalls im Dorf gelebt, war aber, nachdem seine Frau gestorben war, zu seiner Tochter gezogen. Die Entfernung war nicht gerade gering, trotzdem besuchte Klaus Broder in der Regel einmal die Woche. Aber in letzter Zeit hatte der Freund immer häufiger abgesagt. Mal war es die Enkelin, die beaufsichtigt werden musste, ein anderes Mal lag er angeblich krank im Bett.

Broder war wütend. Er griff nach seinem Gehstock und stemmte sich mühsam aus seinem Sessel. Mit langsamen Schritten humpelte er zur Zimmertür.

»Frank! Frank!«

Auf sein Rufen folgte keine Reaktion. Seine Stimme wurde lauter.

»Frank!«

Die Tür am anderen Ende des Flures wurde geöffnet und eine blonde Frau streckte ihren Kopf heraus.

»Was schreist du schon wieder Papa? Frank ist nicht da.«

»Wo steckt er denn schon wieder?«

»In der Stadt.«

Sie war Mitte dreißig, hoch gewachsen und entsetz-

15

lich dürr. Unter ihren Augen lagen dunkle Ringe. Sie sah müde aus.

»In der Stadt, in der Stadt«, äffte Broder die junge Frau nach. »Na gut«, sagte er schließlich, »dann fährst du mich eben zum ›Deichgrafen‹, Meike.«

»Ich denke gar nicht daran, deine Kneipenbesuche zu unterstützen«, versuchte sie Broder zu widersprechen. »Du weißt, was der Arzt letzten Monat zu dir gesagt hat. Kein Alkohol und mit dem Rauchen sollst du auch aufhören!«

»Ja, ja, aber wer will schon, dass ich hundert Jahre alt werde? Ihr ja wohl am allerwenigsten. Könnt es ja kaum abwarten, euch den Hof untern Nagel zu reißen!«

Meike holte tief Luft. Sie kannte zwar die gehässigen Unterstellungen ihres Schwiegervaters, dennoch konnte er sie damit immer wieder zur Weißglut treiben. Sie öffnete gerade den Mund, um etwas darauf zu erwidern, als Broder sich umdrehte und in einem Ton, der keine Widerrede zuließ, befahl:

»Zieh dich an und hol die Autoschlüssel. Ich warte vor der Tür.«

Er ging zurück in sein Zimmer, das rechte Bein leicht nachziehend.

Das Trommeln der Regentropfen gegen die kleinen Scheiben des Küchenfensters weckte ihn auf. Es war stockdunkel. Die Leuchtziffern auf seiner Armbanduhr zeigten kurz nach Mitternacht an.

Im Dunkeln tastete er sich vorsichtig in Richtung Küchentür, suchte nach dem Lichtschalter. Seine Erinnerungen und sein ausgeprägter Orientierungssinn ließen ihn nicht im Stich. Unter seinen Fingern fühlte er den Kunststoff des Kippschalters.

Das grelle Licht schmerzte. Tränen schossen ihm in die Augen, er hatte Kopfschmerzen.

Aus dem Schuhkarton nahm er sich einen der Briefe, stieg dann mit seinem Schlafsack, den er vorsichtshalber mitgebracht hatte, die Treppe zu seinem alten Zimmer hinauf. Die vierte und die neunte Stufe knarrten lauter, als er es in Erinnerung hatte.

In seinem Zimmer sah alles so aus, als wäre er nie fortgewesen. Achtzehn Jahre waren hier scheinbar spurlos vorübergegangen.

Er ließ sich auf sein altes Bett fallen und betrachtete die Bücher in den Regalen. ›Winnetou‹, ›Sherlock Holmes‹, ›Der Graf von Monte Christo‹, dazwischen einige Bücher von Hesse, Böll und Kafka. Neben dem Bücherregal der Schreibtisch mit der roten Stehlampe, an der Wand ein Poster von den Rolling Stones.

Er rollte den Schlafsack aus, schaltete die kleine Lampe über dem Bett ein und legte sich hin. Im Schein der kleinen Lampe öffnete er den Brief und begann zu lesen:

Lieber Großvater,

nun bin ich schon einige Tage hier bei Onkel Hannes. Ein wenig habe ich mich schon eingelebt, aber Onkel Hannes spricht immer noch nicht sehr viel mit mir.

Am ersten Tag hat er mir nur kurz erklärt, dass er viel Arbeit hätte und ich deshalb mit anpacken müsste. Ich muss also den Tisch auf- und abdecken, spülen und aufräumen, Holz für den Kamin holen und den Garten in Ordnung halten. Du siehst, hier ist es ganz anders als bei dir. Hier habe ich wenig Zeit zum Spielen.

Nach dem Frühstück geht Onkel Hannes immer aus dem Haus und kommt erst am späten Nachmittag wieder.

Ich habe ihn gefragt, was er für eine Arbeit hat, aber er hat nur gesagt: »Na, Arbeit eben.«

Bei Tag ist es hier im Haus nicht ganz so finster. Dafür sieht man aber, dass es hier keine Frau Menzel gibt, die zum Saubermachen kommt. Deshalb habe ich gestern die Küche gefegt und aufgewischt, das Geschirr gespült und sogar die Fenster habe ich geputzt. Aber Onkel Hannes ist es nicht einmal aufgefallen. Jedenfalls hat er nichts gesagt. Überhaupt benimmt er sich meistens so, als sei ich gar nicht da. Er spricht sehr wenig. Ich glaube, ich störe ihn. Wenn er doch nur mit mir reden würde. Ich fühle mich so allein.

Abends ist es immer besonders schlimm. Onkel Hannes geht fast jeden Abend aus. Er sagt mir nicht, wohin er geht oder wann er wieder kommt, so wie du. Er liest mir auch keine Geschichte am Bett vor, wie du es immer tust. Er brummt meist nur ›Gute Nacht‹ und verschwindet dann.

Ich war so neugierig, wollte unbedingt wissen, wohin er immer geht. Also bin ich ihm heute Nacht einfach gefolgt. Ich habe meine Stiefel angezogen, mir meine Jacke geschnappt und bin ganz schnell hinter ihm her. Er ging die Dorfstraße entlang bis zu einer Gaststube, die auf einem Hügel lag. Die Fenster waren alle hell erleuchtet. Wie ein Indianer habe ich mich angeschlichen. Durch ein Seitenfenster, das durch einen Busch halb verdeckt war, konnte ich heimlich in die Gaststube blicken. Drinnen saßen mehrere Männer an verschiedenen Tischen. Ich war gespannt, an welchen Tisch, zu welchen Männern sich Onkel Hannes wohl setzen würde. Aber als er die Gaststube betrat, passierte etwas ganz Merkwürdiges. Alle Männer blickten auf Onkel Hannes, der in der Tür stand, und rutschten dann näher zueinander, steckten ihre Köpfe zusammen und tuschelten. Onkel Hannes hat sich alleine an einen Tisch ganz hinten in der Gaststube gesetzt. Der Wirt brachte ihm ein Bier und er saß dort und starrte in sein Glas.

Da bin ich wieder nach Hause gegangen. Und nun frage ich mich, warum Onkel Hannes jeden Tag in diese Kneipe geht. Scheinbar hat er doch gar keine Freunde. Es war halt nicht so wie bei dir, Großvater, wenn du bei deiner Stammtischrunde warst, deine Freunde dich freudig begrüßten und ihr euch über die Neuigkeiten unterhalten habt. Ich erinnere mich noch ganz genau, als du mich einmal in den Ferien zu deinem Stammtisch mitgenommen hast. Das war ganz anders. Onkel Hannes saß nur allein an seinem Tisch, starrte in sein Glas und niemand sprach mit ihm. Warum nicht?

Oh, ich höre Onkel Hannes nach Hause kommen. Ich muss schnell Schluss machen und das Licht löschen, damit er nicht merkt, dass ich noch wach bin.

Viele liebe Grüße,
Dein Tom

4

Als er wach wurde, schien die Sonne durch das kleine Dachfenster. Er stand auf, öffnete es ganz weit und atmete tief ein.

›Was für eine tolle Luft‹, dachte er, ›einfach einmalig!‹ In München hatte er oft das Gefühl, gar nicht richtig atmen zu können. Diese stickige, heiße Luft, die abgestanden und verbraucht über der Stadt hing. Überhaupt kein Vergleich zu hier: die Frische und Würze der Seeluft, die den Kopf frei machten. Für einen winzigen Augenblick schoss ihm der Gedanke durch den Kopf, Onkel Hannes Haus zu behalten und hierher zu ziehen. Das Dorf schien so friedlich. Er schüttelte seinen Kopf, so als könne er damit die ihm so absurd wirkenden Gedanken vertreiben.

In der Küche standen noch Brot und Käse. Eine Fliege hatte sich bereits darauf niedergelassen. In aller Ruhe erkundete sie die Essensreste auf dem Teller. Tom verscheuchte sie, als er nach einem Stück Käse griff.

Im kleinen Bad direkt neben der Treppe putzte er sich kurz die Zähne und spritzte etwas kaltes Wasser in sein Gesicht. Er zog sich an, nahm seine Jacke, griff nach den Autoschlüsseln auf dem Regal im Flur und trat hinaus in die angenehm frische Morgenluft. Der Himmel war strahlend blau, nur ein paar winzig kleine Wolken trieben hier und da träge vor sich hin. Er fuhr den kleinen Weg hinter dem Haus entlang, der zum Friedhof führte.

Frank Petersen stieg aus dem Taxi. Es war früh am Morgen, alle Bewohner des Hofes schienen noch zu schlafen.

Im Hausflur kam ihm der Knecht entgegen. Ohne ein Wort gingen sie aneinander vorbei. »Lass ihn doch denken, was er will«, murmelte Frank. Er polterte die Treppe in den ersten Stock hinauf. Oben blieb er kurz stehen, horchte, ob jemand wach geworden war, doch alles blieb ruhig.

»Tja Alter«, flüsterte Frank schadenfroh vor der Tür zum Zimmer seines Vaters, »deine Ohren sind auch nicht mehr das, was sie mal waren.«

Er ging ins Wohnzimmer, schaltete das Radio ein. Herbert Grönemeyer sang gerade ›Alkohol‹ und Frank grölte laut mit. Aus seiner Manteltasche holte er Zigaretten und Streichhölzer. Erst mit dem dritten Streichholz gelang es ihm, die Zigarette zum Glimmen zu bringen. Er ließ sich auf das Sofa fallen und inhalierte den Rauch. Vom Flur her hörte er schlurfende Schritte, und unweigerlich verzog sich sein Mund zu einem breiten Grinsen, noch ehe die Tür geöffnet worden war.

»Wo bist du gewesen?« wollte Broder von ihm wissen.

»Guten Morgen erst einmal«, entgegnete Frank, »und um auf deine Frage zu antworten: Ich war aus.«

»Aus, aus, die ganzen letzten Wochen warst du aus. Wo du gewesen bist, will ich wissen.«

»Ich glaube nicht, dass dich das was angeht.«

Frank drückte die Zigarette in dem kleinen Metallaschenbecher vor ihm auf dem Couchtisch aus, dann stand er auf und trat Broder gegenüber. Rein körperlich war Frank seinem Vater schon lange überlegen, einen Kopf größer und ein Kreuz, das beinahe doppelt so breit war wie Broders. Überhaupt kam Frank mehr nach seiner Mutter. Für eine Frau war sie sehr groß und stämmig gewesen, eher ein burschikoser Typ. Und das dunkle Haar hatte Frank ebenfalls von ihr geerbt.

»Wenn du mich jetzt wohl entschuldigst? Ich habe noch Schlaf nachzuholen.«

Frank schob sich ohne ein weiteres Wort an seinem Vater vorbei in den Flur und verschwand im Schlafzimmer. Angezogen warf er sich aufs Bett. Durch einen kurzen Seitenblick vergewisserte er sich, dass Meike nicht aufgewacht war. Dann schloss er die Augen und fiel augenblicklich in einen tiefen, traumlosen Schlaf.

Als Meike nach nur wenigen Minuten ein leises, regelmäßiges Schnarchen hörte, kroch sie vorsichtig unter ihrer Bettdecke hervor und stand auf.

Frank hatte sich nicht geirrt, sie war tatsächlich nicht aufgewacht, als er sich plump und rücksichtslos einfach aufs Bett hatte fallen lassen. Sie hatte gar nicht geschlafen. Leise griff sie nach Franks Mantel, den er direkt vor seinem Bett ausgezogen und achtlos auf den Boden hatte fallen lassen. Meikes Hand glitt in die Seitentaschen. Nichts. Erleichtert atmete sie auf.

Sie schlüpfte in ihre Pantoffeln, schlich leise hinaus auf den Flur. Das Wohnzimmer war leer. Broder war zurück in sein Zimmer gegangen. Der Zigarettenrauch hing noch in der Luft.

Meike öffnete das Fenster, atmete tief durch. Ihr Blick fiel auf die Zigaretten, die auf dem Couchtisch lagen, dann auf die Streichhölzer. Ihr Herz krampfte sich plötzlich zusammen. Sie schlug die Hände vor ihr Gesicht und weinte.

Der kleine Friedhof lag direkt neben der Dorfkirche. Tom parkte den Wagen auf dem Kiesstreifen vor dem Haupteingang. Die hölzerne Pforte ließ sich leicht öffnen, nur die Scharniere ächzten ein wenig.

Im vorderen Teil des Friedhofes befanden sich alte Familiengräber. Einige der Grabsteine waren so stark verwittert, dass die Namen kaum noch lesbar waren. Weiter hinten, direkt neben der Kirche, sah er die neueren Grabstellen. Frische Blumenkränze deuteten auf eine nicht lang zurückliegende Beerdigung hin.

Da der Friedhof nicht besonders groß war, benötigte er nur kurze Zeit, bis er das Grab von Onkel Hannes gefunden hatte. Hier lagen keine Blumenkränze. Lediglich ein schlichtes Holzkreuz gab Auskunft über seine letzte Ruhestätte: Hannes Friedrichsen; *15.08.1934; † 07.04.1995. Seltsam, erst beim Lesen der Lebensdaten wurde ihm bewusst, wie alt sein Onkel eigentlich geworden war.

Hinter sich hörte er plötzlich ein leises Knirschen. Er drehte sich um und sah Pastor Jensen auf dem schmalen Kiesweg zwischen den Gräbern näher kommen.

»Moin, Moin.«

»Morgen Pastor Jensen.«

»Ach, du bist es, Tom!« Pastor Jensen erkannte ihn erst jetzt. Tom war damals sein Religionsschüler gewesen. Obwohl Onkel Hannes selbst nie in die Kirche gegangen war, hatte er doch darauf bestanden, dass Tom den Religionsunterricht besuchte.

»Ich habe dich beinahe nicht erkannt. Schön, dass du da bist.«

»Ich konnte leider nicht früher kommen. Ihr Brief hat mich erst letzte Woche erreicht.«

Der Geistliche hatte ihn vom Tod seines Onkels unterrichtet und ihn gebeten, den Nachlass zu regeln.

»Ich bin umgezogen und mit dem Nachsendeauftrag gibt es einige Probleme«, fügte Tom hinzu. Er hoffte, dass es sich nicht wie eine Ausrede anhörte.

Pastor Jensen nickte und sagte mit einem Blick auf das Grab:

»Nun hat er es endlich geschafft.«

›Was meinte er damit? Was hatte Onkel Hannes geschafft? War er womöglich sehr krank gewesen?‹

Als Tom gerade zur Frage ansetzen wollte, kam Pastor Jensen ihm zuvor: »Darf ich dich auf eine Tasse Kaffee einladen?«

»Gern!«

Während sie gemeinsam den Weg hinüber zum Pastorat gingen, erzählte der Pastor ihm von der Beerdigung.

»Es war schon traurig. Nur Küster Hansen und ich waren da. Wir haben ein Gebet gesprochen und Hansen hat auf seiner Trompete ›Meine Heimat ist dort in der Höh'‹ gespielt. Vielleicht hätte es ihm gefallen.«

Tom bezweifelte das.

Im Pastorat hing der Kaffeeduft vom Frühstück noch in der Luft. Pastor Jensen bat Tom Platz zu nehmen und stellte zwei Tassen, ein Milchkännchen und eine Zuckerdose auf den Tisch. Tom blickte sich um. Der Raum war freundlich und gemütlich, vielleicht etwas altmodisch eingerichtet. Auf dem Tisch lag eine hellblaue Plastiktischdecke, an den Wänden hingen bunte Kunstdrucke von einem ihm unbekannten Maler. Nichts deutete darauf hin, dass es sich hier um die Küche eines Pastorats handelte.

Pastor Jensen setzte sich zu ihm an den Tisch.

»Tja, Tom«, sagte er dann, »das war schon eine merkwürdige Beerdigung. Du weißt ja, Hannes war nie ein Mann der Worte und so konnte ich bei seiner Beisetzung auch nicht viel sagen. Nun bin ich schon so lange hier, aber selten habe ich über einen Menschen so wenig sagen können.«

Tom konnte das sehr gut nachvollziehen.

»Warum ist sonst niemand zur Beerdigung gekommen?«

»Ach, du weißt doch wie das ist. Hier im Dorf vergessen die Leute sehr langsam. Das hängt immer noch mit der Geschichte von damals zusammen.«

»Welche Geschichte?«

»Ja sag bloß, du weißt gar nichts von der ganzen Sache? Na ja, kann mir gut vorstellen, dass Hannes dir davon nichts erzählt hat. War ja auch damals bereits lange her. Aber die Auswirkungen hast selbst du noch zu spüren bekommen.«

Tom fragte sich, was der Pastor meinte. Er wartete auf eine Erklärung.

»Ich spreche nicht gerne darüber. War unschön damals. Das ganze Dorf war aufgebracht. Eine Art Hetzjagd haben sie gegen Hannes veranstaltet. Ich habe versucht, ihnen ins Gewissen zu reden. Hat aber alles nichts geholfen. Richtig fünsch sind die geworden.«

Tom hatte keine Ahnung, worüber der Pastor sprach. Er wartete, dass der Geistliche weiter sprach.

»Alle im Dorf waren fest davon überzeugt, dass Hannes die kleine Britta Johannsen umgebracht hatte. Bei der Gerichtsverhandlung wurde er jedoch aus Mangel an Beweisen freigesprochen. War ja auch richtig so. Gab ja noch nicht mal eine Leiche. Britta war einfach verschwunden. Das nun Hannes in die Schuhe zu schieben war nicht richtig«, Pastor Jensen schüttelte kurz seinen Kopf, ehe er fortfuhr. »Aber die Leute im Dorf behaupteten steif und fest, dass Hannes Britta ermordet hätte.«

In Toms Kopf wirbelten plötzlich die Gedanken durcheinander. ›Onkel Hannes ein Mörder? Britta Johannsen? Es gab keine Leiche? Gerichtsverhandlung?‹ Die eben gehörten Sätze verursachten ihm Kopfschmerzen. Er konnte keinen klaren Gedanken fassen. Hilflos blickte er den Pastor an. Seine Gefühle fuhren Achterbahn.

»Ich muss dann mal los.« Tom stand ruckartig auf.

Pastor Jensen schaute überrascht auf. Sein Gast hatte den Kaffee nicht einmal angerührt.

»Was hast du denn nun vor mit dem Haus von Hannes?«

»Verkaufen.«

Tom nickte noch einmal kurz zum Abschied und trat schnell hinaus an die frische Luft. Dreimal atmet er tief durch, sog die Luft bis in die Spitze seiner Lungenflügel ein.

Mit dem Wagen fuhr er in Richtung Küste, ließ das Ortsschild Risum-Lindholms hinter sich. Er musste erstmal einen klaren Kopf kriegen. Das gelang ihm am Meer immer am besten. Über den alten Außendeich lenkte er den Wagen durch den Koog. Sein Blick glitt über die scheinbar unbegrenzte Weite, seine Gedanken schweiften zurück in seine Kindheit.

Onkel Hannes saß am Küchentisch und schnitt mit dem großen Brotmesser Scheiben von einem riesigen Brotlaib ab. Niemals hätte Tom sich vorstellen können, dass sein Onkel jemanden ermordet haben könnte, schon gar nicht ein kleines Mädchen. Unheimlich war er ihm manchmal schon vorgekommen, aber Angst hatte Tom nie wirklich verspürt.

Er parkte direkt hinter dem Deich, neben dem kleinen Strandkiosk. Der Wind wehte frisch vom Meer, es war Hochwasser. Er zog seinen Fleecepullover über und lief los.

Außer ihm waren noch einige andere Spaziergänger unterwegs. Möwen kreisten über dem Meer, die Sicht war klar, am Horizont konnte er einige Halligen und Föhr erkennen.

Nach einer Weile setzte er sich auf eine Bank. Das gleichmäßige Rauschen der Wellen beruhigte ihn. Er sah wieder seinen Onkel vor sich.

›Onkel Hannes ein Mörder? Das kann gar nicht sein‹, dachte er. ›Wortkarg, brummig, etwas finster wirkend, das ja, aber ein Mörder? Wie waren die Leute nur darauf gekommen? Und dann sollte er auch noch ein kleines Mädchen auf dem Gewissen haben?‹ Ihm fiel der Brief ein, den er gestern Abend noch vorm Einschlafen gelesen hatte. Nun wurde ihm klar, warum niemand mit Onkel Hannes an einem Tisch hatte sitzen wollen. Aber Tom hatte doch schließlich jahrelang mit ihm zusammengewohnt. Er konnte sich nicht vorstellen, dass sein Onkel zu einem Mord fähig gewesen sein sollte.

Die Wellen rollten gleichmäßig gegen die Befestigungssteine. Sein Handy vibrierte in der Hosentasche. Auf dem Display stand Monikas Name.

»Hallo Schatz«, nahm er den Anruf entgegen, »so ein Zufall, gerade habe ich an dich gedacht und wollte dich anrufen.«

An ihrer Stimme konnte er erkennen, dass sie ihm die kleine Notlüge nicht abnahm.

»Wo steckst du denn? Ich versuche seit gestern Abend, dich zu erreichen. Hättest dich ja mal melden können. Ich sitze schließlich hier und mache mir Gedanken.«

Die Vorwürfe ließen sofort einen dicken Kloß in seinem Hals wachsen. Knapp berichtete er ihr, was er bisher gemacht hatte. Den Besuch bei Pastor Jensen und die Neuigkeit über Onkel Hannes ließ er aus.

»Es gibt noch jede Menge zu erledigen. Ich weiß noch nicht genau, wann ich wieder nach Hause komme.«

»Das ist aber schade«, bemerkte Monika und ihre Stim-

27

me klang beleidigt, »du wolltest doch mit mir zu Ullas Geburtstag gehen.«

»Kann ich dir jetzt noch nicht versprechen. Wie gesagt, es gibt hier noch eine Menge zu tun. Ich melde mich dann wieder.«

Bevor Monika noch Einwände erheben konnte, sagte er ihr noch schnell, dass er sie vermisste und legte auf. Es gab wirklich noch eine Menge zu tun. Davon war er plötzlich fest überzeugt.

Frieda Mommsen schloss die Tür zu ihrer kleinen Wohnung auf. Im Flur hängte sie den schilffarbenen Trenchcoat an die Garderobe und ging in die Küche.

Sie schaltete das alte Kofferradio ein, setzte den Wasserkessel auf den Herd und holte die Teedose aus dem Hängeschrank über der Spüle. Dann setzte sie sich mit der Zeitung an den kleinen, runden Küchentisch.

Sie hatte gerade den Lokalteil halb durchgeblättert, als es an der Haustür klingelte. Verwundert blickte Frieda auf, warf einen Blick auf die Küchenuhr. ›Wer kann das denn wohl sein?‹, fragte sie sich, während sie zur Haustür ging.

Vor der Tür stand Pastor Jensen.

»Moin Frieda, na wie geht es dir? Ich war gerade bei Helene im Laden und dachte mir, ich schau mal vorbei und frag, wie es dir und Lorentz so geht.«

Frieda war sprachlos. Noch nie hatte Pastor Jensen nur so bei ihr vorbeigeschaut. Sie wusste nicht, ob er erwartete, dass sie ihn hineinbat.

»Mögen Sie vielleicht eine Tasse schwarzen Tee?«, fragte sie unsicher.

Pastor Jensen nickte. Frieda ging in die Küche, räumte hastig einige Zeitungsausschnitte vom Tisch. Dann holte sie aus dem Hängeschrank eine zweite Teetasse.

Der Geistliche hatte sich bereits an den Küchentisch gesetzt. Frieda stellte die Tasse vor ihm auf den Tisch.

»Und wie geht es Lorentz?«

»Ach, eigentlich wie immer, nichts Dolles. Ich bin gerade vom Pflegeheim nach Hause gekommen. Heute war er gar nicht gut drauf. Das Herz macht ihm wohl wieder zu schaffen. Und 'ne Menge dummes Zeug redet er. Manchmal verstehe selbst ich nicht, was er meint. Der Arzt sagt, dass es noch schlimmer werden wird. So ist das wohl bei Alzheimer.«

Pastor Jensen nickte verständnisvoll.

»Ich wünsche dir viel Kraft, Frieda. Ich bete viel für Lorentz und dich.«

»Danke Pastor, das gibt mir Kraft und Hoffnung. Die anderen vom Landfrauenverein sagen mir auch immer, dass Gott es schon richten wird. Ich bin froh, dass mir wenigstens der Kontakt zum Verein noch geblieben ist. Es ist nicht ganz so schwer, wenn man Beistand hat. Die junge Meike...«

»Ach, wo du gerade den Landfrauenverein erwähnst, ihr wisst doch immer ziemlich genau, was so im Dorf los ist.«

Frieda nickte.

»Weißt du, der Tom Meissner war gerade bei mir und wir haben uns unterhalten. Ich möchte ihm gerne ein bisschen unter die Arme greifen. Kennt ihr nicht jemanden, der an dem Haus von Hannes interessiert sein könnte? Der Tom will es wohl verkaufen.«

»Wer will denn schon das Haus von diesem Mörder kaufen?«

Ihre Wangen röteten sich, sie schaute abweisend. »Da wüsst ich keinen, der sich dafür interessiert.«

Er versuchte noch einmal das Thema anzusprechen,

aber Frieda ging überhaupt nicht darauf ein. Stattdessen erzählte sie, dass sie neulich von Petra Martens Rhabarber bekommen und für den ganzen Landfrauenverein Kompott gekocht hätte.

Pastor Jensen trank seinen Tee aus und stand auf. An der Haustür drehte er sich noch einmal um.

»Warst du das eigentlich neulich, die ich an dem Grab von Hannes Friedrichsen gesehen habe?«

Frieda wich sämtliche Farbe aus dem Gesicht. Mit zitternden Händen hielt sie sich am Türrahmen fest.

»Wie kommst du denn darauf? Wieso sollte ich das Grab dieses Mörders besuchen?« Ihre Stimme klang schrill.

»Nur so, mir war, als hätte ich dich neulich dort auf dem Friedhof gesehen.«

5

Tom wollte auf dem Heimweg noch einkaufen gehen. Da der Sparladen im Dorf am Samstag schon mittags schloss, fuhr er direkt in die Stadt.

Der Weg führte ihn über den alten Außendeich direkt zur Ortseinfahrt Niebülls. Gleich links hinter dem Ortsschild lag die alte Jugendherberge. Mit dem Sohn des Herbergsvaters war er damals zur Schule gegangen.

Über die Hauptstraße fuhr er ins Gewerbegebiet. Er versuchte einen Parkplatz direkt am Eingang des Supermarktes zu ergattern. Es gelang ihm auch, da er einer jungen Frau in einem roten Kombi die Vorfahrt nahm und ihre wütenden Gesten hinter der Windschutzscheibe einfach ignorierte.

Einen Einkaufswagen vor sich herschiebend schlenderte er durch die Gänge, legte Aufschnitt, Brot, Obst, Milch, Joghurt und Wein in den Wagen. Da er nicht besonders gut kochen konnte, und keine Zeit haben würde, diese Fähigkeit in den nächsten Tagen zu perfektionieren, beschränkte er sich auf die wenigen Dinge in seinem Einkaufswagen. Zur Not konnte er ja immer noch essen gehen.

An der Kasse stellte er fest, dass er nicht genügend Bargeld hatte, freute sich aber über die hilfsbereite Kassiererin, die ihm lächelnd mitteilte, dass er selbstverständlich auch mit seiner EC-Karte zahlen könnte. Mit zwei vollen Einkaufstüten kehrte er gut gelaunt zu seinem Wagen zurück.

Er verspürte noch keine Lust zurück ins Dorf zu fahren, steuerte deshalb den alten Marktplatz an und parkte seinen Wagen. Durch den kleinen, angrenzenden Park schlenderte er zum Gelände seiner alten Schule. Nachdem er die letzte Klasse der Grundschule im Dorf erfolgreich absolviert hatte, war er hierher auf das Gymnasium versetzt worden. Jeden Tag war er mit dem Bus in die Stadt gefahren. Eigentlich eine schöne Zeit, wenn er so daran zurückdachte. Ob sein alter Klassenlehrer noch lebte? Wie hieß er noch gleich? Herr Fedders? Oder, nein, Herr Sörensen. Großer, stattlicher Mann, helles Haar, kleine Brille.

Ohne es zu merken, war er plötzlich auf dem Rathausplatz angekommen. Er hob etwas Geld am Bankomat der Bank rechts neben dem Rathaus ab und setzte sich anschließend in das kleine Café, dessen Tische und Stühle bei dem schönen Wetter auf dem Rathausplatz standen. Ein freundlicher Kellner in schwarzer Hose und weißem Jackett nahm seine Bestellung auf: einen Kaffee und ein großes Bananensplitt mit extra Sahne.

Während er wartete, wanderte sein Blick hinüber zum Kunstmuseum. Ein Plakat an der Eingangstür erregte seine Aufmerksamkeit. Tom konnte es wegen der Entfernung zwar nicht genau erkennen, nahm aber an, dass es für eineWanderausstellung warb. Auf das Museum war man hier sehr stolz. Auch wenn es sich nur um eine Kleinstadt handelte, hatten hier schon namhafte Künstler ihre Werke ausgestellt. Irgendjemand hatte mal gesagt: ›Kunst ist da, wo man sie macht!‹ Und so unbedeutend war diese Gegend rein künstlerisch gesehen ja auch gar nicht.

Der Kellner brachte die Bestellung und er löffelte zunächst langsam die Sahne vom Eis. Augenblicklich fühlte er sich in seine Kindheit zurückversetzt. Mit seinem Großvater war er häufig ins Eiscafé gegangen, meistens sonntags. Schon damals hatte er am liebsten Bananensplitt gegessen.

Im Dorf von Onkel Hannes hatte es leider kein Eiscafé gegeben. Er konnte sich auch nicht vorstellen, dass sich das bis heute geändert hatte. Viele Jahre war ihm deshalb der süße Geschmack dieser leckeren Köstlichkeit verwehrt geblieben. Nur einmal, es war sein vierzehnter Geburtstag gewesen, hatte Onkel Hannes versucht, ihm ein Bananensplitt zu machen. Er hatte eine Banane in der Mitte durchgeschnitten und sie anstelle von Eis mit der doppelten Portion Sprühsahne gefüllt. Natürlich war das für ihn kein wirklicher Ersatz gewesen, aber er hatte sich so sehr über diese Aufmerksamkeit von Onkel Hannes gefreut, dass er sogar einen Nachschlag verlangt hatte.

Tom deutete dem Kellner an, dass er zahlen wollte. Aufgrund der süßen Kindheitserinnerungen war er großzügig mit dem Trinkgeld.

Langsam spazierte er im Schein der Nachmittagssonne zu seinem Wagen zurück.

Enttäuscht legte Broder Petersen den Telefonhörer auf. Das war nun schon der zwölfte, erfolglose Anruf gewesen. Er blickte auf den Notizblock, der neben dem Telefon lag. Er musste unbedingt den richtigen Namen finden. Sonst käme am Ende die ganze Geschichte doch noch raus. Vielleicht sollte er die Suche doch bis Flensburg ausdehnen?

Er stopfte seine Pfeife. Der Tabak ließ sich schwer entzünden. Broder musste einige Male kräftig an der Pfeife ziehen, bis endlich der Tabak glimmte und ein feiner, weißer Rauch aus der Öffnung strömte. Er ging zum kleinen

Eichensekretär, in dem er in der untersten Schublade eine Flasche Korn vor Meike versteckt hielt. Er nahm einen kräftigen Schluck.

Dann ging er zurück zum Telefon und wählte erneut. Nach scheinbar endlosem Klingeln wurde endlich abgehoben.

»Klaus, ich bin es, Broder. Ich habe nun fast alle Notare und Anwälte angerufen. Jedoch ohne Erfolg. Wie sieht es bei dir aus?«

»Ich habe heute noch gar keine Zeit zum Telefonieren gefunden. Es ist ja Samstag und Marita ist auch zu Hause.«

»Soll ich etwa wieder die ganze Suppe alleine auslöffeln. Sieh zu, dass du den Notar findest«, brüllte Broders. »Weißt du, was los ist, wenn jemand die Unterlagen findet?«

»Als wenn das alles nur meine Angelegenheit wäre! Du hängst ja wohl noch tiefer drin als ich!«

»Wir müssen uns sehen! Morgen um sechs Uhr im ›Deichgrafen‹!«

Ehe Klaus etwas erwidern konnte, legte er schnell auf. Er ging ans Fenster und sah hinunter auf den kleinen Vorplatz. Meikes Golf stand nicht da, sicherlich war sie einkaufen gefahren. Franks Wagen war neben dem Blumenrondell auf der Auffahrt zu sehen. Broder nahm seinen Stock und ging hinüber ins Wohnzimmer der beiden.

»Frank?«, rief er zögerlich, als er den Raum betrat. Auf dem Couchtisch lagen immer noch die Zigaretten und die Streichhölzer. Broder nahm die Streichholzschachtel und betrachtete die Aufschrift: ›Sunny Place‹. Er legte die Schachtel zurück auf den Tisch, ging in die Küche.

Der Frühstückstisch war noch nicht abgedeckt. Der Wurstaufschnitt hatte an einigen Ecken bereits eine dunkle Färbung bekommen und wellte sich leicht. In einer der Tassen schwamm eine Fliegenleiche in einer Kaffeepfütze.

Broder ließ sich auf die Eckbank fallen. Ein kleiner, schwarzer Ordner lag auf der Bank neben ihm. Broder schlug ihn auf. Es waren die Kontoauszüge vom Betriebskonto. Saldo: 43.978,65 DM im Soll. Ihm stockte der Atem. Umständlich nestelte er an seinem Hemdskragen. Er blätterte weiter und spürte Wut in sich aufsteigen.

Lieber Großvater,

heute war mein erster Tag in der neuen Schule. Onkel Hannes hat mich hier im Dorf in der Grundschule angemeldet. Die großen Ferien sind vorbei und deshalb musste ich heute Morgen noch früher aufstehen als sonst. Ich war schrecklich müde, da ich vor Aufregung kaum geschlafen hatte. Aber der ›Ernst des Lebens‹ rief nach mir, wie du immer sagst.

Der Weg zur Schule ist nicht weit. Ich brauche ungefähr zwanzig Minuten zu Fuß. Mit dem Fahrrad wäre ich natürlich schneller, aber das habe ich ja bei dir gelassen, wie du weißt. Onkel Hannes hat mir gestern eine Abkürzung durch den kleinen Koog gezeigt. Ich glaube aber, dass er mir den Weg nur gezeigt hat, damit ich wieder schnell zu Hause bin, um meine Aufgaben zu erledigen.

Der Weg durch den Koog ist sehr schön. Man kommt an einer Wehle vorbei, und überall wachsen Kuckucksblumen und Löwenzahn. Ich wünschte, du könntest mich mal besuchen, dann würde ich dir alles zeigen.

In der Schule ist es leider nicht so schön. Die Lehrer sind zwar nett, aber als ich der Klasse vorgestellt wurde, haben einige Kinder gleich angefangen zu tuscheln. Das

*war schrecklich. Der Lehrer hat gefragt, wo noch ein Platz
frei sei, aber keiner der Schüler hat sich gemeldet, obwohl
noch etliche Plätze leer waren. Der Lehrer hat ziemlich
lange darauf gewartet, dass sich jemand meldet. Es kam
mir vor wie eine Ewigkeit. Da sich keiner gemeldet hat,
musste ich mich dann zu Lars Rickmers setzen. Das habe
ich auch getan, aber der Lars war richtig komisch zu mir.
Ich hatte aber keine Zeit, etwas zu sagen, da der Lehrer
sofort mit dem Unterricht angefangen hat.*

*Den Unterricht finde ich einfach. Einiges hatten wir
schon in meiner alten Schule. In der Pause hat auch keines der Kinder mit mir gesprochen. Alle haben in kleinen
Gruppen zusammengestanden und getuschelt. In meinem
Schulranzen habe ich einen Apfel und sogar ein Käsebrot
gefunden. Das musste Onkel Hannes mir hineingelegt
haben. Eigentlich ist er ganz nett.*

*Als die Schule aus war, bin ich schnell nach Hause ge-
laufen. Keines der Kinder hat etwas gesagt, obwohl einige
mit mir bis zur Abzweigung in den kleinen Koog densel-
ben Weg hatten. Hoffentlich wird das mit der Zeit besser.
Hoffentlich finde ich bald Freunde.*

*Ich sitze hier am Küchentisch. Meine Hausaufgaben
habe ich schon fertig. Nun muss ich noch schnell die Küche
aufräumen und das Abendessen vorbereiten. Ich schreibe
dir aber bald wieder.*

*Viele liebe Grüße,
Dein Tom*

Tom legte den Brief zurück in den Schuhkarton. Ungefähr ein Dutzend Briefe hatte er bereits gelesen und
noch immer befanden sich bestimmt doppelt so viele
ungeöffnet darin. Mit jedem Brief wurde ihm klarer,

welche Auswirkungen die Gerüchte über Onkel Hannes auch auf ihn gehabt hatten. Obwohl die ganze Sache schon etliche Jahre zurückgelegen hatte, als er zu Onkel Hannes gekommen war. Aber wie hatte Pastor Jensen gesagt? ›Die Leute im Dorf vergessen nur sehr langsam.‹ Wie recht er damit hatte, wurde Tom mit jedem Brief bewusster.

Er hatte es sich mit einem alten Gartenstuhl auf der Veranda gemütlich gemacht. Sein Blick schweifte über den Garten. Alles wirkte leicht verwildert, aber ihm gefiel das irgendwie.

Er stand auf und holte sich einen Notizblock und Kugelschreiber aus der Küche.

Was musste er in den nächsten Tagen alles erledigen? Strom und Telefon abmelden, Nachsendeauftrag für die Post stellen, Makler aufsuchen, Container bestellen, Sachen sortieren. Er schrieb alles auf den Notizblock.

Gedankenverloren knabberte er auf dem Kugelschreiber herum. Dann riss er das Blatt vom Block und schrieb auf eine zweite Seite alles, was ihm zu Onkel Hannes einfiel. Es war nicht viel: dass er beim Deichbauamt gearbeitet haben musste, sein Geburts- und Sterbedatum, Gerichte, von denen Tom wusste, dass sein Onkel sie gerne gegessen hatte und die Anschuldigungen, von denen er am Morgen erfahren hatte. Es musste doch irgendwie eine Möglichkeit geben, mehr zu erfahren.

Der verbotene Schrank fiel ihm ein. Es war ein klobiger, dunkler Eichenschrank, der neben dem alten Cordsofa im Wohnzimmer stand. Onkel Hannes hatte ihn stets verschlossen gehalten und den Schlüssel immer in seiner Hosentasche getragen.

Tom sparte sich die Suche nach dem Schlüssel und griff gleich zu der Werkzeugkiste, die unter der Eckbank in der Küche stand. Der Dietrich lag unter dem Schraubenzieher.

Im Wohnzimmer war es dunkel. Er schaltete die kleine Stehlampe auf der anderen Seite des Cordsofas an. Ein matter Lichtstrahl erhellte den Raum.

Mit einem leisen *Knack* öffnete sich bereits beim ersten Versuch die oberste Schublade. Langsam zog er sie heraus. Sie war leer. Tom war enttäuscht. Mit zitternden Händen machte er sich an der nächsten Schublade zu schaffen. Ein Gefühl, etwas Verbotenes zu tun, überkam ihn. Reflexartig drehte er sich um.

Die zweite Schublade ließ sich nicht so leicht öffnen. Umständlich hantierte Tom mit dem Dietrich an dem Schloss herum, bis sie sich endlich öffnen ließ. Eine Art Triumphgefühl ergriff ihn. Mit einem kräftigen Ruck zog er die Lade auf. Fein säuberlich geordnet lagen hier der Personalausweis von Onkel Hannes, ein blaues Sparbuch und Dokumente des Hauses.

Er nahm den Ausweis heraus, betrachtete das Passbild. Wie jung er darauf aussah. Von wann das Bild wohl war? Dem Gültigkeitsdatum konnte er entnehmen, dass der Pass bereits seit zwei Jahren abgelaufen war. Ob Onkel Hannes das überhaupt aufgefallen war? Ob es ihn interessiert hatte?

Er legte den Ausweis zurück in die Schublade und griff nach dem Sparbuch. Monat für Monat waren dem Konto 1500 DM gutgeschrieben worden. Immer zum Ersten des Monats. Das Guthaben war jedoch nicht besonders hoch, da das Geld immer sofort wieder abgehoben worden war. Manchmal der gesamte Betrag, manchmal weniger. Die letzte Gutschrift war im Januar dieses Jahres verbucht. Onkel Hannes hatte das Geld in voller Höhe abgehoben. Danach waren keine Umsätze mehr im Buch verzeichnet. Merkwürdig. Warum war wohl kein Geld mehr eingegangen? Oder hatte Onkel Hannes die Beträge nur nicht nachtragen lassen? Eher unwahrscheinlich, denn schließlich hatte er ja Monat für Monat auch von dem Geld verfügt. Warum sollte er gerade in den letzten Monaten vor seinem Tod damit aufgehört haben? Er legte das Sparbuch nachdenklich zur Seite und durchsuchte die anderen Unterlagen, fand aber nichts mehr. Keine Kontoauszüge, keine Bankkarte, nichts, was auf weitere Konten hinwies.

Die letzte Schublade erwies sich als noch widerspenstiger als die Lade zuvor. Mehrmals musste er den Dietrich neu ansetzen, seine ganze Kraft aufbringen. Dann endlich gab das Schloss nach. Tom ließ sich rückwärts auf den Fußboden fallen, um sich von dem Kraftakt zu erholen.

Der Inhalt der letzten Schublade bestand aus einem Durcheinander von verschiedenen Briefen und Zeitungsausschnitten. Er nahm alles heraus und breitete es auf dem Teppich aus. Die meisten der Zeitungsausschnitte waren aus der hiesigen Zeitung, vorrangig aus dem Jahre 1962. Einige der Artikel waren so groß, dass sie eine ganze Seite der Zeitung gefüllt haben mussten. Zum Teil waren Fotos in die Texte eingearbeitet. Sie zeigten Onkel Hannes, wie er, begleitet von zwei Polizeibeamten, in den Gerichtssaal geführt wurde. Auf anderen Bildern waren Menschen mit Plakaten zu sehen. ›Sperrt den Mörder endlich ein!‹ und ›Keine Gnade für den Kindermörder!‹, stand da geschrieben. Ein Bild zog Toms Aufmerksamkeit auf sich. Es zeigte ein etwa dreizehnjähriges, blondes Mädchen. Der Bildunterschrift konnte er entnehmen, dass es sich hierbei um die verschwundene Britta Johannsen handelte. Britta wirkte klein und zierlich. Sie lächelte freundlich in die Kamera.

Den Zeitungsausschnitten konnte er entnehmen, dass Britta Johannsen damals spurlos verschwunden war. Die Polizei hatte aufgrund der gefundenen Sachen von Britta auf ein Verbrechen getippt. Ein Sexualdelikt konnte laut Angaben der Polizei nicht ausgeschlossen werden. Jedoch hatte es keinerlei Hinweise auf einen Mord gegeben. Man hatte nicht mal eine Leiche gefunden. Onkel Hannes war verdächtigt worden, da er am Tag vor Brittas Verschwinden von einigen Dorfbewohnern dabei beobachtet worden war, wie er Britta Johannsen beim Sparmarkt ein Eis gekauft und sich mit ihr unterhalten hatte. Den Berichten zufolge war es während der Gerichtsverhandlung häufig zu Krawallen gekommen, die ihren Höhepunkt nach dem Freispruch gefunden hatten. Einige Männer sollten Onkel Hannes sogar körperlich angegriffen haben.

Die Buchstaben begannen vor Toms Augen zu tanzen. Er kniff seine Lider mehrere Male fest zusammen, konnte sich jedoch nicht mehr konzentrieren. Sein linkes Bein war eingeschlafen und knickte leicht zur Seite, als er aufstehen wollte.

Draußen war es mittlerweile dämmerig geworden. In der Küche schmierte er sich ein paar Brote, öffnete eine der Weinflaschen. Mit seinem opulenten Mahl setzte er sich auf die Veranda und versuchte, die Neuigkeiten des Tages in seinem Kopf zu ordnen.

6

Frieda Mommsen stand unschlüssig vor ihrem Kleiderschrank. Sollte sie den schwarzen Plisseerock oder lieber
das dunkelblaue Jerseykleid anziehen? Sie entschied sich
für das Kleid.

Im Flur rieb sie sich noch einige Tropfen Kölnisch Wasser hinter beide Ohrläppchen, bevor sie den Trenchcoat
anzog und die Wohnung verließ.

Draußen schien die Sonne. Frieda bog vor dem Haus
links ab, ging hinauf zur Dorfstraße, dann Richtung Kirche. Es war Sonntagmorgen, außer ihr waren kaum Leute
unterwegs. Als sie beim Bäcker vorbeikam, hörte sie bereits die Glocken schlagen. Es war halb zehn, um zehn
Uhr begann der Gottesdienst.

Frieda setzte sich in die hinterste Bank, faltete ihre
Hände zum Gebet. Pastor Jensen sprach über Nächsten-
liebe und Vergebung.

›Das ist leichter gesagt als getan‹, dachte Frieda.

Beim Abendmahl ging sie nicht zum Altar vor, obwohl
sie dafür einen fragenden Blick vom Küster erntete. Kurz
bevor der Gottesdienst zu Ende war, verließ sie die Kirche. Sie wollte dem Geistlichen nicht begegnen und schlug
den Weg zum Pflegeheim ein. Bereits im Flur begegnete
ihr Dr. Roloff mit besorgter Miene, an der sie erkennen
konnte, dass es ihrem Mann wieder schlechter ging.

Leise schlich sie in Lorentz' Zimmer. Er lag in seinem
Bett, unruhig warf er sich hin und her, murmelte unverständliche Sätze.

»Wo bist du?«, schrie er plötzlich so laut, dass Frieda zusammenzuckte.

Sie zog einen Stuhl an sein Bett, griff nach seiner Hand.

»Ruhig, Lorentz«, flüsterte sie ihm zu, »ich bin ja hier.«

Lorentz Mommsen öffnete die Augen. Mit leerem Blick starrte er Frieda an. Ihr Herz krampfte sich zusammen.

Dennoch sprach sie mit fester Stimme weiter: »Ich bin es doch nur, deine Frieda.«

Aber Lorentz reagierte nicht. Wieder schrie er aus Leibeskräften: »Wo bist du? Wo bist du denn nur?«

Friedas Augen wurden feucht. Langsam löste sich eine Träne aus dem linken Augenwinkel. Sie drehte sich zur Seite. Lorentz sollte ihre Tränen nicht sehen. Auf dem Nachttisch lag sein Lieblingsbuch ›Der Schimmelreiter‹. Frieda nahm es, schlug wahllos irgendeine Seite auf und begann zu lesen:

»Von der Hofstelle des Deichgrafen, etwa fünf- bis sechshundert Schritte weiter nordwärts, sah man derzeit, wenn man auf dem Deiche stand, ein paar tausend Schritte ins Wattenmeer hinaus und etwas weiter von dem gegenüberliegenden Marschufer entfernt eine kleine Hallig, die sie ›Jeverssand‹, auch ›Jevershallig‹ nannten.«

Als Tom aufwachte, schien die Sonne. Er fühlte sich ausgeruht und sprang voller Tatendrang aus dem Bett.

In der Küche brühte er sich mit Onkel Hannes altem Porzellanfilter einen Kaffee auf und ging ins Bad. Das warme Wasser tat ihm gut. Er ließ es einige Minuten auf seinen Körper niederprasseln, bis er den Warmwasserhahn zudrehte und wenige Sekunden unter der nun eisigen Flut ausharrte. Schnell stellte er das Wasser ab, griff prustend nach einem Handtuch, das auf dem wackeligen Badezimmerschrank lag. Es war hart und roch leicht muffig.

Er trocknete sich flüchtig ab und studierte seine Notizen. ›Eigentlich alles Dinge, die man nicht an einem Sonntag erledigen kann‹, fiel ihm auf. Das bedeutete, er konnte den Tag nutzen, um etwas Schönes zu unternehmen. Der strahlend blaue Himmel lud dazu ein.

›Wie kann man so einen Tag am besten verbringen?‹, überlegte er. Ihm fiel das kleine Plakat ein, das er gestern an einem Laternenpfahl gesehen und welches zu einer ganz besonderen Wanderung eingeladen hatte: »Mit Momme Jacobs übers Watt zur Hallig Oland«.

Ihm blieb noch reichlich Zeit.

Der angegebene Treffpunkt lag am Außendeich. Mehrere Leute warteten bereits. Einige hatten schon ihre Schuhe ausgezogen, andere cremten sich mit Sonnenmilch ein. Er grüßte freundlich in die Runde.

Die Sicht war klar, Oland erschien heute ungewöhnlich nah. In der Ferne konnte er auf dem Damm eine Lore ausmachen. Von Momme Jacobs war immer noch nichts zu sehen. Tom blickte weiter aufs Meer hinaus. Rechts war der weiße Strand von Föhr zu erkennen, etwas weiter links lag Oland. Das Wasser war schon ein ganzes Stück abgelaufen. Sie sollten langsam aufbrechen.

Endlich sah er Momme Jacobs eilig über den Deich näher kommen. Er war nicht besonders groß und durch seine Leibesfülle wirkte er sehr kompakt. Seine Hosen hatte er bis unterhalb der Knie aufgekrempelt, er trug eine dunkelblaue Kapitänsmütze und einen kleinen Rucksack.

»Moin, Moin«, grüßte er kurz, ohne Halt zu machen und kletterte gleich die Holzleiter hinunter, die vom Deich über die befestigte Abbruchkante ins Watt führte. Die kleine Gruppe setzte sich in Bewegung.

Im Laufen stellte Momme Jacobs sich vor und begann sogleich, sein Wissen über das Wattenmeer und seine Bewohner kundzutun. Tom bekam fast gar nichts davon mit, da er ebenfalls wie die anderen hauptsächlich damit beschäftigt war, sich mit nackten Füßen durch das ungewohnte Terrain zu kämpfen. Die ersten 200 bis 300 Schritte sank er bis zu den Waden im weichen Schlick ein. Dann wurde der Boden fester und es fiel ihm leichter, mit Momme Jacobs Schritt zu halten und seinem Vortrag zu folgen.

Der erzählte gerade, dass er als Deichbauarbeiter gearbeitet hatte und erklärte, wie wichtig der Küstenschutz für Nordfriesland sei. Tom fragte sich, ob Momme Jacobs wohl Onkel Hannes gekannt hatte, schließlich war der ja auch beim Deichbauamt beschäftigt gewesen. Er wartete auf eine passende Gelegenheit, ihn danach zu fragen, aber Momme Jacobs machte keine Pause, sondern fuhr mit seinen Ausführungen fort.

Die Anwesenden lauschten andächtig dem Vortrag über den Deichbau. Tom ließ sich absichtlich etwas zurückfallen und genoss die Wanderung durch die scheinbar unbegrenzte Weite. Er schaute zurück zum Ausgangspunkt ihrer Wanderung, der immer kleiner wurde. Oland hingegen schien jedoch in gleichbleibend weiter Ferne. Er dachte an Onkel Hannes und stellte ihn sich in jungen Jahren als Deichbauarbeiter vor. Mit seinen kräftigen Armen schob er eine mit Erde beladene Schubkarre über die Innenböschung hinauf zur Deichkrone. Hier draußen bei Wind und Wetter hatte er gearbeitet, geholfen dem ›Blanken Hans‹ zu trotzen. Tom fiel das Gedicht von Liliencron ein: ›Trutz, blanke Hans.‹ Sein Lehrer in der Grundschule hatte es oft vorgetragen, besonders in den Wintermonaten, wenn die Stürme über das Land peitschten und der ›Blanke Hans‹ an den Deichen leckte. Kaum vorstellbar, dass dieser ruhige Ort sich zu einem stürmischen Ungeheuer erheben konnte und Tausenden von Menschen den Tod gebracht hatte.

Sie hatten den Priel, der etwa die Hälfte ihres Weges kreuzte und nur an seichten Stellen zu passieren war, erreicht und wateten einer nach dem anderen durch das flache Wasser. Momme Jacobs wartete bereits auf der anderen Seite und erzählte nun von leichtsinnigen Touristen und den Gefahren einer auflaufenden Flut. Tom ließ sich wieder etwas zurückfallen. Die Gefahren des Meeres waren ihm nur zu gut bekannt. Einige wenige Male hatte sein Onkel ihn mit ans Meer genommen. Noch heute war er beeindruckt von dessen Fähigkeit, ab- und auflaufendes Wasser durch simples Betrachten der Wellen zu unterscheiden. Am Meer war Onkel Hannes häufig sehr gesprächig gewesen. Er erinnerte sich an so manche Begebenheit von leichtsinnigen Wattwanderern, die er ihm erzählt hatte. Nur wenn Tom Fragen über gespenstische Geschichten stellte, die sein alter Sachkundelehrer Herr Nommensen manchmal erzählt hatte, war Onkel Hannes wieder schweigsam geworden. »Alles Spökenkrams!«, hatte er dazu nur gesagt. Tom allerdings hatten diese Geschichten immer fasziniert. Gingen doch in ihnen Geister um, fand man Teufelsspuren oder verschwanden ganze Halligen auf dem Meeresgrund. Noch heute berührten ihn die Erzählungen aus alter Zeit irgendwie eigenartig.Nur noch eine kurze Wegstrecke trennte die Gruppe von der Hallig. Momme Jacobs war stehen geblieben. Er blickte zunächst in die Runde, anschließend auf seine Uhr.

»Wir haben gut anderthalb Stunden Zeit auf der Hallig. Sie können einen Rundgang machen, sich die Kirche anschauen oder in die Gaststube einkehren. Wir treffen uns wieder hier.«

Der Wattführer drehte sich um, stieg die Leiter über

die Halligkante hinauf und lief Richtung Warft. Die Leute der Wandergruppe standen etwas unschlüssig im Watt. Tom kletterte ebenfalls auf die Halligkante. Einige aus der Gruppe folgten ihm. Sein Magen knurrte und er beschloss, in der kleinen Gaststube etwas essen zu gehen.Er lief den kleinen geschlängelten Weg durch die Seegraswiesen zur Warft hinauf. Unterwegs versuchte er, sich im Gras den Schlick von den Füßen zu reiben. ›Kiek in‹ hieß das kleine Restaurant, das oben auf der Warft lag und mit einer kleinen Tafel, auf der freundliche Willkommensgrüße geschrieben standen, um Gäste warb. Tom betrat den kleinen Gastraum. Momme Jacobs saß bereits an einem der Tische, vor ihm standen ein Bier und ein Korn. In seinem Mundwinkel steckte ein Zigarrenstummel.

»Darf ich mich zu Ihnen setzen?«Momme Jacobs nickte nur. Tom bestellte sich Matjes mit Pellkartoffeln und ebenfalls ein Bier. In der Stille des Augenblicks überlegte er, ob jetzt der richtige Zeitpunkt war, um nach Onkel Hannes zu fragen. Doch es war ein angenehmes Schweigen, das an ihrem Tisch herrschte und er wollte es nicht brechen.Der Matjes schmeckte vorzüglich. Schon lange hatte Tom keinen mehr gegessen. In München gab es kaum Restaurants, die dieses Gericht anboten. Verständlich. Monika mochte keinen Fisch und deshalb kochte sie auch keinen. Und seine Kochkünste? Na ja, die beschränkten sich eher auf Tiefkühlpizza und Spiegeleier. Er genoss den Matjes bis zum letzten Bissen. Gesättigt lehnte er sich in seinem Stuhl zurück.

»Sie kommen von hier, oder?«, fragte Momme Jacobs unvermittelt.

»Ich habe eine Zeit lang hier gelebt.«

»Hab ich mir gedacht. Warst ja nicht gerade interessiert an dem, was ich vertellt hab. Kanntest du wohl schon.«

Zusätzlich, dass Momme Tom plötzlich duzte, verfiel er auch in eine Art Mischmasch aus Hoch- und Plattdeutsch.

»Wo kommst denn her?«

»Ich bin der Neffe von Hannes Friedrichsen«, antwortete Tom und wartete gespannt auf die Reaktion von Momme.

»Wat, von dem Mörder-Hannes?«

»Ja, kannten Sie ihn?«

»Wieso kannten? Is he tot?«

»Ja, vor sechs Wochen ist er gestorben.«

»Na, hat der Düwel ihn endlich holt.«

Tom merkte, wie sein Herz anfing, schneller zu schlagen. Warum sprach Momme so über Hannes? Was wusste er über die ganze Sache?

Toms Mund war plötzlich ganz trocken, er musste dreimal schlucken.

»Was soll das heißen? Haben Sie ihn überhaupt gekannt?«

Momme Jacobs setzte sich gerade auf, kippte seinen Korn in einem Schluck hinunter.

»Ik will dir mal eins vertelln. Jahrelang hab ich mit dem zusammengearbeitet. Immer schon hab ich gewusst, dass mit dem was nicht stimmt. Der hatte den Düwel persönlich in sik. Die kleine Britta war ja nich das erste Kind, wat verschwunden is. Auf Föhr sprach man ja schon wieder von den Muunbälckchen, die die Kinder holen. Wenn er da man nich auch seine Finger mit drin hatte.«

Er war aufgestanden und suchte in seiner Hosentasche nach Kleingeld. Es war nur zu offensichtlich, dass er mit Tom nicht länger an einem Tisch sitzen wollte. Als die Bedienung kam und das Geschirr abräumte, flüsterte sie leise: »Nehmen Sie es nicht so ernst. Momme ist und bleibt ein Spökenkieker.«

Auf dem Rückweg hatte Tom viel Zeit zum Nachdenken. Die Gruppe um Momme Jacobs ging ein gutes Stück
voraus. Sein Gefühl sagte ihm ganz deutlich, dass Onkel
Hannes kein Mörder gewesen war.

Wenn die Leute noch heute so heftig reagierten, dann
waren sie damals sicher nicht sachlicher an die ganze Angelegenheit herangegangen. Wahrscheinlich hatten sie sich
nicht mal die Mühe gemacht, alles genauer zu untersuchen. Irgendeiner hatte gesagt, dass Onkel Hannes den
Teufel in sich gehabt hatte und schon war er für alle ver-
schwundenen Kinder in ganz Nordfriesland verantwortlich gewesen. Und stur wie die Leute hier im Norden waren, konnte man sie natürlich auch nicht vom Gegenteil
überzeugen. Dennoch reizte Tom die Vorstellung, die
Wahrheit ans Licht zu bringen und den Leuten zu prä-
sentieren. Nur zu gerne würde er ihnen beweisen, dass
sein Onkel kein Mörder war.

Als Broder auf seinen Gehstock gestützt den ›Deichgrafen‹ betrat, hatte er sich vom ersten Schrecken wegen
des überzogenen Betriebskontos erholt. Er hatte sich in
seinem Zimmer noch mehrere Schlucke aus der Kornflasche genehmigt und war dann in seinem Sessel eingeschlafen. Als er seinen Rausch ausgeschlafen hatte, war
Franks Wagen vom Vorplatz verschwunden gewesen und
Meike hatte sich für Stunden im Badezimmer eingeschlossen gehabt.

Klaus saß bereits an ihrem Stammtisch. Nachdenklich
blickte er in sein halbvolles Bierglas. Broder grüßte den
Wirt und setzte sich zu Klaus an den Tisch. Kurz darauf
brachte der Wirt unaufgefordert ein zweites Bier.

»Wir müssen uns irgendetwas einfallen lassen!«, begann Broder das Gespräch, sobald der Wirt aus ihrer Nähe

verschwunden war. »Ich bin nun fast schon alle Notare durch. Nichts. Was meinst du, sollen wir auch noch Flensburg abtelefonieren?«

»Das hat doch alles keinen Sinn!«

»Klar, du machst dir ja nicht mal die Mühe irgendwo anzurufen. Wir haben ein riesiges Problem, und das weißt du!«

Broders Stimme war unweigerlich wieder lauter geworden. Er blickte sich um, aber keiner der anderen Gäste interessierte sich für ihr Gespräch.

»Ich habe gestern die Kontoauszüge vom Betriebskonto gefunden. Frank hat das Konto hoch überzogen. Es gibt etliche Rücklastschriften und der Dauerauftrag ist seit Februar auch geplatzt.«

Klaus hob fragend seine linke Augenbraue und rutschte nervös auf seinem Stuhl hin und her.

»Und wenn die Unterlagen gar nicht beim Notar sind?«, fragte er zögerlich.

»Wo sollte er sie denn sonst versteckt haben? Oder meinst du etwa, dass er die so in seinem Haus aufbewahrt hat? Der doch nicht! Da müsste man ja auch schon ganz schön blöd sein!« Broder tippte sich mit seinem Zeigefinger an die Stirn.

»Ich weiß, ich hätte dir vielleicht davon erzählen sollen«, sagte Klaus leise, »Ende März habe ich im Briefkasten einen Umschlag gefunden. Ich habe es nicht wirklich ernst genommen, dachte es wäre ein schlechter Scherz.«

»Was war das für ein Umschlag?«

»Eine Art Drohbrief war drin: ›Wenn ihr nicht zahlt, packe ich aus!‹ Mehr nicht. Ich wusste ja nicht, dass das Geld nicht bezahlt worden war.«

»Nicht ernst genommen? Ein Scherz?« Broders Gesicht lief rot an.

»Wie blöd bist du eigentlich? Warum hast du mich denn nicht gefragt?«

»Du hättest es doch auch nicht gewusst!«

»Ich hätte aber nachschauen können!«

Broders Stimme war, wie immer, wenn er sich aufregte, sehr laut. Ein Mann vom Nebentisch hatte sich bereits umgedreht. Broder hob seine Hand und deutete mit zwei Fingern an, dass der Wirt zwei neue Gläser Bier bringen sollte.

»Weißt du, was das bedeutet?«, zischelte er, nachdem der Wirt zwei volle Gläser vor ihnen abgestellt und wieder verschwunden war.

»Wahrscheinlich hat er die Unterlagen schon lange vom Notar abgeholt, weil er die ganze Sache auffliegen lassen wollte!«

»Und wo sind sie dann jetzt?«

»Was weiß ich«, fuhr Broder ihn an, »wahrscheinlich tatsächlich bei ihm zu Hause.«

7

Sein Gesicht brannte von der Sonne. Die frische Luft hatte ihn müde und hungrig gemacht. Da er keine Lust auf Brot mit Aufschnitt hatte, ging er die Dorfstraße entlang bis zu der Kneipe, die etwas weiter zurück auf einem Hügel lag.

In der Gaststube ging es hoch her, alle Tische waren voll besetzt. Aber das war nicht verwunderlich, denn es gab nur fünf Tische in dem kleinen Raum. Als er durch die Tür trat, blickten alle anwesenden Gäste auf ihn. Er fühlte sich unwohl, blickte zunächst verlegen zu Boden. Dann aber hob er seinen Blick und ging durch den Gastraum zum hintersten Tisch.

»Darf ich mich vielleicht zu Ihnen setzen?«

Ein erstauntes Nicken war die Antwort. Der Wirt brachte die Karte, er bestellte Rouladen mit grünen Bohnen und Kartoffeln, dazu ein Bier. Die Gespräche an den anderen Tischen wurden langsam wieder aufgenommen, der Geräuschpegel in der Gaststube stieg. Niemand schien ihn zu erkennen. Unauffällig blickte er von Tisch zu Tisch. Aber ihm war niemand bekannt.

Der Wirt brachte das Bier, freundlich prostete Tom in die Runde, doch an seinem Tisch blieb es verhältnismäßig ruhig. Da er von seinen Tischnachbarn kein Entgegenkommen erwartete, machte er selbst den ersten Schritt.

»Und, schönen Sonntag gehabt?«, fragte er den schlanken, dunkelhaarigen Mann, der ihm gegenübersaß.

Der nickte. So waren sie halt hier oben, stockig gegenüber Fremden.

Sein Essen wurde serviert und schon nach dem ersten Bissen lobte er überschwänglich die gute Küche. Aber auch das brachte das Eis an seinem Tisch nicht zum Schmelzen. Dann musste er eben zu anderen Mitteln greifen. Er winkte dem Wirt zu.

»Eine Runde Klaren für die Jungs an meinem Tisch!«

Ein Raunen ging durch den Raum. Als der Wirt mit dem Tablett, auf dem neun Schnapsgläser standen, zum Tisch kam und jeder der Männer sich eines genommen hatte, hob er sein Glas.

»Auf die nordfriesische Gastfreundschaft!«

Die Männer prosteten ihm begeistert zu. Hatte er sich doch gedacht, dass er sie damit weich kriegen würde. Schon reichte der schlanke Mann von Gegenüber seine Hand über den Tisch und sagte: »Ich bin Haie Ketelsen.«

Da er heute schon einmal erlebt hatte, dass es manchmal besser war, nicht gleich mit der Tür ins Haus zu fallen, sagte er nur: »Angenehm, ich bin Tom.«

Er log ja nicht, beruhigte er sein aufkeimendes schlechtes Gewissen, er verschwieg nur einen Teil. Das war schließlich etwas anderes. Wenn er jetzt erzählen würde, dass Hannes sein Onkel war, würde wieder niemand mit ihm sprechen. Und so erzählte Tom Haie einfach, dass er momentan zu Besuch sei und überlege, sich hier niederzulassen.

Auch das war nicht gelogen. Schließlich hatte er in einem Anflug von Sentimentalität ja tatsächlich kurz darüber nachgedacht, das Haus von Onkel Hannes zu behalten und hierher zu ziehen.

Haie nickte freundlich und bestätigte ihm, um was für ein feines Dorf es sich hier handele und wie gut man hier wohnen könne. Nach dem zweiten Bier und dem dritten Schnaps versuchte Tom das Gespräch auf die anderen Dorfbewohner zu lenken.

»Aber in so einem Dorf gibt es ja nicht immer nur Sonnenschein, oder?«

»Ach wat«, winkte Haie Ketelsen ab. »Aber wer spricht schon gerne von dunklen Flecken der Vergangenheit?«

»Niemand«, pflichtete Tom ihm bei und bestellte noch ein Bier und einen Klaren. Ihm war schon leicht schwindlig und er musste höllisch aufpassen, sich nicht zu verraten. Der Wirt brachte das Bier und sie stießen an.

Sein Gesprächspartner nahm einen kräftigen Schluck, das Glas war halb leer. Tom nippte nur.

»Tja, aber was soll's?«, sagte Haie mit gelöster Zunge. »Was passiert ist, ist nun mal passiert. Die Zeit kann man nicht zurückdrehen.«

Tom verhielt sich ganz ruhig und Haie sprach unaufgefordert weiter.

»Siehst du dahinten den Blonden in der Cordweste?«

Tom nickte.

»Dem seine Tochter ist damals spurlos verschwunden. Wahrscheinlich Mord. Hannes Friedrichsen hatten sie auf'm Kieker. Aber ich sag dir, der war's nicht.«

Toms Herz setzte einen Schlag aus. Er rutschte noch ein Stück näher.

»Der Hannes war viel zu gutmütig. Der hätt der Britta nicht mal ein Haar gekrümmt. Dem Lorentz hätt ich's zugetraut. Der war damals schon komisch.«

Haie wedelte mit seiner Hand wild vor dem Gesicht herum.

»Der Lorentz, der war ja auch so merkwürdig still. Nur wenn's darum ging, Hannes schlecht zu machen, ja dann, dann konnte er den Mund weit aufreißen.«

Haies Stimme wurde immer lauter. Tom hatte das Gefühl, dass einige Männer von den anderen Tischen zu ihnen herschauten und sah sich in der Zwickmühle. Auf der einen Seite wollte er mehr von damals erfahren, auf der anderen Seite wollte er auf keinen Fall auffallen. Schnell hob er die Hand, deutete dem Wirt an, dass er zahlen wollte. Langsam kam dieser an ihren Tisch getrabt und präsentierte ihm eine Rechnung, die es in sich hatte. Er schluckte zweimal und zahlte, ohne ein weiteres Wort zu sagen. Beim Aufstehen zerrte er den Mann neben sich am Arm mit hoch. »So, Zeit nach Hause zu gehen.«

Haie guckte ihn verwundert an, ließ sich aber ohne Widerspruch aus der Gaststube ziehen. Draußen atmete Tom tief durch. Er spürte den Alkohol.

»In welche Richtung musst du denn?«

Der Mann deutete in die entgegengesetzte Richtung.

»Das ist auch mein Weg«, log Tom und hakte sich ein. Haie schwankte und setzte sich nur langsam in Bewegung. Zum Glück war es nicht besonders weit. Nur wenige hundert Meter hinter dem Sparladen blieb er stehen und deutete mit seinem Arm auf ein etwas zurückliegendes Haus.

»Da sind wir!«

Nachdem sie sich eine ›Gute Nacht‹ gewünscht hatten, wankte Haie zum Haus hinauf. Im schummrigen Licht einer Lampe, die über der Haustür brannte, sah

54

Tom, wie es ihm erst nach einigen Versuchen gelang, die Haustür aufzuschließen. Er drehte sich um und ging in die entgegengesetzte Richtung nach Hause.

8

Als er am Morgen aufwachte, dröhnte sein Kopf. Er hatte Durst. Umständlich rappelte er sich auf, blieb einen Augenblick auf der Bettkante sitzen. Das Zimmer drehte sich. Ein kleiner Mann schien in seinem Kopf ein Trommelsolo hinzulegen.

Unten im Badezimmer öffnete er den kleinen Arzneischrank. Gelenksalbe, Nasenspray, Glaubersalz. ›Nanu‹, überlegte Tom überrascht, ›hat Onkel Hannes etwa unter Verstopfung gelitten?‹

Er hatte beinahe alle Schachteln in der Hand gehabt, aber ein Kopfschmerzmittel war nicht dabei. ›Ungewöhnlich, jeder hat doch hin und wieder mal Kopfschmerzen.‹

Die allerletzte Schachtel enthielt laut Aufschrift ›Tropfen gegen Kreislaufbeschwerden‹. Tom erschrak, als er das Haltbarkeitsdatum sah. Die Tropfen waren seit über fünfzehn Jahren abgelaufen. Angewidert warf er die Packung in den kleinen Mülleimer unter dem Waschbecken. Es schepperte, so als ob sich Metall in der Packung befände. Er nahm die Packung wieder aus dem Mülleimer. Etwas Schweres rutschte darin hin und her. Die Faltöffnung war mit Tesafilm zugeklebt. Tom riss sie auf. Durch den Schwung rutschte ein silberner Schlüssel aus der Öffnung und fiel zu Boden. Es war kein gewöhnlicher Schlüssel, nicht vergleichbar mit einem Auto- oder Haustürschlüssel. Dann fiel es ihm ein. Ein Schließfachschlüssel. Genau. Der Schlüssel sah jenem Schlüssel ähnlich, den er zu sei-

56

nem Bankfach besaß. Aber wieso sollte Onkel Hannes ein Schließfach gemietet haben?

Er legte den Schlüssel zum Sparbuch auf die Kommode.

Als er nach dem Frühstück aus der Haustür trat, war der Himmel leicht bedeckt. Er fuhr die Dorfstraße hinunter bis zur Raiffeisenbank.

Es waren nur wenige Leute anwesend. Lediglich einige Kunden standen an der Kasse. Das Licht war schummrig, die Neonröhren an der Decke teilweise defekt. Schließlich entdeckte er die kleinen Hinweisschilder über den verschiedenen Schreibtischen:

›Bauen und Wohnen‹, ›Sparen‹, ›Kreditfinanzierungen‹. Tom trat an den Schalter mit der Aufschrift ›Sparen‹.

»Was kann ich für Sie tun?«, fragte die zuständige Dame und sah ihn ungeduldig durch eine auffällige, rote Hornbrille an.

»Ich komme in einer Nachlass-Angelegenheit.«

»Dafür bin ich nicht zuständig.«

Sie verwies ihn an einen Herrn Simons schräg gegenüber.

»Mein Name ist Tom Meissner. Ich komme wegen des Nachlasses meines Onkels.«

Er schob das blaue Sparbuch über den Schreibtisch. Der Mann schlug die erste Seite auf. Schlagartig wandelte sich sein Gesichtsausdruck.

»Ich möchte gerne wissen, ob mein Onkel noch weitere Konten bei Ihnen unterhielt und ob«, Tom legte den Schlüssel auf den Schreibtisch, »das ein Schlüssel zu einem Ihrer Schließfächer ist.«

Herr Simons blickte ihn kurz an und schaute dann auf seinen Monitor. Tom konnte den Bildschirm nicht einsehen und so blieb ihm nichts anderes übrig, als geduldig zu warten. Es dauerte ziemlich lange.

»Nein, außer diesem Sparbuch gibt es keine weiteren Konten.«

»Dann will ich bitte wissen, von wem die monatlichen Eingänge, die bis Februar verbucht worden sind, stammen. Schließlich möchte ich das Konto auflösen und muss den Absender des Geldes informieren, dass das Konto nicht mehr existiert.«

»Das ist nicht nötig. Das Geld geht sowieso automatisch an den Absender zurück, wenn das Konto aufgelöst ist.«

»Ich möchte den Absender gerne persönlich über das Ableben meines Onkels informieren.«

Der Ton, in dem er seine Forderung geäußert hatte, ließ keine Widerrede zu.

»Das kann aber dauern. Lassen Sie mir Ihre Telefonnummer da. Ich rufe Sie an, sobald die Daten vorliegen.«

Er reichte ihm einen Kugelschreiber und einen kleinen Notizzettel, auf den Tom seinen Namen und seine Handynummer schrieb. Dann erhob sich Herr Simons und machte damit deutlich, dass für ihn das Gespräch beendet war.

»Der Schlüssel ist übrigens nicht von uns. Wir haben überhaupt keine Schließfächer. Rentiert sich nicht hier auf dem Land.«

Als Tom das Hinterzimmer verließ, fiel ihm ein, dass er sich auch gleich nach einem Makler für den Hausverkauf erkundigen konnte. Er trat vor einen der Schreibtische und trug sein Anliegen einem schmächtigen, blonden Jüngling mit Schnauzbart vor.

»Da ist Herr Schmidt für Sie der richtige Mann«, antwortete ihm dieser. »Sein Büro finden Sie gleich hier in der Nähe, auf der anderen Seite der B 5. Vor der Schule biegen Sie links ab und dann gleich wieder links. Sie können es gar nicht verfehlen.«

9

Frieda frühstückte gerade in ihrer kleinen Küche, als das Telefon klingelte. Es war ihre Schwester, die sich zunächst nach Lorentz und anschließend nach Friedas Wohlbefinden erkundigte. Kaum setzte Frieda jedoch zu einer ausführlichen Antwort an, fiel ihre Schwester ihr ins Wort.

Überschwänglich berichtete sie von einem Anruf ihrer Tochter, und dass diese für morgen ihren Besuch angekündigt hatte.

›Aha‹, dachte Frieda, ›deshalb ruft sie an.‹

Sie hörte sich eine Zeit lang die Schwärmereien ihrer Schwester über deren Tochter an, wünschte ihr dann viel Spaß, trug Grüße auf und legte anschließend auf.

Der Kaffee war kalt. Sie schüttete ihn ins Spülbecken, deckte den Tisch ab. Sie fühlte sich müde und ausgebrannt. Langsam schleppte sie sich ins Wohnzimmer und holte das alte Familienalbum aus dem Schrank. Die Fotos zeigten sie und Lorentz zu verschiedenen Zeiten ihres gemeinsamen Lebens. Verlobung, Hochzeit, Hausbau.

Der Kindersegen war bei ihnen ausgeblieben, trotz ausgiebiger Bemühungen. Frieda hatte damals einen Arzt nach dem anderen aufgesucht. Lorentz hatte sich geweigert, eine Untersuchung durchführen zu lassen. Er hatte immer nur gesagt: »An mi kann dat nich legen!«

Heute wusste sie, dass er recht gehabt hatte. Aber sie waren auch ohne Kinder glücklich gewesen. Frieda hatte den Neid auf ihre Schwester, die ein Kind nach dem anderen zur Welt brachte, hinuntergeschluckt. Heute wünschte sie sich, wenigstens eine Tochter oder einen Sohn zu haben. Sie fühlte sich einsam. Lorentz verabschiedete sich jeden Tag ein klein wenig mehr aus ihrem Leben. Es war ein Abschied auf Raten. Frieda wusste nicht, wie lange sie noch die Kraft haben würde, ihn dabei zu begleiten. Es war so schwer, ihn jeden Tag mehr zu verlieren. Der Arzt hatte ihr gesagt, dass Lorentz in ein Spezialheim müsste. Doch das wollte sie nicht. Das Heim war über zweihundert Kilometer entfernt. Wie sollte sie ihn da besuchen?

Am meisten Angst hatte sie vor dem Tag, an dem Lorentz sie nicht mehr erkennen würde. Dr. Roloff hatte es bereits angedeutet und versucht, sie darauf vorzubereiten. Aber wie sollte sie verstehen, dass der Mann, mit dem sie über fünfunddreißig Jahre lang alles geteilt hatte, nicht mehr wusste, wer sie war?

Frieda strich mit ihren Fingern über die Fotografie, die Lorentz als Großaufnahme beim Bozzeln am See zeigte. Stolz hielt er seine Kugel hoch, lachte fröhlich in die Kamera. Eine Träne tropfte auf das Foto. Frieda wischte schnell mit einem Taschentuch über das Bild, schnäuzte sich dann die Nase. Sie klappte das Album zu, packte es in ihren braunen Nylonbeutel.

Draußen kämpfte die Sonne gegen die dichten Wolken, doch noch hatte sie nicht gewonnen.

Auf der Straße war wenig los, es war schon beinahe Mittagszeit und Tom fragte sich, ob er Herrn Schmidt überhaupt noch antreffen würde. Wahrscheinlich machte er, wie die meisten anderen hier im Dorf, ebenfalls eine ausgiebige Mittagspause.

An der Tür jedoch hing ein Schild, dem Tom entnahm,

dass das Büro geöffnet war. Vor den Fenstern hingen leicht vergilbte Lamellen, einige vertrocknete Topfpflanzen standen auf der Fensterbank.

Er öffnete die Tür. Eine Glocke ertönte. Tom trat ins Halbdunkel des Raumes. Es roch nach einer Mischung aus Zigarettenrauch und Lufterfrischer. Das Büro war spärlich eingerichtet, ein kleiner runder Tisch, abgewetzte Polsterstühle.

»Ich komme, ich komme ja schon!«, hörte er eine Stimme aus dem Hinterzimmer rufen.

Gleich darauf erschien ein kleiner, schmaler Mann im dunklen Anzug. Seine wenigen Haare hatte er vermutlich mit Pomade adrett um seinen Kopf gekämmt. Er trug eine kleine Nickelbrille. Tom war etwas überrascht. Herr Schmidt wirkte etwas lächerlich, überhaupt nicht wie die Makler, die er kannte. Seine Augen leuchteten jedoch hell und blickten Tom erwartungsvoll an.

Als er sich vorgestellt hatte, blieb das Gesicht von Herrn Schmidt wider Erwarten freundlich.

Es gäbe da einen Interessenten, teilte er sogleich mit. Überrascht blickte Tom ihn an. Wie konnte das denn sein? Eigentlich hatte er eher damit gerechnet, dass sich das Haus nur schwer verkaufen lassen würde. Wer wollte schon in das Haus eines vermeintlichen Mörders ziehen?

Herr Schmidt blickte auf seine Armbanduhr.

»Was halten Sie davon, wenn ich Ihnen die Einzelheiten bei einem Mittagessen erzähle? Hier um die Ecke gibt es einen vorzüglichen Mittagstisch.«

Tom nickte nur stumm.

Sie gingen zurück zur Dorfstraße und dann hinunter bis zur Kreuzung. Der Gasthof lag direkt an der Bundesstraße.

In der Gaststube war um diese Zeit wenig los. Herr Schmidt rief beim Betreten quer durch den Raum: »Hallo Fritz, hast du noch einen Tisch frei?«

»Immer doch!«, tönte es vom Tresen zurück.

Herr Schmidt steuerte zielstrebig auf einen Tisch am Fenster zu. Sie hatten sich kaum hingesetzt, da erschien auch schon der Mann vom Tresen. Eine Karte hatte er nicht dabei.

»Na Horst, wen hast du denn heute mitgebracht?«

Tom fühlte, wie Ärger in ihm aufstieg. Wenn er seinen Namen wissen wollte, sollte er ihn doch direkt fragen. Noch bevor er etwas sagen konnte, antwortete Herr Schmidt:

»Das ist Tom Meissner, der Neffe von Hannes.«

Das Gesicht des Wirtes verfinsterte sich. Das freundliche Lächeln sowie seine zuvorkommende Art waren wie weggeblasen. Kurz und knapp fragte er:

»Zweimal Mittagstisch und zwei Bier?«

Herr Schmidt nickte. Als der Wirt verschwunden war, schüttelte er seinen Kopf. Dabei löste sich eine kleine Haarsträhne aus der sorgfältig gekämmten Frisur und kringelte sich hinter seinem linken Ohr wie ein kleiner Schweineschwanz.

»Hab ich mir fast gedacht, dass er so reagiert.«

»Viele tun das.«

»Bei ihm war das klar. Aber eigentlich ist das ja Schnee von gestern.«

Der Mann machte eine abfällige Handbewegung.

»Sie müssen wissen, ich selbst bin auch nur ein Zugezogener und habe zu der Zeit, als Britta verschwand, gar nicht hier gewohnt. Aber als ich 1971 ins Dorf gezogen bin, war die ganze Sache noch so präsent, als wäre sie gerade erst passiert.«

Der Wirt brachte das Bier. Widerwillig stellte er die Gläser auf den Tisch und verschwand ohne ein weiteres Wort.

»Sie sehen es ja selbst, die Leute hier sind manchmal etwas merkwürdig. Das musste ich leider selbst auch erfahren. Es war damals nicht immer einfach für mich. Man hat hier meist eine voreingenommene Meinung. Und die ändert sich in den allerwenigsten Fällen.«

Tom nickte. Diese Tatsache hatte er schon als Kind zu spüren bekommen, nur dass er damals die Zusammenhänge nicht verstanden hatte.

Der Wirt brachte bereits das Essen: Kassler mit Sauerkraut und Kartoffeln. Aus seiner Schürze holte er das Besteck und legte es wortlos auf den Tisch.

»Bei ihm kann ich es ja noch verstehen. Britta war schließlich seine Nichte. Seine Schwester ist über den Verlust nie hinweggekommen. Seit damals hängt sie an der Flasche.«

Das Fleisch schmeckte zäh und die Kartoffeln mehlig. Trotzdem schlang Tom das Essen geradezu hinunter. Die Biergläser waren schon lange leer, der Wirt ignorierte das offensichtlich.

Herr Schmidt aß langsam, ihm schien es zu schmecken. Als er endlich den letzten Bissen hinuntergeschluckt hatte, lehnte er sich zurück. Tom wartete auf weitere Ausführungen über Hannes, aber das Thema schien erledigt zu sein.

»Also, wie gesagt, ich hätte da schon einen Interessenten für das Haus. Muss nur mal in meiner Kartei nachschauen.«

Herr Schmidt fuhr sich mit der Hand über den Mund und rief, dass sie gerne noch zwei Kaffee hätten.

»Es ist nämlich so«, fuhr er fort »dass der Herr sich

64

noch zu Lebzeiten Ihres Onkels für das Haus interessiert hat. Sehr sogar! Er hat viel Geld geboten. Wer weiß, was für verborgene Schätze auf dem Grundstück vergraben sind«, schmunzelte er. Die Haarsträhne hinter dem linken Ohr hüpfte dabei wie eine Spiralfeder leicht auf und ab.

Der Wirt brachte den Kaffee. Die Rechnung hatte er auch gleich dabei.

»Schreib's auf Fritz, ich lad' den Tom ein.«

Tom wusste nicht so recht, wie er das Gespräch noch einmal auf Onkel Hannes lenken sollte. Er hätte gerne noch einiges erfahren. Über den Hausverkauf hingegen wollte er nicht weiter sprechen. Irgendwie ging ihm das plötzlich doch alles zu schnell.

Schon drückte Herr Schmidt jedoch seine Zigarette aus und stand auf. Als sie den Gastraum verließen, rief er: »Tschüss Fritz, bis morgen!«

Auf dem Heimweg hielt Tom beim Sparladen. Die abfälligen Blicke der Kassiererin trafen ihn, als er zwei Flaschen Korn auf das Laufband legte.

Nach dem Mittagessen legte Broder sich hin. Es ging ihm nicht besonders gut. Er hatte wenig geschlafen und irgendwie schlug ihm die ganze Sache auf den Magen. Die endlosen Telefonate, das überzogene Betriebskonto und dann der von Klaus verschwiegene Drohbrief. Broder schloss die Augen, in seinem Kopf dröhnte es laut.

Frank war heute Mittag wieder nicht da gewesen. Meike hatte keine Ahnung gehabt, wo er steckte. So konnte es nicht weitergehen. Er ruinierte den Hof. Und seine Ehe. Meike hatte ständig verweinte Augen. Auch wenn sie es verbergen wollte und sich kräftig schminkte, Broder sah es doch. Und er wusste auch, dass sie sich stundenlang im Bad einschloss. Nur warum wusste er nicht. Vielleicht hatte Frank eine andere? Vorstellen konnte Broder sich das eigentlich nicht. ›Aber wer weiß schon so genau, was in Frank vor sich geht‹, dachte er. ›Es wird Zeit, dass ich ihn zur Rede stelle.‹

Broders Augenlider wurden schwer, er schlief ein. Im Traum stand er auf dem Deich. Es stürmte und das Meer hatte sich in ein tobendes Ungeheuer verwandelt. Die Wellen peitschten gegen den Deich. Der Wind war so stark, Broder konnte sich kaum auf dem Deich halten. In der Ferne sah er einige Männer näherkommen. Sie riefen ihm etwas zu, aber Broder konnte sie nicht verstehen. Der Boden unter seinen Füßen vibrierte. Die Wellen schlugen immer höher, plötzlich brach die Erde unter seinen Füßen auf. Er blickte in eine tiefe, klaffende Spalte. Dann taumelte er und stürzte. Mit einem lauten Gepolter fiel er vom Sofa. Die Tür wurde aufgerissen.

»Vater, was ist denn passiert?«

Meike stand im Türrahmen, sah Broder leicht verdreht auf dem Boden liegen. Sie eilte zum Sofa, kniete sich neben ihn. Vorsichtig versuchte sie ihm aufzuhelfen. Broder stöhnte. Schließlich gelang es ihm mit Meikes Hilfe sich aufzurappeln und aufs Sofa zu setzen.

»Du bist ja ganz nass geschwitzt.«

Sie beeilte sich aus der Küche ein Glas Wasser zu holen, hielt es Broder hin. Er trank einige Schlucke.

»Danke«, murmelte er.

Erst jetzt wurde ihm bewusst, dass er geträumt hatte.

»Soll ich den Arzt holen?«

Meike war besorgt. So hatte sie ihn noch nie gesehen. Wie ein Häufchen Elend saß er auf dem alten Sofa, die

Haare klebten nass an seinem Kopf. Aus Leibeskräften hatte sie ihn schreien gehört.

»Geht schon wieder.«

Als Frieda im Pflegeheim ankam, war die Essensausgabe schon in vollem Gange. Kartoffelpüree mit Bratwurst und Rotkohl standen heute auf dem Speiseplan.

Frieda zog ihren Mantel aus, setzte sich zu Lorentz ans Bett. Er wirkte abwesend, aber nicht so durcheinander und unruhig wie gestern. Als er Frieda erkannte, lächelte er sogar. Sie schnitt die Bratwurst klein, fütterte Lorentz mit einem Löffel. Immer wieder reichte sie ihm die Schnabeltasse mit Tee, damit er das Essen besser schlucken konnte.

Danach las sie ihm aus der Zeitung vor. Sport hatte ihn schon immer interessiert, doch schon nach wenigen Sätzen schlief er ein. Frieda merkte es erst, als sie sein vertrautes Schnarchen hörte. Sie betrachtete ihn einen Augenblick. Sein schmales Gesicht, das sich farblich kaum von der weißen Bettwäsche unterschied, sah so friedlich aus. Leise schlich sie sich aus dem Zimmer.

Im Garten des Pflegeheims setzte Frieda sich auf die kleine Holzbank. Das machte sie fast täglich. Jede Blume, jeder Strauch erschienen ihr mittlerweile so vertraut.

Sie hielt den Kopf in die Sonne und genoss die Wärme. Als sie die Schritte auf dem Kiesweg hörte, blickte sie auf. Frau Steinke, eine der Pflegerinnen, kam auf sie zu. In der Hand hielt sie ein in Butterbrotpapier geschlagenes Stück Kuchen.

»Für Sie, Frau Mommsen!«

Die Pflegerin setzte sich zu ihr auf die Bank und erzählte das Neueste aus dem Heim, während Frieda den Kuchen aß. Nach einer Weile fragte sie:

»Haben Sie getan, worum ich Sie gebeten hatte?«

Frieda nickte.

»Sie sollten sich zwar nicht zuviel davon versprechen, aber vielleicht hilft es, ihn aus seiner Apathie zu befreien. Es gibt Fälle, da haben alte Bilder eine enorme Verbesserung herbeigeführt, teilweise sogar eine leichte Rückentwicklung der Krankheit. Versuchen Sie es einfach.«

Frau Steinke stand auf. Ihre Pause war zu Ende. Frieda blieb noch eine Weile im Garten sitzen. Neidisch blickte sie zu dem älteren Paar auf der Terrasse hinüber, das sich angeregt unterhielt.

Lorentz war inzwischen aufgewacht, saß in seinem Bett und starrte die weiße Raufasertapete der gegenüberliegenden Wand an. Als Frieda aus dem Garten zurückkam, reagierte er mit einem Blinzeln.

»Lorentz«, sagte sie, »ich habe dir eine Überraschung mitgebracht.«

Aus ihrem Nylonbeutel holte sie das Familienalbum, legte es aufgeschlagen auf das Bett. Sie wartete, aber Lorentz konnte scheinbar mit den Bildern nichts anfangen. Teilnahmslos blätterte er durch die Seiten des Albums, ohne bei irgendeinem Bild besonders lange auszuharren. Frieda setzte sich dichter ans Bett.

»Weißt du noch, da hast du beim Ringreiten gewonnen.«

Frieda deutete auf eines der Bilder, welches Lorentz auf einem Pferd zeigte. Um den Hals des Pferdes hatte man einen Kranz mit bunten Bändern gelegt. Den Siegerkranz. Lorentz schaute Frieda fragend an.

»Wir haben ein riesiges Fest veranstaltet. Eine ordentliche Sause hast du mit den Jungs gemacht. Und Lilli, dein Pferd, hat eine extra Portion Hafer bekommen.«

Friedas Wangen glühten förmlich, so eifrig versuchte

sie, Lorentz die Erinnerungen an diesen Tag herbeizureden. Doch es war zwecklos. Lorentz zuckte nur mit den Schultern, blätterte weiter. Frieda seufzte, klappte das Album zusammen. Als sie es hochhob, fiel eine kleine Fotografie heraus. Lorentz nahm sie in die Hand, betrachtete sie. Unvermittelt fing er an zu weinen.

»Es tut mir leid, Herr Petersen«, der Mann auf der anderen Seite des Schreibtisches schüttelte den Kopf, »aber ein weiterer Kredit ist nicht genehmigt worden.«

Frank spürte, wie ihm etwas Eiskaltes den Rücken hinunter kroch. Es begann an seinem Haaransatz und arbeitete sich langsam bis zu seinem Hosenbund vor. Er verschränkte die Arme vor der Brust, beugte sich leicht vor.

»Bitte?«

Rein akustisch hatte er zwar das, was der Mann hinter dem Schreibtisch gesagt hatte, verstanden, nur begreifen konnte er es nicht. Sein Gegenüber schlug noch einmal die Akte, die vor ihm auf dem Tisch lag auf und blätterte nervös darin herum. Die Situation war ihm sichtlich unangenehm. Er räusperte sich.

»Ja also, wenn wir uns die Zahlen mal ganz genau vor Augen halten, müssen wir zu dem Schluss kommen, dass der bestehende Kredit bei weitem die Höchstgrenze für ihre finanzielle Situation überschritten hat.«

›Alles nur blödes Bla, Bla, Bla‹, dachte Frank. ›Die wollen einfach nicht. Aber nicht mit mir!‹

»Sie wollen mich doch nur ruinieren! Wenn ich nicht mehr zahlen kann, kriegt doch die Bank den Hof. Das ist es doch, was Sie wollen. Darum geben Sie mir keinen Kredit mehr!«

Franks Stimme wurde immer lauter. Er kochte vor Wut. Mit der flachen Hand schlug er auf die Tischplatte.

»Aber, aber«, versuchte der Bankangestellte ihn zu beruhigen.

Frank jedoch legte nun erst so richtig los.

»Sie, Sie sind es doch gewesen, der gesagt hat, wenn erst mal die Belastung von den Tausendfünfhundert erledigt ist, dann sähe es mit dem Kredit sehr gut aus. Ihre Worte!«

Er fuchtelte aufgeregt mit dem Finger vor dem Gesicht des Bankangestellten herum.

»Und was ist nun? Belastung weg, Kredit trotzdem nicht? Wie kann das denn sein? Haben Sie sich geirrt oder wollten Sie mich etwa nur hinhalten?«

Frank hatte sich weit über den Schreibtisch gelehnt. Wenn er sprach, spritzten kleine Tropfen ins Gesicht seines Gegenübers. Der traute sich mittlerweile gar nichts mehr zu erwidern. Wie ein gescholtener Schuljunge ließ er Franks Beschimpfungen über sich ergehen, bis plötzlich die Tür geöffnet wurde. Eine Dame betrat den Raum, schaute erstaunt von einem zum anderen. Die Situation konnte sie nicht deuten.

»Herr Meier wäre dann jetzt da«, sagte sie zögerlich.

Der Mann hinter dem Schreibtisch nickte erleichtert.

Frank zischte noch: »Mit Ihnen bin ich noch nicht fertig!«

Dann verließ er fluchtartig den Raum.

Draußen war er zunächst unschlüssig, wohin er gehen sollte. Nach Hause jedenfalls nicht. Die verweinten Augen von Meike konnte er jetzt auf gar keinen Fall ertragen. Und sein Vater würde wieder um ihn herumschleichen und nervige Fragen stellen. Fragen, die Frank ihm nicht beantworten konnte. Wenn er allerdings nicht schleunigst eine Lösung für das überzogene Konto fand, würde er sich noch ganz andere Fragen gefallen lassen müssen. Zum Beispiel vom Knecht, warum sein Lohn nicht pünktlich ausgezahlt wurde. Oder von Meike, warum sie kein Haushaltsgeld bekam. Gut, da konnte er sich ja noch was einfallen lassen. Für Meike würde er sich schon noch eine Ausrede überlegen. Und der Knecht? Na ja, vielleicht würde der sich ja hinhalten lassen. Von wegen schlechte Umsätze, hohe Reparaturkosten.

Bei Hannes Friedrichsen hatte das schließlich auch geklappt. Jedenfalls zuerst. Frank verstand sowieso nicht, woher Hannes Friedrichsen irgendwann mal soviel Geld gehabt haben sollte, dass er ausgerechnet seinem Vater einen Kredit hatte geben können. Langsam hätte der Betrag ja auch mal zurückgezahlt sein müssen. Schließlich hatte Hannes jahrelang kassiert. Den ersten Monat hatte Hannes sich noch besänftigen lassen. Frank hatte ihm von einem finanziellen Engpass erzählt. Das war noch nicht mal gelogen.

Als Hannes den zweiten Monat kein Geld bekommen hatte, wurde er langsam ungehalten. Sein Vater könne sich warm anziehen, hatte er gesagt. Frank hatte versprochen, im April drei Raten und noch 500 DM extra zu zahlen. Angeblich aus anderweitigen Außenständen, die er im April erwartete. Hannes hatte sich noch einmal beruhigen lassen, gleichzeitig aber geäußert, dass Frank seinem Vater schon mal ausrichten sollte, dass er bei Nichteinhaltung des Versprechens seines Lebens nicht mehr froh werden würde. Er hatte seinem Vater natürlich nichts gesagt. Und nun, wo Hannes tot war, hatte sich das Problem ja sowieso erledigt.

Frank zog sein Portemonnaie aus der Hosentasche.

71

Zweihundert DM steckten in dem hinteren Geldschein-
fach. ›Das sollte reichen‹, dachte er und ging los.

Vorsichtig drückte Tom den schwarzen Klingelknopf.
Augenblicklich ertönte ein schriller Ton im Inneren des
Hauses. Kurz darauf wurde die Tür geöffnet. Eine schmale Frau mit braunen Haaren und einer Küchenschürze
bekleidet blickte ihn fragend an.

»Ist Haie da?«, fragte er etwas unsicher.

Sie nickte, trat einen Schritt zur Seite und rief über
ihre Schulter hinweg:

»Haie, Besuch für dich!«

Dann verschwand sie und ein überraschter Haie erschien an der Tür.

»Ich hab da einiges zu erklären.«

Er zog vorsichtig die Flasche Korn hinter seinem Rücken hervor. Haie grinste und trat zur Seite.

»Na, dann mal rein in die gute Stube!«

Im Flur war es leicht schummrig. Aus der Küche duftete es köstlich nach Gebratenem.

»Elke, wir haben noch einen Gast. Deck' einen Teller
mehr auf!«

»Ich will aber keine Umstände machen.«

Haie winkte ab und führte ihn ins Wohnzimmer. Er
wies auf das beige Sofa und nahm selbst in einem kleinen
Sessel Platz.

»So, dann mal raus mit der Sprache!«

Tom rutschte etwas nervös auf dem Sofa hin und her,
wusste nicht so recht, wie er anfangen sollte. Auf dem
Weg hierher hatte er sich immer neue Sätze zurechtgelegt,
aber jetzt wollte ihm partout keiner mehr einfallen. Haie
bemerkte seine Unsicherheit und holte zwei Schnapsgläser aus dem Schrank.

72

»Na, dann genehmigen wir uns halt erst mal einen.«

Er schenkte die Gläser ein und prostete Tom kurz zu.

»Tja, ich weiß nicht wie ich anfangen soll«, stammelte der etwas verlegen, nachdem er sein Glas geleert hatte. »Ich war gestern nicht ganz ehrlich. Ich bin nämlich nicht zu Besuch hier im Dorf, und ich überlege auch nicht, hierher zu ziehen. Um ehrlich zu sein, ich bin der Neffe von Hannes Friedrichsen.«

Etwas zögernd hob er seinen Blick und schaute Haie direkt in die Augen. Der Ausdruck darin war nach wie vor freundlich. Er war erleichtert.

»Weißt du, die Leute hier im Dorf sind immer gleich so abweisend, wenn ich erzähle, wer ich bin. Und da du gestern Abend so nett warst, habe ich nicht gleich die ganze Wahrheit erzählt. Ich hatte einfach Angst, dass du auch so abweisend reagierst, wie alle anderen.«

»Aber ich habe dir doch erzählt, dass ich Hannes nicht für den Täter halte.«

»Ja, deswegen bin ich hier. Du bist bisher der Einzige, der nicht glaubt, dass mein Onkel ein Mörder war.«

»Essen ist fertig!«, tönte es aus der Küche.

»Wir kommen gleich!«

Haie beugte sich leicht vor. »Okay, wir sprechen später weiter. Kein Wort zu Elke, die ist da nämlich nicht einer Meinung mit mir.«

Die Hausfrau saß bereits am gedeckten Tisch. Sie füllte die Teller reichlich mit Kartoffeln und Schmorbraten. Es schmeckte köstlich und Tom lobte ihre Kochkünste in den höchsten Tönen. Elkes Gesichtsfarbe wechselte ins Rötliche.

Während des Essens unterhielten sie sich über dieses und jenes. Elke fragte, wo Tom herkäme und was er hier machen würde. Er berichtete sehr ausführlich von

München. So ausführlich, dass sie ihre Frage nach dem Grund seines Aufenthaltes im Dorf vergaß. Als er nach dem Essen noch helfen wollte, den Tisch abzuräumen, schob sie ihn förmlich aus der Küche.

»Ihr habt ja sicherlich noch einiges zu besprechen.«

Im Wohnzimmer schloss Haie die Tür und setzte sich wieder in den Sessel.

»Und wieso bist du nun eigentlich zu mir gekommen? Doch sicher nicht nur, um mir zu sagen, dass du der Neffe von Hannes Friedrichsen bist.«

Er füllte die Gläser erneut mit Korn. Sie prosteten sich zu, stürzten den Schnaps hinunter.

»Ich weiß gar nicht so genau. Ich habe erst vor zwei Tagen erfahren, dass Hannes angeblich Britta Johannsen umgebracht haben soll. Ich meine, eigentlich weiß ich gar nichts und ich hab auch keine Ahnung wie ich einfach behaupten kann, dass Onkel Hannes kein Mörder war. Ich möchte gerne die Wahrheit wissen über Onkel Hannes. Schließlich habe ich ein paar Jahre lang mit ihm zusammengelebt und ...«

»Und kannst dir nicht vorstellen, mit einem Mörder unter einem Dach gelebt zu haben«, schnitt Haie ihm das Wort ab.

»Genau. Ich meine, vielleicht mag es vermessen klingen, wenn ich sage, dass ich herausfinden will, was damals geschehen ist. Schließlich hat es ja nicht mal die Polizei geschafft.«

»Die war auch nicht sonderlich bemüht.«

»Es ist einfach so, dass ich nicht glauben kann, dass mein Onkel so etwas getan haben soll. Es gab ja auch gar keine Leiche und ich habe einige Sachen bei Onkel Hannes gefunden, auf die ich mir einfach keinen Reim machen kann. Das alles, wie auch die Reaktion der Leute im Dorf und deine Äußerung, macht mich irgendwie unruhig.«

»Kann ich verstehen. Nur was willst du von mir?«

»Nun ja«, druckste Tom herum, »ich dachte, ich meine, du kennst so ziemlich jeden hier und du warst auch damals dabei. Ich dachte, du könntest mir vielleicht helfen, etwas Licht in die ganze Sache zu bringen.«

Jetzt war es Tom, der einen Schnaps eingoss. Sie tranken. Haie schwieg einige Zeit, ehe er antwortete.

»Das wird nicht so einfach werden und vielleicht ist es manchmal auch besser, wenn man die Vergangenheit ruhen lässt. Ich meine, du kommst her, regelst den Nachlass, verkaufst das Haus, verschwindest wieder. Was hättest du davon, das ganze Dorf wieder in Aufruhr zu bringen? Und das würdest du, verlass dich drauf. Du hast ja keine Ahnung, was damals hier los war.«

»Genau deswegen möchte ich es aber doch erfahren. Habe ich denn kein Recht auf die Wahrheit?«

»Natürlich, aber wer hätte denn was davon? Hannes ist tot, es hilft ihm nun auch nicht mehr, wenn du die Wahrheit herausfindest. Und was, wenn sich herausstellen würde, dass Hannes Britta doch umgebracht hat? Was dann?«

Er schaute ihn unsicher an. So ganz unrecht hatte Haie nicht, was, wenn er bei seiner Suche nach der Wahrheit tatsächlich etwas herausfinden würde, was er gar nicht herausfinden wollte? Was dann? War er sich wirklich hundertprozentig sicher, dass Onkel Hannes mit dem Verschwinden von Britta nichts zu tun hatte? Er schluckte dreimal, ehe er antwortete.

»Ich war damals ganz allein. Meine Eltern waren tot, mein Großvater war tot. Ich hatte niemanden. Hannes war der Einzige, der mich aufgenommen hat, obwohl er nur ein entfernter Verwandter war. Ohne ihn wäre ich vermutlich in einem Heim oder sonstwo gelandet. Wer weiß, was aus mir geworden wäre. Ich bin es ihm einfach schuldig.«

Haie nickte zustimmend.

10

Frieda war zum Abendessen bei Hanna eingeladen. Seit Lorentz im Heim war, kochte Hanna einmal in der Woche für sie. Große Lust hatte Frieda heute nicht. Nach dem Fehlschlag mit dem Familienalbum war sie schwermütig. Fast bedauerte sie, das Album mitgenommen zu haben. Nicht ein Foto aus ihrem gemeinsamen Leben hatte bei Lorentz irgendeine Reaktion ausgelöst. Nicht eines. Nur dieses kleine, unscheinbare Foto, von dem Frieda nicht einmal gewusst hatte, dass es existierte. Sie hatte es Lorentz entreißen müssen. Er hatte sich gar nicht mehr beruhigen können. Schließlich hatte Dr. Roloff ihm eine Spritze gegeben und Frieda nach Hause geschickt.

Lorentz musste das Foto heimlich ins Album gelegt haben. Genauso heimlich, wie die anderen Sachen, die er hinter der Schrankwand im Wohnzimmer versteckt hatte. Als ihre Ersparnisse aufgebraucht gewesen waren und sie das Haus verkaufen musste, hatte sie die kleine Mappe mit Briefen, Zeitungsausschnitten und Fotos gefunden. Der Boden war ihr unter den Füßen weggebrochen. Sie hatte nicht gewusst, was sie glauben sollte.

Sechs Wochen lang hatte sie sich in ihrer neuen Wohnung und ihrem Selbstmitleid eingeigelt. Sogar ans Sterben hatte sie gedacht. Doch dann war die Liebe zu Lorentz wieder stärker gewesen. Wie sie immer stärker gewesen war. Immer hatte diese Liebe Friedas Tun und Handeln gelenkt. Sie blind für die Realität sein lassen.

Frieda klingelte. Hanna öffnete und strahlte sie an.

»Ich habe dein Lieblingsessen gekocht. Birnen, Bohnen und Speck. Das wird dir schmecken!«

Fritz saß bereits auf der Eckbank in der Küche.

»Na, Frieda, dann lassen wir uns heute mal von meiner Frau verwöhnen.«

Hanna servierte. Es duftete würzig. Eigentlich hatte Frieda keinen Appetit, aber als sie den ersten Löffel hinuntergeschluckt hatte, bemerkte sie, wie hungrig sie war. Nach dem ersten Teller nahm sie noch einen Nachschlag. Hanna freute sich, dass es ihr so gut schmeckte.

Fritz erzählte Geschichten aus der Gaststube. Frieda war froh, dass er sich heute nicht nach Lorentz erkundigte. Nachdem sie sich über seine lustigen Geschichten amüsiert hatten, fiel Fritz Toms Besuch in der Gaststube ein.

»Und stellt euch vor, wer sich momentan im Dorf herum treibt. Hannes Neffe. War heute mit dem Horst zum Mittagessen. Wie ich vom Volker gehört habe, schnüffelt der wohl hier rum. War gestern bei Max in der Kneipe und soll den Haie ausgehorcht haben. Na, das fehlt uns gerade noch.«

Frieda verschluckte sich an einer Bohne und hustete heftig. Sie bekam keine Luft, die Bohne saß quer in ihrer Luftröhre. Hanna reichte ihr schnell ein Glas Wasser, aber Frieda konnte vor lauter Husten keinen Schluck trinken. Sie hatte das Gefühl zu ersticken. Panikartig schnappte sie nach Luft, wie ein Fisch auf dem Trockenen, bis Fritz ihr kräftig auf den Rücken schlug, die Bohne sich löste und sie wieder Luft holen konnte. Hanna brachte schnell einen Schnaps, den sie hastig hinunterkippte. Heiß lief die Flüssigkeit durch ihren Hals, bahnte sich ihren Weg in den Magen. Hanna schenkte gleich noch einmal nach.

»Auf einem Bein steht's sich schlecht«, scherzte Fritz.

Frieda nickte, prostete Fritz mit dem zweiten Glas zu und sagte:

»Hast recht, Schnüffler können wir hier nicht gebrauchen!«

Als Tom aufbrach, war die Flasche Korn leer und er hatte Haie überreden können, ihn am nächsten Tag von der Arbeit abzuholen.

Die Nacht war klar. Tom konnte den ›kleinen Wagen‹ am Himmel erkennen. Der Fußmarsch tat ihm gut. Die frische Luft und die Bewegung vertrieben den Alkohol. Als er zu Hause ankam, war er beinahe wieder nüchtern.

Die Haustür war nicht abgeschlossen. Merkwürdig, er war sich ziemlich sicher, dass er den Schlüssel zweimal herumgedreht hatte, als er gegangen war. Beim genaueren Hinsehen fielen ihm die Furchen in der Tür und das verbogene Schloss auf. Sein Puls fing augenblicklich zu rasen an. Vorsichtig stieß er die Tür leicht auf.

Er machte kein Licht, sondern tastete sich an der Wand entlang durch den dunklen Flur. In der Küche konnte er den Strahl einer Taschenlampe erkennen. Ein kleiner Leuchtkegel wanderte über die Schränke. Dann hörte er, wie hastig die Schränke durchwühlt und Schubladen herausgerissen wurden. Besteck fiel zu Boden, Geschirr zerbrach. Leise schlich Tom näher zur Küchentür. Dabei stieß er mit seinem Fuß gegen etwas Hartes. Es gab einen dumpfen Ton. Sein Herz schlug ihm bis zum Hals. Er schwitzte.

Ein leises Fluchen war zu hören. Mit zitternder Hand tastete Tom nach dem Lichtschalter. Als er den Kunststoff des Schalters unter seinen Fingern spürte, blendete ihn plötzlich das Licht der Taschenlampe. Seine Reaktionen waren durch den Alkohol eingeschränkt. Er sah einen großen, dunklen Gegenstand auf sich zukommen, konnte sich aber nicht bewegen. Ein stechender Schmerz durchzuckte ihn, lähmte seinen Körper. Dann wurde es dunkel.

Als Tom aufwachte, lag er auf den Steinfliesen im Flur. Sein Kopf pochte, als wolle er zerspringen. Er versuchte sich zu bewegen, setzte sich vorsichtig auf. Kleine, glitzernde Punkte tanzten vor seinen Augen. Er brauchte einen Moment, um zu begreifen, was geschehen war.

Er erinnerte sich an die aufgebrochene Tür und den Schein der Taschenlampe in der Küche. Langsam stand er auf, stütze sich an der Wand ab und schaltete das Licht ein.

Die düstere Flurlampe enthüllte ein Chaos. Von der kleinen Kommode im Flur waren alle Schubladen herausgerissen, der Inhalt über den gesamten Flur verstreut. Auf Zehenspitzen schlängelte er sich so gut es ging durch die Unordnung. Möglichst vorsichtig, um keine Spuren zu verwischen.

Im Bad nahm er einen Waschlappen, hielt ihn unter kaltes Wasser und legte ihn auf seinen Kopf. Im Spiegel sah er über seinem linken Auge eine kleine Platzwunde. Das Blut war bereits angetrocknet. Vorsichtig wischte er mit dem Waschlappen darüber. Es brannte ein wenig. Aus dem Arzneischränkchen nahm er ein Pflaster, drückte es behutsam darauf.

In den anderen Zimmern sah es ähnlich aus. Überall waren die Schubladen aus den Schränken gerissen. Alles lag verstreut auf dem Boden. Selbst das Besteck aus den Küchenschubladen bildete ein wildes Durcheinander auf dem Linoleumfußboden. Das Geschirr lag teilweise zerbrochen dazwischen.

Am schlimmsten hatte der Einbrecher im Schlafzimmer von Onkel Hannes gewütet. Die Matratze war aufgeschlitzt, der Schaumstoff lag im ganzen Zimmer verteilt.

Tom blickte auf seine Uhr, es war Viertel vor fünf und draußen wurde es bereits hell. Er rief zunächst die Polizeidienststelle im Dorf an. Eine freundliche Frauenstimme vom Band teilte ihm jedoch mit, dass diese leider noch nicht besetzt war und in dringenden Notfällen der Hauptwachtmeister unter einer Handynummer erreichbar sei, die sie zweimal wiederholte.

Er wählte erneut. Nach dem vierten Klingeln meldete sich eine dunkle, verschlafene Männerstimme.

»Mein Name ist Tom Meissner und ich möchte einen Einbruch melden.«

Der Mann schien weder besonders überrascht, noch besonders engagiert.

»Mhmm, ... so, so« grunzte er in den Hörer, als Tom erklärte, wer er sei und wo eingebrochen worden war.

»Ist denn etwas entwendet worden?«

Diese Frage überforderte Tom. So genau hatte er sich die Sachen von Onkel Hannes noch gar nicht betrachtet. Und wie sollte er in diesem Chaos überhaupt feststellen, ob etwas fehlte? Der Fernseher und die kleine Hi-Fi-Anlage waren auf jeden Fall noch da.

»Sind Sie verletzt? Soll ich einen Arzt schicken?«, fragte der Polizist mit leicht besorgter Stimme, als er bemerkte, dass Tom Schwierigkeiten hatte, klare Sätze zu formulieren.

»Nein, es geht schon.« Er hatte nur fürchterliche Kopfschmerzen. Der Hauptwachtmeister erklärte ihm, dass unverzüglich jemand vorbeischauen würde. Dann legte er auf.

Bevor Tom nach oben in sein altes Zimmer ging, legte

81

er die Türkette vor. Wenigstens seinen Schlafsack hatte der Einbrecher verschont. Ansonsten sah es hier ebenso wüst aus wie im Rest des Hauses. Alle Bücher waren aus den Regalen gerissen, die Schreibtischschubladen herausgezogen und auf den Boden geworfen. Auch das komplette Bettzeug samt Matratze war aufgeschlitzt und das Innenleben lag im ganzen Raum verteilt.

Er legte sich seinen Schlafsack um und setzte sich auf seinen Schreibtischstuhl. Wer war hier eingebrochen und was hatte man gesucht? Alles, woran er sich mittlerweile erinnern konnte, war, dass es ein Mann gewesen sein musste. Das jedenfalls meinte Tom an der Stimme erkannt zu haben. So tief konnte keine Frau sprechen, nicht in so einer Situation und noch nicht einmal mit verstellter Stimme. Leider war das aber auch schon alles, was ihm wieder eingefallen war.

Aber wonach hatte der Einbrecher gesucht? Geld? Eher unwahrscheinlich, denn sonst hätte er ja zumindest den guten Grundig-Fernseher mitgenommen. Oder hatte er ihn stehen lassen, weil Tom ihn überrascht hatte?

Und warum war gerade jetzt eingebrochen worden? Das Haus stand doch schon einige Wochen leer. Da hätte es doch durchaus einen besseren Zeitpunkt für einen Einbruch gegeben.

Er überlegte, wonach der Einbrecher gesucht haben konnte, aber ihm fiel absolut nichts ein. Wenn die Polizei da gewesen war, würde er sich Onkel Hannes Sachen genauer ansehen. Wo die wohl blieb? Er zitterte immer noch leicht und das Hämmern in seinem Kopf wurde stärker. Viertel nach fünf, jetzt mussten sie wohl gleich kommen.

Das Läuten der Türglocke weckte ihn auf. Es war halb zehn und er war auf dem Stuhl eingeschlafen.

Tom warf den Schlafsack auf den Boden und stand auf.

Ihm schwindelte. In seinem Kopf hämmerte es. Langsam tastete er sich die Treppe hinab.

Draußen stand ein älterer Herr in Polizeiuniform. »Moin, Sie haben einen Einbruch gemeldet? Wann ist der Einbruch in etwa passiert?«

Tom nannte den Zeitpunkt seines Heimkommens.

»Ist irgendetwas entwendet worden?«

Da Tom nur mit den Schultern zuckte, murmelte er: »Also nicht!«

»Möchten Sie sich denn nicht wenigstens mal umschauen?«

»Nicht nötig.«

Er riss einen Zettel von seinem Block, reichte Tom die Durchschrift.

»Das ist die Kopie Ihrer Anzeige. Wir melden uns bei Ihnen, sobald wir neue Informationen für Sie haben.«

Sprachlos nahm er den Zettel entgegen, auf dem ein Aktenzeichen und eine Telefonnummer notiert waren. Ganz unten hatte der Polizist mehrere Kreuze gemacht und den Zeitpunkt von Toms Heimkehr notiert.

Ärgerlich drehte Tom sich um und schloss die Tür. Wie wollte die Polizei einen Einbruch aufklären, wenn sie sich noch nicht einmal den Tatort ansah? Wenn die damals ebenso engagiert das Verschwinden von Britta untersucht hatten, war es ja kein Wunder, dass man die Leiche nie gefunden hatte.

Wütend stapfte er zurück in das Durcheinander aus Papieren, Büchern und Besteck. Sein Handy klingelte. Es war Monika. In dem Moment, in dem er das Gespräch angenommen hatte, bereute er es bereits. In seiner jetzigen Stimmung konnte es eigentlich nur zum Streit kommen.

»Hallo, Schatz«, begrüßte sie ihn, »kommst du voran?«

»Nicht wirklich.«

»Ulla fragt, wie es aussieht mit Samstag. Du kommst doch mit, oder?«

Er hätte wetten können, dass Ulla überhaupt nicht gefragt hatte, sondern dass Monika wissen wollte, wann er wiederkommen würde. Sie traute sich nur nicht, ihn zu fragen. Wie immer. Es nervte ihn ziemlich, dass sie immer eine ihrer Freundinnen vorschob, um ihn indirekt etwas zu fragen, was sie eigentlich selbst wissen wollte.

»Ich habe noch eine Menge zu erledigen. Wahrscheinlich werde ich sogar länger als geplant bleiben.«

Er konnte hören, wie sie schluckte.

»Da wird Ulla aber enttäuscht sein.«

Schon wieder. Er konnte es nicht mehr hören.

»Aber du hast dir ja auch gar nicht so lange frei genommen. Geht das denn überhaupt?«

»Falls du es vergessen hast, ich bin selbständig. Da kann ich selbst bestimmen, wann ich frei mache und wann nicht!«

Er wusste, sie konnte nichts für seine Laune. Wahrscheinlich vermutete sie auch wieder, dass er mindestens fünf andere Frauen kennengelernt hatte. Sie wusste nur nicht genau, wie sie danach fragen sollte, schließlich gab es hier keine Ulla oder Isabell, die man unter fadenscheinigen Gründen vorschieben konnte. Bevor das Gespräch eskalierte, sagte er:

»Du, ich muss los. Habe einen Termin beim Makler. Vermisse dich!«

Schnell legte er auf. Irgendwie hatte er ein schlechtes Gewissen. Warum log er sie an? Und vermisste er sie überhaupt? Er schob sein schlechtes Gewissen beiseite. Jetzt war nicht die Zeit darüber nachzudenken, ob es richtig gewesen war mit ihr zusammenzuziehen. Und schon gar nicht war jetzt die Zeit, um Beziehungsprobleme aufzuarbeiten. Er hatte wirklich andere Dinge zu klären. Zum Beispiel, wer hier eingebrochen hatte und warum.

In der Küche räumte er das Besteck wieder in die Schubladen. Die Scherben fegte er zusammen. Unter dem Küchenschrank entdeckte Tom eine halbvolle Pralinenschachtel. Dunkle Schokoladenkugeln mit Branntweinfüllung. Onkel Hannes Lieblingspralinen. Da das Haltbarkeitsdatum noch nicht abgelaufen war, stellte er sie in den Küchenschrank. Danach brühte er sich einen Kaffee auf und setzte sich an den Küchentisch. Der Schuhkarton mit seinen Briefen hatte etwas gelitten. Der Einbrecher hatte ihn durchwühlt und anschließend auf den Boden geworfen. Irgendetwas Schweres musste darauf gefallen sein, denn die Pappe war ganz eingeknickt. Tom legte die Briefe wieder in den Karton, bis auf einen, den er auseinander faltete und las.

Lieber Großvater,

langsam gewöhne ich mich an das Leben bei Onkel Hannes. Ich habe inzwischen meine Sachen ausgepackt und ein paar Bilder aufgehängt. Anscheinend muss ich ja wohl doch etwas länger hier bleiben, und da ist es einfach praktischer, wenn meine Sachen im Schrank liegen. Immer aus dem Koffer alles rauszuwühlen, ist einfach viel zu umständlich.

Freunde habe ich leider noch keine gefunden. Manchmal fühle ich mich deshalb ziemlich einsam hier. Onkel Hannes spricht nach wie vor sehr wenig mit mir. Aber letzte Woche ist etwas ganz Tolles passiert. Stell dir vor, Großvater, Onkel Hannes hat mir ein Fahrrad geschenkt. Und das, obwohl ich überhaupt nicht Geburtstag hatte oder weil Weihnachten war. Einfach so! Es ist zwar ein gebrauchtes Fahrrad, aber es ist noch gut in Schuss. Sogar eine Gangschaltung hat es. Onkel Hannes hat gesagt, das

Fahrrad sei dafür, dass ich schneller zur Schule und zurückfahren könne, aber in Wirklichkeit glaube ich, wollte er mir eine Freude machen. Weil ich doch keine Freunde hier habe oder so.

Nun kann ich also durch die Gegend fahren und die Umgebung erkunden. Wenn ich meine Hausaufgaben erledigt und die Aufgaben im Haus verrichtet habe, nehme ich mein neues Fahrrad und fahre einfach los. Es ist sehr schön hier. Ganz in der Nähe gibt es eine Wehle. Unser Lehrer hat erklärt, dass die Wehlen durch immer wieder einbrechende Wassermassen bei früheren Deichbrüchen ausgespült worden sind. Die Menschen hatten früher meist nicht die Möglichkeit, die tiefen Löcher aufzufüllen, und deswegen haben sich daraus mit der Zeit kleine, tiefe Seen gebildet. In unserer Wehle gibt es sogar Stichlinge und Kaulquappen. Ich habe welche für den Sachkundeunterricht gefangen und mit in die Schule genommen. Da haben wir ein kleines Aquarium und können jeden Tag die Frösche wachsen sehen.

Wenn ich nicht zur Wehle radle, fahre ich oft durch die Köge. Es ist momentan alles schon grün. Nur die Bauern hier sind manchmal nicht ganz so nett. Neulich hat mich einer von einer Fenne vertrieben. Richtig böse geschimpft hat er. Ich hätte da nichts zu suchen. Dabei wollte ich nur nach Kiebitznestern suchen. Die brüten hier nämlich auf den Äckern. Und wenn man ganz scharfe Augen hat und fleißig sucht, kann man die Nester finden.

So, lieber Großvater, nun will ich aber noch etwas herumfahren, denn es hat aufgehört zu regnen. Ich wünsche dir alles Gute und schreibe schnell wieder. Versprochen.

Viele liebe Grüße,
Dein Tom

11

Wie so oft schon hatte Frank sich früh am Morgen ins Schlafzimmer geschlichen und neben Meike ins Bett gelegt. Geschlafen hatte er nicht mehr, dazu war er viel zu aufgedreht gewesen. Außerdem machte ihm die Kreditabsage zu schaffen.

Jetzt saß er schweigend am Küchentisch und starrte in seine Kaffeetasse. Meike hatte den Frühstückstisch gedeckt und saß ihm mit vorwurfsvollem Blick gegenüber auf der Küchenbank.

»So oft hast du es mir versprochen, so oft!«

Ihre Stimme klang zittrig, sie hatte Mühe ihre Tränen zu unterdrücken. Frank blickte sie an. Ihr schmales Gesicht war blass, ihre Augen leicht gerötet. Es tat ihm leid, aber er konnte einfach nicht anders. Wie sollte er ihr erklären, wie es war, wenn es einem förmlich in den Fingern juckte? Dem großen Gewinn so nah. Die Anspannung, das Herzrasen, der Adrenalinschub. Er brauchte es einfach, war süchtig danach. Das konnte sie nicht verstehen.

Broder betrat die Küche.

»Schönen guten Morgen zusammen«, sagte er laut, als er an den Tisch trat. Meike sprang sofort auf und machte sich an der Spülmaschine zu schaffen. Dass die Stimmung miserabel war, konnte Broder spüren. Sah ja ein Blinder mit 'nem Krückstock, bei der Miene, mit der Frank am Tisch saß.

Broder versuchte es zunächst auf die freundliche Art.

Meike litt schon genug, da wollte er die Stimmung ja nicht noch schlechter machen, als sie eh schon war.

»Und was liegt heute so an?«, fragte er deshalb.

Frank reagierte gar nicht auf seine Frage. Er rührte schweigend in seinem Kaffeebecher. Meike versuchte, mit belanglosem Geplauder die Situation zu retten.

»Ach, heute müsste der Tierarzt wegen der Impfung kommen und Rosalie soll ja auch heute kalben.«

Erwartungsvoll blickte sie Frank an. Der reagierte immer noch nicht.

»So, so.« Broder nickte.

»Und was hast du heute vor?« Er blickte Frank an.

Der zuckte jedoch nur mit den Schultern.

»Redest du vielleicht auch noch mal mit deinem Vater?«

Broders Stimme wurde lauter. Diese verstockte Art machte ihn rasend. Frank schaute auf.

»Was willst du eigentlich von mir? Du hast doch sowieso nichts mehr zu sagen hier!«

Sein Mund verzog sich zu einem hämischen Grinsen. Broder spürte, wie sein Herz schneller pochte. Sein Gesicht wurde puterrot, dann schrie er:

»Was du mit dem ganzen Geld gemacht hast, will ich wissen! Das Betriebskonto ist weit überzogen. Seit vier Monaten platzen Lastschriften und Daueraufträge und du hast nichts Besseres zu tun, als dich in der Gegend herumzutreiben!«

Meike schlug sich die Hände vor's Gesicht, rannte weinend aus der Küche.

»Und was mit deiner Frau ist, interessiert dich auch nicht mehr!«

Broder kochte vor Wut, starrte Frank wütend an. Der war unter dem Wutausbruch seines Vaters leicht zusam-

88

mengesackt. Doch plötzlich sprang er auf. Trotzig blickte er auf Broder hinunter, der mit seinem Gehstock noch immer am Küchentisch stand.

»Was ich mache, geht dich rein gar nichts an«, fauchte er. »Nicht, was ich mit dem Geld mache, und schon gar nicht, was ich mit Meike mache. Das ist meine Angelegenheit und du hältst dich da gefälligst raus!«

Broder war einen Schritt zurückgetreten. Er musste aufblicken, um Frank ins Gesicht zu sehen.

»Das ist immer noch mein Hof! Jahrelang habe ich mir den Buckel krumm geschuftet und ich werde nicht zulassen, dass du das alles ruinierst!«

»Schau dich doch an«, Frank blickte herablassend auf Broder, »kannst ihn ja nicht mal mehr alleine führen, deinen Hof. Alt und krank bist du. Und komm mir jetzt bloß nicht wieder mit der alten Geschichte. Die zieht nicht mehr. Ich bin nicht schuld, dass du ein Krüppel bist! Ich war damals fünf Jahre alt. Du hast mir schließlich die Schrotflinte gegeben!«

Frank hatte damals mit der Flinte Sheriff gespielt, nicht gewusst, dass sie geladen war. Als sein Vater als vermeintlicher Indianer um die Ecke der Scheune gekommen war, hatte er einfach abgedrückt. Seitdem rieb Broder es ihm bei jeder Gelegenheit unter die Nase. Seitdem er fünf Jahre alt war. Wenn er es ihm nicht direkt vorhielt, humpelte er stöhnend vor seinen Augen herum. Frank konnte es einfach nicht mehr ertragen. Zu lange schon hatte sein Vater ihn für etwas verantwortlich gemacht, woran er eigentlich nicht wirklich schuld war. Broder sah das anders. Mit fünf Jahren musste man einfach wissen, dass man nicht mit einer Schrotflinte auf seinen Vater zielt. Egal ob, sie geladen war oder nicht. Man richtete einfach kein Gewehr auf den eigenen Vater.

Broder verließ die Küche, demonstrativ das rechte Bein nachziehend. An der Tür drehte er sich noch einmal um. »Es ist schade, aber seit damals hast du nichts dazu gelernt.«

Mir gefällt es nicht, dass er hier ist. Es macht mich nervös. Warum? Das weiß ich selbst nicht so genau. Aber es macht mich nervös. Er macht mich nervös.

Nachts kann ich nicht mehr schlafen, wälze mich unruhig in meinem Bett hin und her, zähle die Stunden bis zum Morgen. Dabei versuche ich mir immer wieder einzureden, dass es richtig war. Dass ich das Recht dazu hatte.

Trotzdem verspüre ich diese innere Unruhe. Und sie wird größer, vor allem seit ich weiß, dass er die Leute aushorcht, herumschnüffelt.

Und manchmal höre ich diese Stimmen. Ich weiß nicht, ob ich sie mir nur einbilde. Wahrscheinlich. Aber sie sind da. In meinem Kopf. Murmeln ununterbrochen. Wollen mir einreden, dass es falsch war, dass es ein Unrecht war, was ich getan habe. Aber ich habe kein schlechtes Gewissen, ich nicht!

Tom überlegte, ob er das Haus überhaupt wieder aufräumen sollte. Wahrscheinlich war es sinnvoller, gleich einen Container zu bestellen und den ganzen Krempel zu entsorgen. So hätte der Einbruch auch etwas Gutes gehabt.

Im Durcheinander des Flures suchte er nach dem Telefonbuch. Die Entsorgungsfirma hatte eine große Anzeige auf der ersten Seite, so brauchte er gar nicht lange herumblättern. Man versprach ihm noch am Nachmittag einen Container zu liefern.

Tom machte sich Brote und setzte sich in den Garten. Die Sonne schien und es war angenehm warm. Er schloss die Augen. Die Kopfschmerzen hatten ein wenig nachgelassen. Immer noch schwirrte die Frage nach dem wer und warum in seinem Kopf umher. Was hatte der Einbrecher gesucht? Geld? Schmuck? Irgendwelche geheimen Dokumente? Aber was sollten das für Unterlagen gewesen sein? Onkel Hannes war doch ein einfacher Mensch gewesen. Was sollte er für Geheimnisse gehütet haben? Obwohl, wenn Tom so recht überlegte, die Sache mit Britta hatte er ihm gegenüber auch nie erwähnt. Überhaupt war sein Onkel sowieso eher ein verschwiegener Typ gewesen.

›Wer weiß, vielleicht hat er am Ende sogar für den Geheimdienst gearbeitet oder so‹, dachte er und musste unweigerlich schmunzeln.

Es klingelte. Tom war überrascht, wie schnell die Entsorgungsfirma seinen Auftrag bearbeitet hatte.

›Die sind ja schneller als die Polizei!‹ Plötzlich wurde ihm bewusst, wieviel Wahrheit in diesem Spruch steckte.

Als er die Tür öffnete, stand ein dunkelhaariger Mann im Anzug vor ihm. Ganz offensichtlich war das niemand von der Entsorgungsfirma. In der linken Hand hielt der Mann einen schwarzen Lederkoffer, die rechte streckte er Tom entgegen.

»Mein Name ist Lukas Crutschinow.«

Tom blickte den Mann fragend an.

»Herr Schmidt hat mich informiert, dass dieses Haus zum Verkauf steht. Ich wäre interessiert daran!«

Das war also der Interessent, von dem Herr Schmidt gestern gesprochen hatte. Er sprach mit einem russischen Akzent, die Wörter leicht abgehackt.

›Der hat es aber sehr eilig‹, dachte Tom. Ihm war die ganze Situation etwas unangenehm. Hineinbitten mochte er ihn nicht. Es musste ja nicht gleich jeder wissen, dass hier eingebrochen worden war. Außerdem wirkte der Mann irgendwie seltsam. Tom wusste nicht so recht, was er sagen sollte.

»Das ging aber schnell. Aber momentan ist eine Hausbesichtigung etwas ungünstig.« Er dachte an das Chaos im Haus. »Vielleicht können wir einen Termin für einen der nächsten Tage ...?«

»Am Haus bin ich nicht so sehr interessiert«, fiel Herr Crutschinow ihm ins Wort, »aber wenn ich vielleicht den Garten sehen könnte?«

Tom war überrascht. Er wollte das Haus gar nicht sehen? Nur den Garten?

»Nur den Garten?«

Der Mann nickte.

Tom führte ihn um das Haus herum. Herr Crutschinow schritt die Grenze der Gartenfläche ab. Unentwegt murmelte er dabei vor sich hin, scheinbar zählte er die Schritte. Tom beobachtete ihn von der Veranda aus. Nach einer Weile war er fertig, kam auf ihn zu und sagte:

»Okay, ich kaufe.«

Tom war sprachlos.

»Ja, wollen Sie denn nicht noch das Haus ansehen?«

Wer wollte schon ein Haus kaufen, ohne es vorher angeschaut zu haben?

»Nicht nötig.«

Herr Crutschinow lächelte ihn an. Tom wusste gar nicht, was er sagen sollte. Er hatte sich ja noch nicht mal Gedanken darüber gemacht, wie viel das Haus wohl wert sein könnte.

»Was soll das Haus kosten?«

Das ging Tom nun wirklich alles zu schnell.

»Ich denke, wir vereinbaren in den nächsten Tagen einfach einen Termin mit Herrn Schmidt. Bis dahin habe ich auch die Unterlagen vom Haus herausgesucht und Sie können es sich in aller Ruhe noch einmal anschauen.«

»Ich habe aber wenig Zeit«, antwortete Herr Crutschinow leicht mürrisch. »Ich brauche keine Unterlagen. Ich nehme das Haus, so wie es ist. Brauche keine Zeit zum Überlegen.«

»Aber ich.«

»Ich reise bald wieder ab«, versuchte Herr Crutschinow Tom unter Druck zu setzen.

»Ich melde mich dann.«

Er reichte dem Mann zum Abschied die Hand und beobachtete von der Haustür aus, wie Herr Crutschinow zu seinem Wagen ging. An seinem Gang konnte man deutlich erkennen, dass er verärgert war. Forsch stapfte er mit seinen kurzen Beinen den schmalen Gartenweg hinunter, öffnete die Tür seines dunklen Mercedes, warf seinen Koffer auf die Rückbank und startete den Motor. Dann war er weg.

Kurze Zeit später klingelte es erneut. Diesmal bestätigte sich der Spruch, dass die Entsorgungsfirma schneller war als die Polizei. Groß und rot war der Container, den der Mann im Blaumann von seinem LKW ablud und im Vorgarten platzierte. Tom unterschrieb die Empfangsquittung und betrachtete den Container. Der dürfte groß genug sein.

12

Als Frieda den Sparladen betrat, sah sie Helene, die alte Ladenbesitzerin, an der Kasse mit einer Kundin plaudern. Das war für Frieda nichts Neues. Helene war für ihren Klatsch und Tratsch im ganzen Dorf bekannt. Fast jeder, der den Laden besuchte, kam immer auch ein klein wenig deshalb. Wusste Helene doch immer zu berichten, wer mit wem und wo oder wer wie was. Meist stimmte nicht mal die Hälfte von dem, was Helene erzählte, aber wer wusste das schon so genau? Und was die meisten auch nicht wussten, war, dass wenn sie kaum einen Schritt vor die Tür des Ladens gesetzt hatten, sie selbst zum Gesprächsstoff des nächsten Gerüchtes wurden.

Frieda wusste das. Hatte Hanna ihr doch unlängst erzählt, wie Helene, kaum dass Frieda den Laden verlassen hatte, sich das Maul über sie zerriss. Hanna hatte es selbst gehört, als sie hinter dem Regal mit den Toilettenartikeln gestanden und nach Taschentüchern gesucht hatte. Frieda hatte es eilig an dem Tag gehabt, nur kurz einen Liter Milch gekauft. Doch kaum sei sie aus der Tür getreten, so hatte Hanna berichtet, hatte Helene so richtig losgelegt. Frieda wäre selbst schuld an ihrer Situation. Immer hatte sie die Nase zu hoch in die Luft gestreckt. Nun konnte man sehen, was sie davon hatte. Hochmut kam eben doch vor dem Fall. Und an der Krankheit von Lorentz war Frieda auch schuld. Kein Wunder, so wie sie ihn immer bewacht hatte, da musste er ja über kurz oder lang durchdrehen. Alzheimer war doch nur vorgeschoben. Nicht ganz dicht im Kopf war er, das hatte man ja schon früher gemerkt.

Hanna hatte Frieda schonungslos alles erzählt, als sie beharrlich darauf bestanden hatte. Doch als Hanna fertig gewesen war, hatte sie dann doch heulen müssen. Hanna hatte sie in den Arm genommen und gesagt:

»Mach dir nichts draus. Ist doch alles nur Geschwätz, was die Alte von sich gibt.«

Aber getröstet hatte es sie nicht.

Am liebsten würde Frieda gar nicht mehr bei Helene einkaufen. Ein Zentner Steine drückte ihr auf den Magen, wenn sie den Laden betrat. Aber sie hatte kaum eine Alternative. Zum Supermarkt war es zu weit zum Laufen und mit dem Fahrrad traute sie sich das nicht mehr zu. Fritz nahm sie hin und wieder mit, wenn er Besorgungen für den Gasthof zu erledigen hatte. Aber für die alltäglichen Kleinigkeiten blieb ihr nur der Sparladen.

Heute wollte sie Lorentz eine Freude machen und ihm seine Lieblingspralinen mitbringen. Gefüllte Marzipankugeln. Oft konnte sie sich das nicht erlauben. Das Geld, das ihr nach Abzug der Heimkosten blieb, reichte kaum zum Leben. Aber nach dem missglückten Versuch mit dem Familienalbum hoffte Frieda, zumindest seine geschmacklichen Erinnerungen wecken zu können. Mit der Schachtel ging sie zur Kasse. Helene tratschte immer noch. Auch als Frieda die Pralinen auf das Laufband der Kasse legte, ließ sie sich nicht unterbrechen.

»Und dann hat er gestern hier im Laden gleich zwei Flaschen Korn gekauft. Den Guten natürlich. Wenn der man nicht auch Alkoholiker ist wie sein Onkel. Kann man sich ja an drei Fingern abzählen, dass das damals auf den Jungen abgefärbt haben muss. Jeden Abend ist doch der Hannes betrunken nach Hause getorkelt. Hat Max ja selbst gesehen. Und Max hat auch erzählt, dass der Tom wohl in seiner Kneipe war und den Haie ausgefragt hat. Grad den Haie, kennst ihn ja. Wie das so gewesen sei damals und so, soll er gefragt haben. Der soll sich bloß in Acht nehmen. Is' nicht gut, wenn man seine Nase in Angelegenheiten steckt, die einen nichts angehen.«

Frieda räusperte sich. Helene blickte sie freudestrahlend an.

»Frieda, schön dass du auch mal wieder reinschaust! Na, Pralinen für Lorentz? Schön, willst du ihm eine Freude machen? Isst er ja so gerne, nicht wahr? Soll ich dir die Schachtel einpacken?«

Frieda schüttelte den Kopf. Sie wollte nur so schnell wie möglich bezahlen und dann raus hier. Aber Helene hatte es nicht eilig mit dem Abkassieren.

»Und wie geht es ihm denn?«, fragte sie neugierig.

»Gut«, log Frieda und hoffte, dass damit Helenes Neugier befriedigt war. Das war aber ganz und gar nicht der Fall.

»Hab gehört, er soll sich an immer weniger erinnern können. Ist schlimm, wenn er einen nicht mehr erkennt, was?«, bohrte sie weiter.

Frieda hätte der anderen gerne ins Gesicht gesagt, dass sie ein altes Tratschweib war und lieber vor ihrer eigenen Haustür fegen sollte. Trieb es nicht Helenes Sohn jede Woche mit einer anderen auf der Rückbank seines Opels, während seine Frau zu Hause saß und die drei Kinder hütete? Und Helenes Mann? War doch selbst jahrelang tablettensüchtig gewesen. Bis sie ihn zum Entzug geschickt hatten. Seitdem galt er zwar als geheilt, aber Frieda wusste von Karen, ihrer Schwägerin, die bei Dr. Seidel arbeitete, dass er regelmäßig Medikamente verschrieben bekam.

Sie legte das abgezählte Geld vor Helene auf das

Band, nahm die Pralinen und ging, ohne sich zu verabschieden. ›Falsche Schlange‹ murmelte sie vor sich hin, als sie draußen stand und durch die gläserne Tür zurück in den Laden blickte. Helene war schon in das nächste Gespräch vertieft und sah nicht, dass Frieda ihr einen Vogel zeigte.

Tom war früh dran, aber das störte ihn nicht. Er parkte seinen Wagen hinter der Schule und stieg aus.

Seit die Papierfabrik in Flensburg geschlossen worden war, arbeitete Haie hier als Hausmeister. Der Haupteingang war verschlossen. Durch die hohen Fenster schaute Tom in die Klassenzimmer. Hier schien sich nichts verändert zu haben. Die kleinen Holzstühle vor den Schulbänken. An den Wänden Bilder der Schüler mit Sommermotiven. Er erinnerte sich noch gut daran, wie sie einmal im Kunstunterricht etwas zum Thema Freundschaft hatten malen sollen und er ein Portrait seines Großvaters angefertigt hatte. Der Lehrer hatte es nicht aufhängen wollen, da er der Meinung gewesen war, dass das Bild wohl doch eher zum Thema Familie passen würde. Kleinlaut hatte Tom geantwortet, dass sein Großvater auch gleichzeitig sein einziger Freund sei. Da hatten die anderen Kinder wieder getuschelt und gekichert.

Über den kleinen Schulhof ging er hinüber zur Turnhalle. Die Tür war nur angelehnt. Sofort nahm ihn der typische Turnhallengeruch seiner Kindheit in Empfang. Bohnerwachs vermischt mit Schweiß und dem Geruch von alten Sportsocken. Durch den kleinen Gang mit den Umkleidekabinen lief er zum Eingang der Halle. Haie war gerade damit beschäftigt, Bohnerwachs auf dem Hallenboden zu verteilen. Tom setzte sich auf die kleine Holzbank neben der Tür. Haie hatte ihn noch nicht entdeckt.

Pfeifend wischte er mit einem Tuch über den Boden und schrubbte, bis die Dielen glänzten. Tom schaute ihm eine Weile zu, bis er seine Richtung änderte und ihn schließlich bemerkte. Freudig lächelnd kam er mit seinem Wischmopp auf ihn zu.

»Hallo Tom! Na, dann will ich mal Feierabend machen.«

»Ich habs nicht eilig.«

Verwundert blickte Haie auf das Pflaster an Toms Stirn:

»Was ist das denn?«

Tom schilderte den nächtlichen Einbruch. Schweigend lief Haie neben ihm her und lauschte seinen Ausführungen. Als sie beim Wagen ankamen und er seinen Bericht mit den Worten: »... und von da ab an kann ich mich an nichts mehr erinnern«, schloss, rief er:

»Das gibts ja gar nicht! Hast du denn eine Ahnung, was derjenige gesucht haben könnte?«

»Ich kann mir nicht vorstellen, dass Onkel Hannes irgendetwas Wertvolles besessen hat. Und auch sonst weiß ich nicht, wonach der Einbrecher gesucht haben könnte. Ist ja auch die Frage, ob er fündig geworden ist.«

»Hatte Hannes denn irgendwelche Dokumente, die er immer verschlossen oder versteckt hielt?«

»Nicht wirklich.«

Tom hatte den Wagen zur Straße gelenkt und bog nach rechts in den Koog ab.

»Den Eichenschrank habe ich ja schon neulich untersucht, aber da waren nur die üblichen Sachen drin. Sparbuch, Dokumente vom Haus, Personalausweis. Nichts, wofür es sich gelohnt hätte, einzubrechen. Ansonsten habe ich nur diesen merkwürdigen Schlüssel gefunden, von dem ich vermute, dass er zu einem Schließfach gehört.«

Er verlagerte sein Gewicht etwas nach links, zog den Schlüssel aus seiner rechten Hosentasche.

»Nee, da hab ich keine Ahnung von. Aber vielleicht weiß ich jemanden, der uns weiterhelfen kann. Mein Cousin arbeitet in der Bank. Vielleicht weiß der, was das für ein Schlüssel sein könnte.«

»Etwa in der Raiffeisenbank?«

Haie nickte.

»Vergiss es, da war ich gestern schon, die haben keine Schließfächer.«

Sie fuhren immer weiter die Straße entlang, immer tiefer in die Köge.

»Halt mal an!«

Tom stoppte den Wagen am Straßenrand. Mit dem Zeigefinger deutete Haie auf einen großen Bauernhof, machte dann mit der Hand eine fast kreisende Bewegung.

»Das alles gehört Broder Petersen.«

Tom schaute in die Weite, dann blickte er fragend zu Haie.

»Broder und Hannes waren früher gut befreundet. Kurz bevor die Sache mit Britta geschah, hatten sie einen großen Streit. Keine Ahnung, worum es ging. Auf jeden Fall haben sie danach kaum noch ein Wort gewechselt. Plötzlich, von einem Tag auf den anderen. Manche im Dorf haben behauptet, dass Broder Hannes wohl zur Rede gestellt hatte, weil es hieß, er habe sich auf seinem Hof an Britta rangemacht. Kann ich mir zwar nicht vorstellen, aber Helene, die Besitzerin vom Sparladen, hat das jedenfalls so erzählt. Und du weißt ja, wie das ist, wenn die Gerüchte erst mal gesät sind. Schnell ist es im ganzen Dorf herumerzählt, jeder fügt noch etwas dazu und dann ist es irgendwann auch so gewesen.«

99

»Aber wieso denn auf dem Hof von Broder? Was hat Britta denn da gewollt?«

»Broders Frau Magda ist sehr jung gestorben. Sie war eine Pferdenärrin. Broder hatte ihr vor ihrem Tod noch einen Schimmel gekauft. Britta hatte ihn geritten, nachdem Magda gestorben war, deswegen war sie regelmäßig auf dem Hof. Am Tag ihres Verschwindens sei sie auf dem Weg zum Reiten gewesen, hatte ihre Mutter ausgesagt. Aber dort ist sie nie angekommen.«

Sie fuhren weiter die Straße entlang, bogen dann in Richtung Hauke-Haien-Koog ab. Nach einer Weile kamen sie an einer kleinen Gastwirtschaft vorbei.

»Hunger?«, fragte Tom.

»Immer!«

13

Broder schreckte vom Klingeln des Telefons auf. Er war in seinem Sessel eingenickt. Umständlich griff er nach seinen Gehstock, stemmte sich mühsam aus dem Sessel hoch. Beim vierten Klingeln nahm er den Hörer ab.

»Petersen?«

»Moin, Broder, hier ist Kalle«, tönte es aus dem Telefon.

Broder räusperte sich.

»Moin Kalle, na, was gibts?«

»Ich wollte mal hören, ob du schon gehört hast, dass in Hannes Haus eingebrochen worden ist?«

Broder wurde es heiß. Es war zwar nicht ungewöhnlich, dass Kalle Ingwers ihn anrief, aber sonst galten diese Anrufe eher irgendwelchen ausgebrochenen Kühen und dem Schaden, den sie verursacht hatten. Dass Kalle ihn einfach so anrief, um ihm Neuigkeiten aus dem Dorf zu erzählen, kam eigentlich nie vor.

»Nee«, antwortete er deshalb, »aber deshalb rufst du ja wohl nicht an. Oder ist wieder eine von meinen Kühen ausgebrochen?«

Er trat von einem Bein auf das andere, wechselte den Hörer von der rechten in die linke Hand.

»Nein, diesmal sind keine Kühe ausgebüxt. Ich wollte dir nur das von dem Einbruch erzählen und fragen, ob du vielleicht gehört hast, ob irgendwas in Gange ist im Dorf?«

»Bist du nicht die Dorfpolizei?«

Kalle fand, dass Broder überreagierte und wunderte sich. Schließlich wusste er, dass Broder durch seine regelmäßigen Kneipenbesuche häufig an einem Abend mehr über die Geschehnisse im Dorf erfuhr, als er nach drei Tagen intensivster Recherche. Deshalb empfand Kalle die Frage nur als selbstverständlich.

»Ach, ich dachte nur, du hättest was gehört. Kann mir vorstellen, dass seit der Tom Meissner da ist, wieder geredet wird. Und nun der Einbruch.«

»Ich hab nichts gehört. Wusste gar nicht, dass der Tom da ist.«

»Ja, er kümmert sich wohl um den Nachlass. Obwohl, viel zu regeln gibt es da nicht.«

Broder schluckte. Er wollte das Gespräch so schnell wie möglich beenden.

»Du Kalle, ich muss gleich weg.«

»Nicht schlimm. Ich wollte eh noch mit Frank sprechen, ist der da?«

Broder spürte, wie sein Herz einen Schlag aussetzte. Seine Hand begann zu zittern. »Nein«, log er, »der ist unterwegs, wieso? Kann ich ihm was ausrichten?«

»Nein, das muss ich schon selbst mit ihm besprechen. Dann mach es mal gut. Tschüß!«

Broder stand wie versteinert da, den Telefonhörer immer noch in der Hand. Was wollte Kalle von Frank? Ging es um seine Schulden, hatte er vielleicht etwas angestellt? Redete man im Dorf schon darüber? Broder liefen kleine Schweißperlen über die Stirn. Als er sie wegwischen wollte, bemerkte er den tutenden Telefonhörer in seiner Hand. Er legte ihn langsam auf die Gabel. Er würde mit Frank sprechen müssen. So konnte es ja schließlich nicht weitergehen. Er musste wissen, was Kalle von Frank wollte. Und vor allem musste er wissen, ob und wie Hannes auf die ausgebliebenen Zahlungen reagiert hatte. Als er an das Fenster trat, stellte er jedoch fest, dass er Kalle gar nicht angelogen hatte. Franks Wagen stand nicht mehr auf dem Vorplatz.

Die kleine Gastwirtschaft war hell und freundlich einge-richtet. Auf den Tischen standen kleine Vasen mit frischen Feldblumen, an den Wänden hingen Bilder mit Motiven aus der Umgebung.

Tom und Haie hatten sich an einen der Tische am Fens-ter niedergelassen und blätterten in der Speisekarte, die ihnen die freundliche Bedienung gebracht hatte. Haie bestellte sich Bratkartoffeln mit Spiegelei und Tom nahm die Schweinemedaillons mit Rotkohl.

»Tja«, begann Haie, während sie auf ihr Essen warteten, »das war schon echt merkwürdig damals. Ich kann mich noch genau erinnern. Es war ein Freitag, als Britta ver-schwand. Sie hatte sich wohl nach den Hausaufgaben auf den Weg zu Broders Hof gemacht. Mit dem Fahrrad. Als sie abends um sechs nicht zu Hause gewesen war, hatte Mar-lies bei Broder angerufen. Der erzählte, dass Britta nicht da gewesen sei und er auch gar nicht gewusst hätte, dass sie an diesem Nachmittag hatte kommen wollen. Ich hab zu der Zeit noch in der Papierfabrik gearbeitet und hatte Spätschicht. Als ich nach Hause kam, waren schon etliche aus dem Dorf mit Taschenlampen unterwegs und haben nach Britta gesucht. Ich habe mich dann einer Gruppe an-geschlossen. Aber die Suche war völlig erfolglos. Im Dun-keln war es ohnehin schwierig, aber auch an dem darauf-folgenden Tag war es nicht einfacher. Es hatte schon länger ordentlich gestürmt, ein richtiger Orkan mit Windböen bis Stärke 12. Und dann kam eine Sturmflut. Als bei Husum die Deiche brachen, mussten wir die Suche erst einmal beenden. Wir hatten bis dahin ohnehin keine Hinweise auf Brittas Verbleib. Nicht die kleinste Spur. Sie schien wie vom Erdboden verschluckt. Nicht mal ihr Fahrrad haben wir gefunden.«

Die Bedienung brachte das Essen. Tom war eigentlich gar nicht mehr hungrig. Ihn interessierte vielmehr, was damals genau vorgefallen war.

»Wie sind die Leute dann auf Hannes gekommen? Ich meine, wie konnte man einfach behaupten, dass er Britta umgebracht hatte?«

Haie hatte sich gerade eine große Gabel voll Bratkartoffeln in den Mund geschoben. Er kaute langsam und schluckte.

»Anfangs hat auch keiner behauptet, dass Hannes Britta umgebracht hatte. Zuerst haben sie es den Zigeunern angehängt. Kurz vorher waren nämlich etliche Wagen in der Nähe vom Bottschlottersee gesehen worden. Die Helene hatte angeblich gehört, dass das Zigeuner wären. Als Britta verschwand, waren auch plötzlich die Wagen weg. Das kam uns natürlich merkwürdig vor. Plötzlich aber hatte Broder die Vermutung geäußert, dass Hannes vielleicht etwas mit Brittas Verschwinden zu tun haben könnte. Schließlich hatte er ihn ja angeblich auf seinem Hof dabei beobachtet, wie er sich an Britta herangemacht haben soll. Und Helene hatte tags zuvor Hannes dabei gesehen, wie er Britta ein Eis ausgegeben und sich länger mit ihr unterhalten hatte. Tja, und dann ergab ein Wort das andere und plötzlich glaubte jeder, Hannes sei der Mörder von Britta.«

Gedankenverloren stocherte Haie in seinen Bratkartoffeln. Er schien nachzudenken. »Komisch«, murmelte er vor sich hin.

»Was ist?«

»Na ja, ich meine, auf Hannes sind die Leute zunächst nur wegen der Aussage von Broder gekommen. Und während der Gerichtsverhandlung, als man das erste Mal kurz davor war, Hannes freizusprechen, war es ausgerechnet Klaus, der Brittas Fahrrad beim Angeln in der Soholmer Au gefunden hatte.«

»Wer ist Klaus?«

»Broders bester Freund.«

14

Es war ein guter Tag. Als Frieda das Pflegeheim betrat, traf sie Dr. Roloff.

»Frau Mommsen«, begrüßte er sie. »Heute sieht es besser aus. Wir haben die Medikamente neu eingestellt. Sie können einen Spaziergang mit ihm machen.«

Frieda freute sich. Ihre Müdigkeit war wie weggeblasen. Die schlechte Laune, die sie schon seit dem Aufstehen hatte, verflog. Plötzlich verspürte sie so etwas wie Hoffnung. Als sie Lorentz' Zimmer betrat, saß er bereits angezogen in seinem Rollstuhl. Er lächelte.

Sie schob den Rollstuhl langsam über den kleinen Kiesweg und plapperte ohne Unterbrechung. Sie erzählte von Hanna und Fritz, wie nett sie zu ihr waren, dann von der hinterhältigen Helene. Als sie Lorentz erzählte, wie sie Helene heute heimlich einen Vogel gezeigt hatte, lachte sie so laut, dass einige Spaziergänger, die vor ihnen gingen, sich nach ihr umdrehten. Lorentz saß schweigend in seinem Rollstuhl und aß eine Praline nach der anderen. Frieda wusste nicht, wie viel er von dem, was sie erzählte, überhaupt aufnehmen konnte. Ohne selbst ein Wort zu sagen, ließ er sich von ihr durch das Wohngebiet schieben. Es schien, als habe er vergessen wie man Wörter formte, Sätze bildete. Rein körperlich schien es ihm heute prächtig zu gehen und das allein machte Frieda glücklich. Sie bemerkte gar nicht, dass er auf ihre Fragen keine Antworten gab. Heute wollte sie nur froh sein.

Zum Kaffee brachte Frieda Lorentz in den Gemeinschaftsraum. Jeder sollte sie zusammen sehen. Etliche Besucher waren im Raum, nahmen mit ihren Verwandten und Bekannten an der Kaffeetafel Platz. Als Frieda Lorentz seine Kaffeetasse mit dem Schnabelaufsatz reichte, bemerkte sie, dass er sich umgedreht hatte und zur Tür hinüberstarrte. Sie folgte seinem Blick. In der Tür stand Marlies Johannsen und blickte sich suchend im Raum um. Wahrscheinlich suchte sie ihre Schwester, die vor wenigen Tagen ebenfalls ins Pflegeheim gezogen war.

Frieda blickte auf Lorentz. Er saß wie versteinert am Tisch und verfolgte jede ihrer Bewegungen. So aufmerksam hatte Frieda ihn schon lange nicht mehr gesehen. Sie verspürte einen Stich in ihrer Brust. Plötzlich beugte er sich zu ihr hinüber und fragte: »Wo ist denn Britta?«

Tom hatte Haie an der Schule abgesetzt und war anschließend nach Hause gefahren.

Der Nachmittag war interessant gewesen. Tom hatte eine Menge über die Leute aus dem Dorf und Brittas Verschwinden erfahren. Allerdings waren viele neue Fragen aufgetaucht, die selbst Haie nicht hatte beantworten können. Zum Beispiel interessierten ihn auch die Gerichtsverhandlung und die Proteste, die vor dem Gericht stattgefunden hatten. Aber darüber hatte Haie ihm nur wenig sagen können. Er hatte viel gearbeitet, besonders im Schichtdienst, häufig Doppelschichten. Da war ihm keine Zeit geblieben, zu den Verhandlungen zu gehen. Er konnte sich auch nicht mehr daran erinnern, ob die Verhandlungen überhaupt öffentlich gewesen, oder ob die anderen nur zum Protestieren nach Husum gefahren waren. Das könne er aber herausfinden, hatte er gemeint.

Tom überlegte, wie er mehr über die Gerichtsverhandlungen in Erfahrung bringen konnte. Selbst wenn jemand aus dem Dorf dabei gewesen war, würde derjenige sehr wahrscheinlich nicht mit ihm darüber sprechen.

Er fing an, wieder Ordnung im Haus zu schaffen. Es war noch früh am Abend und er hatte nichts anderes vor. Er begann in der Küche. Alle Sachen, die er wohl in den nächsten Tagen nicht mehr brauchen würde, warf er in einen alten Wäschekorb, den er anschließend in den Container im Garten leerte.

Die Küchenuhr wollte er zur Erinnerung aufbewahren. Er legte sie zu dem Karton mit seinen Briefen.

Im Wohnzimmer musste er etwas genauer sortieren. Alles, was ihm wichtig erschien, stapelte er zunächst auf dem kleinen Couchtisch.

Als er die Zeitungsausschnitte nochmals durchschaute, kam ihm eine Idee. Sicherlich war doch bei den Gerichtsverhandlungen auch die Presse vertreten gewesen. Irgendwie musste der Zeitungsreporter ja an seine Informationen und zu den Bildern gekommen sein. Hastig blätterte er zwischen den verschiedenen Zeitungsausschnitten. Unter allen Berichten des Nordfriesischen Tageblatts stand ein und dasselbe Kürzel: M.S. Wer sich dahinter wohl verbarg? Michael Schmidt? Markus Sönnichsen? Tom überlegte kurz, dann ging er zum Telefon und wählte die Nummer der Auskunft.

»Ihre Auskunft, schönen guten Abend, was darf ich für Sie tun?«, meldete sich eine freundliche Stimme.

»Ich hätte gerne die Nummer der Redaktion des Nordfriesischen Tageblatts.«

»Einen Moment bitte.«

Er hörte, wie eine Eingabe auf einer Tastatur erfolgte. Dann nannte man ihm die Nummer. Tom notierte sie auf einen der Zeitungsausschnitte.

»Darf ich Sie gleich verbinden?«

»Nicht nötig«, antwortete er, nachdem er gesehen hatte, dass es bereits nach zehn Uhr war. Heute würde er niemand mehr erreichen.

Er legte die Zeitungsausschnitte zu den Unterlagen auf den Couchtisch. Dann löschte er das Licht, ging ins Bad und putzte sich die Zähne.

In seinem alten Zimmer drehte er die aufgeschlitzte Matratze um und legte sich mit dem Schlafsack darauf. Als er den Wecker in seinem Handy stellen wollte, sah er, dass Monika angerufen hatte. Sie hatte auf die Mailbox gesprochen und sich entschuldigt, ihn wegen der Einladung so bedrängt zu haben. Sie habe ganz vergessen zu fragen, wie es ihm denn überhaupt ginge und hoffe, er käme bald nach Hause, da sie ihn schrecklich vermissen würde. Tom schloss die Augen. Er war viel zu müde, sich Gedanken darüber zu machen, ob es ihm genauso ging und schlief erschöpft ein.

15

Frieda schloss die Haustür ab und stellte sich auf den Bürgersteig vor der kleinen Wohnanlage. Fritz wollte sie gegen zehn Uhr abholen und zum Hafen fahren.

Heute war die Seebestattung von Inge Sönksens Bruder Heinz. Er war sein ganzes Leben lang zur See gefahren. Als er letztes Jahr aufgrund eines Herzinfarktes nicht mehr an Bord hatte zurückkehren können, war er Tag für Tag ein Stück gestorben, bis er letzte Woche die Augen für immer geschlossen hatte.

Frieda hatte ihn nicht sonderlich gut gekannt, aber Inge zuliebe nahm sie an der Trauerfeier teil. Er hatte sich eine Seebestattung gewünscht.

Für Frieda war es die erste Seebestattung. Sie ging ohnehin ungern auf Beerdigungen. Sie hasste es, daran erinnert zu werden, dass alles vergänglich war, auch Lorentz und sie. Und da sie sich nicht sicher war, ob nach dem Tod noch irgendetwas kommen würde, ging sie davon aus, sich eines Tages für immer verabschieden zu müssen. Diese Vorstellung brach ihr das Herz und sie versuchte, diese Gedanken soweit wie möglich von sich zu schieben.

Sie blickte auf ihre goldene Armbanduhr. Es war bereits kurz nach zehn, Fritz war mal wieder zu spät. Frieda sah hinauf zum Himmel. Die Sonne hatte sich heute hinter dicken Wolken versteckt. Hoffentlich würde es nicht zu kalt auf dem Schiff werden. Ein Hupen riss sie aus ihren Gedanken. Fritz hielt neben ihr und ließ sie einsteigen.

»Tut mir leid, aber ich musste noch schnell ein Rezept bei Dr. Seidel abholen«, entschuldigte er seine Verspätung.

Aus dem Radio tönte Schlagermusik, Welle Nord war eingestellt. Fritz gab Gas, kaum dass sie die Tür zugemacht hatte, und fuhr Richtung Hafen.

Die See war ungewöhnlich ruhig, der Himmel noch immer bedeckt. Zum Glück regnete es nicht. Zwei Stunden fuhren sie hinaus, an die in der Seekarte gekennzeichnete Stelle hinter Amrum auf dem offenen Meer. Frieda blickte auf das Wasser. Die Sicht war trotz der dicken Wolken klar, man konnte weit über das Meer blicken.

Der Kapitän verlangsamte die Fahrt und stellte die Motoren ab. Das Boot begann, unter den leichten Wellen unregelmäßig auf und ab zu schaukeln. Frieda spürte, wie das Frühstücksei und das Toastbrot in ihrem Magen aufwärts streben wollten. Sie schluckte. Nur nicht dran denken, tief atmen. Der Kapitän hatte sich in die Mitte der kleinen Trauergesellschaft gestellt, sprach ein paar persönliche Worte. Frieda nahm das gar nicht wirklich wahr, zu sehr konzentrierte sie sich darauf, ihre Übelkeit zu unterdrücken.

Während die messingfarbene Urne an einem dünnen Tau zu Wasser gelassen wurde, sang Edelgart Schöning ein Solo. Sie war als Vertreterin des Kirchenchores mitgefahren, mehr Sänger hätten auf dem kleinen Boot kaum Platz gefunden. Die anwesenden Trauergäste warfen nacheinander eine rote Rose über Bord. Als Frieda an die Reling trat, war von der Urne bereits nichts mehr zu sehen. Nur die Blumen schwammen auf der glatten Oberfläche des Meeres. Frieda war seltsam gerührt und ihr kamen die Tränen. Diese Seebestattung konfrontierte sie mit einer Feierlichkeit des Todes, die sie bisher nicht gekannt hatte. Alles schien so ruhig, erlösend und festlich. Als wäre Heinz nun seiner wahren Bestimmung zugeführt worden.

Sie stellte sich anschließend etwas abseits von den anderen Trauergästen. Der Kapitän startete die Motoren, zog mit dem Boot drei enge Kreise um die Stelle, an der die Urne versenkt worden war. Das Boot begann erneut zu schaukeln. Die Sonne brach für einen kurzen Augenblick durch die Wolken und warf einige Strahlen auf die Wasseroberfläche. Die Trauergäste waren ergriffen. Frieda beugte sich über die Reling und erbrach sich.

Tom war kurz vor Beginn der Mittagspause beim Nordfriesischen Tageblatt in Husum.

»Telefonisch können wir Ihnen keine Auskünfte erteilen«, hatte man ihm gesagt, als er am Morgen bei der Zeitung angerufen hatte. Deshalb war ihm nichts anderes übrig geblieben, als persönlich nach Husum zu fahren.

Am Informationsschalter saß ein älterer Mann mit Brille. Tom trug ihm sein Anliegen vor.

»Da gehen Sie am besten in den vierten Stock zu Frau Beckmann. Die kann Ihnen sicherlich weiterhelfen.«

Das Gebäude des Zeitungsverlages war alt. In den Gängen roch es ähnlich wie in alten Mietshäusern, eine Mischung aus Linoleum, Bohnerwachs und nassem Hund. In den vierten Stock fuhr ein Paternoster. Diese Art von Aufzug war Tom schon immer unheimlich gewesen. Jedes Mal, wenn er auf solch einen Aufzug traf, stellte sich ihm die Frage, wann der richtige Zeitpunkt zum Ein- oder Aussteigen gekommen war. Und dann die gruselige Vorstellung, was wohl passierte, wenn man den Ausstieg verpasste und in den tiefen Keller fahren musste.

Er wartete, bis die nächste Kabine vollständig im Schacht erschienen war und sprang hinein. Eine Art Triumphgefühl machte sich in ihm breit, welches aber sofort wieder von dem Gedanken an den bevorstehenden Ausstieg vertrieben wurde. Mit angespannter Körperhaltung wartete er, bis eine große weiße Vier ihm anzeigte, dass er sein Ziel erreicht hatte. Fast zu spät machte er den Schritt hinaus aus der Kabine, sodass es ihm vorkam, als würde er aus mindestens einem Meter Höhe auf den Flur hinunter springen. Als er sich jedoch umdrehte, stellte er fest, dass er sich getäuscht hatte. Die Kabine war noch nicht mal zu einem Viertel im Schacht nach oben verschwunden.

Toms Schuhe verursachten bei jedem Schritt ein leises Klicken. Das Linoleum war alt und brüchig, schwarze Streifen von abgeriebenen Schuhsohlen zeichneten ein kurioses Muster. Er klopfte an der Zimmernummer 415. Hinter dem Schreibtisch saß eine Frau mittleren Alters und bat ihn mit einer einladenden Handbewegung in ihr Büro.

»Mein Name ist Tom Meissner«, sagte er, während er ihr zu Begrüßung seine Hand hinhielt.

»Ich bin Brigitte Beckmann. Wie kann ich Ihnen helfen?«

Sie schaute ihn freundlich an. Ihr dunkles Haar schien rötlich getönt und war perfekt frisiert. Ihr Make-up war dezent auf ihr hellblaues Kostüm abgestimmt. Tom kramte aus seiner Hosentasche einen der Zeitungsausschnitte hervor, faltete ihn auseinander und legte ihn vor Frau Beckmann auf den Schreibtisch.

»Ich interessiere mich für den Verfasser dieses Zeitungsberichtes.«

»Von wann ist denn der Bericht?«

»Von 1962, allerdings weiß ich nicht, um welche Ausgabe es sich bei diesem Artikel handelt.«

Sie stand auf und ging in einen angrenzenden Raum.

Tom blickte sich um. Es war ungemütlich. Es gab kein Fenster. Der Raum, lediglich durch eine Neonröhre erhellt, wirkte dadurch kalt und steril.

Nach einer Weile kehrte Frau Beckmann mit einem dicken Aktenordner unter dem Arm zurück.

»Hier ist es! Martin Schleier heißt er. Genau, das muss er sein! Wofür brauchen Sie den Namen?«

Tom überlegte, was er ihr antworten sollte, entschloss sich schließlich für die Wahrheit.

»Wissen Sie, der Mann, der damals vor Gericht stand in diesem Artikel, war mein Onkel. Bis vor wenigen Tagen habe ich nichts von der ganzen Sache gewusst und nun versuche ich mir ein eigenes Bild zu machen. Wissen Sie zufällig, wo ich diesen Martin Schleier finden kann?«

Sie blickte wieder auf das Blatt im Ordner.

»Tut mir leid, aber Herr Schleier arbeitet wohl schon etliche Jahre nicht mehr für uns.«

Toms Hoffnung, mehr über die Gerichtsverhandlung zu erfahren, zerplatzte wie eine Seifenblase. Verzweifelt startete er noch einen letzten Versuch.

»Und eine Adresse? Haben Sie vielleicht zufällig eine Adresse?«

Frau Beckmann schüttelte den Kopf.

»Tut mir sehr leid, aber hier ist keine Anschrift verzeichnet.«

Tom bedankte sich und verließ das Büro. Langsam ging er den Flur entlang und überlegte.

»Konnte Frau Beckmann Ihnen helfen?«, fragte der Mann am Empfang.

»Teilweise. Den Namen weiß ich jetzt, nicht aber, wo ich diesen Martin Schleier finden kann.«

»Martin Schleier suchen Sie? Warum haben Sie das denn nicht gleich gesagt?«

Tom blickte den älteren Herrn überrascht an.

»Kennen Sie denn Herrn Schleier?«

»Herr Schleier ist mein Schwager. Ich habe ihm damals die Stelle als Volontär besorgt. Aber das ist schon lange her.«

»Und wo kann ich ihn finden?«

»Ach, seit er vor etlichen Jahren einen schweren Asthmaanfall erlitten hat, lebt er als freier Autor auf Sylt. Wegen der Luft, wissen Sie? Hat sich ein kleines Häuschen da gekauft. Wenn Sie wollen, kann ich Ihnen seine Telefonnummer geben. Einen Moment.«

Er zog aus seinem grauen Jackett ein kleines Notizbuch hervor und blätterte darin herum. Nur einen kurzen Augenblick und er hatte gefunden, wonach er suchte.

»Hier ist sie ja.«

Der ältere Mann riss von einem Block, den er aus einer Schublade am Informationsschalter hervorholte, ein Stück Papier ab und notierte darauf die Nummer. Dann gab er Tom den Zettel.

»Was wollen Sie von Martin?«

»Ich wollte ihm nur ein paar Fragen stellen zu einer Gerichtsverhandlung, über die er damals berichtet hat«, antwortete Tom.

»Etwa den Fall Hannes Friedrichsen?«

»Genau, wie kommen Sie darauf?«

»Weil das sein erster großer Bericht war. Kann mich noch genau erinnern, dass es damals irgendwie 'ne Menge Tumult um den Fall gab. Aber Martin wird Ihnen sicherlich etwas mehr dazu sagen können. Grüßen Sie ihn schön von mir!«

Draußen hatte sich inzwischen die Sonne erfolgreich

115

durch die Wolken gekämpft. Es war angenehm warm. Tom entschloss sich, noch einen kleinen Spaziergang durch die Stadt zu machen, ehe er wieder nach Hause fahren würde.

Er bog in den kleinen Kopfsteinpflasterweg ein und schlenderte die Häuserreihe entlang, in der vor einigen Jahren Theodor Storm gewohnt hatte. Vor dem Haus mit der Nummer 31 blieb er stehen. ›Der Schimmelreiter‹ fiel ihm ein. Die Novelle hatte er in der Schule gelesen. Obwohl das schon etliche Jahre her war, konnte er sich an den Inhalt noch recht gut erinnern. Jetzt bot sich die Gelegenheit zu sehen, wie der Mann, der den Reiter zum Leben erweckt hatte, einst selbst gelebt hatte. Er nutze die Chance und drückte die geschwungene Messingklinke hinunter.

Haie lehnte sein altes Damenfahrrad gegen die Hauswand. Es war nicht ungewöhnlich, dass er mittags nach Hause kam. Wenn es in der Schule wenig zu tun gab, nutzte er oft die Zeit für eine ausgiebige Mittagspause.

Elke stand in der Küche und richtete einen Salat an. Sie blickte nur kurz auf.

»Sag mal Haie, dieser Tom, was ist das eigentlich für einer?«

Haie schaute sie überrascht an.

»Du hast ihn doch selbst kennen gelernt. Er überlegt sich, hierher zu ziehen. Er ist sehr nett, hatte mich zu ein paar Kurzen eingeladen und ich habe ihm einiges über unser Dorf erzählt.«

»Vor allem von der Sache mit Hannes Friedrichsen, oder? Warum lügst du mich an? Meinst du, ich weiß nicht, wer Tom ist? Das halbe Dorf spricht bereits über ihn.«

»Und?«

»Ich will nicht, dass du mit ihm über diese Sache sprichst. Was geschehen ist, könnt ihr sowieso nicht ändern. Besser ihr lasst die Sache auf sich beruhen, bevor wieder das ganze Dorf in Aufregung gebracht wird.«

Haie ärgerte sich über Elkes Einstellung. Was Hannes Friedrichsen anging, waren sie schon immer unterschiedlicher Meinung gewesen. Warum, wusste er eigentlich gar nicht. Aber er sah nicht ein, sich von seiner Frau vorschreiben zu lassen, mit wem er sich worüber unterhalten durfte. Natürlich würden sie Streit bekommen, aber das würden sie so oder so, wenn Elke erst erfuhr, dass er sich bereits gestern mit Tom getroffen und ihm einiges von damals erzählt hatte. Außerdem verstand er nicht, wieso sie das nach all den Jahren immer noch so aufregte. Wenn sie nach wie vor der Meinung war, dass Hannes Britta umgebracht hatte, wieso durfte er dann nicht darüber sprechen? Wieso durfte er keine andere Meinung zu dem Thema haben und darüber spekulieren, ob nicht ein anderer Britta getötet hat? Schon gestern, als er sich mit Tom über die Sache unterhalten hatte, war ihm aufgefallen, dass es selbst heute noch Dinge gab, auf die er sich keinen Reim machen konnte. Irgendetwas stimmte doch bei der ganzen Sache nicht.

»Wieso willst du eigentlich nicht, dass über die Sache mit Hannes gesprochen wird?«

Elke mühte sich mit der Salatschleuder ab. Wütend zog sie an dem Band, welches die Schleuder in Bewegung setzte.

»Weil es nichts bringt.«

»Und wenn es nun doch alles ganz anders war, als alle vermutet haben?«

»Und selbst wenn es so wäre, was würde es heute noch ändern? Britta ist tot, tot!«

Haie war einen Schritt zurückgewichen. Verwundert schaute er auf Elke, die sich krampfhaft an der Spüle festklammerte. Sie zitterte vor Aufregung. Er verstand nicht, warum sie sich so aufregte. Es tat ihm plötzlich leid, sie provoziert zu haben. Er nahm sie in die Arme, drückte sie leicht an sich. Sie wehrte sich nicht.

»Ist ja gut«, flüsterte er in ihr Ohr. »Ich wollte nicht streiten.«

Sie lehnte sich an seine Schulter und er spürte, dass sie zitterte.

»Und«, fragte Broder aufgeregt, »hat er sie gefunden?«

»Nein«, tönte es aus dem Telefonhörer.

»Mensch Klaus, das kann doch gar nicht sein! Irgendwo müssen doch diese blöden Unterlagen sein!«

Broder verstand nicht, warum Klaus' Neffe beim gestrigen Einbruch nichts gefunden hatte.

Sie hatten ihn angeheuert, damit er für sie in Hannes Haus nach den Unterlagen suchte. Selbst waren sie dazu ja nicht mehr in der Lage. Und Klaus' Neffe hatte sich überreden lassen. Broder war sich allerdings nicht sicher, ob Klaus ihm auch wirklich genau erklärt hatte, wonach er suchen sollte.

»Das Problem war wohl, dass plötzlich dieser Tom nach Hause gekommen ist. Maik musste ihm leider eins überziehen und ist dann abgehauen. Da hatte er aber wohl schon alles abgesucht«, schilderte Klaus den Hergang.

»Hat Tom ihn etwa gesehen?«

»Nein, wieso?«

»Na dreimal darfst du raten, wer mich heute wegen dem Einbruch schon angerufen hat. Kalle wollte mir angeblich nur davon erzählen. Wenn da man nicht mehr dahinter steckt. Und mit Frank wollte er auch sprechen.

Letzten Endes glaubt der noch, ich wäre bei Hannes eingebrochen und Frank soll mir ein Alibi geben.«

Klaus lachte. Broder wurde wütend.

»Was gibt es denn da zu lachen? Du meinst auch, nur weil deine Erna nicht mehr lebt, bist du mir nichts mehr schuldig, was? Du hängst genau so tief drin wie ich!«

»Nun mach aber mal einen Punkt!« Klaus Stimme wurde laut.

»Meine Idee war das schließlich nicht damals. Ich war doch nur immer dein Handlanger. Für die Drecksarbeit. Wie heute auch. Wer hat sich denn darum gekümmert, dass Maik bei Hannes einbricht?«

»Ach, lass gut sein! Sehen wir uns morgen im ›Deichgrafen‹?«

Klaus bejahte die Frage. Anschließend verabschiedeten sie sich und legten auf.

Broder ging hinüber zum Eichensekretär und genehmigte sich einen ordentlichen Schluck aus der versteckten Kornflasche. Dann verließ er sein Zimmer und ging hinüber in die Küche. Meike bereitete gerade das Mittagessen vor. Rosenkohl mit Schnitzel und Kartoffeln. Er ließ sich auf der Eckbank nieder.

»Na Meike, ist Frank im Stall?«

Sie schüttelte den Kopf.

»Er ist weg.«

Broder verkniff sich die Frage nach dem wohin.

»Hat Kalle denn schon angerufen«, fragte er stattdessen. Er versuchte, seine Stimme möglichst belanglos klingen zu lassen.

Meike drehte sich zu ihm um. Ihr Blick wirkte ängstlich.

»Nein, wieso?«

Er fühlte sich in der Zwickmühle. Eigentlich hatte er

erwartet, von ihr erfahren zu können, was denn Kalle wohl von Frank gewollt hatte. Was sollte er ihr nun sagen? Schließlich machte sie sich schon genug Sorgen. Das sah man nicht nur an den tiefen, dunklen Ringen unter ihren Augen.

»Ach, ich glaube, er hatte wohl einen defekten Zaun gesehen und wollte Frank Bescheid geben«, log er deshalb.

Er stand auf, bevor sie noch weitere Fragen stellen konnte.

»Ruf mich, wenn das Essen auf dem Tisch steht.«

Er ging hinunter auf den Hof. Durch den Kuhstall schlenderte er in den alten Pferdestall, dann hinüber in den Geräteschuppen. Er war schon lange nicht mehr hier gewesen. Ihm war kalt. Die Erinnerungen waren hier noch intensiver. Bilder wie Blitzlichter tauchten vor seinem inneren Auge auf. Flackerten auf, erloschen wieder. Er erschrak, als jemand hinter ihn trat und eine Hand auf seine Schulter legte.

Der Besuch im Museum war sehr informativ gewesen. Tom trat auf den kleinen Bürgersteig in der Wasserreihe und hatte das Gefühl, der Heimat des Dichters ein Stück näher gekommen zu sein. Er glaubte zu verstehen, was Storm an der ›grauen Stadt am Meer‹ so geliebt hatte.

Durch die kleine Gasse ging er hinüber zum Marktplatz. An einer Buchhandlung machte er kurz Halt und kaufte sich Storms gesammelte Werke. Mit den Büchern beladen ging er gut gelaunt zu seinem Wagen. Er hatte vor, wenn es Martin Schleier passte, morgen einen Ausflug nach Sylt zu unternehmen, um den alten Zeitungsreporter zu den Vorgängen von damals zu befragen.

Er startete den Motor und saß in Gedanken schon im

Zug nach Sylt. Als Schüler hatte er einmal einen Ausflug mit der Klasse dorthin unternommen. In Hörnum hatten sie sich die Sandvorspülungen angeschaut. Anschließend hatten sie im Meer gebadet.

Er überlegte gerade, wie der Name der Lehrerin gewesen war, die diesen Ausflug mit ihnen gemacht hatte, als er plötzlich im Augenwinkel einen dunklen Schatten sah. Er trat voll auf die Bremse. Es gab einen lauten, dumpfen Schlag. Krampfhaft umklammerte er das Lenkrad, versuchte den Wagen in der Spur zu halten, aber das Auto geriet ins Schlingern. Tom riss das Lenkrad nach rechts. Die Räder blockierten. Er hatte kaum noch Kontrolle über den Wagen. Schweiß schoss aus allen seinen Poren, sein Puls raste. Er hielt das Lenkrad so fest, dass die Knöchel an seinen Händen weiß hervortraten. Der Wagen rutschte noch ein Stück, kam kurz vor dem Straßengraben zum Stehen.

Tom ließ seinen Kopf auf das Lenkrad fallen. Erschöpft schloss er die Augen. Sein Herz schlug ihm bis zum Hals. Er versuchte, langsam ein- und auszuatmen. Jemand öffnete die Tür seines Wagens.

Als er aufblickte, sah er in zwei blaue, verängstigte Augen. Sie gehörten einer blonden Frau, die seinen Unfall beobachtet hatte, während sie ihm aus der Gegenrichtung in dem kleinen Waldstück entgegengekommen war.

»Geht es Ihnen gut?«

Sie half ihm beim Aussteigen. Seine Beine gaben nach, er zitterte. Sie führte ihn an die Leitplanke. Er setzte sich hin, lehnte seinen Rücken gegen die Planke.

»Soll ich einen Notarzt rufen?«

Ein stechender Schmerz durchfuhr ihn, reflexartig griff er an die kleine Platzwunde über seinem Auge. Sie hatte wieder angefangen zu bluten. Die blonde Frau holte einen

Verbandskasten aus ihrem Wagen, drückte eine Kompresse dagegen. Dann rief sie die Polizei.

Erst jetzt bemerkte Tom das tote Reh. Es lag völlig verdreht auf dem rechten Fahrstreifen, ein kleiner roter See hatte sich neben dem Kopf gebildet. Sein Wagen stand schräg auf dem Grünstreifen. Der Kotflügel war verbeult. Auf der Straße waren schwarze Bremsspuren zu sehen. Die anderen Wagen fuhren langsam an der Unfallstelle vorbei, jeder wollte sehen, was geschehen war. Schnell hatte sich eine lange Schlange gebildet.

Die blonde Frau lächelte ihn an.

»Machen Sie sich keine Vorwürfe. Da konnten Sie wirklich nicht mehr ausweichen.«

Besser er sagte ihr nicht, dass er jeden ADAC-Schleuderkurs mit Bravour bestanden hatte, aber heute leider mit seinen Gedanken nicht auf der B 5, sondern schon auf Sylt gewesen war. Er lächelte zurück. In der Ferne war bereits die Sirene eines herannahenden Polizeiwagens zu hören.

Nur wenige Augenblicke später hielt das Polizeiauto auf dem Grünstreifen neben Toms Wagen.

»Na, das ist ja eine schöne Bescherung! Hauptwachtmeister Schneider«, stellte sich der Polizeibeamte vor.

Der Polizist nahm die Personalien auf, rief dann einen befreundeten Jäger an.

»Im Grunde genommen ist es gar nicht so schlimm«, sagte er, nachdem er aufgelegt hatte.

»Der Wildbestand in der Gegend ist sowieso viel zu hoch. So gesehen haben Sie dem Jäger sogar eine Kugel gespart.«

Er lächelte. Tom fand die ganze Angelegenheit überhaupt nicht witzig. Sein Mietwagen sah ziemlich beschädigt aus. Außerdem hatte er wieder höllische Kopfschmerzen.

Der Polizist war mit seinen Ermittlungen inzwischen fertig. Mit hochgekrempelten Hemdsärmeln hatte er das Reh von der Fahrbahn auf den Grünstreifen geschleift. Er drückte Tom und Marlene Schumann jeweils einen Zettel mit seinen Notizen in die Hand, verabschiedete sich und verschwand. Tom und Marlene blickten sich an.

»Darf ich Sie für Ihre Hilfe auf einen Kaffee einladen?«, fragte Tom.

Als er den Zündschlüssel herumdrehte, zitterte seine Hand. Für einen kurzen Moment schloss er die Augen, dann gab er Gas, bog nach links von der B 5 ab und nahm die kleinere Straße, die in den Ort führte. Im Rückspiegel sah er, dass Marlene ihm folgte. Direkt an der Dorfstraße befand sich ein Café.

Außer ihnen waren keine Gäste anwesend, die Kaffeezeit war längst vorbei. Trotzdem setzten sie sich an einen der runden Tische und bestellten jeder eine Tasse Kaffee und einen Cognac.

»Da haben Sie aber noch einmal Glück gehabt. Das hätte auch schlimmer ausgehen können.«

Tom nickte.

»Das stimmt. Aber ich habe das Reh wirklich nicht gesehen. Nur plötzlich einen dunklen Schatten und dann krachte es auch schon.«

Er blickte in Marlenes mitfühlende, tiefblaue Augen und entdeckte Anteilnahme und Interesse.

»Was verschlägt Sie in diese Gegend? Sie kommen aus Hamburg?«

»Ich komme gerade von Sylt. Ich schreibe zurzeit an meiner Doktorarbeit und habe dort einiges recherchiert.«

»Worüber?«

»Theodor Storm. Ich schreibe über seine Arbeiten, die

er auf und über Sylt verfasst hat. Da kann ein Besuch des Tatortes sehr hilfreich sein.« Sie lächelte.

»Das kann ich mir vorstellen«, entgegnete Tom. »Noch einmal schauert leise und schweiget dann der Wind; vernehmlich werden Stimmen, die über der Tiefe sind.«

»Sie kennen ›Meeresstrand‹?«

»Ich war zufällig heute im Storm-Museum in Husum.«

»Und, hat es Ihnen gefallen?«

»Es war sehr interessant. Ich mag Theodor Storm, vor allem den ›Schimmelreiter‹.«

»Aber Sie sind nicht von hier, oder?«

»Ich habe nur einige Jahre meiner Kindheit hier verbracht.«

»Das prägt«, stellte Marlene fest.

Tom empfand es sehr angenehm, mit der jungen Frau zu plaudern. Sie erzählte ihm von ihrer Doktorarbeit. Das Heimatmotiv faszinierte sie am meisten in Theodor Storms Arbeiten. Die Zeit verging wie im Flug. Als Tom auf die Uhr blickte, waren bereits zwei Stunden vergangen.

Später wusste Tom nicht so recht, wie er sich verabschieden sollte. Sie schauten sich an und tauschten ihre Handynummern aus, dann reichte er ihr zum Abschied die Hand.

»Ich danke Ihnen.«

»Es hat mich gefreut, Sie kennen zu lernen. Auch wenn die Umstände erfreulicher hätten sein können.«

Frank saß am Computer und surfte im Internet. Er hatte schon mehrere Webseiten von Kreditinstituten aufgerufen, die mit niedrigen Zinssätzen warben. Leider waren das nur Kredite, die an Privatpersonen vergeben wurden. Für ihn, als Landwirt mit einem Einkommen aus selbstständiger Arbeit, gab es da keine Chance.

Inzwischen hatte er die Suche aufgegeben und beschäftigte sich mit einem Computerspiel. Er zündete sich eine Zigarette an und blies den Rauch an die Decke. Meike öffnete leise die Tür.

»Frank? Ich muss mit dir reden.«

Sie kam näher, legte ihre Hand auf seine Schulter. Als sie sah, das Frank spielte, atmete sie tief durch. Frank drehte sich nur flüchtig um, zu sehr nahm ihn das Spiel gefangen.

»Jetzt nicht, Meike. Ich habe zu tun.«

»Es ist aber wichtig.«

Frank machte immer noch keine Anstalten, seiner Frau zuzuhören. Gebannt starrte er auf den Bildschirm.

»Ich bin schwanger.«

Das saß. Franks Blick war zwar immer noch starr auf den Computer gerichtet, aber seine Gedanken wirbelten plötzlich in alle Richtungen. Meike wartete auf eine Reaktion, aber er saß wie versteinert auf seinem Stuhl. Seine Zigarette verglimmte, Asche fiel auf den Schreibtisch. Langsam drehte er sich um. Viele Jahre hatten sie bereits auf Nachwuchs gewartet. Sehnlich hatte er sich einen Sohn gewünscht, doch nach so vielen Jahren des vergeblichen Wartens hatte er vor einiger Zeit die Hoffnung aufgegeben. Und nun sollte er doch Vater werden? Ausgerechnet jetzt? Er schüttelte den Kopf. Meike blickte ihn unsicher an. Ihr Herz schlug bis zum Hals. Er konnte die pochende Halsschlagader unter der blassen Haut erkennen.

»Meike, momentan können wir uns das gar nicht leisten. Weißt du eigentlich, was so ein Kind kostet? Kleidung, Kinderwagen, Bettchen, eventuell ein neues Auto. Das ist einfach nicht drin.«

Frank wusste, dass jedes seiner Worte sie verletzte, aber er wollte einfach kein Kind mehr mit ihr. Er wollte frei sein und nicht schuften, damit das Plag zu essen hatte. Wo blieb dann sein Vergnügen?

Sie drehte sich wortlos um, verließ den Raum. Damit hatte Frank nicht gerechnet. Er blickte zurück auf den Bildschirm, auf dem ein weinender Smiley ihm ein ›Leider verloren‹ mitteilte. Er stand auf. Vermutlich hatte Meike sich ins Badezimmer geflüchtet. Vorsichtig klopfte er an die Tür. Keine Reaktion. Als er die Klinke hinunter drückte, öffnete sich wider Erwarten die Tür, doch das Bad war leer.

Er hörte Geräusche aus dem Schlafzimmer. Meike hatte einige Kleider auf das Bett geworfen, packte sie ordentlich in ihren großen Lederkoffer.

»Was tust du da?«

»Ich packe.«

Ich schlafe schlecht. Ich stehe nachts auf, sehe fern, versuche mich abzulenken. Nicht daran zu denken, was ich getan habe. Ich habe einen Menschen umgebracht.

Ich hatte mich im Recht gesehen. Mein ganzes Leben war zerstört. Da musste ich mich doch rächen, oder? Das muss man doch verstehen.

Es hatte lange gedauert, bis ich es begriffen, die Zusammenhänge verstanden hatte. Aber als ich das Geflecht aus jahrelangen Lügen und Täuschungen durchdrungen hatte, war mir klar geworden, dass er schuld daran gewesen war. Und nun ist er tot. Selbst schuld an seinem Tod. Er hätte mein Leben nicht zerstören sollen.

Anfangs hatte ich Erleichterung empfunden, Genugtuung. Selbst wenn mir sein verzerrtes Gesicht im Traum erschienen war, hatte ich im Schlaf noch schadenfroh gegrinst.

Das ist nun vorbei. Jetzt ist dieser Tom hierher ins Dorf gekommen, stellt neugierige Fragen, lässt mich schlecht schlafen.

16

Als Tom heimkam, war er erschöpft. Sein Kopf schmerzte, er fühlte sich schlapp und krank. Wahrscheinlich hatte er sich doch zuviel zugemutet. Es wäre besser gewesen, wenn er den Wagen hätte stehen lassen. Der Schreck steckte ihm doch in den Knochen. Er wollte nur noch die erforderlichen Telefonate führen und dann schlafen. Schlaf würde ihm sicher gut tun.

Zuerst wählte er die Nummer der Autovermietung. Eine freundliche Frauenstimme meldete sich. Tom schilderte den Unfall und gab den entstandenen Schaden durch. Man versicherte ihm, dass alles nur halb so schlimm sei und nannte ihm die Adresse der nächsten Vermietung, mit der ein Kooperationsvertrag bestand, und wo er den Wagen abgeben und ein neues Fahrzeug erhalten würde.

Er wählte erneut. Nach dem vierten Klingeln wurde abgehoben.

»Mein Name ist Tom Meissner. Könnte ich bitte Martin Schleier sprechen?«

»Für dich, Papa.«

»Ja, Martin Schleier?«

»Guten Abend Herr Schleier. Mein Name ist Tom Meissner, ich bin der Neffe von Hannes Friedrichsen. Ihr Schwager war so freundlich, mir Ihre Nummer zu geben. Ich soll Sie herzlich grüßen!«

»Ach, vom Fritz. Ja, das ist aber nett. Wie geht es ihm denn so?«

»Ganz gut! Ich würde Sie gerne treffen und Ihnen ein

paar Fragen stellen zu der Gerichtsverhandlung, über die Sie damals berichtet haben.«

»Hm«, machte Martin Schleier, während er überlegte, ob er sich mit Tom treffen wollte. »Und Sie sind der Neffe von Hannes Friedrichsen?«

»Ja.«

»Und was genau wollen Sie von mir?« Martin Schleier klang immer noch skeptisch.

»Das würde ich gerne persönlich mit Ihnen besprechen. Wissen Sie, es gibt da noch ein paar Dinge die ich nicht verstehe.«

»Die gab es damals schon«, murmelte Martin Schleier nachdenklich vor sich hin. »Sind Sie etwa bei der Polizei?«

»Nein, ich habe eine Zeitlang bei Hannes Friedrichsen gelebt und interessiere mich für das, was damals passiert ist.«

»Ich weiß aber nicht, ob ich Ihnen weiterhelfen kann«, versuchte Martin Schleier auszuweichen.

»Ich denke schon. Kann ich Sie treffen?«

»Passt es Ihnen morgen? Um drei Uhr in Westerland an der Musikmuschel?«

Wahrscheinlich rechnete er damit, dass es Tom zu kurzfristig war.

»Das passt mir sehr gut.«

Sie verabschiedeten sich und legten auf. Für einen kurzen Augenblick überlegte Tom, ob er Marlene anrufen sollte. Aber was könnte er ihr sagen? Er verwarf den Gedanken, ging ins Bad, nahm eine Kopfschmerztablette und legte sich ins Bett.

17

Als Tom früh am Morgen aufwachte, fühlte er sich besser. Er frühstückte kurz, dann wählte er die Nummer von Haie. Elke meldete sich nach dem dritten Klingeln. Als er seinen Namen nannte und nach Haie fragte, wurde ihre Stimme plötzlich abweisend. Kurz und abgehackt klangen ihre Worte:

»Haie ist nicht da.«

Sonst sagte sie nichts. Tom wunderte sich. Bei seinem Besuch war sie freundlich und sehr nett zu ihm gewesen. Was war passiert? Hatte er sie irgendwie verärgert? Er traute sich jedoch nicht, Elke danach zu fragen. Und da sie offensichtlich nicht mit ihm sprechen wollte, verabschiedete er sich und legte auf.

Draußen schien die Sonne, aber es war sehr windig. Tom fuhr mit dem Wagen zum Bahnhof, parkte auf dem bewachten Parkplatz. Der Aufseher schaute ihn fragend an, als er den Schaden am Kotflügel sah. »Wildunfall«, erklärte Tom kurz und zuckte mit den Schultern. Er zahlte die Parkgebühr für den ganzen Tag und lief über den Vorplatz des Bahnhofs zum Fahrkartenschalter hinüber. Der nächste Zug fuhr in zwanzig Minuten, Tom löste eine Hin- und Rückfahrt. Dann ging er durch die Unterführung hinauf zum Bahnsteig.

Der Zug war voll, jede Menge Tagestouristen waren unterwegs. Nach längerem Suchen fand er einen Fensterplatz. Er lehnte sich zurück und blickte hinaus. Er fuhr gerne Zug. Schon als Kind hatte er es geliebt, am Fenster zu sitzen und die Landschaft zu beobachten.

130

Kurz nach dem ersten Halt sah er eine riesige Armee von Windrädern in der Ferne auftauchen. Hunderte mussten es sein. Der Wind ließ ihre Flügel nur so rasen. Der Anblick nahm Tom magisch gefangen.

Wenig später erreichten sie auch schon den Hindenburgdamm. Es war Ebbe und Scharen von Austernfischern und Wattläufern bevölkerten den Meeresboden. In der Ferne konnte er bereits die Insel sehen. Ihn ergriff ein seltsames Gefühl. Erhaben lag die Insel vor ihm. Die Königin der Nordsee. Fremdartig und doch irgendwie heimisch. Er ließ die Insel und das, was sie mit sich brachte, auf sich zukommen.

Elke hatte Tom nicht angelogen. Haie war wirklich nicht da gewesen. Früher als üblich hatte er das Haus verlassen, war auf sein Fahrrad gestiegen und Richtung Bundesstraße gefahren. In seiner Jackentasche befand sich der Schlüssel, den er Tom am Dienstag nicht zurückgegeben hatte.

Er drückte den messingfarbenen Klingelknopf neben der blau-weißen Friesentür. Wenig später hörte er Schritte, dann wurde geöffnet. Sein Schwager, Elkes Bruder, schaute ihn überrascht an.

»Was verschlägt denn dich um diese Zeit hierher?«

»Ich wollte dich etwas Dringendes fragen.«

Thomas trat einen Schritt aus der Tür und bat Haie herein. In der Küche saß Rieke, Thomas' Frau, noch verschlafen am Frühstückstisch. Sie stand sofort auf, holte eine weitere Kaffeetasse und goss wie selbstverständlich einen Kaffee ein.

Thomas schaute ihn erwartungsvoll an, nachdem sie am Frühstückstisch Platz genommen hatten. Haie holte den Schlüssel aus seiner Jackentasche und hielt ihn Thomas hin.

»Hast du eine Ahnung, was das für ein Schlüssel sein könnte? Ich meine, vielleicht ein Schließfachschlüssel oder so etwas Ähnliches?«

Thomas betrachtete den Schlüssel eine Weile.

»Also von uns ist der auf jeden Fall nicht, wir haben gar keine Schließfächer hier.«

Er überlegte. Haie wartete gespannt. Rieke blickte fragend zwischen den beiden hin und her.

»Woher hast du ihn?«

»Von einem Bekannten. Er hat ihn in einem Nachlass gefunden, weiß aber nichts damit anzufangen.«

Haie sagte das betont gleichgültig, konnte den anderen jedoch nicht täuschen.

»Sag bloß, er ist aus dem Nachlass von Hannes!«

Haie nickte. Lügen war wohl zwecklos.

»Was mischt du dich da ein? Wenn Elke das mitbekommt, du weißt doch, wie sehr sie das mitnimmt, wenn es um die Sache von damals geht.«

»Ja, ich weiß. Obwohl ich nicht verstehe, warum sie sich so aufregt. Mit mir spricht sie ja nicht darüber.«

Rieke räusperte sich.

»Weißt du, die ganze Aufregung um Hannes und Britta hat Elke sehr mitgenommen. Sie will einfach nicht daran erinnert werden.«

»Aber wieso hat sie sich denn damals so aufgeregt?«

Rieke zuckte mit den Schultern.

»Keine Ahnung, aber du weißt doch selbst, wie fertig sie war. Da ist es ja nur verständlich, dass sie nicht mehr mit der Sache konfrontiert werden will.«

»Genau«, mischte Thomas sich nun ein, »besser du lässt die Dinge auf sich beruhen. Elke braucht nicht unnötig belastet zu werden.«

Haie verstand die ganze Sache nicht. Gut, Thomas und Rieke wussten wahrscheinlich auch nicht mehr. Sie wollten nur, dass es Elke gut ging. Das konnte er verstehen. Das wollte er ja auch. Warum Elke sich jedoch immer noch so darüber aufregte, interessierte sie scheinbar nicht. Aber vielleicht war gerade das wichtig. Wenn man den Grund wüsste, vielleicht könnte man Elke dann helfen. Offensichtlich hatte sie es bis heute nicht verarbeitet.

Er erinnerte sich, wie sehr sie sich alles zu Herzen genommen hatte. Zehn Kilo hatte sie abgenommen und schlecht hatte sie ausgesehen. Bleich und krank, ständig gerötete Augen. Er hatte sie häufig gefragt, was denn los sei. Die Tatsache, dass Britta höchstwahrscheinlich ermordet worden war, war schon schlimm, aber warum hatte Elke sich das so sehr zu Herzen genommen? Schließlich waren sie nicht verwandt oder besonders befreundet gewesen, weder mit Brittas Eltern, noch mit Hannes Friedrichsen. Doch Elke war ihm immer wieder ausgewichen, hatte wortkarg nur geantwortet: ›Wie sehr man sich doch in einem Menschen täuschen kann.‹

Thomas erhob sich vom Frühstückstisch. »Ich muss los. Die Arbeit ruft.«

Haie stand ebenfalls auf.

»Also, misch dich in die Sache am besten nicht ein. Denk an Elke.«

Haie nickte nur. Sie gingen in den Flur. Thomas zog sich sein Jackett über und reichte ihm den Schlüssel.

»Und wenn es dazu beiträgt, dass dieser Tom hier möglichst bald wieder verschwindet: Der Schlüssel ist von der Deutschen Bank in Flensburg. Ich habe da mal ein Praktikum gemacht vor vielen Jahren, aber den Schlüssel erkenne ich an der Ziffernfolge. 01 steht für die Hauptfiliale, 089 für Flensburg und 37 ist die Schließfachnummer.

Ob das heute noch so ist, weiß ich natürlich nicht. Aber ich kann es mir durchaus vorstellen, in solchen Dingen ist die Deutsche Bank eher altmodisch.«

18

Der Zug hatte den Hindenburgdamm hinter sich gelassen und zuckelte gemächlich über die Insel. Tom genoss die Schönheit der Natur. Das eigenartige Gefühl in seinem Bauch war immer noch da. Es war, als hätte die Insel ihren Zauber über ihn gelegt. Mit einer gewaltigen Macht nahm sie ihn vollends in Beschlag, zwang seine Sinne sich ausschließlich ihrer Schönheit zu widmen. Ihre Luft zu atmen, ihrer Stimme zu lauschen, sie zu fühlen und vor allem zu bewundern.

Der Zug hielt das erste Mal in Morsum. Nur wenige Fahrgäste stiegen aus. Dann ging es weiter. Nach einem weiteren Halt in Keitum erreichten sie schließlich Westerland, die Endstation. Der Zug hielt in dem Sackbahnhof.

Auch hier auf der Insel schien die Sonne, aber es war kühler als auf dem Festland. Der Wind wehte etwas stärker. Er zog sich seinen Pullover über und ging durch den kleinen Bahnhof, über den Vorplatz hinüber in die Fußgängerzone. Es war erst Viertel nach zwölf und er überlegte, wie er die Zeit bis zu seiner Verabredung mit Martin Schleier am besten nutzen konnte. Er entschloss sich, durch die Friedrichstraße Richtung Strand zu bummeln.

An der dicken Wilhelmine blieb er schmunzelnd stehen. Irgendein Witzbold hatte der dicken Brunnendame einen BH umgebunden und einen Hut aufgesetzt. Etliche Touristen machten ein Foto davon.

Bei Wegst, einem Porzellan- und Geschenkartikelladen, kaufte er eine Postkarte von der Wilhelmine. Die wollte er Monika schicken. Sie machte immer einen riesigen Zirkus um ihr Gewicht, hielt ständig Diät. Mit der Karte würde er sie beruhigen und ihr mitteilen, dass hier auf Sylt wieder fülligere Frauen gefragt wären.

Schon bald hatte er die Strandpromenade erreicht. Er zahlte sechs Mark für eine Tageskarte und trat ans Geländer der Promenade. Der Strand war voll mit Sonnenhungrigen. Ein buntes Bild aus Strandtüchern, kleinen Fähnchen, Strandmuscheln, Windrädern und Strandkörben erstreckte sich über den schmalen Sandstreifen. Das Meer schlug hohe Wellen gegen den Strand.

Tom zog seine Schuhe aus, krempelte die Jeans hoch und ging die Treppe zum Strand hinunter. Er spürte den warmen Sand unter seinen Füßen. Zwischen den Strandkörben und Handtuchburgen hindurch schlängelte er sich hinunter zum Wasser. Wider Erwarten war es relativ warm. Tom ließ seine Füße von den Ausläufern der Wellen umspülen und blickte hinaus aufs Meer. Welchen Gegensatz diese Weite doch zu der engen, dicht bevölkerten Einkaufsstraße bildete. Der Horizont schien unbegrenzt. Irgendwo in der Unendlichkeit vereinte sich das Blau des Wassers mit dem des Himmels.

Seine Gedanken wanderten zu Onkel Hannes. Er versuchte sich daran zu erinnern, ob er sich jemals unwohl oder gar bedroht bei ihm gefühlt hatte, aber eigentlich war das nicht der Fall gewesen. Wenn er auch nicht besonders mitteilsam gewesen war, so hatte sein Onkel ihn doch immer nett und auf seine Art auch fürsorglich behandelt. Vielleicht hatte er ihn sogar liebgewonnen. Manchmal hatte Onkel Hannes sich ja bemüht, ihm eine Freude zu bereiten. Das Fahrrad, die Ausflüge, das Bananensplitt.

Doch, so gesehen hatte er es gut bei ihm gehabt. Nur seine Zurückgezogenheit, sein Schweigen hatten Tom manchmal zugesetzt. Aber dass Hannes gewalttätig ihm gegenüber geworden war, daran konnte Tom sich nicht erinnern. Er fragte sich, warum er, nachdem er nach München an die Uni gegangen war, nie wieder zurückgekehrt war. Keinen einzigen Gedanken hatte er daran verschwendet, jemals wieder hierher zu kommen. Nicht mal im Urlaub. Dabei war es hier im Norden wunderschön. Die Weite der Landschaft, die unbegrenzte Natur, das Gefühl, dem Himmel hier ein Stück näher zu sein. Aber er wusste selbst nicht, was ihn davon abgehalten hatte. Auch Kontakt hatten sie keinen mehr gehabt. Anfänglich hatte Tom noch hin und wieder eine Karte geschrieben. Weihnachten, zum Geburtstag und aus dem Urlaub. In den letzten Jahren jedoch hatte er damit aufgehört. Vielleicht lag es daran, dass Hannes ihm nie geantwortet oder ebenfalls mal eine Karte geschickt hatte. Irgendwie vermutete Tom jedoch, dass es andere Gründe gab.

Er lief los. Der Strand wurde leerer, nur vereinzelt waren hier und da noch ein paar Handtücher ausgebreitet, ließen sich Strandbesucher von der Sonne bräunen. Tom hing seinen Gedanken nach.

Er merkte gar nicht, wie weit er den Strand bereits entlang gewandert war, so sehr war er in seine Erinnerungen hinabgetaucht. Als er endlich wieder stehen blieb und sich umblickte, hatte er schon die Ausläufer des Roten Kliffs erreicht. Ehrwürdig erhob es sich vor ihm. Beim Sonnenuntergang leuchtete es meist rötlich, aber jetzt erklärte sich sein Name nicht von selbst. Eher bräunlich wirkte es und das rote Abendkleid, welches dem faszinierenden Naturphänomen seinen Namen gab, fehlte.

Tom blickte auf seine Uhr und erschrak. Es war bereits

zwanzig nach zwei. Eilig machte er sich auf den Rückweg und hoffte, Martin Schleier noch rechtzeitig an der Musikmuschel zu begegnen.

Frieda löste vorsichtig den Marmorkuchen aus der Backform. Sie war zum Kaffee mit den Landfrauen verabredet. Jede brachte reihum zu diesen Treffen einen Kuchen oder eine Torte mit. Diesmal war Frieda an der Reihe gewesen. Sie setzte den fertigen Kuchen auf einen großen Teller, bestäubte ihn mit Puderzucker.

Am Vormittag war sie bereits bei Lorentz gewesen. Sein Zustand war unverändert. Seit der Begegnung mit Marlies Johannsen war er aufgewühlt und unruhig. Die Ärzte hatten ihm Medikamente gegeben, die aber wenig halfen. Er drehte sich hin und her in seinem Bett, rief immer wieder: »Wo ist sie! Wo ist sie denn nur!«

Frieda hatte es nicht lange bei ihm ausgehalten. Sie machte sich Vorwürfe, ihm die vielen Leute zugemutet zu haben. Dr. Roloff hatte versucht, sie zu beruhigen.

»Das ist keine unübliche Reaktion bei dieser Krankheit. Ihr Mann scheint sich an irgendetwas aus seiner Vergangenheit zu erinnern. Ein Ereignis, das ihn wahrscheinlich damals schon sehr aufgewühlt hat. Da er sich an fast gar nichts erinnern kann, insbesondere nicht an kürzer zurückliegende Ereignisse, erlebt er diese Erinnerungen umso intensiver. Das legt sich. So schlimm es klingt, aber schon bald wird er den Anlass für seine Aufregung vergessen haben.«

Das schmerzte. Warum löste ihre Anwesenheit nicht solch intensive Erinnerungen bei Lorentz aus? Warum starrte er, wenn er sie sah, immer nur teilnahmslos auf die Wand? Hatten sie denn keine intensiven Erlebnisse in ihrer Vergangenheit gehabt? Hatte er vergessen, was sie erlebt hatten, was sie für ihn getan hatte? Sie war den Tränen nahe gewesen und Dr. Roloff hatte ihr geraten, nach Hause zu gehen. Momentan könne sie für Lorentz nichts tun, hatte er gemeint.

Sie packte den Kuchen in Alufolie ein. Dann zog sie den schwarzen Plisseerock und eine kurzärmelige Bluse an. Im Spiegel betrachtete sie ihr Spiegelbild. Blass und müde sah sie aus. Unter ihren Augen zeichneten sich dunkle Ringe ab. Sie tupfte sich ein paar Tropfen Parfum hinter die Ohren, holte den Kuchen aus der Küche und ging.

Sie spazierte die Dorfstraße entlang, bog in der Kurve Richtung Kirche ab. Am Tor zum Friedhof blieb sie kurz stehen, überlegte einen Moment. Schließlich öffnete sie die kleine Holzpforte. Den Hauptweg entlang, dann links, schon stand sie am Grab von Britta Johannsen. Frische Blumen waren neben dem Stein in einer Steckvase arrangiert, die schmalen Wege links und rechts neben der Grabstelle waren frisch geharkt.

Sie blickte auf den massiven Marmorstein. ›Hier würde unser kleiner Engel ruhen, wenn er nicht in den Himmel aufgefahren wäre‹ stand darauf in messingfarbenen Buchstaben geschrieben. Nachdem man endgültig die Suche nach Britta aufgegeben und sich damit abgefunden hatte, dass Hannes Friedrichsen nicht gestehen würde, wo die Leiche versteckt war, hatte man Brittas Eltern gestattet, auf diese Weise Abschied von ihrer Tochter zu nehmen.

Frieda drehte sich um. Sie ging jedoch nicht den Weg zurück, den sie gekommen war, sondern folgte dem kleinen Kiesweg hinauf zum Grab von Hannes Friedrichsen. Sie blieb kurz stehen, blickte auf das Holzkreuz. Dann spuckte sie auf die Grabstelle und ging schnell weiter.

Über den Hauptweg verließ sie den Friedhof, überquerte die Straße hinüber zum Gemeindehaus.

Vier der anderen Landfrauen warteten bereits. Freudig begrüßten sie Frieda, nahmen ihr den Marmorkuchen ab. Ein langer Tisch war mit Kaffeegeschirr gedeckt, Frieda setzte sich auf einen der Stühle. Nach und nach trafen auch die anderen Frauen ein. Die Plätze am Tisch füllten sich, eine freudige Atmosphäre herrschte. Angeregtes Geplauder erfüllte den Raum. Frieda war es jedoch überhaupt nicht freudig zumute. Geduldig beantwortete sie die immer wieder gestellten Fragen nach Lorentz' Befinden. Dann stand plötzlich Meike Petersen neben ihr.

»Ist der Platz noch frei?«

Frieda blickte auf und erschrak. Meike sah ihrem eigenen Spiegelbild erstaunlich ähnlich, nur ein paar Jahre jünger. Sie nickte ohne ein Wort und Meike nahm neben ihr Platz. Es war offensichtlich, dass es ihr nicht gut ging. Frieda goss ihr einen Kaffee ein. Die junge Frau versuchte zu lächeln.

Zunächst saßen sie schweigend nebeneinander, aßen Kuchen. Plötzlich stand Meike ruckartig auf, verließ eilig den Raum. Nach wenigen Minuten kam sie zurück.

»Ist dir nicht gut?«

Meike schüttelte den Kopf. Tränen standen in ihren Augen. Sie seufzte laut, dann schlug sie die Hände vor's Gesicht, begann zu weinen. Augenblicklich war es still im Raum. Alle Augen waren fragend auf die schluchzende Frau gerichtet. Frieda reichte ihr ein Papiertaschentuch.

»Ich habe mich von Frank getrennt«, brachte Meike schließlich hervor.

Die Stille hielt an.

140

»Aber wieso denn, Kindchen?«, fragte Paula Michels über den Tisch hinweg.

»Das ist eine lange Geschichte.«

Um kurz nach drei Uhr erreichte Tom schnaufend die Musikmuschel. Das letzte Stück war er gerannt, die Leute hatten ihm mit verwunderten Blicken hinterhergeschaut. An der Muschel standen etliche Menschen. Tom wusste nicht, wie er Martin Schleier finden sollte.

Er setzte sich auf eine der weißen Holzbänke und zog seine Schuhe an. Plötzlich fiel ein Schatten auf ihn. Vor ihm stand ein großer, dunkelhaariger Mann. Er trug sandfarbene Shorts und ein Poloshirt.

»Ich glaube, wir sind verabredet«, sagte er.

Tom stand auf und musste den Kopf leicht in den Nacken legen, um zu ihm aufzuschauen. Er reichte dem Mann knapp bis zur Schulter.

»Wenn Sie Martin Schleier sind?«

Der Mann nickte, reichte ihm die Hand. »Dann sind Sie Tom Meissner.«

Tom erwiderte seinen Händedruck.

»Wie haben Sie mich zwischen all den Leuten erkannt?«

»Journalistengespür.«

Sein Blick war freundlich, er wirkte aufgeschlossen. Tom hatte nach dem gestrigen Telefonat eigentlich erwartet, dass Martin Schleier sich nur widerwillig mit ihm traf, aber nichts deutete darauf hin.

»Darf ich Sie in ein Café einladen?«, fragte er Tom.

»Gerne.«

Sie gingen die Friedrichstraße ein kleines Stück hinunter. Schräg gegenüber von dem Laden, in dem Tom die Ansichtskarte gekauft hatte, versuchten sie unter den

141

schützenden Markisen von Leysieffer einen Platz an einem der runden Tische zu ergattern. Es war nicht einfach, denn das Café war voller Gäste. Doch schon bald wurde ein Tisch frei und Martin Schleier drängte zwei ältere Damen zur Seite, die ebenfalls nach zwei Plätzen Ausschau gehalten hatten. Verärgert schüttelten sie den Kopf, aber der ehemalige Journalist beachtete sie gar nicht, sondern forderte Tom mit einer einladenden Geste auf, Platz zu nehmen.

Sie bestellten Cappuccino und Martin Schleier empfahl, den Erdbeerkuchen zu probieren. Er zündete sich eine Zigarette an und blickte Tom erwartungsvoll an.

»Nun, wie kann ich Ihnen helfen?«

Tom hatte sich gerade eine Gabel des Erdbeerkuchens in den Mund geschoben. Er kaute hastig, bevor er schluckte.

»Wie ich bereits am Telefon erwähnte, geht es um die Gerichtsverhandlung von Hannes Friedrichsen.«

Sein Gegenüber nickte auffordernd.

»Hannes Friedrichsen war mein Onkel. Er ist vor kurzem gestorben.«

»Mein Beileid.«

Tom machte eine leicht abwehrende Geste mit der Hand.

»Ich hatte kaum Kontakt zu ihm. Als Kind habe ich einige Jahre bei ihm gelebt. Nun bin ich zurückgekommen, um seinen Nachlass zu regeln.«

Martin Schleier drückte seine Zigarette in dem Edelstahlaschenbecher aus.

»Als ich bei meinem Onkel lebte, wusste ich nichts von dem Mordverdacht. Erst jetzt habe ich davon erfahren. Natürlich verstehe ich nun einige Begebenheiten aus der Zeit bei meinem Onkel besser. Zum Beispiel, warum er niemals Besuch bekam. Mir sind jedoch einige Dinge in den letzten Tagen aufgefallen, die mich daran zweifeln lassen, dass mein Onkel ein Mörder gewesen sein soll. Ich versuche einfach, mir ein Bild von der ganzen Sache zu machen.«

Herr Schleier zündete sich erneut eine Zigarette an.

›Für einen Asthmatiker raucht er viel‹, dachte Tom.

»Und was genau wollen Sie nun von mir?«

»Sie sollen mir lediglich erzählen, wie es damals war.«

Martin Schleier hustete leicht, tat, als hätte er sich am Rauch der Zigarette verschluckt.

»Das ist doch schon so lange her. Viel kann ich Ihnen da bestimmt nicht mehr erzählen. Und schon gar nicht, wie es war. Das Ganze war eine so kuriose Geschichte. So viel Wirbel und Aufregung. Keiner wusste, was wirklich geschehen war.«

Tom gab nicht nach. »Mich interessiert alles, jede noch so kleine Begebenheit, an die Sie sich erinnern, könnte mir helfen.«

»Na gut, dann beginne ich am besten ganz von vorn.«

Der Körper des Mannes sackte auf dem Stuhl nach hinten. Er schloss kurz die Augen, so als ob er dadurch tiefer in seine Erinnerungen eintauchen könnte. Nach einem weiteren Husten begann er zu erzählen:

»Ich hatte gerade mein Studium beendet, als ich die Stelle als Volontär bei der Zeitung in Husum bekam. Bis dahin hatte ich meist nur für kleinere Zeitungen gearbeitet und Berichte über Kaninchenzüchtervereine oder Landfrauentreffen schreiben dürfen. Der Job bei der Husumer Zeitung war mein erster großer Durchbruch. Ich arbeitete in der Lokalredaktion. Der Chefredakteur hielt große Stücke auf mich. Er gab mir auch die Story über die Gerichtsverhandlung. Hatte ja keiner geahnt, dass das so eine große Story werden würde.«

Martin Schleier trank einen Schluck Cappuccino. »Zunächst sah alles nach einem ganz normalen Mordprozess aus, aber mehr und mehr zeichneten sich Lücken auf der Seite der Anklage ab. Wo war die Leiche? Hannes hatte ein mehr oder weniger gutes Alibi für die Tatzeit und es gab kein wirkliches Motiv. Gut, sexueller Missbrauch mit Todesfolge war nicht auszuschließen, aber in Hannes Vergangenheit gab es keinerlei Anzeichen für eine derartige Neigung. Jedenfalls nicht wirklich. Lediglich ein paar recht unglaubwürdig erscheinende Zeugenaussagen.«

»Von wem?«

»Der eine war mal ein guter Freund gewesen, das weiß ich noch«, Martin Schleier versuchte, sich an den Namen zu erinnern, »Boy oder Bahne oder so ...«

»Vielleicht Broder Petersen?«

»Ja, ich glaube, so war der Name. Wie kommen Sie darauf?«

»Man hat mir von der Freundschaft zwischen Broder und meinem Onkel erzählt. Und die anderen?«

»Tut mir leid, aber an die Namen kann ich mich nicht mehr erinnern. Ich weiß nur noch, dass eine Frau ihn ziemlich belastet hat. Ich müsste in meinen Unterlagen nachschlagen.«

Tom war enttäuscht. Gerade die Namen der Personen, die Onkel Hannes belastet hatten, interessierten ihn besonders.

»Und weiter? Was geschah dann?«

»Nun ja, Ihr Onkel hat immer wieder beteuert, Britta nicht umgebracht zu haben. Und wie gesagt, es gab ja auch nicht wirklich Beweise. Und als sich langsam abzeichnete, dass die Verhandlung auf einen Freispruch hinauslaufen würde, begannen regelrechte Tumulte. Zunächst meist nur im Gerichtssaal. Später schienen sich sämtliche Dorfbewohner nach Husum aufgemacht zu haben, um vor dem Gerichtsgebäude zu demonstrieren. Mit Plakaten und Bannern blockierten sie den Eingang zum Gericht. ›Mörder-Hannes – sperrt ihn ein‹ und ›Bestraft den Kinderschänder‹ riefen sie teilweise in regelrechten Sprechchören. Stundenlang. Es war unglaublich.«

Martin Schleier schüttelte seinen Kopf, so als könne er heute immer noch nicht glauben, was sich bei dem Prozess vor dem Gerichtsgebäude abgespielt hatte.

»Ja und dann gab es tatsächlich einen Freispruch. Sie können sich gar nicht vorstellen, was danach für ein Tumult ausbrach. Mit Polizeischutz haben sie Hannes nach Hause gebracht. Einmal war ich danach in dem Dorf, wollte ein Interview mit Ihrem Onkel machen. Aber er wollte nicht. Hat nur geäußert, er hätte zu der ganzen Angelegenheit nichts mehr zu sagen. Aber in dem Dorf herrschte eine merkwürdige Stimmung, richtig unheimlich war das. Ich erinnere mich noch ziemlich genau. Es war, als befände man sich in einem überwachten Ort. Man hatte das Gefühl, dass hinter jedem Fenster, jeder Gardine jemand lauerte und überwachte, was man in seinem Dorf machte. Gruselig.«

Tom nickte leicht. Das Gefühl kannte er.

»Das hat sich bis heute auch leider kaum geändert«, sagte er. »Was meinen Sie, wieso ich mir die Mühe gemacht habe, Sie ausfindig zu machen? Im Dorf spricht kaum einer mit mir, und wenn, dann ganz gewiss nicht über diese Sache. Bis auf Haie. Aber der ist nie bei den Gerichtsverhandlungen gewesen, deshalb wollte ich Sie treffen.«

145

Martin Schleier hatte seinen Cappuccino ausgetrunken und stellte die Tasse schwungvoll auf den Tisch. Es machte den Anschein, als wolle er aufbrechen. Zu Toms Verwunderung jedoch beugte er sich über den Tisch und sagte:

»Was halten Sie davon, wenn Sie mich heute Abend nett zum Essen einladen und ich dafür mit Ihnen zu mir fahre und in meinen alten Unterlagen nachschlage?«

Tom war überrascht. Er nickte nur.

»Dann kommen Sie! Mein Wagen steht gleich um die Ecke.«

19

Als Broder am Morgen zum Frühstück in die Küche kam, roch es weder nach frischem Kaffee, noch war der Tisch gedeckt.

Vorsichtig klopfte er an die Schlafzimmertür von Meike und Frank. Als keine Reaktion folgte, trat er ein. Beide Betten waren unberührt, der schwarze Lederkoffer vom Schrank verschwunden. Im Kleiderschrank fehlten einige Kleidungsstücke von Meike. Broder fragte sich, was passiert war und wo die beiden waren.

Im Büro lief noch der Computer. Broder durchwühlte die Schreibtischschubladen, fand einige Schuldscheine, im Wert von circa 25.000 DM. Er versuchte, Meike auf dem Handy zu erreichen, aber es meldete sich nur die Mailbox. Ihn fröstelte, obwohl es nicht kalt war. Draußen schien die Sonne, es waren bestimmt schon zwanzig Grad.

Unschlüssig darüber, was er tun sollte, ging er ins Badezimmer. Er ließ heißes Wasser in die Badewanne laufen, zog seine Sachen aus. In dem großen Spiegel betrachtete er sich. Schlaff hing die Haut an fast allen Stellen seines Körpers herunter, besonders am Bauch. Seine Schambehaarung war dünn, sein Penis so klein und schrumpelig, dass er ihn beinahe im Spiegel nicht erkennen konnte. Er ekelte sich vor sich selbst.

Mühsam stieg er mithilfe der eigens für ihn angebrachten Einstieghilfe ins warme Wasser und versank im Schaum. Die Wärme des Badewassers entspannte seinen Körper. Er fühlte sich müde und krank. Wie sollte es weitergehen? Jahrelang hatte er geschuftet, um den Hof zu dem zu machen, was er war. Tag und Nacht hatte er sich abgemüht, gearbeitet, seine Familie vernachlässigt. Bis sich eine lukrative Einnahmequelle aufgetan hatte. Es war ganz einfach gewesen. So leicht hatte er noch nie Geld verdient. Doch die Sache war beinahe aufgeflogen. Noch heute ärgerte er sich über seine eigene Dummheit. Er hatte damit aufhören wollen, wirklich. Nur ein einziges Mal noch hatte er das schnelle Geld machen wollen. Nur dieses eine Mal und dann das.

Er stöhnte, als er daran dachte. Seitdem war sein Leben nur ein Geflecht aus Lügen gewesen. Alle hatte er belogen, sogar Magda. Dabei hatte er sie doch geliebt, mehr als alles andere auf der Welt. Was war er jetzt ohne sie? Ein alter, kranker Krüppel, dessen Lebenswerk gerade von seinem eigenen Sohn zerstört wurde. Ihm fehlte die Kraft, sich zu wehren. Er war alt. Seinem Körper war es deutlich anzusehen, und auch sein Kampfgeist schien verschwunden. Er verspürte weder Ärger noch Hass gegen Frank, als er in der Badewanne liegend, gegen die gekachelte Decke starrte. In ihm war nur eine große Leere. Er schloss die Augen.

Ich habe viel über den Tod nachgedacht. Wie es wohl war, wenn man sterben musste? Gibt es danach irgendetwas? Oder ist dann endgültig alles vorbei?

Mehr noch als über den Tod hatte ich jedoch darüber nachgedacht, wie man am unauffälligsten einen Menschen tötet. Grausam sollte es schon sein, schließlich wollte ich, dass er litt, dass er für das, was er getan hatte, bestraft wurde. Aber auf gar keinen Fall durfte ein Verdacht aufkommen, an seinem Ableben könnte irgendetwas nicht stimmen.

Bücher habe ich gewälzt. Man glaubt ja gar nicht, auf wie vielfältige Weise ein Mensch das Zeitliche segnen kann.

Herzinfarkt, Schlaganfall, Krebs – zu natürliche Ursachen. Darauf hatte ich ja keinen Einfluss.

Interessanter waren da die verschiedenen Arten des Selbstmordes gewesen.

Pulsadern aufschlitzen, Erhängen, Ertränken, vor die Bahn springen, Schlaftabletten.

Und natürlich gab es noch den klassischen Mord.

Erstechen, Erwürgen, Erschießen, Vergiften.

Nachdem ich so ziemlich alles gesichtet hatte, fing ich an, mir eine Liste zu machen. Ich untersuchte die jeweilige Todesart auf die Möglichkeit der Durchführung und dem Wahrscheinlichkeitsgrad der Aufklärung. Der Mord musste ja schon rein körperlich für mich überhaupt durchführbar sein.

Erwürgen und Erstechen schieden deshalb von vornherein aus. Auch Erschießen schloss ich aus. Erstens besaß ich keine Waffe, zweitens viel zu blutig und viel zu auffällig. Es sollte ja auf gar keinen Fall der Verdacht eines Mordes aufkommen.

Selbstmord schloss ich daher auch aus. Zu riskant.

Schließlich blieb nur noch das Vergiften auf meiner Liste übrig. Und wieder fing ich an, Bücher zu wälzen.

20

Die Neuigkeit von der Trennung Meikes und Franks verbreitete sich wie ein Lauffeuer. Als Frieda nach dem Kaffeeklatsch noch im Sparladen Brot und Zucker einkaufen wollte, diskutierte Helene bereits angeregt mit einer Kundin über die möglichen Gründe.

»Das war ja abzusehen«, behauptete Helene lautstark, »Alt und Jung unter einem Dach – das kann ja nicht gut gehen! Wenn da man nicht Broder mit dran Schuld ist. Der meint ja sowieso überall seinen Senf dazugeben zu müssen.«

›Genau wie du‹, dachte Frieda, sagte jedoch nichts, sondern bezahlte und ging. Sollte Helene sich doch ihr Maul zerreißen.

Nachdem Meike aufgehört hatte zu weinen, war sie gesprächig geworden. Sie hatte von der Schwangerschaft erzählt und davon, dass Frank das Kind nicht wollte. Sie hätten seit längerem schon Probleme gehabt, meistens ging es ums Geld. Es war Meike zunächst etwas unangenehm gewesen, darüber zu sprechen, aber als sie in die mitfühlenden Augen von Frieda geblickt hatte, war es wie ein Wasserfall aus ihr herausgesprudelt. Jeden Abend ging Frank in die Spielhalle, manchmal auch ins Casino. Nächtelang trieb er sich herum, Gott wusste, was er sonst noch alles machte. Sie liebte ihn zwar immer noch, aber so konnte sie nicht weitermachen. Sie wusste einfach nicht, wie es mit ihnen weitergehen sollte. Und nun gab es auch noch das Baby. Meike hatte Frieda verzweifelt angeblickt, aber die hatte nur ihre Hand genommen und gesagt: »Das wird schon wieder.«

Zu Hause goss Frieda sich einen Tee auf und setzte sich an den Küchentisch. Gedankenverloren rührte sie in ihrer Tasse. Was hätte sie anderes sagen sollen. Sie kannte dieses Gefühl nur zu gut, die scheinbare Aussichtslosigkeit. Wie oft hatte sie weinend im Bett gelegen, weil sie nicht wusste, wie es weitergehen sollte, mit ihr und mit Lorentz. Ungefähr in Meikes Alter war sie gewesen. Häufig war er spät abends heimgekommen, obwohl Frieda wusste, dass seine Arbeitszeit schon vor vielen Stunden beendet gewesen war. Damals hatte sie nicht gewusst, wo er sich herumgetrieben hatte. Aber er war immer wieder zu ihr nach Hause gekommen. Das allein hatte für sie gezählt.

Oft hatte sie so getan, als würde sie schon schlafen, wenn er sich leise neben sie ins Bett gelegt hatte. Sie hatte mit klopfendem Herzen gewartet, bis sie seinen gleichmäßigen Atem hören konnte, war aufgestanden, hatte sich im Bad eingeschlossen und bitterlich geweint. Häufig hatte sie sich gefragt, wie es weitergehen sollte. Wie sie es ertragen sollte, dass Lorentz sie nicht beachtete, ihre Liebe nicht erwiderte.

Nach dem Verschwinden von Britta Johannsen war es noch schlimmer geworden. Sie konnte sich noch sehr gut daran erinnern. Nach der stundenlangen Suchaktion war er mit verquollenen Augen nach Hause gekommen und hatte eine ganze Flasche Korn getrunken. Dann war er gegangen und erst zwei Tage später wieder heimgekehrt. Während der Deichbauarbeiten nach der Sturmflut hatte er sich krank gemeldet und tagelang im Bett gelegen. Frieda hatte ihm Tee gekocht und Hühnersuppe. Er hatte beides nicht angerührt. Schweigend hatte er an die Decke gestarrt. Wie heute. Nur mit dem Unterschied, dass

Frieda damals die Hoffnung hatte, dass dieser Zustand irgendwann ein Ende haben würde. Es hatte zwar etliche Wochen gedauert, aber langsam hatte sich sein Verhalten wieder normalisiert. Er hatte wieder mit ihr gesprochen, war zur Arbeit gegangen und ab und zu hatte er sie sogar ausgeführt. Und dennoch hatte es irgendetwas gegeben, was sie voneinander trennte, zwischen ihnen stand. Frieda hatte es deutlich gespürt, aber nicht gewusst, was es war.

Martin Schleiers Wagen stand wirklich direkt um die Ecke. Im absoluten Halteverbot. Er entfernte das Knöllchen hinter dem Scheibenwischer, zerknüllte es, und ließ das Papier zu Boden fallen. Tom blickte ihn erstaunt an.

»Ich kenne den Polizeipräsidenten.«

Tom kletterte auf den Beifahrersitz des dunkelgrünen Geländewagens und schnallte sich an. Im Wagen roch es nach kaltem Zigarettenrauch. Martin Schleier gab Gas und fuhr in südliche Richtung.

Tom schwieg und dachte darüber nach, warum der ehemalige Journalist ihn mit zu sich nach Hause nahm. Im Grunde genommen war er ja ein wildfremder Mensch für ihn.

»Sie fragen sich bestimmt, warum ich das hier mache, stimmt's?«

»Ja, schon.«

Martin Schleier zündete sich eine Zigarette an.

»Wissen Sie, als ich Ihnen vorhin von meinem Besuch in dem Dorf Ihres Onkels erzählte, erinnerte ich mich haargenau an das Gefühl, welches ich dort verspürt habe. Diese düstere Stimmung. Die feindselige Haltung der Leute, so als störe man ihren Dorffrieden. Ich weiß noch, wie ich bei der Fahrt durchs Dorf gedacht habe, dass dort noch mehr im Argen liegen musste. Die Leute hatten Dreck am Stecken. Ich habe mir eigentlich geschworen, es herauszufinden. Aber daraus wurde leider nichts.«

»Wieso nicht?«

»Ich bekam eine neue Story, die mich voll und ganz in Anspruch nahm. Hier auf Sylt wurden plötzlich Giftfässer angespült. Ganz in der Nähe von Wenningstedt. Das war natürlich eine Riesenstory, vor allem als man herausfand, dass die Fässer von der Papierfabrik in Flensburg stammten.«

»Wie, von der, die geschlossen worden ist?«

»Ja, wegen der Fässer musste sie ja schließen. Die Papierfabrik war ohnehin schon stark verschuldet gewesen. Sie hätte ein komplett neues Abwassersystem und eine Wiederaufbereitungsanlage benötigt, um das Chlor umweltgerecht und kostengünstiger zu entsorgen. Aber das Geld für die Investition fehlte und so haben die eben das Chlor in der Nordsee verklappt.«

»Chlor?«

»Die Papierfabrik benutzte es als Bleichmittel. In der Dosierung ist es hochgiftig und es kostet eine Menge Geld, es entsorgen zu lassen. Geld, welches die Papierfabrik nun mal nicht hatte. Das Strafgeld und natürlich die Imageschädigung durch den Skandal gaben der Fabrik dann den Rest und sie ging in Konkurs.«

»Aber woher wusste man, dass die angespülten Fässer von der Flensburger Papierfabrik waren?«

»Der Trottel, der sie verklappt hat, hatte sich noch nicht mal die Mühe gemacht, die Kennung von den Fässern zu kratzen.« Martin Schleier lachte. »So doof muss man erst mal sein!«

Sie erreichten Hörnum und bogen von der Hauptstraße in einen Nebenweg ab. Tom konnte den Leuchtturm sehen, der nicht nur den Hafen, sondern gleichzeitig auch die Süd-spitze der Insel markierte. Hier war es deutlich ruhiger. Nur wenige Besucher spazierten durch den kleinen Inselort.

Martin Schleier hielt vor einem Reetdachhaus aus ro-ten Klinkersteinen. Er begrüßte einen Dalmatiner, der schwanzwedelnd auf ihn zugestürmt kam. Als Tom je-doch ausstieg, begann der Hund zu knurren.

»Aus Leo! Das ist ein Gast.«

Als hätte der Hund jedes Wort genau verstanden, kam er nun ebenfalls schwanzwedelnd auf Tom zu.

»Sie mögen keine Hunde?«

»Nicht wirklich.«

Das war verhältnismäßig freundlich ausgedrückt. Im Grunde genommen hasste er Hunde, weil er sich vor ih-nen fürchtete. Eine Angst, von der er zwar nicht wusste, woher sie kam, die ihn aber schon sein Leben lang be-gleitet hatte. Schon wenn er einen Hund sah, bekam er Gänsehaut. Dabei spielte die Größe noch nicht mal eine Rolle. Er fand Hunde falsch und unberechenbar und des-halb hielt er sich so gut es ging von ihnen fern.

Martin Schleier ging zum Haus und schloss die Tür auf. Tom folgte ihm. Die Eingangstür war niedrig, der Gastgeber bückte sich gewohnheitsmäßig, als er sein Haus betrat. Außer Leo schien niemand zu Hause zu sein.

Im Flur standen eine große Standuhr und eine alte Bau-erntruhe. Im Wohnzimmer befand sich ein großer Kachel-ofen. Sie erreichten das Obergeschoss des Hauses über eine enge Holztreppe. Das Zimmer, welches gegenüber der Treppe lag, diente ohne Zweifel als Büro. Vor dem kleinen Sprossenfenster stand ein schwerer Holzschreib-tisch. An den Wänden befanden sich Regale, die an der rechten Seite bis zum Bersten mit Büchern gefüllt waren. In den Regalen an der linken Wand waren Aktenordner

154

verstaut. Sie waren alle fein säuberlich beschriftet und nach Jahrgängen sortiert.

Martin Schleier bot Tom an, auf einem gestreiften Ohrensessel Platz zu nehmen und griff dann zielsicher nach einem der schweren Ordner. Er blätterte kurz darin herum, dann räusperte er sich.

»So, hier ist die Aussage der Zeugin. Sie wollte beobachtet haben, dass Hannes sich des Öfteren an der Schule herumgetrieben und kleine Mädchen angesprochen hatte. Und einmal hatte sie angeblich gesehen, wie sich unter dem Stoff seiner Hose deutlich eine Erektion abgezeichnet hatte, als er sich mit der kleinen Ilka am Fahrradständer unterhielt.«

»Wer war die Zeugin?«

»Elke Ketelsen.«

Tom traute seinen Ohren nicht. Nein, das konnte nicht sein. Etwa Haies Elke? Sie hatte ausgesagt, Hannes sei ein Pädophiler? Das gab es ja gar nicht.

»Und die anderen?«

»Die Kaufmannsfrau Helene Paysen, Klaus Nissen und natürlich Broder Petersen.«

»Und sonst, was hat die Anklageseite noch vorgebracht?«

Martin Schleier blätterte weiter. »Wie gesagt, nicht besonders viel. Da es ja keine Leiche gab, basierte die Anklage vornehmlich auf die Zeugenaussagen. Moment, ich habe mir hier eine Notiz gemacht.«

Er las einen Eintrag im Ordner, kratzte sich am Kopf.

»Komisch, dass ich das gar nicht weiter verfolgt habe«, murmelte er vor sich hin.

»Was ist?«

»Broder Petersen hat seine Aussage am vierten Verhandlungstag zurückgezogen.«

155

21

Haie hatte den ganzen Tag versucht, Tom auf seinem Handy zu erreichen. Er hatte schon fünfmal eine Nachricht hinterlassen, aber Tom meldete sich nicht.

Er machte Feierabend und fuhr mit dem Fahrrad nach Hause. Elke war nicht da und so nutzte er die Gelegenheit, erneut anzurufen. Wieder nur die Mailbox. Kurz kam ihm der Gedanke, dass Tom etwas zugestoßen sein könnte. Er blickte auf die Uhr. Halb fünf. Bis zum Abendessen wäre er pünktlich zurück. Er setzte sich wieder auf sein Fahrrad und fuhr die Dorfstraße entlang in Richtung Hannes Friedrichsens Haus.

Dort war alles ruhig. Ein großer Container stand im Vorgarten. Haie blickte hinein. Er war noch nicht mal bis zur Hälfte gefüllt.

Obwohl Toms Wagen nicht in der Einfahrt stand, klingelte er. Alles blieb ruhig. Sicherheitshalber ging er einmal ums Haus herum. Durch die kleinen Butzenscheiben des Küchenfensters schaute er ins Innere. Die Spuren des Einbruchs waren noch deutlich zu sehen. Überall lagen Gegenstände durcheinander. Er wollte seine Hilfe beim Aufräumen anbieten. Allein brauchte man ja ewig, bis das Chaos beseitigt war.

Er stieg wieder auf sein Fahrrad, nachdem er keinen Hinweis auf Toms Anwesenheit gefunden hatte. Zwar etwas beruhigter, fragte er sich dennoch, wo Tom war und warum er nicht zurückrief. Er konnte es kaum erwarten, ihm die Neuigkeit über den Schließfachschlüssel zu erzählen. Gleich morgen könnten sie nach Flensburg zur Deutschen Bank fahren um endlich herauszufinden, was es mit diesem Schlüssel auf sich hatte. In Gedanken sah er bereits, wie Tom und er eine Mappe voller geheimer Dokumente von dem Bankbeamten überreicht bekamen. Dokumente, die der Schlüssel zu allen bisher ungeklärten Fragen waren.

Plötzlich musste er scharf bremsen, verlor das Gleichgewicht und stürzte zu Boden. Das Auto, das ihn kurz vor der Kreuzung geschnitten hatte, hielt an. Volker Johannsen stieg aus. Aufgeregt kam er auf Haie zugerannt.

»Bist du verletzt? Mensch, ich hab dich gar nicht gesehen.«

Haie rappelte sich auf. Seine Handflächen waren leicht blutig, sonst konnte er keine Verletzungen feststellen.

Volker half ihm auf. Seine Knie zitterten, Volker setzte ihn auf den Bordstein und hob anschließend das Fahrrad auf.

»Geht's?«

»Nicht so schlimm!«

Volker packte ihn am Arm, zog ihn hoch.

»Komm, auf den Schrecken kriegen wir einen Lütten bei Max.«

Er ließ sich die alte Warft zur Gaststätte hochziehen. Seit vier Uhr hatte die Kneipe geöffnet, dennoch waren sie die einzigen Gäste.

»Moin Max«, rief Volker von der Tür aus zum Tresen hinüber, »bring uns mal zwei Klare!«

Sie setzten sich an den nächstbesten Tisch.

»Na, ihr seid aber heute früh dran«, sagte der Wirt und reichte ihnen die Gläser.

»Nee«, Volker hob sein Glas, »wir hatten einen kleinen Unfall und auf den Schreck genehmigen wir uns erst mal einen. Also, nichts für ungut.«

Er nickte leicht.

»Ach, wat«, entgegnete Haie, »nicht der Rede wert.«

Sie tranken den klaren Schnaps mit einem Schluck und bestellten noch zwei weitere Gläser.

»Weißt du«, sagte Volker, »ich war wirklich ganz in Gedanken. Eigentlich war ich gerade auf dem Weg zu Broder. Ich wollte ihn bitten, mir Geld zu leihen. Du weißt ja, Marlies geht es gesundheitlich nicht besonders und ihr Gehalt fehlt uns einfach.«

Soweit Haie sich erinnern konnte, hatte Marlies schon die letzten dreißig Jahre nicht gearbeitet, um genau zu sein, seit Brittas Tod war sie gar nicht mehr in der Lage gewesen, einer regelmäßigen Arbeit nachzugehen. Er hatte sich schon öfters gefragt, wie die beiden sich trotzdem das Haus und den großen Wagen leisten konnten, und den Pflegeplatz für Marlies' Schwester zahlten sie auch, jedenfalls hatte Volker das mal am Stammtisch erzählt. Stolz hatte er geprahlt, dass sie dem Sozialamt deswegen nicht auf der Tasche lägen. Warum sie sich allerdings ausgerechnet bei Broder Petersen Geld liehen, wunderte ihn ebenso wie die Tatsache, dass Volker so offen mit ihm darüber sprach.

»Wie kommst du an Broder?«

»Ach weißt du, seit unsere Kleine damals verschwunden ist, hat er uns schon ein paar Mal ausgeholfen. Eigentlich ist er nämlich gar nicht so geizig, wie Frank immer erzählt.«

Haie zog seine linke Augenbraue nach oben. Broder Petersen als milder Wohltäter? Das passte so gar nicht in das Bild, welches er von dem Großbauern hatte. Sie prosteten sich mit der zweiten Runde Korn zu und Haie zweifelte daran, dass Broder das Geld völlig uneigennützig verlieh.

22

Das Restaurant, das Martin Schleier für das gemeinsame Abendessen vorgeschlagen hatte, war nur wenige Straßen weit entfernt. Sie wählten einen Tisch auf der Terrasse. Martin Schleier bestellte eine Flasche Weißwein und vertiefte sich in die Speisekarte. Von seiner Familie war bis zu ihrem Aufbruch niemand heimgekehrt und Tom war froh, den Abend mit ihm allein verbringen zu können.

Der Kellner brachte den Wein und nahm ihre Bestellung auf. Während sie auf das Essen warteten, zündete Martin Schleier sich eine Zigarette an und ließ den Rauch in kleinen Kringeln gen Himmel steigen.

»Ich wüsste nur zur gern, warum Broder Petersen damals seine Aussage zurückgezogen hat. Vielleicht war ihm die Freundschaft zu ihrem Onkel ja doch wichtiger.«

»Das glaube ich kaum«, entgegnete Tom. »Während ich bei meinem Onkel gelebt habe, hat er nicht ein einziges Mal Kontakt zu jemandem aus dem Dorf gehabt, jedenfalls kann ich mich nicht daran erinnern.«

Er erzählte von der Begebenheit mit dem beobachteten Kneipenbesuch, an den er durch seinen Brief erinnert worden war.

»Keiner aus dem Dorf wollte etwas mit ihm zu tun haben. Und mit mir auch nicht. Ich habe nie einen Freund gehabt, war immer ein Außenseiter. Das Schlimme war, ich wusste nicht einmal warum. Vielleicht war das auch der Grund, warum ich nie wieder ins Dorf zurückgekehrt bin.«

»Sie haben Ihren Onkel nie wieder besucht?«

»Nein«, Tom senkte seinen Blick, »kein einziges Mal.«

Das Essen wurde serviert und sie begannen, schweigend zu essen. Es schmeckte vorzüglich. Der Matjes war pikant zubereitet und Tom aß mit großem Appetit. Martin Schleier hob sein Glas und nickte ihm zu.

»Auf dass Sie die Wahrheit finden mögen!« Er nahm einen kräftigen Schluck.

Nach dem Essen bestellten sie einen Espresso und einen Cognac. Es war immer noch angenehm warm, obwohl es bereits nach zweiundzwanzig Uhr war, wie Tom durch einen verstohlenen Blick auf seine Uhr feststellte. Er wollte nicht unhöflich sein, aber wenn er den letzten Zug bekommen wollte, musste er langsam aufbrechen. Martin Schleier bemerkte seine Unruhe.

»Machen Sie sich keine Sorgen. Sie können gerne bei mir übernachten. Der Abend ist so schön, wäre schade ihn in Hektik enden zu lassen. Ich kann nicht mehr fahren und bis Sie ein Taxi von hier nach Westerland bekommen, ist der letzte Zug schon auf dem Damm.«

»Aber ist es Ihrer Frau denn recht, wenn ich bei Ihnen übernachte?«

»Die ist mit meinem Sohn bei ihrer Schwester auf dem Festland und kommt erst morgen wieder.«

Er nahm das Angebot gerne an. Der Abend war wirklich schön, und nur ungern wäre er jetzt nach Hause gefahren. Vielleicht lag es an dem faszinierenden Licht, in das die untergehende Sonne die Insel tauchte und das beinahe eine mystische Stimmung herrschen ließ. Vielleicht lag es aber auch an dem Wein, von dem sie bereits die zweite Flasche geleert hatten. Tom fühlte sich einfach wohl. Das beklemmende Gefühl, welches er im Dorf ständig verspürte, war von ihm abgefallen, und seit seiner Ankunft im Norden empfand er eine Leichtigkeit, die ihn die Geschehnisse der letzten Tage mit Distanz betrachten ließ. Ein Mädchen war verschwunden, es gab keine Leiche. Sein Onkel, der mutmaßliche Mörder, war aus Mangel an Beweisen freigesprochen worden. Der angeblich beste Freund hatte Hannes zunächst belastet, dann aber seine Aussage zurückgezogen. Elke Ketelsen hielt Hannes für einen Kinderschänder. Ihr Mann jedoch war von Onkel Hannes Schuld nicht überzeugt. Dann waren da noch ein Schlüssel und der mysteriöse Einbruch.

»Wem, außer meinem Onkel, hätten Sie den Mord zugetraut?«

»Ehrlich?«

Tom nickte.

»Eigentlich fast jedem aus dem Dorf. Außer den Eltern, obwohl der Vater auch merkwürdig reagiert hat.«

»Inwiefern?«

»Na ja, ich weiß ja nicht genau, wie es ist, wenn das eigene Kind plötzlich verschwindet, aber irgendwie trauriger oder unglücklicher hätte ich mir einen Vater schon vorgestellt. Aber er wirkte, wie soll ich das beschreiben, beinahe befreit oder erleichtert. So in der Art, es ist schon schlimm, aber das Leben geht weiter.«

Tom runzelte die Stirn. So eine Reaktion war wirklich ungewöhnlich. Von einem Vater, dessen Kind wahrscheinlich ermordet worden war, hätte er auch etwas anderes erwartet.

»Und sonst, gab es noch andere auffällige Personen?«

»Jede Menge. Im Prinzip hat sich niemand wirklich normal verhalten. Wie gesagt, die unglaubwürdigen Aussagen, die Ausschreitungen im Gerichtssaal. Nur ein

161

Mann ist mir besonders aufgefallen. Nicht weil er eine spektakuläre Aussage gemacht oder extrem demonstriert hätte, sondern weil er einfach nichts sagte. Nie. Er saß immer nur da und hörte zu. Und irgendwann war er verschwunden.«

»Wie sah der Mann aus?«

Bei der Beschreibung überkam Tom plötzlich das Gefühl, den Mann zu kennen. Sie passte haargenau auf den Mann, der vor zwei Tagen an seiner Tür geklingelt und nach Betrachten des Gartens behauptet hatte, er wolle Onkel Hannes Haus kaufen. Aber das konnte nicht sein. Der Prozess lag mehr als dreißig Jahre zurück, der Mann, der hier beschrieben wurde, müsste heute über sechzig sein. Herrn Crutschinow jedoch schätzte Tom höchstens auf Anfang vierzig.

»Haben Sie den Mann noch einmal wieder gesehen?«

Martin Schleier schüttelte den Kopf.

Es war spät. Der Kellner hatte bereits die Stühle an den anderen Tischen hochgestellt. Verstohlen blickte er von der Tür zu ihrem Tisch hinüber, bis Martin Schleier ihm winkte und die Rechnung verlangte. Tom zahlte, wie es vereinbart gewesen war. Dann brachen sie auf.

Die Sonne war schon lange untergegangen und der Mond leuchtete über der Nordsee. Sie machten einen kleinen Umweg über den Hafen. Das Wasser schlug plätschernd gegen die Kaimauer, ansonsten herrschte eine vollkommene Stille. In der Ferne war ein Licht zu sehen.

»Lichtschnücken«, erklärte Martin Schleier, der Toms Blick gefolgt war.

»Es gibt die Sage, dass ein Mann aus Tinnum eines Abends eine kleine Flamme aus dem südlichen Haff auftauchen sah. Bei Wadens, dem südlichen Ufer, soll sie ans

Land gestiegen sein und längs dem Tinnumer Damm und dem Tinnumer Kirchweg sich auf den Keitumer Kirchhof zubewegt haben. Kurz darauf soll ein Sylter hier in Hörnum ums Leben gekommen sein, und seine Leiche wurde auf demselben Weg heraufgebracht.«

Tom blickte ihn verwundert an.

»Eine Zeitlang habe ich mich viel mit alten Sagen und Märchen hier aus der Gegend beschäftigt.«

»Glauben Sie an solche Überlieferungen?«

»Sagen wir so, ich glaube zumindest, dass unser heutiges Leben zum Teil davon geprägt wurde. Ich meine, wo Grenzen zwischen Fiktion und Realität miteinander verschmelzen, wie das Meer mit dem Himmel. Wo die Menschen auch heute noch durch Tradition und Brauchtum so stark mit der Vergangenheit verwurzelt sind. Wo, wenn nicht hier, sollten diese Geschichten lebendig gewesen sein? Und egal, ob es den Klabautermann oder Nis Puk nun gab oder nicht, wichtig ist, das Leben der Menschen hier war durch diese Geschichten so stark beeinflusst, dass es uns heute noch fasziniert.«

Tom nickte. Auch er verspürte immer wieder eine Art Zauber von diesen alten Geschichten ausgehen. Ein Zauber, der die Fiktion so real erscheinen ließ. Es schien geradezu unmöglich, sich dem Bann der Geschichten zu entziehen.

Sie waren am Haus angekommen. Erst jetzt fiel Tom das kleine Wappen über der Haustür auf. ›Rüm hart, klaar kimming‹ stand in kleinen Buchstaben darauf geschrieben. ›Weites Herz, klarer Horizont‹. Tom liebte diese alten Sprichwörter. Brachten sie doch in kurzen, knappen Worten eine Wahrheit zutage, die mancher Verfasser in ganzen Romanen nicht zustande brachte. Im Heimatunterricht in der Schule hatten sie etliche auswendig gelernt.

163

Nur einen brachte Tom auf die Schnelle noch zusammen: »Diar ön di Kual spütet, mut en salev apiit. – Wer in den Kohl spuckt, muss ihn selber aufessen.«

Als Frank nach Hause kam, war es ungewöhnlich ruhig im Haus. Er hörte weder Meikes Radio aus der Küche spielen, noch ihr Geklapper mit dem Geschirr, das verkündete, dass das Abendessen in wenigen Minuten auf dem Tisch stehen würde. Ihm wurde bewusst, sie war tatsächlich gegangen.

Er ging in die Küche und wunderte sich, dass sein Vater das Frühstücksgeschirr selbst weggeräumt hatte. Keine Tasse, kein Brettchen. Auf Zehenspitzen schlich er hinüber zum Zimmer seines Vaters, horchte an der Tür. Es war nichts zu hören. Er klopfte und öffnete vorsichtig die Tür. Das Zimmer war leer. Offensichtlich war er weggefahren, wahrscheinlich in den ›Deichgraf‹.

Erleichtert schloss Frank die Tür. Das würde ihm auf jeden Fall für heute die Diskussion über Meikes Auszug ersparen.

Im Flur zog er sein T-Shirt aus und ließ es achtlos auf den Boden fallen. Es folgte seine Jeans und als er an der Badezimmertür angekommen war, hatte er sich vollständig entkleidet. Er freute sich auf eine entspannende Dusche. Das warme Wasser würde alle seine Sorgen mit sich fortspülen, jedenfalls für kurze Zeit.

Als er die Tür zum Bad öffnete, erschrak er. Der alte Mann saß zusammengesackt in der Badewanne, ein Arm hing leblos über den Wannenrand. Sein Gesicht wies eine leicht bläuliche Verfärbung auf. Instinktiv legte er seinen Zeigefinger an die Halsschlagader. Seine Fingerkuppe ertastete ein kaum spürbares Pochen. Dann hielt er sein Ohr ganz dicht vor das Gesicht seines Vaters. Er at-

164

mete, oder war der leichte Luftzug auf seiner Haut nur Wunschdenken?

Er rannte hinüber zum Telefon, wählte die Nummer der Notrufzentrale. Ganz ruhig sagte er seinen Namen, die Adresse und dass er seinen Vater ohne Bewusstsein in der Badewanne gefunden hatte. Dann legte er auf.

Zurück im Badezimmer versuchte er zunächst, den leblosen Körper aus dem kalten Badewasser zu ziehen. Zwecklos. Wie ein nasser Sack rutschte er ihm immer wieder die leicht schräge Wannenwand hinunter. Nach drei Versuchen gab Frank auf. Er schlug seinen Vater ins Gesicht, versuchte ihn aufzuwecken.

»Vater, Vater. Komm schon!«

Broder blieb jedoch ohne Bewusstsein. Die Haut an seinen Beinen bis hinauf zum Bauchnabel war verschrumpelt, so dass es aussah, als würde sie sich im nächsten Moment einfach ablösen. Frank sank neben der Wanne in die Knie.

»Papa!«

Schon wenige Minuten später fuhr der Krankenwagen mit Blaulicht auf den Hof. Frank waren die Minuten wie Stunden vorgekommen, kraftlos hatte er neben der Badewanne ausgeharrt. Jetzt sprang er auf, lief die Treppe hinunter.

»Hierher, bitte kommen Sie schnell!«

Die Männer aus dem Rettungswagen sahen ihn verwundert an. Frank fiel ein, dass er nackt war.

Plötzlich ging alles ganz schnell. Die Männer hoben Franks Vater mit gekonntem Griff aus der Badewanne, legten einen Zugang und stülpten eine Sauerstoffmaske über das bläuliche Gesicht. Sie legten Broder auf eine Bahre und trugen ihn hinaus. Einer der Männer fragte:

»Nimmt Ihr Vater irgendwelche Medikamente?«

Frank zuckte mit den Schultern.

»Wem gehören die Tabletten dort?«

Der Mann wies auf eine Schachtel Schlaftabletten. Als Frank erneut mit den Schultern zuckte, griff der Mann nach den Tabletten und steckte sie in seine Jackentasche. Dann waren sie weg. Frank war wie versteinert. Er konnte nicht wirklich begreifen, was gerade geschehen war.

Er stellte sich unter die heiße Dusche. Mit dem warmen Wasser kehrte nach und nach wieder Leben in seinen Körper. Er spürte, wie seine Muskeln sich entkrampften und ihm bewusst wurde, was gerade geschehen war.

Vermutete der Notarzt etwa, sein Vater hätte sich umbringen wollen? Was sollte sonst die Frage nach den Schlaftabletten? Frank hatte die Schachtel schon häufiger im Badezimmer liegen gesehen, aber er war davon ausgegangen, sie gehöre Meike. Und wenn nicht? Was, wenn sein Vater sich tatsächlich das Leben nehmen wollte? Frank schüttelte seinen Kopf. Sein Vater und Selbstmord? Nein, das konnte er sich nicht vorstellen. Jemand wie er brachte sich nicht einfach um. Er stieg aus der Dusche, trocknete sich ab und zog frische Kleider an. Mit den Gedanken immer noch bei den vorangegangenen Geschehnissen, machte er sich auf den Weg ins Krankenhaus.

23

Frieda war früh aufgestanden. Sie saß am Küchentisch und schrieb zum wiederholten Male mehrere Zahlen fein säuberlich auf dem kleinen Notizblock untereinander. Aber auch diesmal war die Summe unter dem Strich die gleiche wie die Male zuvor und sie kratzte sich mit dem Bleistift ratlos am Kopf.

Ihre Nebenkostenabrechnung war in zwei Tagen fällig und sie hatte keine Ahnung, wovon sie den recht hohen Betrag bezahlen sollte. Ihre Ersparnisse waren so gut wie aufgebraucht. Es war nie viel gewesen, denn als sie das Haus verkaufen musste, war von den Hypotheken kaum etwas abgezahlt gewesen. Frieda hatte sich das nicht erklären können, schließlich hatten sie schon viele Jahre ihren Abtrag gezahlt. Der Bankangestellte hatte ihr erklärt, Lorentz hätte vor gut zwei Jahren das Haus erneut beliehen. Wofür wusste er jedoch nicht. Und Frieda hatte er nichts gesagt.

Lorentz zu fragen, traute sie sich nicht

Auf den Sparbüchern war wenig Geld gewesen, teure Anschaffungen hatten sie in der letzten Zeit nicht gehabt. Lorentz zu fragen hatte sie sich nicht getraut. Wahrscheinlich hätte er sich auch nicht erinnern können.

So waren ihr lediglich fünfzehntausend DM geblieben, von denen sie den größten Teil sofort an das Pflegeheim hatte überweisen müssen. Und nun war der Rest auch so gut wie aufgebraucht. Jedenfalls würde er nicht mehr für die Nebenkostenabrechnung reichen.

Frieda ging ins Schlafzimmer, suchte aus ihrem Kleiderschrank ihren vornehmsten Rock und eine passende Bluse heraus. Vor dem Spiegel kämmte sie ihre Haare. Sie nahm ihre Handtasche und den Mantel von der Garderobe und verließ die Wohnung.

An der Bushaltestelle wartete sie auf den Zehn-Uhr-Bus. Der kam pünktlich. Frieda löste eine Fahrkarte und setzte sich zwei Sitze hinter dem Fahrer ans Fenster. In Gedanken legte sie sich bereits die Worte zurecht, mit denen sie bei der Wohnungsgesellschaft um eine Ratenzahlung bitten wollte. Mit der Geschichte von Lorentz und dem Pflegeheim würde sie sicher Mitleid erregen und einen Zahlungsaufschub bekommen.

Nur eine Haltestelle weiter stieg Elke Ketelsen in den Bus. Sie sah Frieda und grüßte kurz, setzte sich aber auf einen Sitz weiter hinten. Frieda hatte Elke lange nicht gesehen und wunderte sich. Sie kannten einander gut aus dem Landfrauenverein, aber gestern war Elke nicht zum Treffen erschienen.

Frieda überlegte gerade, ob sie sich zu ihr setzen sollte, da hielt der Bus erneut und Meike stieg ein. Sie sah noch blasser aus als gestern, ihre Augen waren immer noch gerötet. Sie setzte sich neben Frieda.

»Morgen Meike, wie geht es dir?«

Meike holte tief Luft. »Ich bin erstmal bei einer Freundin untergekommen. Heute Morgen bin ich beim Arzt gewesen, der hat mir Medikamente verschrieben, aber ich soll nicht mit dem Wagen fahren, solange ich sie nehme. Ich hoffe nur, die Medikamente helfen mir zur Ruhe zu kommen. Zu viel Aufregung schadet dem Baby.«

Frieda legte ihre Hand auf Meikes Arm.

»Du und das Baby seid jetzt erstmal wichtiger als alles andere. Du musst dich schonen.«

»Wenn das so einfach wäre«, seufzte Meike. »Gestern Abend habe ich einen Anruf bekommen. Mein Schwiegervater liegt im Krankenhaus.«

»Was ist denn passiert?«

Meike zuckte mit den Schultern. »Genaueres wollte man mir am Telefon nicht sagen.«

Als Tom aufwachte, spürte er die zwei Flaschen Wein vom gestrigen Abend. Sein Kopf brummte. Er stand auf und trat ans Fenster.

Der Blick war umwerfend. Martin Schleiers Haus lag leicht erhöht auf einer Düne, aus dem Fenster konnte er bis hinunter aufs Meer blicken. Die Sonne stand bereits hoch am strahlend blauen Himmel. Er öffnete das Fenster und atmete tief die frische, salzige Luft ein. Seine Kopfschmerzen waren nicht mehr so stark. Er zog sich rasch an und ging die Treppe hinunter.

In der Küche gluckerte bereits die Kaffeemaschine, es roch nach frischen Brötchen. Martin Schleier saß am Küchentisch und blätterte in der Zeitung. Als Tom eintrat, blickte er auf.

»Guten Morgen! Gut geschlafen?«

Tom nickte. »Ausgezeichnet.«

Martin Schleier stand auf, goss den fertigen Kaffee in eine Thermoskanne. In einer Hand die Thermoskanne, in der anderen den Brotkorb ging er durch die Verandatür nach draußen. Tom folgte ihm. Der Tisch auf der kleinen Steinterrasse war gedeckt. Herr Schleier forderte ihn auf, Platz zu nehmen.

»Das ist wirklich ein kleines Paradies hier«, sagte Tom mit einem Blick auf das Meer.

»Ja, ich könnte mir auch nicht mehr vorstellen, irgendwo anders zu leben.«

169

Der Kaffee war stark und ließ seine Kopfschmerzen vollkommen verschwinden. In der Ferne hörten sie die Schreie der Möwen, die um die Fischkutter im Hafen kreisten. Tom schnitt sich ein Brötchen auf, belegte es dick mit Esrom, einem dänischen Käse.

»Ich habe die ganze Nacht noch einmal über den Fall nachgedacht«, sagte Martin Schleier.

»Also, wenn Ihr Onkel nicht für das Verschwinden der kleinen Britta verantwortlich war, kann es nur jemand anderes aus dem Dorf gewesen sein. Die Zigeuner, die sich angeblich damals zur gleichen Zeit im Dorf aufhielten, hatten damit wohl eher nichts zu tun, jedenfalls halte ich das für sehr unwahrscheinlich.«

»Wieso?«

»Na ja, erst einmal haben die anderen Dorfbewohner die Möglichkeit mit den Zigeunern auch relativ schnell verworfen und plötzlich fanden sich Zeugen, die angeblich alle die Schuld Ihres Onkels bestätigen konnten oder zumindest hundertprozentig davon überzeugt waren. Wenn Ihr Onkel also nichts mit dem Verschwinden von Britta zu tun hatte, war der tatsächliche Mörder entweder ein sehr beliebter oder aber einflussreicher Mann. Wieso hätten die Zeugen sonst Falschaussagen machen und den wahren Täter decken sollen?«

»Wie kommen Sie darauf, dass es ein Mann gewesen ist?«

»Einer Frau traue ich weder den Mord an einem kleinen Mädchen, noch die anschließenden Machenschaften zu.«

»Aber rein theoretisch könnte der Täter auch eine Frau gewesen sein. Ausschließen können wir das nicht.«

»Natürlich nicht. Aber ich gehe eher von einem Mann als Täter aus. Und ich glaube auch, einige im Dorf wussten durchaus, wer der wahre Täter war. Das würde auch diese feindselige Stimmung im Dorf erklären. Hannes war nicht verantwortlich für Brittas Verschwinden und das haben bestimmte Leute im Dorf ganz genau gewusst.«

»Aber wie kann man mit so einer Lüge leben?«

Martin Schleier zuckte mit den Schultern. Nachdenklich zog er an der Zigarette, die er sich angezündet hatte.

»Wahrscheinlich gar nicht.«

Nach dem Frühstück überredete er Tom zu einem Strandspaziergang. Schweigend gingen sie nebeneinander her. Jeder hing seinen Gedanken nach. Tom fragte sich, ob der Mann neben ihm recht hatte. Vielleicht wussten tatsächlich mehrere aus dem Dorf, wer für Brittas Verschwinden verantwortlich war. Das würde auch ihre Haltung ihm gegenüber erklären. Wahrscheinlich hatten sie Angst, er könne alles herausfinden. Aber warum sollten sie gelogen haben? Was musste man gegen jemanden in der Hand haben, damit dieser einen Mörder deckte? Wer hatte so viel Einfluss? War es nicht wahrscheinlicher, man hatte überhaupt keine Ahnung gehabt, wer für das Verschwinden von Britta verantwortlich sein könnte und sie hatten in Hannes nur ein passendes Opfer für ihre Wut gesehen? Er wusste es nicht. Sein Blick schweifte über das Meer. Wahrscheinlich würde er die Wahrheit niemals herausfinden.

Sie kehrten zum Haus zurück. Sein Gastgeber bot ihm an, ihn zum Bahnhof zu fahren.

Über die Hauptstraße der Insel fuhren sie nach Westerland. Am Bahnhof war viel Betrieb. Martin Schleier hielt nur kurz auf dem belebten Bahnhofsvorplatz. Tom stieg aus.

»Vielen Dank für alles«, sagte er zum Abschied.

»Wir bleiben in Kontakt«, rief der ehemalige Journalist ihm zu.

Tom winkte dem Geländewagen nach, der einem hupenden Taxi Platz machen musste.

Der nächste Zug fuhr in achtzehn Minuten. Er kaufte sich am Kiosk ein kleines Taschenbuch. ›Lewer duar üüs Slaav‹ war der Titel und es handelte von der friesischen Freiheitsideologie in der Mitte des 19. Jahrhunderts.

Der Besuch bei Martin Schleier war aufschlussreich gewesen. Er hatte aber auch neue Fragen aufgeworfen. Fragen, auf die Tom noch keine Antwort wusste.

Meike klopfte vorsichtig und öffnete langsam die weiße Tür mit der Zimmernummer 239. An der Information hatte man ihr diese Zimmernummer genannt, als sie nach ihrem Schwiegervater gefragt hatte.

Es war ein Einzelzimmer. Broder lag in dem riesigen Krankenbett, sein Körper wirkte klein und hilflos. So hatte Meike ihren Schwiegervater noch nie gesehen. Ein Plastikschlauch sorgte dafür, dass er genügend Sauerstoff bekam. Neben dem Bett stand ein piepsender Monitor, der die Regelmäßigkeit seiner Herztöne überwachte.

Als sie zögerlich den Raum betrat, stand Frank von dem kleinen Hocker neben dem Bett auf. Er sah müde aus. Sie trat an das Bett, nahm die leblose Hand von der Bettdecke. Meike war erleichtert, als sie die Wärme der Hand spürte.

»Die Ärzte sagen, er hat noch einmal Glück gehabt«, sagte Frank, ohne sie anzublicken.

Zu beschämend empfand er das Gefühl, sie so dringend zu brauchen. Er wünschte sich, sie würde ihn in ihre Arme nehmen, aber sie blieb am Bett stehen, streichelte sanft über Broders Wange.

Wie oft hatte ihr Schwiegervater ihr das Leben zur Hölle gemacht mit seiner herrischen Art? Wie viele Male hatte sie unter seinen Wutattacken gelitten? Dennoch empfand sie nun, als sie ihn so hilflos wie ein kleines Kind vor sich liegen sah, so etwas wie Zuneigung. Vielleicht war es auch Mitleid. Selten hatte sie ihn fröhlich erlebt.

Seit dem Tod von Magda war er verbittert und fast hatte es den Anschein, als befände er sich auf einer permanenten Flucht. Einer Flucht vor der Vergangenheit, vor den Erinnerungen, einer Flucht, die ihm ein gegenwärtiges Leben nicht erlaubte. Jetzt, wo er so friedlich vor ihr lag, fragte sie sich, ob er wirklich Glück gehabt hatte, ob sein Tod nicht gleichzeitig eine Erlösung für ihn gewesen wäre.

Sie versuchte die Tränen, die sich an den Rand ihrer Augenlider schoben zu unterdrücken und fragte leise: »Was ist passiert?«

Frank schilderte ihr, wie er seinen Vater am Abend in der Badewanne vorgefunden hatte.

»Es war ein leichter Schlaganfall, aber das Schlimmste hat er überstanden.«

Jetzt blickte Frank auf. Er sah ihr in die Augen und spürte, wie sehr er sie noch immer liebte, aber er wusste nicht, was er sagen sollte. Zu tief saß der Schmerz, den er ihr zugefügt hatte. In ihren Augen konnte er es deutlich erkennen. Verlegen räusperte er sich.

»Wollen wir vielleicht hinunter in den Aufenthaltsraum gehen?«

Meike nickte wortlos.

Manchmal überlege ich, wie mein Leben wohl verlaufen wäre, wenn wir uns nie begegnet wären. Wenn ich nicht mit all den Lügen hätte leben müssen, wenn ich einfach nur glücklich hätte sein können.

Ob ich tatsächlich glücklich gewesen wäre? Vielleicht. Vielleicht aber auch nicht.

Es ist zu spät, um es herauszufinden, ich habe mich mit meinem Schicksal abgefunden. Jedenfalls jetzt. Nach dem Mord. Der gehört wahrscheinlich auch zu meinem Schicksal.

Schicksal, was ist das überhaupt? Ist es etwa dafür verantwortlich, dass ich jahrelang belogen und betrogen worden bin? Ich war zu feige, den Dingen auf den Grund zu gehen. Für mich hatte es nur die Möglichkeit gegeben, ihn zu ermorden, als ich herausfand, dass er schuld an meinem verpfuschten Leben war.

Als das Mädchen verschwand, hatte es angefangen. Jedenfalls rede ich mir das ein. Oberflächlich betrachtet, ging das Leben zwar weiter, aber nicht wirklich. Zu tief schmerzte ihr Verlust und die Erinnerungen, die damit verbunden waren. Der Kummer und Schmerz um ihr Verschwinden ließen einen nicht zur Ruhe kommen, machten krank. Das habe ich nun verstanden. Deshalb musste ich handeln.

Als Tom um kurz nach zwei Uhr in den Zug stieg, suchte er vergeblich in seinen Jackentaschen nach seinem Handy. Ihm fiel ein, es gestern mit den Papieren von der Autovermietung in das Handschuhfach gelegt zu haben. Merkwürdigerweise hatte er es während seines Aufenthaltes bei Martin Schleier gar nicht vermisst. Erst jetzt, als er Monika anrufen wollte, bemerkte er das Fehlen.

›Dann muss der Anruf eben warten‹, dachte er, während er sich einen Fensterplatz in einem der vorderen Waggons suchte.

Die Rückfahrt war beinahe so faszinierend wie die Hinfahrt. Immer kleiner wurde die Insel am Horizont, bis ein scheinbar unsichtbarer Schleier sich über die Insel legte und sie verschwinden ließ. Tom schlug das Taschenbuch auf.

In dem Buch ging es um das Ende der Verbindung zwischen Nordfriesland und Dänemark im Jahre 1864 und der Eingliederung Nordfrieslands ins Deutsche Reich. Es erläuterte sachlich die Vor- und Nachteile, die diese Entwicklung mit sich gebracht hatte. Er begann zu verstehen, warum die Friesen ein so ausgeprägtes Nationalbewusstsein hatten.

Die Zeit verging wie im Flug.

Nachdem er beim Parkwächter die Gebühr für einen Tag nachbezahlt hatte, setzte er sich in den Wagen und vergewisserte sich, dass sein Handy tatsächlich im Handschuhfach lag. Beinahe schadenfroh erschien ihm die Mitteilung von elf Anrufen in Abwesenheit auf dem Display. Flüchtig ging er die Nummern durch. Monika hatte dreimal angerufen, seine Sekretärin zweimal, einmal hatte Marlene versucht ihn zu erreichen, die anderen Nummern waren unterdrückt gewesen.

Er wählte die Nummer der Mailbox. Monika fragte, wann sie mit seiner Heimkehr rechnen könne und bat dringend um Rückruf. Seine Sekretärin fragte, was mit dem Termin von Herrn Schuhmacher am Dienstag sei. Marlene erkundigte sich nach seinem Befinden. Die letzte Nachricht war von Haie. Er müsse ihn dringend sprechen, er hätte herausgefunden, woher der Schlüssel stammt, den Tom bei Hannes gefunden hatte.

Aufgeregt wählte Tom Haies Nummer, aber selbst nach dem zehnten Klingeln ging niemand ans Telefon. Er beschloss, noch schnell bei der Autovermietung vorbeizufahren um den Wagen auszutauschen, bevor er sich auf den Weg zu Haie machte.

Der Mann von der Autovermietung war sehr freundlich. Es war zwar nur ein kleines Partnerunternehmen, trotzdem war man bemüht, einen guten Service zu bieten.

Man hätte ihn schon gestern erwartet, sagte er und Tom entschuldigte sich für die Verspätung. Er unterschrieb die Papiere für den neuen Mietwagen, bedankte sich und fuhr über die Hauptstraße zur B 5, die ihn direkt ins Dorf brachte.

Er vermutete, dass Haie noch arbeitete und fuhr deshalb direkt zur alten Grundschule. Der Hausmeister reparierte gerade einen Fahrradständer und blickte verwundert auf, als er den Wagen auf den Schulhof fahren hörte. Erst als Tom ausstieg, erkannte er ihn. Eilig ließ er sein Werkzeug fallen, kam mit großen Schritten auf den Wagen zu.

»Moin! Mensch, wo hast du denn gesteckt? Ich habe 'zig Mal versucht, dich zu erreichen!«

Tom erzählte nur kurz, Martin Schleier in Westerland getroffen zu haben und fragte:

»Und, was ist nun mit dem Schlüssel?«

Haie blickte hastig auf seine Armbanduhr.

»Schade, aber heute wird das nichts mehr!«

Tom blickte ihn fragend an.

»Mein Schwager hat mal ein Praktikum bei der Deutschen Bank in Flensburg gemacht und den Schlüssel erkannt. Leider schließt die Bank in zwanzig Minuten. Ich habe schon angerufen und die Öffnungszeiten erfragt. Jetzt müssen wir bis Montag warten.«

Mit seinen Händen machte er eine bedauernde Geste, die aber nicht verriet, ob sie nicht auch ihm selbst galt. Tom veranlasste diese Geste jedenfalls, sich zu entschuldigen.

»Tut mir leid, aber ich hatte mein Handy im Auto

176

vergessen. Außerdem war der Besuch bei Martin Schleier auch sehr aufschlussreich und das Schließfach läuft uns ja nicht davon.«

Haie nickte.

»Was hast du jetzt vor?«, fragte er.

»Weiß noch nicht so genau. Erst einmal muss ich Anrufe tätigen und Hunger hätte ich auch.«

»Ich muss hier noch eben mein Zeug zusammenräumen. Wenn du willst, lade ich dich danach zum Essen ein. Hast du Lust?«

»Ich möchte aber nicht der Grund für einen Streit mit deiner Frau sein. Außerdem ist es ihr sicherlich nicht recht, wenn du mich unangemeldet mitbringst.«

Er war sich nicht sicher, ob Haie von Elkes Aussage wusste und er hatte sich noch keine Gedanken darüber gemacht, wie er ihn am besten darauf ansprechen sollte. Aber Haie winkte ab.

»Dann lade ich dich eben in eine Gaststube ein. Und Elke lass man meine Sorge sein.«

Schon begann er sein Werkzeug vom Boden aufzusammeln. Tom sah ein, dass jeder Widerspruch zwecklos sein würde. Er nahm sein Handy aus der Tasche und begann zu tippen.

Zunächst rief er seine Sekretärin an. Er bat sie, sämtliche Termine zu verschieben, da er nächste Woche nicht ins Büro käme. Die Erbschaftsangelegenheiten seines Onkels seien doch aufwendiger als erwartet, begründete er die Verlängerung seiner Abwesenheit.

Anschließend wählte er die Nummer von Marlene. Haie war mit seinem Werkzeug in der Hausmeisterei verschwunden und während Tom darauf wartete, Marlenes Stimme am anderen Ende der Leitung zu hören, drehte er verlegene Kreise auf dem Schulhof.

»Hallo, hier Marlene?«

Sie hatte den Anruf erst nach dem zehnten Klingeln entgegengenommen und Tom war völlig überrascht. Er stotterte:

»Ha-hallo, Ma-Marlene? Ich bins Tom.«

»Hallo, das ist aber nett, dass Sie anrufen!«

Er konnte förmlich hören, wie ihr Mund sich zu einem Lächeln formte und ihre Augen vor Freude strahlten. In ihrer Stimme lag nichts, außer Freundlichkeit. Freundlichkeit und Anteilnahme, als sie fragte:

»Wie geht es Ihnen?«

»Gut.«

Er war so ein ehrliches Interesse an seinem Befinden nicht gewohnt und es machte ihn ein wenig verlegen. Er mochte diese Frau und er wollte sie unbedingt wieder sehen.

»Ich würde mich gerne bei Ihnen noch einmal so richtig bedanken. Für Ihre Hilfe und so.«

»Das trifft sich gut. Ich bin morgen zwar nicht genau in Ihrer Gegend, aber wenn Sie nichts dagegen haben, mir ein Stück entgegenzufahren, könnten wir uns treffen. Ich muss noch ein paar Erkundigungen auf Eiderstedt einholen.«

Tom wurde es plötzlich ganz warm in seiner Magengegend. Schon morgen konnte er sie wiedersehen.

»Ja natürlich, gerne!«

»Gut, dann treffen wir uns, sagen wir morgen um drei am Roten Haubarg? Wissen Sie, wo der ist?«

»Selbstverständlich. Dann bis morgen. Ich freue mich.«

»Ich auch.« Die Wärme in Toms Magen schien sich bei diesen Worten in kleine, lodernde Flämmchen zu zerteilen, die aufgeregt vor sich hin flackerten. Er legte auf und drehte sich um.

»Na, alle Anrufe erledigt?«, fragte Haie, der hinter ihm gestanden hatte.

Tom nickte. Er würde Monika erst später anrufen.

Sie fuhren durch den Koog über den alten Außendeich bis nach Blocksberg, eigentlich eine Haltestelle der Kleinbahn. Die Gastwirtschaft sah nicht besonders einladend aus, aber Haie versicherte ihm, das Essen sei vorzüglich.

Sie betraten den dunklen Gastraum und nahmen an einem der Tische Platz. Eine ältere Frau mit Schürze kam an ihren Tisch. Haie bestellte zwei Bier und zweimal Scholle mit Bratkartoffeln. Nachdem die Bedienung sich entfernt hatte, fragte er neugierig:

»Was hat denn nun dieser Martin Schleier erzählt?«

Tom rutschte etwas nervös auf seinem Stuhl hin und her. Er hatte noch immer nicht die passenden Worte gefunden, um Haie nach Elkes Aussage zu fragen. Deshalb erzählte er zunächst von Broders zurückgezogener Aussage und von Martin Schleiers Vermutungen, irgendjemand aus dem Dorf könne etwas mit Brittas Verschwinden zu tun haben.

»Vielleicht ist einigen sogar bekannt, wer der wahre Mörder ist.«

»Dieser Journalist meint also, wir Dorfbewohner würden einen Mörder decken?«

»Nicht alle, aber es könnte doch möglich sein.«

Haie schüttelte energisch seinen Kopf.

»Auf keinen Fall, davon wüsste ich! Ich meine, so etwas kannst du nicht jahrelang geheim halten, schon gar nicht im Dorf. Das wäre ganz sicher herausgekommen!«

»Meinst du? Hast du denn auch von der Aussage gewusst, die Elke gegen Hannes gemacht hat?«

Überrascht blickte Haie Tom an.

»Was, meine Frau soll gegen Hannes ausgesagt haben?«

»Soviel also zu ›so etwas kannst du nicht jahrelang
geheim halten‹.«

24

Langsam öffnete Broder die Augen. Das grelle Licht der Lampe über seinem Bett schmerzte. Er musste sich zwingen, nicht dem schützenden Reflex seiner Augenlider nachzugeben.

Er sah die weiße Zimmerdecke und ließ seinen Blick umherwandern, bis er an dem Plastiktisch mit der weißen Tischdecke hängen blieb. Er hatte keine Ahnung, wo er sich befand und was geschehen war. ›Geht's mir jetzt wie Lorentz?‹ dachte er, aber die Erinnerung an Lorentz' Schicksal machte ihm bewusst, er konnte unmöglich an derselben Krankheit leiden.

Er vernahm das Piepsen des Überwachungsmonitors und drehte seinen Kopf leicht zur Seite. Die Kurve auf dem Bildschirm zeigte regelmäßige Erhebungen. Erst jetzt bemerkte er den Schlauch unter seiner Nase.

Was war geschehen? Alles, woran Broder sich erinnern konnte, war, wie er in der Badewanne gesessen und sich schrecklich müde gefühlt hatte. Er musste eingeschlafen sein, was dann geschehen war, wusste er nicht mehr.

Die Tür wurde geöffnet und eine Schwester betrat das Zimmer.

»Nanu, Herr Petersen. Sie sind ja wach.«

Sie trat an sein Bett, warf einen Blick auf den Monitor. Aus der Tasche ihres Kittels holte sie ein Thermometer hervor und steckte es Broder in den Mund.

»Ich werde gleich mal dem Herrn Doktor Bescheid sagen, dass sie wieder unter den Lebenden weilen.«

Er hätte gerne gefragt, warum er überhaupt hier lag, aber das Thermometer steckte immer noch in seinem Mund. Geduldig wartete er, bis die Schwester es wegnahm.

»Na, ein bisschen erhöhte Temperatur haben Sie aber noch.«

Er öffnete den Mund, versuchte zu sprechen, aber er brachte keinen Ton heraus. In seinem Mund herrschte eine Trockenheit, die sich bis zu seinen Stimmbändern ausgebreitet hatte, und die jede Anstrengung, sich zu äußern, einfach zunichte machte. Er sah, wie die Schwester schon wieder den Raum verlassen wollte. Mit den Händen versuchte er, Zeichen zu machen. Zwecklos. Die Schwester schloss die Tür, ohne sich noch einmal umzublicken.

Es blieb ihm nichts anderes übrig, als zu warten.

Er starrte an die Decke. Ihm fehlte jegliches Zeitgefühl. Wie lange er wohl schon so da lag? Wie viel Zeit war vergangen, seit die Schwester das Zimmer verlassen hatte? Er schloss die Augen. Die Stille des Raumes, in der nur das permanente Piepsen des Monitors zu hören war, wirkte irgendwie bedrohlich. Ihn fröstelte.

Er fragte sich, ob er tatsächlich lebte oder ob dieser Raum vielleicht gar nicht real war. Das grelle Licht kam den Beschreibungen derer, die es angeblich schon einmal erblickt haben wollten, jedenfalls relativ nah. Wahrscheinlich würde er, wenn er die Augen wieder öffnete, auf seinen eigenen, leblosen Körper hinabblicken.

Im Schnelldurchlauf ließ er sein Leben Revue passieren um abzuschätzen, ob es für den Himmel reichen würde. Aber wahrscheinlich würde das, was ihn erwartete, nicht besonders angenehm sein.

Frieda ging gut gelaunt die Einkaufstraße entlang. Ihr Besuch bei der Wohnungsgesellschaft war erfolgreich gewesen. Die Nebenkostenabrechnung konnte sie in monatlichen Raten von je 70 DM zurückzahlen. Der Betrag war für sie zwar auch keine Kleinigkeit, aber immer noch besser, als die ganze Rechnung auf einmal zu zahlen.

Sie nutzte die Zeit, bis der Bus ins Dorf zurückfuhr, um die ausgeliehenen Bücher in der Stadtbücherei zurückzugeben. Oft kam sie nicht in die Stadt und die Bücher waren schon lange überfällig. Frieda zahlte die Strafgebühr und ging dann in die Abteilung mit den Neuerscheinungen. Sie las gern, aber Geld für Bücher hatte sie keines. Die Stadtbücherei war deshalb für sie trotz der Strafgebühren, die sie häufig zahlen musste, weil sie die Verlängerung der Medien vergaß, eine günstige Möglichkeit, an Bücher zu kommen.

Sie wählte den neuen Roman von Rosamunde Pilcher. Am Schalter für die Ausleihe legte sie ihren Büchereiausweis vor.

»Na, Frau Mommsen, heute mal leichtere Kost?«, fragte die Dame hinter dem Schreibtisch.

Frieda nickte.

Draußen war es angenehm warm. Sie setze sich auf eine der Bänke, die den Rathausplatz säumten. Ihr Bus würde erst in einer Stunde fahren.

Über den Platz sah sie Herrn Crutschinow auf sie zukommen. Sie kannte ihn gut. Vor vielen Jahren hatte er die verschollenen Nolde-Bilder aus seiner Heimat nach Nordfriesland zurückgebracht. Während des Nationalsozialismus waren die Bilder beschlagnahmt worden und danach für etliche Jahre verschwunden gewesen. Herr Crutschinow war ein einflussreicher Mann in Russland und hatte dafür gesorgt, dass die Bilder zurück ins Museum nach Seebüll kamen.

»Guten Tag Frau Mommsen. Was für ein Zufall, Sie hier zu treffen.«

Er reichte Frieda die Hand zur Begrüßung.

»Darf ich?«

Obwohl ihr seine Gegenwart unangenehm war, nickte sie.

Herr Crutschinow war lange Zeit Gast in der Pension im Dorf gewesen. Nachdem er die Bilder dem Museum überreicht hatte, war er von der Landschaft so fasziniert gewesen und hatte überlegt, ein Haus im Dorf zu kaufen. Frieda hatte ihn bei Fritz im Gasthof kennengelernt, wo sie hin und wieder ausgeholfen hatte. Sie hatte ihm einige Häuser genannt, die in der Zeit zum Verkauf standen. Herr Crutschinow hatte jedoch unbedingt das Haus von Hannes Friedrichsen kaufen wollen.

Nach Brittas Verschwinden war er plötzlich in seine Heimat aufgebrochen.

»Das Museum hat mich zu einer Sonderausstellung eingeladen. Außerdem habe ich erfahren, dass das Haus, welches ich schon einmal erwerben wollte, verkauft werden soll. Der Eigentümer ist wohl verstorben.«

Frieda nickte wortlos.

»Mein Sohn hat sich schon erkundigt. Er will es unbedingt kaufen, sozusagen als Altersruhesitz für mich. Aber der Neffe, der sich um den Nachlass kümmert, lässt wohl nicht mit sich verhandeln.«

Er seufzte leicht.

»So sehr ich diese Landschaft auch liebe, aber ich glaube, ein Leben hier bleibt für mich einfach nur ein Traum. Vielleicht ist es besser so.«

Frieda blickte ihn verstohlen von der Seite an. Er war alt geworden. Sein Haar war licht und grau und unter den Augen hingen dicke Tränensäcke. Ihr war es immer so vorgekommen, als trage er ein großes Geheimnis in sich, aber vielleicht war es auch nur seine fremdländische Art. Der Akzent, mit dem er sprach, die Melancholie in seinen Worten und der Blick in seinen Augen, den sie nicht deuten konnte.

»Ist denn eigentlich der Mord an dem kleinen Mädchen jemals aufgeklärt worden?«, fragte er unvermittelt.

Die Frage und der Ton in seiner Stimme ließen sie frösteln.

»Nein, bis heute nicht.«

Sie blickte auf ihre Uhr und sagte:

»Ich muss gehen.«

Überstürzt stand sie auf und eilte über den Rathausmarkt zum Busbahnhof. Herr Crutschinow blickte ihr verwundert hinterher.

Das Wasser schmeckte abgestanden und Meike schob die Flasche nach dem ersten Schluck angewidert von sich.

Sie saßen schweigend an einem der kleinen Tische im Aufenthaltsraum gleich neben dem Eingang des Krankenhauses. Frank hatte zwei Flaschen Wasser aus einem Getränkeautomaten geholt. Die Cafeteria hatte geschlossen, die offizielle Besuchszeit war vorbei.

Meike überlegte, ob Frank etwas sagen würde. Sie selbst hatte bereits gestern alles gesagt.

Sie sah zu, wie er den Plastikdeckel wieder auf die Flasche schraubte. Er blickte sie nicht an. Sie wusste nicht, ob sie ihn noch liebte. Wie ein Häufchen Elend saß er ihr gegenüber, müde und krank. Wo war der Mann geblieben, den sie geliebt hatte? Dem sie versprochen hatte, für immer bei ihm zu bleiben? In guten wie in schlechten Zeiten? Sie war traurig. Wieso hatte es soweit kommen müssen?

Schüchtern blickte Frank auf. Das schlechte Gewissen stand ihm ins Gesicht geschrieben. Leise sagte er:

»Es tut mir leid.«

Sie wartete, aber er senkte seinen Blick wieder.

Irgendwie fühlte sie sich ihm überlegen. Sie wusste zwar auch nicht, wie es weitergehen sollte. Aber wie es nicht weitergehen sollte, wusste sie sehr genau.

»Liebst du mich noch?«, fragte sie.

Frank nickte, ohne aufzublicken. Sie war sich nicht sicher, ob er es ernst meinte. Vielleicht war er einfach nicht in der Lage, zwischen Liebe und dem, was er tatsächlich empfand, zu unterscheiden. Sie wusste, wie sehr er sie brauchte. Gerade jetzt, wo es Broder so schlecht ging. Aber war das Liebe?

»Wie konntest du es dann soweit kommen lassen?«

Er zuckte mit den Schultern und blickte sie an. In seinem Blick konnte Meike Verzweiflung erkennen, Verzweiflung und Hilflosigkeit. Sie konnte ihm jedoch nicht mehr helfen. Zu oft hatte sie es versucht, hatte ihm geglaubt, wenn er versprochen hatte, mit dem Spielen aufzuhören. Sie schüttelte ihren Kopf. All die schlaflosen Nächte, die Lügen, die Tränen, die sie vergossen hatte. Sie fühlte sich ausgebrannt und leer.

»Ich höre auf, wenn du nur bei mir bleibst.«

Aber sie hatte kein Vertrauen mehr. Nicht in ihn und nicht in eine gemeinsame Zukunft.

»Ich kann nicht mehr, Frank. Zu oft hast du mir versprochen aufzuhören. Zu oft habe ich dir geglaubt. Und was hast du gemacht? Hast mich belogen. Hast all unser Geld verspielt und ich weiß nicht, was du sonst noch so getrieben hast.«

Fragend blickte er sie an.

»Was meinst du?«

»Das Konto ist doch schon lange überzogen. Glaubst du etwa, ich hätte das nicht bemerkt? Aber du hast immer weiter gemacht. Ich weiß nicht wie und womit, aber du hast nicht aufgehört und wirst es vermutlich auch nie! Die Schuldscheine, die Kreditunterlagen, ich habe sie in deinem Schreibtisch gefunden. Was hast du sonst noch alles getan, um an Geld heranzukommen?«

Frank antwortete nicht.

25

Tom hatte Haie zu Hause abgesetzt. Sie hatten nicht mehr viel miteinander gesprochen. Zu sehr hatte Haie die Neuigkeit von Elkes Aussage beschäftigt. Er hatte sich nicht erklären können, warum sie damals gegen Hannes ausgesagt hatte. Und schon gar nicht konnte er glauben, was sie damals gesehen haben wollte. Wieso hatte sie Toms Onkel so schwer belastet? Und wieso hatte sie ihm nie davon erzählt?

Als Haie das Haus betrat, hörte er Elke in der Küche mit dem Geschirr klappern.

»Ich bin zu Hause!«

Er ging ins Bad und schaute in den kleinen Spiegel über dem Waschbecken. Zwei fragende Augen blickten ihn an. Wie sollte er Elke gegenübertreten? Was sollte er sagen? Wie würde sie reagieren?

Er holte tief Luft, betrat die Küche. Elke sah sofort, dass etwas nicht stimmte.

»Ich muss mit dir reden.«

Sie schluckte. So hatte sie ihn schon lange nicht mehr erlebt. Sie fragte sich, was passiert war.

»Ich habe mich mit Tom getroffen.«

»Ich habe dir doch gesagt, ich nicht will nicht, dass du dich mit ihm triffst!«

Hektische, rote Flecken bildeten sich auf ihrem Hals. Nervös hantierte sie mit dem Besteck herum.

Haie versuchte ruhig zu bleiben. Die Enttäuschung saß tief. Er war fest davon überzeugt gewesen, sie hätten keine Geheimnisse voreinander. Warum hatte sie ihm die Aussage gegen Hannes verschwiegen?

Er setzte sich an den Küchentisch, Elke blieb an der Spüle stehen. Abwehrend kreuzte sie ihre Arme vor der Brust, blickte ihn trotzig an.

»Warum hast du mir nie von deiner Aussage gegen Hannes Friedrichsen erzählt?«

Das saß. Damit hatte Elke nicht gerechnet. Ihr Blick schlug von einer Sekunde auf die andere in Erstaunen um. Die Flecken auf ihrem Hals färbten sich noch dunkler.

»Woher weißt du?«

»Das tut nichts zur Sache. Ich will wissen, warum du gegen ihn ausgesagt hast.«

»Das geht dich nichts an! Außerdem würdest du es sowieso nicht verstehen!«

»Dann erkläre es mir bitte!«

Tom saß in der Küche, drehte gedankenverloren den Schließfachschlüssel zwischen seinen Fingern hin und her.

Was mochte Onkel Hannes wohl in dem Bankfach aufbewahrt haben? Hatte der Einbrecher danach gesucht? Nach Geld? Wertvollen Gegenständen? Oder doch nach geheimen Unterlagen? Aber was sollten das für Unterlagen sein? Tom hatte keine Ahnung.

Vor ihm auf dem Küchentisch lagen sein Handy und ein Umschlag, den er im Briefkasten gefunden hatte. Als Empfänger war sein Name notiert, aber ein Absender war nicht vermerkt. Vorsichtig riss er den Umschlag auf. Ein kleiner handgeschriebener Zettel lag im Inneren. Er war von Herrn Crutschinow. Er bot ihm 450.000 DM für Onkel Hannes Haus an.

›Soviel Geld für das kleine Häuschen‹, wunderte er

sich. Herrn Crutschinow schien wirklich viel daran zu liegen.

Während er noch überlegte, ob er überhaupt bereit war zu verkaufen, klingelte das Telefon.

Es war Monika. Schon am penetranten Klingeln meinte er, ihre vorwurfsvolle Stimmung ausmachen zu können. Er hatte ein schlechtes Gewissen, weil er sich so lange nicht bei ihr gemeldet hatte. Er konnte sie nicht einmal begrüßen, weil ihm sofort ein wütender Wortschwall entgegenschlug.

Wieso er sich nicht bei ihr melden würde? Durch seine Sekretärin hätte sie erfahren, dass er vorhabe, seinen Aufenthalt in Nordfriesland zu verlängern. Und die Geburtstagsparty bei ihrer Freundin habe sie auch abgesagt.

»Aber warum denn?« Ob er glaube, sie habe Lust sich den ganzen Abend bemitleiden zu lassen, war ihre Antwort.

Tom versuchte ruhig zu bleiben. Er hatte ihre Vorwürfe satt, aber das war kein Thema für's Telefon.

»Weißt du, ich versuche, alles hier so schnell wie möglich zu erledigen. Sogar einen Käufer für das Haus habe ich schon gefunden. Aber so schnell geht das nun mal nicht mit der Abwicklung. Termine beim Notar und bei der Bank, du weißt schon. Ich werde sicherlich noch die ganze nächste Woche brauchen.«

»Und was machst du am Wochenende? Die Bank hat dann ja wohl kaum geöffnet, oder?«

Was sollte er ihr sagen? Schnell erfand er einen alten Schulfreund, mit dem er angeblich zum Essen verabredet war.

»Und der Schulfreund ist nicht zufällig weiblich?«

Da war sie wieder, ihre ewige Eifersucht. Er hatte keine Lust sich zu rechtfertigen, deshalb log er:

»Nein, es ist Haie Ketelsen und wir gehen lediglich hier im Gasthof essen.«

Sie glaubte ihm nicht und Tom wusste das ganz genau, obwohl sie nichts sagte. Aber im Augenblick war ihm das auch völlig egal. Schnell versprach er, sich sofort bei ihr zu melden, wenn feststünde, wann er nach Hause kommen konnte. Dann legte er auf.

Von ›ich liebe und vermisse dich‹ hatte er nichts gesagt. Aber die Worte, die ihm sonst so einfach über die Lippen gingen, hatte er einfach nicht herausgebracht. Wahrscheinlich, weil er sie nicht weiter belügen wollte.

Er nahm die Weinflasche vom Küchenschrank, goss sich ein Glas ein und nahm einen großen Schluck.

Irgendwie hatte sein Leben sich verändert. Sein Onkel sollte ein Mörder gewesen sein, die Anfeindungen im Dorf, der mysteriöse Einbruch, die Welt, in der er als Kind gelebt hatte, war nicht mehr dieselbe. Und nicht nur das. Er fing an, die Dinge zu hinterfragen, nicht alles so hinzunehmen, wie es auf den ersten Blick schien. Und vielleicht war auch Marlene ein Grund, der ihn über sein Leben nachdenken ließ.

War er wirklich zufrieden mit dem, was er erreicht hatte? War Monika die Frau, nach der er immer gesucht hatte? War er glücklich?

Er hatte sich sein Leben immer anders vorgestellt. Arzt hatte er werden wollen, so wie sein Großvater. Aber schon der Aufnahmetest hatte ihm einen Strich durch die Rechnung gemacht. Er hatte sich deshalb für BWL entschieden. Für das Studium hatte man wenigstens zu der Zeit noch keinen Numerus Clausus und keinen Aufnahmetest verlangt.

Nach dem Abschluss hatte er zunächst einen guten Job bei einer großen Unternehmensberatung bekommen. Als man ihm anbot, als Teilhaber in das Unternehmen einzusteigen, hatte er zugesagt.

Er verdiente gut, die Arbeit machte ihm Spaß, aber glücklich war er nicht. Glück war für ihn ein Zustand völliger Freiheit. Frei sein von allem, was einen daran hinderte, man selbst zu sein. Glück konnte man nach seiner Auffassung nur empfinden, wenn man nichts als sich selbst spürte.

Und Liebe? Er war sich sicher, in Monika verliebt gewesen zu sein, als er sie kennenlernte. Aber Verliebtsein war nicht dasselbe wie Liebe. Liebe ging tiefer, war intensiver und vor allem blieb sie, auch wenn die Schmetterlinge im Bauch längst weitergezogen waren.

Er leerte das Weinglas und machte sich daran, die Sachen von Onkel Hannes weiter auszusortieren.

26

Als er am nächsten Morgen aus dem Fenster blickte, hing noch der Morgennebel über den Wiesen und hüllte alles in einen undurchdringlichen Schleier.

In der Küche setzte er Wasser für den Kaffee auf und wählte die Nummer der Auskunft. Tom hatte Marlene zwar gesagt, ihm wäre bekannt, wo der Rote Haubarg lag, aber das war gelogen.

Er notierte die Adresse auf einem kleinen Notizzettel.

Er blickte sich in der Küche um. Auf der Eckbank hatte er einige Sachen von Onkel Hannes gestapelt, die er behalten wollte. Bei vielen Dingen war ihm die Entscheidung schwer gefallen und so hatte sich einiges angesammelt.

Aus dem Wohnzimmer wollte er fast nichts behalten. Als Kind war ihm der Aufenthalt darin nur selten gestattet gewesen. Er hatte sich hauptsächlich im Zimmer unterm Dach und in der Küche aufgehalten.

Vom Dachboden holte er einen großen Karton. Dabei fiel ihm die alte Bauerntruhe hinter einem der Querbalken auf. Nur mühsam ließ sich der massive Holzdeckel öffnen. Die Scharniere ächzten. Im Inneren der Truhe lagen alte Kleider, darunter ein Fotoalbum. Tom nahm es heraus. Staub wirbelte auf und tanzte in dem Lichtstrahl, der durch das kleine Dachfenster fiel.

Zurück in der Küche goss er sich einen Kaffee auf und setzte sich mit dem Album an den Tisch. Er nahm einen Schluck aus seiner Tasse und schlug die erste Seite auf.

193

Alte Schwarz-Weiß-Fotografien waren fein säuberlich mit Fotoecken auf den schwarzen Karton geklebt. Zum Teil waren sie sehr unscharf, aber Tom erkannte Onkel Hannes dennoch auf einigen der Bilder. Sie zeigten ihn mit verschiedenen Personen. Eine Frau war auch dabei. Das Seidenpapier knisterte geheimnisvoll, als er zwischen den Seiten blätterte. Etliche Bilder fehlten. Er fragte sich, ob sein Onkel sie absichtlich herausgenommen hatte, oder ob sie einfach herausgefallen waren.

Eines der Fotos erregte sein besonderes Interesse bei Tom. Es zeigte Hannes mit einem großen, dunkelhaarigen Mann. Obwohl die Fotografie sehr unscharf war, glaubte er, den Mann zu kennen. Es erschien ihm, als wäre er ihm vor noch nicht allzu langer Zeit begegnet. Ihm fiel nur nicht ein, wo es gewesen war. Er starrte auf das Foto, konnte sich aber nicht erinnern. Vielleicht wusste Haie, wer der Mann auf dem Foto neben seinem Onkel war. Er würde es ihm bei der nächsten Gelegenheit zeigen.

Flüchtig blätterte er die restlichen Seiten durch. Nach der letzten Seite schlug er das Album zu und räumte die Sachen von der Eckbank in den Karton vom Dachboden. Als er den Schuhkarton mit seinen alten Briefen ebenfalls hineinlegen wollte, öffnete er den Deckel noch einmal und nahm einen Brief heraus.

Lieber Großvater,

heute war ein ganz besonderer Tag. Tante Lisbeth hat mich abgeholt und wir sind in die Stadt gefahren. Gleich nach dem Frühstück hat sie draußen vor der Tür gehupt. Sie wollte aber nicht hereinkommen, nicht mal auf einen

Kaffee. Ich glaube, Onkel Hannes war ein wenig traurig darüber. Er hat mir Geld zugesteckt, denn Tante Lisbeth sollte neue Sachen zum Anziehen für mich kaufen.

Ich bin in den Wagen gestiegen und wir sind losgefahren. Tante Lisbeth sagte, sie wolle möglichst früh in der Stadt sein, denn da sei es noch nicht so voll in den Geschäften. Wie schon bei meiner ersten Fahrt mit ihr, hat sie die ganze Zeit geredet und geredet. Sie hat mich jede Menge gefragt, denn sie hatte mich nicht gesehen, seit sie mich vom Bahnhof abgeholt hatte. Wie es mir denn so ginge? Wie es in der Schule klappte? Ob Onkel Hannes nett zu mir sei?

Ehe ich mich versah, waren wir schon in der Stadt und sie parkte vor einem großen Kaufhaus.

In dem Kaufhaus waren schon viele Leute, obwohl wir so früh losgefahren waren. Aber das war ja auch kein Wunder, schließlich ist Weihnachtszeit und die Leute kaufen ihre Geschenke ein.

Ich habe dann zwei neue Hosen, eine Jacke, drei Pullover und Unterwäsche zusammen mit Tante Lisbeth ausgesucht. Ich bin nämlich ein ganzes Stück gewachsen und sie meinte, ich könnte nicht in den alten Sachen herumlaufen. Ihr Bruder hätte kein Auge für so etwas, sagte sie, aber mir gefiel es nicht, wie sie über ihn sprach.

An der Kasse wollte ich die Sachen von Onkel Hannes Geld bezahlen, aber Tante Lisbeth sagte, ich solle es wieder wegstecken. Sie bezahlte alles und sagte, mehr könne sie leider nicht für mich tun. Was sie damit meinte, habe ich nicht verstanden.

Von dem Geld habe ich ein Weihnachtsgeschenk für Onkel Hannes gekauft. Natürlich nicht von dem ganzen Geld, den Rest wollte ich Onkel Hannes zurückgeben. Tante Lisbeth hat mich zwar so merkwürdig ange-

guckt, aber nichts weiter gesagt. Ich habe ihm eine große Schachtel seiner Lieblingspralinen gekauft. Die Dame an der Kasse hat die Schachtel in wunderschönes Geschenkpapier verpackt.

Nach dem Einkaufen hat mich die Tante noch auf eine Tasse heiße Schokolade ins Café eingeladen. Das war prima. Anschließend hat sie mich wieder nach Hause gebracht.

Onkel Hannes hatte schon auf uns gewartet. Aber auch jetzt wollte Tante Lisbeth nicht mit hineinkommen. Sie sagte irgendwas von einem wichtigen Termin und ist ganz schnell wieder weggefahren.

Das Geschenk habe ich hinter meinem Bücherregal versteckt. Wie haben zusammen Abendbrot gegessen und Onkel Hannes ist danach in die Kneipe gegangen.

Aber nun bin ich schrecklich müde und gehe ins Bett. Bis zum nächsten Mal.

Viele liebe Grüße,
Dein Tom

Haie wachte auf, weil seine Knochen schmerzten. Er war auf dem Sofa eingeschlafen.

Nachdem er Elke gestern zur Rede gestellt hatte, war das Gespräch eskaliert. Sie hatten sich fürchterlich gestritten. Elke hatte geschrien, er solle die alten Geschichten ruhen lassen und hatte angefangen zu weinen.

Sie hatte ihm nicht erklärt, warum sie die Aussage gegen Hannes gemacht hatte, war nur ins Schlafzimmer gerannt, hatte ihm sein Bettzeug aufs Sofa geworfen und sich eingeschlossen. So aufgebracht hatte er seine Frau noch nie erlebt. Und er verstand sie nicht.

Sein Blick fiel auf die leere Kornflasche auf dem

Couchtisch. Nach Elkes Flucht war er ins Wohnzimmer gegangen und hatte nachgedacht. Dabei hatte er sich das ein oder andere Gläschen gegönnt.

Er stellte die Kaffeemaschine an und deckte den Frühstückstisch. Im Garten pflückte er Blumen und stellte sie in einer Vase auf den Tisch.

Er hatte bereits die zweite Tasse Kaffee getrunken, als er Elke hörte. Als sie in die Küche kam, sagte er schnell:

»Es tut mir leid. Ich wollte nicht streiten.«

Sie nickte. Ihre Augen waren gerötet, sie sah blass aus.

»Mir tut es leid.«

Sie blickte ihm in die Augen. Der Zorn von gestern Abend war aus ihrem Blick verschwunden. Sie schluckte mehrmals und sagte:

»Ich habe gelogen.«

Als Tom die Unterlagen für das Haus zusammensuchte, entdeckte er in einer Mappe eine weitere Flurkarte. Ein größeres Gebiet, das an Onkel Hannes Grundstück angrenzte, war markiert. Er fragte sich, ob sein Onkel noch weiteres Land besessen hatte. Anhand der Karte konnte er die kleine Straße hinterm Haus erkennen. Das markierte Feld befand sich rechts davon.

Er steckte die Unterlagen in eine Plastiktüte, nahm seinen Autoschlüssel und fuhr die Dorfstraße hinunter zum Büro von Herrn Schmidt.

Das Schild an der Tür zeigte auf ›Geschlossen‹, aber Tom konnte durch einen Spalt zwischen den Lamellen eine Person hinter dem Schreibtisch erkennen. Energisch klopfte er gegen die Glastür, bis Herr Schmidt erschien und ihm öffnete. Er trug eine Cordhose und einen grünen Pullunder.

»Heute habe ich nicht geöffnet!«

»Es ist dringend.«

Der Immobilienmakler trat aus der Tür und er folgte ihm in das düstere Büro.

Sie setzten sich an den Schreibtisch. Tom holte die Unterlagen aus der Plastiktüte, legte sie auf den Schreibtisch.

»Zum einen hat sich Ihr Interessent bei mir gemeldet und zum anderen würde ich gerne erfahren, was es mit diesem Stück Land auf sich hat.«

Er zog die Flurkarte aus der Mappe. Herr Schmidt nahm seine Nickelbrille von der Nase und betrachtete die Karte.

»Nun, wie es scheint, hat Ihr Onkel noch weiteres Land besessen. In meinen Unterlagen ist davon jedoch nichts verzeichnet.«

»Könnte es sich um Bauland handeln?«

»Schwer zu sagen, da müsste ich beim Katasteramt nachfragen.«

Tom erwähnte, dass Herr Crutschinow ihm eine hohe Summe für das Haus angeboten hatte. Der Makler blickte ihn erstaunt an.

»Aber so viel ist das Haus doch gar nicht wert! Höchstens 250.000 DM, eher weniger.«

Tom erzählte auch, dass Herr Crutschinow das Haus hatte gar nicht besichtigen wollen.

»Das ist nicht verwunderlich. Er kennt das Haus. Wenn das Grundstück allerdings zum Besitz Ihres Onkels dazugehört und es als Bauland deklariert ist, erklärt das natürlich das hohe Angebot.«

Tom bedankte sich und verließ das Büro. Draußen hatte der Nebel sich zwar gelichtet, die Sonne wollte jedoch nicht so recht scheinen.

Er fuhr in die Stadt um noch einige Einkäufe für das Wochenende zu tätigen.

27

Die Tür zu Broders Krankenzimmer wurde leise geöffnet. Er war noch immer mit dem Überwachungsmonitor verbunden, den Schlauch unter seiner Nase hatte man jedoch entfernt.

Als Broder den Mann erkannte, der das Zimmer betrat, verkürzten sich die Abstände zwischen den einzelnen Signaltönen des Monitors rasant. Die grünen Kurven auf dem Bildschirm schnellten in die Höhe.

Der Mann trat langsam an Broders Bett.

»Guten Tag, Herr Petersen. Ich habe von Ihrem Aufenthalt hier im Krankenhaus gehört und wollte mal schauen, wie es Ihnen geht.«

Er hatte einen Blumenstrauß in der Hand, den er auf den Nachttisch legte.

»Das ist nett von Ihnen.«

Broder versuchte, sich in dem Bett etwas aufzurichten. Er kam sich klein und unterlegen vor.

Der Besucher zog einen Hocker an das Bett und setzte sich. Er betrachtete Broder eindringlich, so als erwarte er eine Erklärung. Broder räusperte sich.

»Ich hatte einen leichten Schlaganfall, aber es geht mir schon wieder besser.«

»Ich bin nicht gekommen, um mir Ihre Krankengeschichte anzuhören.«

Broder schwitzte. Die Kurven auf dem Monitor schlugen noch höher aus.

»Also wissen Sie, es ist nämlich so.«

»Ich will keine Ausflüchte hören! Haben Sie die Unterlagen endlich gefunden?«

Broder schüttelte kaum merklich seinen Kopf.

Frieda fühlte sich schrecklich müde. Sie hatte kaum geschlafen, ihre Hüfte schmerzte. Trotzdem wollte sie Lorentz besuchen.

›Er wartet doch auf mich‹, redete sie sich ein, obwohl sie ganz genau wusste, dass das nicht der Wahrheit entsprach.

Manchmal hatte sie das Gefühl, er bemerke sie gar nicht, wenn sie neben seinem Bett saß und mit ihm sprach. Es tat weh, ihn jeden Tag ein Stück mehr zu verlieren. Er war die Liebe ihres Lebens und so würde es immer bleiben.

Mühsam stand sie vom Küchentisch auf. Das Frühstücksbrot hatte sie nur zur Hälfte gegessen. Im Badezimmer wusch sie sich flüchtig mit dem Waschlappen ihr Gesicht, reinigte ihr Gebiss und kämmte sich die Haare. Aus dem Arzneischränkchen über der Kommode nahm sie eine Schmerztablette, spülte sie mit einem kräftigen Schluck Wasser hinunter. Langsam zog sie ihren Mantel an. Als sie gerade die Tür abschließen wollte, hörte sie das Telefon.

Es war Hanna, die sie zum Abendessen einladen wollte.

»Du Hanna, verzeih, aber mir geht es heute nicht so gut.«

»Was hast du denn?«

Sie erzählte von ihrer schmerzenden Hüfte.

»Soll Fritz dich zu Lorentz fahren?«

Frieda lehnte dankend ab.

»Vielleicht überlegst du es dir ja noch einmal wegen heute Abend.«

Draußen war es trüb, aber wenigstens regnete es nicht. Sie nutzte ihren Regenschirm als Gehhilfe, quälte sich die Dorfstraße zum Pflegeheim entlang, als plötzlich ein Wagen neben ihr hielt.

»Steig ein, ich fahre dich«, rief ihr Fritz durch das geöffnete Fenster zu.

Frieda war verwundert. Hatte Hanna Fritz geschickt oder war er nur zufällig vorbeigekommen? Sie stieg zu ihm in den Wagen.

Er sei gerade im Hafen gewesen, habe Krabben geholt, erklärte er.

»Möchtest du auch welche?«

Sie schüttelte den Kopf.

»Komm doch heute Abend zum Essen. Hanna würde sich freuen.«

»Mal sehen.«

Lorentz lag in seinem Bett und starrte an die Decke.

»Hallo mein Schatz«, flüsterte sie, »wie geht es dir denn heute?«

Keine Reaktion. Sein Blick schien durch sie hindurch zu gehen. Mühsam versuchte sie zu lächeln.

»Soll ich dir etwas vorlesen?«

Da sie keine Antwort erwartete, griff sie nach dem Buch auf dem Nachttisch, schlug es auf und begann laut zu lesen:

»Ein donnerartiges Rauschen zu seinen Füßen weckte ihn aus diesen Träumen; der Schimmel wollte nicht mehr vorwärts. Was war das? – das Pferd sprang zurück, und er fühlte es, ein Deichstück stürzte vor ihm in die Tiefe.«

28

Tom schätzte die Entfernung zum Haubarg auf ungefähr 50 Kilometer. Das war wirklich nicht gerade in der Nähe, aber er wollte Marlene unbedingt wiedersehen. Warum, darüber war er sich selbst nicht ganz im Klaren.

Er startete den Motor und fuhr die B 5 bis kurz hinter Husum. In einer scharfen Linkskurve bog er Richtung Simonsberg ab. Ab hier war der Rote Haubarg ausgeschildert.

Gleich hinter dem Ortsausgang des kleinen Dorfes erschien auch schon das imposant wirkende Gebäude zu seiner Rechten in einiger Entfernung. Er fragte sich, woher der Hof seinen Namen hatte, denn statt der erwarteten roten Ziegel strahlte ihm der Haubarg in schneeweißem Glanz entgegen.

Er fuhr die Auffahrt hinauf und sah Marlenes roten Wagen auf dem Parkplatz stehen, der kurz vor dem Gebäude rechts für Besucher eingerichtet war. Er parkte seinen Wagen direkt neben ihrem und ging den Rest der Auffahrt hinauf, bis er vor dem großen, alten Bauwerk stand.

In der alten Scheune war ein kleines Museum eingerichtet. Marlene betrachtete gerade die alten Landmaschinen, als er durch das Scheunentor trat. Sie drehte sich um und lächelte.

»Hallo«, sagte er verlegen.

»Haben Sie gut hergefunden?«

Er nickte.

Sie schlug vor, einen kleinen Spaziergang zu machen.

»Anschließend können wir uns hier in der Gaststube stärken. Hier gibt es den besten Kuchen weit und breit.«

Während sie den kleinen Weg durch den Koog Richtung Nordsee liefen, erzählte Marlene, was sie am Vormittag alles im Hattstedter Neuen Koog und Sterdebüll herausgefunden hatte. Die Orte waren angeblich Schauplätze des ›Schimmelreiters‹.

»Aber auch dieser Koog kann nach neueren Forschungsergebnissen nicht als Schauplatz ausgeschlossen werden«, antwortete sie auf seine Frage, warum sie sich dann hier treffen würden.

Sie hatten den Außendeich erreicht und Tom lauschte ihren Ausführungen über die Landschaft und wie Storm sie in seinen Werken mit eingearbeitet hatte. Er war fasziniert von der Begeisterung, mit der sie über das Land und die Leute sprach. Und er hörte ihr gerne zu. Ihre Wangen glühten, ihr blondes Haar wehte leicht im Wind.

»Hier ist 1962 während der Sturmflut der Deich gebrochen«, erklärte sie, nachdem sie die von der Landseite steile Seite des Außendeiches erklommen hatten.

»Kaum vorstellbar, mit welcher Kraft das Meer wüten kann.«

Er ließ seinen Blick über das Wasser schweifen, das ruhig vor ihnen lag.

»Zum Glück sind damals nicht viele Menschen ums Leben gekommen, vielleicht auch ein Verdienst von Storm«, sagte sie leise.

Er verspürte auf einmal den Wunsch, sie zu berühren. Wie versehentlich streifte er ihren Arm mit seiner Hand. Sie drehte sich um. Traurigkeit lag in ihrem Blick und er fragte sich, woran sie wohl dachte.

»Wollen wir umkehren?«

Marlene nickte.

Auf dem Rückweg war sie schweigsam. Tom hatte das Gefühl, sie aufmuntern zu müssen und erzählte ihr von seiner Verwunderung über den Anstrich des Roten Haubargs. Sie lächelte.

»Es gibt eine alte Sage.«

»Wie sollte es auch anders sein.«

»Derzufolge hatte ein armer Freier dem Teufel seine Seele verschrieben, wenn der ihm in einer Nacht bis zum Hahnenschrei ein großes Haus bauen würde. Neunundneunzig Fenster hatte der Teufel bereits eingesetzt, als der Freier in seiner Verzweiflung seine Mutter weckte und ihr von dem Teufelspakt berichtete. Bevor der Teufel das hundertste Fenster einsetzen konnte, ging die Mutter in den Hühnerstall, packte den Hahn und schüttelte ihn, so dass er laut krähte. Da hatte der Teufel sein Spiel verloren.«

»Ein Teufelswerk also.«

»Sozusagen.«

29

Ich habe das Gefühl, jeder kann mir ansehen, was ich getan habe. Ich traue mich kaum noch unter die Leute, weil ich denke, schon an meinem Gesicht kann man ablesen, dass ich einen Menschen getötet habe. Obwohl das wahrscheinlich gar nicht stimmt. Wer würde mir einen Mord zutrauen? Außerdem hat ja noch nicht mal jemand den Verdacht, es könne an seinem Tod etwas unnormal gewesen sein.

Trotzdem habe ich das Gefühl, man betrachtet mich argwöhnisch, tuschelt hinter meinem Rücken.

Mit dem Vergessen ist es nicht so einfach, wie ich dachte. Jeden Tag werde ich daran erinnert, was mich dazu bewogen hat. Obwohl ich Rache für ein legitimes Motiv halte. Ich hatte lange darüber nachgedacht, aber es gab nur diese Möglichkeit. Schließlich hatte er mein Leben zerstört. Er war schuld an meinem Unglück, jedenfalls redete ich mir das ein. Was sollte sonst der Auslöser für diesen schrecklichen Zustand gewesen sein?

Aber besser geht es mir jetzt auch nicht. Zwar ist die Wut aus meinem Körper verschwunden, aber das, was ich mir von dem Mord versprochen hatte, ist auch nicht eingetreten. Wie auch? Was geschehen ist, kann auch sein Tod nicht rückgängig machen. So sehr ich es mir auch wünsche. Hätte es noch die Todesstrafe gegeben, ich hätte keine Möglichkeit ausgelassen, seine Schuld zu beweisen. Tod ist schließlich nicht immer nur das Ende eines körperlichen Daseins. Auch seelisches Morden muss bestraft werden. Vielleicht sogar härter. Wenn der Körper nur noch so vor sich hinvegetiert, nur noch funktioniert, man aber nicht mehr in der Lage ist, ihn zu nutzen, zu leben, ich denke, der, der dafür verantwortlich ist, hat mindestens eine ähnlich harte Strafe verdient.

Vielleicht habe ich geglaubt, mein Leben würde sich durch seinen Tod verändern, habe gedacht, es würde besser werden. Aber wenn ich jetzt mein Dasein betrachte, hat sich gar nichts geändert. Alles ist wie vorher. Nur mit dem kleinen Unterschied, dass ich nachts nicht mehr schlafen kann.

Als Frank die Tür zu Broders Krankenzimmer öffnete, war er über den Besuch seines Vaters überrascht. Er hatte das Gefühl, in einem ungünstigen Moment in das Zimmer geplatzt zu sein. Sein Vater war blass, in seinen Augen konnte er Angst erkennen. Der Mann stand an dem Krankenbett, seine rechte Hand befand sich an dem großen, roten Knopf des Überwachungsmonitors. Frank konnte die Situation nicht so recht deuten.

»Guten Tag Herr Crutschinow. Vater?«

Über das Gesicht seines Vaters huschte ein Hauch von Erleichterung. Der Besucher zog blitzschnell seine Hand von dem Knopf, legte sie auf Broders Schulter.

»Dann alles Gute, Herr Petersen. Wir sehen uns.«

Er nickte kurz und verließ das Zimmer. Frank schaute ihm hinterher. Anschließend blickte er fragend zu seinem Vater. Der war in seinem Bett zusammengesunken.

»Was wollte er von dir?«

Broder schlug die Augen auf, holte tief Luft.

»Sehen, wie es mir geht.«

Er versuchte absichtlich, schnell das Thema zu wechseln.

»Wie geht es Meike?«

»Gut.«

Frank hatte keine Ahnung, dass sein Vater von Meikes Auszug wusste. Aber Broder hatte keine Kraft, mit seinem Sohn darüber zu diskutieren. Er schloss die Augen.

Sein Sohn setzte sich auf den Hocker, den Herr Crutschinow neben das Bett gestellt hatte. Nachdenklich betrachtete er ihn. Er sah, wie aufgewühlt sein Vater war. Der Brustkorb hob und senkte sich in kürzeren Abständen als üblich. Die Augenlider zuckten unkontrolliert.

»Hast du mir etwas zu sagen, Vater?«

Broder schwieg, aber das Piepsen des Monitors verriet seine Unruhe.

»Wenn irgendetwas nicht in Ordnung ist, musst du mir das sagen.«

»Es ist alles in Ordnung.«

Sie hatten sich einen Pharisäer und Erdbeertorte mit Sahne bestellt. Die Gaststube war gut besucht. Fast alle Tische waren besetzt.

Tom blickte Marlene über den Tisch hinweg an. Die Traurigkeit war aus ihren Augen verschwunden. Mit interessiertem Blick schaute sie ihn an und fragte:

»Was machen Sie hier im Norden?«

»Mein Onkel ist verstorben. Ich kümmere mich um seinen Nachlass.«

»Das tut mir leid.«

»Wir hatten keinen Kontakt mehr in den letzten Jahren. Ich habe als Kind bei ihm gelebt, aber seitdem ich ausgezogen bin, habe ich nichts mehr von ihm gehört.«

»Warum nicht?«

Tom zuckte mit den Schultern. Er nahm einen Schluck aus der hohen, schlanken Porzellantasse. Ein kleiner Bart aus Sahne blieb an seiner Oberlippe zurück. Marlene lächelte, deutete mit ihrem Zeigefinger darauf. Er fuhr mit der Zunge die Konturen, die sie ihm angedeutet hatte, nach.

»Er hatte ein kleines Häuschen hier oben. Ich überlege, es zu behalten.«

»Wollen Sie hierher ziehen?«

»Vielleicht. In München hält mich nichts. Arbeiten könnte ich auch hier.«

Seine Beziehung mit Monika hatte er vollkommen ausgeblendet. Erst Marlenes Frage, ob denn in München niemand auf ihn warten würde, erinnerte ihn daran, dass er eigentlich in festen Händen war. Trotzdem schüttelte er den Kopf und wechselte das Thema.

»Es ist erstaunlich, wie viel Sie über das Land und die Leute hier wissen.«

Ihre Wangen nahmen eine leicht rötliche Färbung an. Verlegen über sein Kompliment, senkte sie den Blick.

»Ich bin fasziniert von dem Stolz der Menschen hier. Wenn du erst einmal verstanden hast, wie sehr die Leute hier mit der Natur ...«, sie brach mitten im Satz ab.

»Entschuldigung«, meinte sie verlegen.

»Ich heiße Tom.«

Sie lächelte, stieß mit ihrer Tasse leicht gegen seine.

»Angenehm, Marlene.«

Statt eines Kusses reichten sie sich die Hände über den Tisch. Länger als die Situation es eigentlich erforderte, hielt er ihre Hand. Dabei blickte er ihr tief in die Augen. Er hätte ihr am liebsten gesagt, wie sehr er sie mochte und die Zeit mit ihr genoss. Stattdessen forderte er sie auf, ihren Satz zu beenden.

»Das Meer bestimmt hier oben das Leben der Menschen, ihre Geschichte und ihre Mentalität. Die Weite der

Landschaft, die faszinierende Natur, aber auch das Wissen, sie nicht wirklich beherrschen zu können.«

Er glaubte zu verstehen, was sie damit meinte.

Zu gern hätte er die Zeit einfach angehalten. Zu schnell vergingen die Stunden, wenn sie zusammen waren. Als er auf seine Uhr blickte, war es bereits nach achtzehn Uhr.

»Und was stellen wir jetzt mit dem angebrochenen Abend an?«

Sie sah ihn überrascht an.

»Ich weiß nicht.«

Auch sie hatte die Zeit mit ihm genossen. Er war ihr sympathisch. Aber sie war unsicher. Unsicher darüber, was sie für ihn empfand.

»Ich bleibe heute Nacht in Husum«, sagte sie. »Morgen gibt es einen Vortrag am Friesischen Institut.«

»Gut, dann auf nach Husum!«

Auf dem Nachhauseweg vom Krankenhaus rief Frank bei Meikes Freundin an. Er wollte noch einmal mit seiner Frau sprechen.

Mira war nicht besonders freundlich zu ihm. Sie sagte nur: »Ich frage sie.«

Er hörte, wie im Hintergrund gesprochen wurde, konnte jedoch nicht verstehen, was gesagt wurde.

»Hallo?,« rief er in das Mikrofon seiner Freisprechanlage, aber nichts geschah. Er legte auf.

Als er auf die Auffahrt vom Hof bog, sah er den Mercedes auf dem Vorplatz stehen. Er kannte den Wagen nicht. Schnell parkte er seinen Wagen vor dem Scheunentor und stieg aus.

Die Haustür war nicht abgeschlossen. Eilig rannte er die Treppe hinauf.

»Hallo?«

Die Tür zum Zimmer seines Vaters war geöffnet. Herr Crutschinow saß vor dem kleinen Eichensekretär und wühlte zwischen Unterlagen, die er aus einer der Schubladen genommen hatte.

»Was machen Sie da?«

Ganz langsam hob der Mann am Schreibtisch seinen Kopf, sah ihn an.

»Ihr Vater hat mich gebeten, ein paar Unterlagen für ihn zu holen.«

Er blickte Frank an, als wäre es das Normalste von der Welt.

»Davon hat er mir aber nichts gesagt.«

»Nicht? Wahrscheinlich hat er es nur vergessen. Er hat mich extra beauftragt, die Unterlagen so schnell wie möglich zu ihm ins Krankenhaus zu bringen.«

»Wie sind Sie überhaupt hereingekommen?«

»Ihr Knecht war so freundlich, mich hereinzulassen.«

»Bitte gehen Sie jetzt!«

»Aber es scheinen wichtige Unterlagen zu sein. Ihr Vater hat darauf bestanden, die Dokumente noch heute ins Krankenhaus gebracht zu bekommen.«

Er blätterte weiter zwischen den Papieren herum.

»Gehen Sie, oder ich rufe die Polizei!«

»Das würde ich mir an Ihrer Stelle gut überlegen.«

Herr Crutschinow erhob sich langsam und verließ das Zimmer.

Frank folgte ihm und wartete an der Haustür, bis der Mercedes von der Hofauffahrt verschwunden war. Er schloss die Tür ab und ging wieder hinauf.

Ratlos blätterte er zwischen den Papieren, die noch auf dem Sekretär lagen. Alte Rechnungen, Bestellungen über Saatgut, Betriebskostenabrechnungen. Er fragte sich, wonach der Mann gesucht hatte.

30

Tom folgte Marlenes kleinem, roten Wagen über die Landstraße. Er hatte das Radio angestellt, summte die Melodie eines bekannten Schlagers mit. Kurz hatte er an Monika gedacht, als er ins Auto gestiegen war. Aber das Bild mit ihrem vorwurfsvollen Blick hatte er schnell wieder zur Seite geschoben. Er fühlte sich gut und er wollte das Gefühl aus seiner Magengegend nicht durch trübe Gedanken vertreiben. Was war schon dabei? Er traf sich mit einer netten Frau, unterhielt sich mit ihr. Warum sollte er ein schlechtes Gewissen haben? Dass er mehr als nur Freundschaft für Marlene empfand, verdrängte er.

Marlene parkte am Hafen und stieg aus. An der letzten roten Ampel hatte sie Tom aus Versehen abgehängt. Sie wartete, denn schließlich führte die Straße unweigerlich zum Hafen. Schon sah sie den dunklen Kombi um die Ecke biegen. Sie hob ihre Hand und winkte. Er machte ihr Zeichen mit der Lichthupe. Nur einige Meter entfernt fand er einen Parkplatz.

Es war Ebbe. Die Schiffe im Hafen lagen teilweise auf dem Meeresboden und gaben ein kurioses Bild ab. Der Himmel war grau und erinnerte Tom an Storms Bezeichnung der Stadt.

Sie wollten einen Sparziergang durch die Stadt machen. Marlene erwies sich auch diesmal als hervorragende Fremdenführerin. Vor dem Brunnen auf dem Marktplatz blieben sie stehen.

»Das ist das Wahrzeichen der Stadt, die Tine. Selten ist ein Denkmal aus der Kaiserzeit so von den Menschen angenommen worden.«

Sie blickten zu der Brunnenfigur hinauf. Tom wartete auf die Geschichte der Frau in Holzschuhen, aber Marlene schwieg. Irgendetwas schien sie zu beschäftigen. Gedankenverloren starrte sie auf die Stadtpatronin. Er räusperte sich und sie blickte ihn an.

»Wollen wir zum Schloss hinübergehen?«, fragte sie.

Im Park tummelten sich trotz des trüben Wetters etliche Besucher.

»Schade, dass die Krokusse nicht immer blühen«, sagte Marlene. »Ich liebe den Anblick des Blütenteppichs. Auch um ihre Herkunft ranken sich Legenden.«

Sie gingen einen kleinen Weg durch den weitläufigen Park entlang. Diesmal ließ sie ihn nicht auf eine Erklärung warten.

»Am wahrscheinlichsten ist es, dass sie im 17. Jahrhundert durch die auf dem Schloss residierenden Witwen der Gottorfer Herzöge nach Husum kamen.«

Er schaute sie interessiert von der Seite an.

»Husum ist eine hübsche Stadt. Ich beginne, Storm zu verstehen.«

Sie blieb stehen und blickte zur Seite. Unbemerkt hatten sie den Weg zum Denkmal Storms eingeschlagen. Von Rhododendron gesäumt stand es zu ihrer Rechten.

»Husum ist eine Stadt mit einer ganz eigenen Vergangenheit. Die Bauten und Gassen erzählen von alten Zeiten. Ich denke, Storm war ähnlich wie ich fasziniert von dem Einklang zwischen der Geschichte und der Gegenwart. Seine Werke sprechen jedenfalls dafür.«

Sie nahmen auf einer der am Wegrand stehenden Bänke Platz und blickten hinüber zum Schlossgebäude.

»Was hast du vor, wenn deine Doktorarbeit fertig ist?«

»Hm, ich weiß noch nicht so recht. Es besteht die Möglichkeit, eventuell an einer Universität zu unterrichten. Vielleicht in Freiburg oder Heidelberg. Es würde mich schon reizen, den Menschen im Süden zu erklären, was den Norden so fantastisch macht.«

»Das würdest du auf jeden Fall hervorragend machen. Aber bist du bereit, dafür Norddeutschland zu verlassen?«

Sie zuckte mit den Schultern.

»Ich weiß nicht. Manchmal kann ich mir nicht vorstellen auch nur einen Tag woanders zu leben. Und dann gibt es wieder Momente, da möchte ich nur noch fort von hier.«

Die letzten Worte hatte sie beinahe geflüstert. Wieder sah er den traurigen Blick in ihren Augen und wieder verspürte er das Bedürfnis, sie einfach in die Arme zu nehmen. Er rückte unmerklich ein Stück näher an sie heran, legte für einen kurzen Moment seine Hand auf ihre.

»Du wirst schon das Richtige finden. Da bin ich mir ganz sicher.«

Über den Marktplatz gingen sie zurück in Richtung Hafen. Vor einem kleinen Lokal direkt am Kai hatte man Tische aufgestellt. Trotz des kühlen Wetters saßen einige Besucher unter den großen Sonnenschirmen.

»Darf ich dich noch zum Essen einladen? Sozusagen als Dank für die Stadtführung.«

»Gerne.«

Sie wählten einen Tisch im Inneren des Lokals. Tom bestellte eine Flasche Rotwein. Er lächelte sie an. Sie lächelte zurück. Wie gerne hätte er jetzt mit seiner Hand ihr Gesicht berührt, den traurigen Ausdruck, der immer noch in ihren Augen lag, fortgewischt. Es lag ein Knistern in der Luft und Marlene versenkte ihren Blick rasch in die Speisekarte. Die Stimmung zwischen ihnen war ihr nicht unangenehm, sie wusste nur nicht so recht, wie sie sich verhalten sollte. Als sie wieder aufblickte, schaute er sie immer noch an. Das Blut schoss ihr in die Wangen.

Unsicher fragte sie: »Und, was nimmst du?«

Am liebsten hätte er geantwortet: »Dich«, aber das traute er sich nicht. Flüchtig blickte er auf die Karte und sagte: »Den Heilbutt mit Kartoffeln.«

Nachdem sie ihre Bestellung aufgegeben hatten, fragte Marlene: »Was wirst du jetzt mit dem Haus machen?«

»Ich glaube, ich werde es behalten. Allerdings gibt es da vorab noch andere Sachen zu klären.«

Sie blickte ihn fragend an.

»Mein Onkel soll ein Mörder gewesen sein.«

Er vertraute ihr und hatte das Gefühl, mit ihr darüber sprechen zu können. Das bestätigte sich, als er in ihre Augen blickte. Da war keine Ablehnung oder Erschrockenheit, nur wahres Interesse. Deshalb erzählte er ihr alles, was er selbst bisher in Erfahrung hatte bringen können. Aufmerksam hörte sie ihm zu, bis er seine Ausführungen mit den Worten: »Und ich finde heraus, was damals wirklich passiert ist. Das bin ich Onkel Hannes schuldig«, beendete.

Es herrschte eine absolute Stille an ihrem Tisch. Marlene brach das Schweigen.

»Das ist ja eine unglaubliche Geschichte.«

Während des Essens stellte sie ihm immer wieder Fragen. Er versuchte alle zu beantworten.

»Aber wie willst du der Wahrheit auf die Spur kommen, wenn die Leute nicht mit dir sprechen? Ich meine, die Menschen hier oben sind gegenüber Fremden nicht gerade sehr mitteilsam. Das ist kein Geheimnis. Aber um herauszufinden, was wirklich geschehen ist, bist du darauf angewiesen, mit den Leuten zu kommunizieren. Wahrscheinlich können nur sie dir erzählen, was damals passiert ist.«

»Es gibt schon welche, die mit mir sprechen. Haie zum Beispiel. Und irgendwann macht jeder einmal einen Fehler. So einen Mord kann man nicht einfach vertuschen. Die Leute im Dorf haben etwas zu verbergen, das liegt für mich auf der Hand. Warum sollten sie sich sonst so merkwürdig benehmen?«

»Vielleicht weil sie dich für den Neffen eines Mörders halten?«

Er schüttelte den Kopf.

»Und was ist mit der Aussage von Elke Ketelsen? Wie erklärst du dir das, was sie ausgesagt hat?«

»Da gibt es eine Menge Gründe. Vielleicht war sie tatsächlich davon überzeugt, dein Onkel habe diese Britta umgebracht. Vielleicht stimmte es ja sogar, was sie gesehen hatte. Oder sie hatte Angst.«

»Angst? Wovor?«

Sie zuckte mit den Schultern.

Der Kellner kam an ihren Tisch und räumte das Geschirr ab.

»Und was ist, wenn dein Onkel doch der Mörder von Britta war. Was machst du dann?«

Das war eine berechtigte Frage, aber er hatte sich bisher keine Gedanken darüber gemacht. Wie würde er reagieren, wenn Onkel Hannes doch schuldig gewesen war?

»Ich weiß es nicht.«

Beim Abschied berührte sie leicht seine Lippen. Nur kurz. Schnell drehte sie sich um und ging. Er blickte ihr nach. Mit seinen Fingern fuhr er über seine Lippen, versuchte, die Berührung ihres Mundes einzufangen. Er lächelte. Sie war schon lange in einer der kleinen Gassen verschwunden, als er sich endlich umdrehte und zu seinem Wagen ging. Noch einmal ließ er seinen Zeigefinger über seine Lippen wandern, bevor er in seinen Wagen stieg.

Haie bestellte sich ein weiteres Bier und einen Korn.

Nachdem Elke ihm die Wahrheit gesagt hatte, war er aufgestanden und gegangen. Er hatte sie nicht in den Arm genommen und auch nicht sagen können, dass alles halb so schlimm sei. Zu ungeheuerlich war die Geschichte.

Zu der Zeit, als Britta plötzlich spurlos verschwunden war und der Prozess gegen Hannes angestanden hatte, war eines Tages ein Wagen vor ihrem Haus vorgefahren. Elke konnte sich nicht mehr genau an den Wagen erinnern, nur an das ausländische Kennzeichen. Ein Mann war ausgestiegen, klein und untersetzt. Sie hatte ihn nicht gekannt. Er hatte ihr gedroht, wenn sie nicht gegen Hannes aussagen würde, gäbe er ihr kleines Geheimnis preis. Haie hatte sie nur verwundert angeblickt.

»Welches Geheimnis?«

Unter Tränen hatte sie ihm gestanden, ihn damals belogen zu haben. Sie war nicht, wie sie ihm erzählt hatte, zu ihrer Schwester nach Nürnberg gefahren, sondern in eine kleine Klinik nach Holland. Dort hatte sie die Abtreibung vornehmen lassen. Sie hatte gewusst, wie sehr er sich Kinder wünschte, aber sie hatte das Kind nicht haben wollen. Auf gar keinen Fall. Aber von der Abtreibung sollte er unter gar keinen Umständen erfahren. Deshalb hatte sie die Falschaussage gemacht.

»Ich hatte keine andere Wahl. Der Mann hätte dir sonst alles erzählt. Er wusste alles. Woher weiß ich nicht!«

Er hatte nur ungläubig seinen Kopf geschüttelt.

»Aber wieso? Wieso wolltest du das Kind nicht?«

»Es war nicht von dir!«

Wie ein Echo hallten diese Worte immer wieder in seinem Kopf nach. Er nahm einen Schluck Bier.

Warum hatte er all die Jahre nichts von ihrer Lüge bemerkt? Belogen und betrogen hatte sie ihn. Wie hatte sie die vielen Jahre mit dieser Lüge leben können? Tagein, tagaus. Er konnte es nicht fassen. Der Schmerz, den er fühlte, war beinahe unerträglich.

Rasch griff er nach dem Schnapsglas, kippte die klare Flüssigkeit mit nur einem Schluck hinunter. Er spürte die Wärme, die sich in seinem Körper ausbreitete, bestellte noch ein weiteres Glas.

»Na Haie, hast du Kummer?«, fragte Max, als er das Glas neu füllte.

Haie schwieg. Er wollte mit niemanden sprechen, wollte nur dieses verdammte Gefühl in seinem Körper betäuben.

Als Tom langsam die Dorfstraße entlangfuhr, sah er Haies Fahrrad am Zaun zur Gastwirtschaft gelehnt. Er erkannte es sofort an seiner neongelben Farbe. Kurz entschlossen lenkte er den Wagen die kleine Auffahrt zum Gasthof hinauf.

Als er die Gaststube betrat, sah er den Freund am Tresen sitzen. Vor ihm ein halbleeres Bierglas. Er grüßte kurz die anderen Gäste und steuerte dann den freien Platz am Tresen an.

Haie blickte ihn an. Der glasige Blick verriet die vielen Gläser Bier und Korn. Er beugte sich zur Seite und nuschelte etwas Unverständliches. Tom lehnte sich ebenfalls ein Stück zur Seite. Sein Ohr berührte beinahe Haies Mund und starker Alkoholgeruch stieg ihm in die Nase.

»Sie hat mich betrogen.«

»Wer?«

Schweigend saßen sie nebeneinander. Tom wusste, dass er an Haies Kummer schuld war. Wenn er nicht ins Dorf gekommen wäre und all diese Fragen gestellt hätte, säße der andere nun nicht wie ein Häufchen Elend hier am Tresen und würde versuchen, seinen Schmerz im Alkohol zu ertränken. Auf der anderen Seite fragte er sich jedoch, ob es nicht auch sein Gutes hatte, die Wahrheit endlich ans Licht zu bringen. Auch wenn es im ersten Moment schmerzhaft war, aber ein Leben, das nur aus Lügen bestand, war schließlich auch nicht das Wahre.

Haie hatte Schwierigkeiten, sich einigermaßen auf dem Barhocker zu halten. Er kippte bedrohlich nach hinten und hatte es nur Toms schnellem Reaktionsvermögen zu verdanken, nicht rückwärts herunterzufallen.

Er packte Haie unter seinem linken Arm und wollte ihn nach draußen bringen. Doch das war gar nicht so einfach.

»Ich will nicht nach Hause! Ich gehe nicht zurück zu ihr!«

Tom stieß ihn unbeirrt in Richtung Tür. Die anderen Gäste verfolgten das Schauspiel mit Interesse. Endlich hatten sie die Tür erreicht und er schubste ihn einfach hinaus. Wie ein nasser Sack fiel Haie die beiden Stufen vor der Tür hinunter und blieb auf dem Rücken liegen. Tom beugte sich zu ihm hinunter.

»Du musst ins Bett! Los, beweg dich, hier kannst du nicht liegen bleiben!«

»Ich muss nirgendwo hin! Und schon gar nicht to Huus!«

Er blieb bewegungslos auf dem Boden liegen.

Tom ging zurück in die Gastwirtschaft.

219

»Können Sie mir vielleicht helfen?«

Der blonde Mann, der neben der Tür saß, blickte ihn erstaunt an, erhob sich aber und folgte ihm nach draußen. Mit vereinten Kräften schafften sie es, Haie vom Boden aufzuheben und in den Wagen zu verfrachten.

Tom wusste, dass er eigentlich auch nicht mehr fahren durfte, redete sich aber ein, dies sei eine Ausnahmesituation. Langsam fuhr er den kleinen Parallelweg zur Dorfstraße entlang.

Er parkte den Wagen vor dem Haus und öffnete die Beifahrertür.

»Komm steig aus!«

Haie erkannte das Haus von Hannes Friedrichsen und stieg ohne weitere Gegenwehr aus. Er wankte zur Haustür.

31

Frieda stellte das kleine Fläschchen in den Arzneischrank. Sie fühlte sich besser. Die Schmerzen in ihrer Hüfte hatten nachgelassen. Trotzdem ging sie heute nicht in die Kirche. Sie hatte keine Lust auf die mitleidigen Fragen nach Lorentz' Befinden.

Sie setzte sich an den Küchentisch und zündete ein Streichholz an. Als die Flamme gelb aufloderte, entzündete sie die kleine Schwarz-Weiß-Fotografie. Das Papier schmolz zusammen. Sie ließ es auf einen kleinen Unterteller fallen, stand auf und holte die Zeitungsausschnitte.

Sie verbrannte alles, was sie auch nur im Entferntesten daran erinnerte, dass ihr Leben aus einer einzigen Lüge bestanden hatte. Sie beobachtete, wie die Flammen immer höher aufloderten und das Papier langsam eine schwarze Färbung annahm. Ein paar Funken fielen auf die Tischdecke. Frieda drückte sie mit ihrem Finger aus. Als nur noch ein kleines, schwarzes Häufchen übrig geblieben war, nahm sie den Unterteller und spülte die Asche in der Toilette hinunter.

Sie zog ihren Mantel an und verließ die Wohnung. Die Sonne schien, aber es war kühl. Ein kräftiger Wind wehte. Sie schlug den Weg zum Pflegeheim ein.

Im Flur kam ihr Dr. Roloff entgegen.

»Guten Tag Frau Mommsen. Haben Sie einen Moment Zeit? Ich müsste etwas mit Ihnen besprechen.«

Er führte sie in ein kleines Zimmer. Die Wände waren weiß gestrichen. Alles wirkte sauber und steril.

»Ihrem Mann geht es gar nicht gut. Ich möchte Ihnen raten, noch einmal über die Spezialeinrichtung, die ich Ihnen schon einmal vorgeschlagen habe, nachzudenken. Wir sind hier einfach nicht eingerichtet auf solche schwierigen Fälle.«

›Ein schwieriger Fall ist er nun also‹, dachte sie, ›kein Patient mehr, nur noch ein Fall.‹

Sie schüttelte den Kopf.

»Es gibt spezielle Therapien, die Ihrem Mann vielleicht helfen könnten. Musiktherapie zum Beispiel. Das könnte helfen, seine Aggressionen abzubauen. Natürlich werden Sie in die Therapie mit eingebunden. Es ist wichtig herauszufinden, welches Ereignis diese Wutanfälle auslöst. Damit könnten Sie ihm helfen.«

Für einen kurzen Augenblick dachte sie daran dem Arzt zu sagen, was Lorentz' Krankheit ausgelöst hatte, was ihn so wütend und zugleich so hilflos machte, aber sie schwieg.

»Ich werde darüber nachdenken.«

Sie öffnete die Tür zu Lorentz' Zimmer. Er lag in seinem Bett, starrte wie so oft an die Decke. Leise trat sie an sein Bett, strich mit ihrer Hand über seinen Kopf. Keine Reaktion. Sein Blick war weiter starr an die Decke gerichtet. Er blinzelte nicht einmal. Sie beugte sich zu ihm.

»Ich habe alles vernichtet. Nichts wird dich je mehr daran erinnern.«

Tom saß am Frühstückstisch, als Haie in die Küche kam.

»Schönen guten Morgen!«, rief er gut gelaunt.

Haie stöhnte leise auf, fasste sich an den Kopf.

»Hast du vielleicht eine Kopfschmerztablette?«

»War wohl alles ein bisschen zu viel gestern, hm?«

Haie nahm das Glas mit der Aspirintablette und trank es gierig aus.

Zu viel, das traf den Nagel direkt auf den Kopf. Elkes Geständnis, die unzähligen Gläser Bier und Korn. Er setzte sich an den Tisch, ließ sich eine Tasse Kaffee eingießen. Er hatte keine Ahnung, wie es jetzt weitergehen sollte. Sein Blick fiel auf das Fotoalbum, das auf der Eckbank lag.

»Was ist das?«

Tom nahm das Album in die Hand. Er schlug die Seite mit der Schwarz-Weiß-Fotografie auf, die Hannes mit dem Mann zeigte, den er zu kennen glaubte.

»Weißt du wer das ist?«

Er reichte Haie das Album über den Tisch.

»Das ist Vladimir Crutschinow.«

»Nein, das kann nicht sein. Herr Crutschinow ist doch viel jünger. Ich meine, eine gewisse Ähnlichkeit besteht schon, aber das Bild muss ja schon vor über dreißig Jahren aufgenommen worden sein.«

»Das ist der alte Crutschinow. Ich bin mir ganz sicher. Ich kenne ihn. Er war so etwas wie ein Teilhaber der Papierfabrik. Nicht offiziell, aber irgendwie hatte er da auch seine Finger im Spiel. Jedenfalls habe ich ihn öfter dort gesehen.«

Er reichte Tom das Album.

»Außerdem hat er dafür gesorgt, die verschollenen Nolde-Bilder aus Russland hierher nach Seebüll zu bringen.«

»Er interessiert sich für das Haus. Wusstest du davon?«

»Er hat schon etliche Jahre mit dem Gedanken gespielt, sich hier niederzulassen.«

Tom erzählte von dem großzügigen Angebot und der Flurkarte mit dem eingezeichneten Grundstück.

»Das sollten wir uns mal genauer ansehen«, sagte Haie.

Sie gingen durch den Garten, überquerten die kleine Straße.

»Das hier muss es sein«, sagte Tom und zeigte auf das Stück Land, das vor ihnen lag.

Haie nickte.

»Aber Bauland kann es eigentlich nicht sein.«

»Warum nicht?«

»Weil es direkt zwischen zwei Fennen von Broder liegt. Wenn das hier Bauland werden soll, müsste Broder zustimmen. Und der würde lieber krepieren, als irgendjemand auf seinem Grund und Boden bauen zu lassen.«

»Woher weißt du, dass die Fennen Broder Petersen gehören? Ich dachte sein Landbesitz erstreckt sich nur auf den Koog.«

»Er hat das Land von Ingwer Detlefsen gekauft.«

32

Nachdem Klaus zweimal an die Tür geklopft hatte, betrat er das Zimmer. Broder lag in dem großen Krankenbett und schlief. Das Piepsen des Überwachsungsmonitors ertönte gleichmäßig und monoton.

Er trat an das Bett und betrachtete seinen Freund. Das Gesicht war blass, dunkle Ringe zeichneten sich unter den Augen ab. Er hatte Broder einiges zu verdanken. Sie waren durch dick und dünn zusammen gegangen. Broder hatte immer zu ihm gehalten und er zu ihm. Wenn auch nicht immer ganz uneigennützig. Er hatte Angst, dass dieser Teil aus seinem Leben verschwinden könnte. Behutsam legte er seine Hand auf den Arm seines Freundes.

»Was wollen Sie? Ich habe die Unterlagen nicht!«

Broder wälzte sich ruhelos im Bett hin und her, riss die Augen auf und schaute ihn mit wirrem Blick an. Das Piepsen des Monitors setzte kurz aus.

»Ich bins doch nur!«

Broder atmete erleichtert auf, als er seinen Freund erkannte. Er versuchte, sich in dem Bett aufzusetzten, Klaus rückte ihm umständlich das Kopfkissen zurecht.

»War er etwa hier?«

Broder nickte kraftlos.

»Was wollte er?«

»Was soll er schon gewollt haben? Die Unterlagen natürlich!«

Klaus begann zu schwitzen.

»Und was hast du ihm gesagt?«

»Was soll ich ihm schon gesagt haben?«

»Und was sollen wir jetzt machen?«

Für Klaus war diese Frage selbstverständlich. Broder hatte immer alles geregelt, gesagt, wo es langging. Er war lediglich sein Handlanger gewesen. Aber das hatte er niemals so empfunden. Schließlich hatte Broder einen gut bei ihm gehabt. Er hatte Erna nichts von Klaus' Abenteuern in Flensburg erzählt. Er war sich nicht sicher, ob sein Freund Erna überhaupt davon erzählt hätte, aber aus Angst davor hatte er immer alles getan, was Broder von ihm verlangt hatte.

»Ich habe ihm gesagt, dass wir das regeln.«

»Aber wie denn?«

»Mir wird schon irgendetwas einfallen.«

»Und wenn nicht?«

»Legt er mich eben um.«

Klaus blickte erschrocken auf.

»Hat er dir etwa gedroht?«

»Ja, aber das ist ja nichts Neues.«

»Wieso?«

»Er war vor einigen Tagen schon einmal bei mir auf dem Hof.«

Tom konnte Haie nicht davon überzeugen nach Hause zu gehen, um noch einmal mit seiner Frau zu sprechen. Natürlich konnte er das verstehen, aber vielleicht hätten sie von Elke noch mehr Einzelheiten über die Gerichtsverhandlung erfahren können. Aber Haie blieb stur. Er wollte sie nicht sehen. Und er wollte erst recht nicht mit ihr sprechen.

»Ich kann doch nicht nach Hause gehen und so tun, als sei nichts gewesen.«

Er half das Haus weiter zu entrümpeln. Bis zum Mittag

hatten sie eine Menge geschafft, lediglich eine Matratze, das Sofa, die Kücheneinrichtung und die Dinge, die Tom aufheben wollte, befanden sich noch im Haus. Der Container war beinahe voll.

»Wir haben uns eine Pause verdient.«

Sie fuhren zum Strandhotel im Hafen.

»Morgen fahren wir erst einmal nach Flensburg und finden heraus, was in diesem verdammten Schließfach liegt.«

Haie zuckte mit den Schultern. Sein Bedarf an unangenehmen Überraschungen war erst einmal gedeckt. Zu tief war er verletzt von dem, was er durch seine neugierigen Fragen hatte erfahren müssen. Wer wusste, auf was sie noch stoßen würden? Lustlos stocherte er in seinem Essen herum.

»Hat sie dir denn gesagt, von wem das Kind gewesen ist?«

Er blickte abrupt auf. Darüber hatte er sich gar keine Gedanken gemacht. Elke hatte ihn betrogen. Allein diese Tatsache hatte in seinem Kopf keinen Platz mehr gelassen für die Frage, mit wem. Und was spielte das jetzt auch noch für eine Rolle? Er schüttelte seinen Kopf.

»Nein, und es würde auch nichts ändern, wenn ich es wüsste, oder?«

Da musste Tom ihm leider recht geben. Wenn man jemanden wirklich liebte, spielte das ›Wer, Wann und Warum‹ überhaupt keine Rolle. Betrogen war betrogen. Das Wissen um die Umstände änderte rein gar nichts.

Er zahlte und sie liefen ein Stück den Deich entlang. Die Sonne schien, und in den Strandkörben lagen einige Leute und genossen das schöne Wetter. Sie waren schweigend bis zum Damm gegangen, als Haie plötzlich fragte:

»Kann ich vielleicht eine Weile bei dir bleiben? Nur so lange bis ich weiß, wie es weitergehen soll.«

»Selbstverständlich.«

Er wunderte sich, warum Haie ausgerechnet ihn fragte. Schließlich kannten sie sich erst wenige Tage. Als er ihn jedoch von der Seite betrachtete, fühlte er, dass da so etwas wie eine Freundschaft zwischen ihnen wuchs. Eine von der Art, die man nicht an jeder Straßenecke fand.

33

Eigentlich war alles viel einfacher gewesen, als ich es mir vorgestellt hatte.

Das Gift hatte ich in der Apotheke bekommen. Der Apotheker hatte mir sogar noch erklärt, wie es zu dosieren sei.

Einige Abende habe ich damit zugebracht, das Gift richtig zu verarbeiten. Zunächst musste ich den leicht beißenden Geruch überdecken und dann für die richtige Menge in jeder Praline sorgen. Es war ja nicht auszuschließen, dass er nicht genug zu sich nehmen würde und ich wollte ja schließlich auf Nummer sicher gehen.

Tja, und dann brauchte ich sie nur noch abzuliefern und zu warten. Natürlich bin ich nicht zu ihm gegangen und habe gesagt:

»Schau, da hab ich was Feines für dich. Iss nur schön! Lass es dir schmecken!«

Nein, natürlich nicht. Als kostenlose Probepackung habe ich sie ihm untergejubelt. Was umsonst ist, probiert man schließlich gern und reichlich.

Ich hatte nicht lange warten müssen. Wie ein Lauffeuer hatte sich die Nachricht von seinen Tod verbreitet. Und damit war die Sache erledigt, hatte ich zumindest gedacht.

Vom Hafen aus fuhren sie direkt zu Elke. Tom stieg aus. Haie blieb im Wagen sitzen. Er fühlte sich nicht in der Lage, seiner Frau gegenüberzutreten.

Sie öffnete nach dem zweiten Klingeln und blickte ihn erstaunt an. Ihre Augen waren gerötet, ihr Haar ungekämmt.

»Ich möchte einige Sachen für Haie abholen.«

Ihm war die Situation etwas unangenehm. Sie nickte wortlos und er folgte ihr ins Haus.

Im Schlafzimmer packte sie einige Sachen in eine braune Reisetasche. Er wartete im Flur und betrachtete die Bilder an der Wand. Sie zeigten Motive aus der Umgebung. Schafe am Deich, einen Leuchtturm, Vögel im Wattenmeer.

Nach einer Weile kam Elke aus dem Schlafzimmer. Sie reichte ihm die Reisetasche.

»Sagen Sie Haie, dass es mir leid tut. Ich wollte ihn nicht verletzen.«

»Ich werde es ausrichten. Sagen Sie, waren Sie wirklich der Meinung, mein Onkel könne etwas mit dem Verschwinden von Britta zu tun gehabt haben?«

Sie blickte zu Boden.

»Eigentlich nicht. Aber was hätte ich denn tun sollen?«

»Vielleicht die Wahrheit sagen.«

Er hätte wütend auf sie sein müssen, aber seltsamerweise verspürte er nur Mitleid. Er packte die Tasche in den Kofferraum und stieg in den Wagen.

»Und, was hat sie gesagt?«

»Es tut ihr leid.«

In Hannes Küche setzte Haie sich auf die Eckbank und griff nach dem Album.

»Merkwürdig, hast du eine Ahnung, warum so viele Bilder fehlen?«

Tom setzte sich zu ihm. Gemeinsam blätterten sie das Album durch.

230

»Weißt du, was ich mich frage? Warum es keine Bilder mit Broder gibt. Schließlich waren sie die besten Freunde, jedenfalls bevor die Sache mit Britta passierte. Aber es gibt kein einziges Foto von ihm.«

»Vielleicht sind das die fehlenden Bilder. Könnte doch sein, Hannes hat die Bilder entfernt, nachdem Broder ihm so in den Rücken gefallen war.«

»Bleibt nur die Frage, warum Broder seine Aussage zurückgezogen hat. Erst reißt er Hannes so in die Scheiße, und später zieht er die Aussage zurück. Wieso?«

»Wahrscheinlich ist ihm bewusst geworden, dass Freunde so etwas nicht tun.«

Haie schüttelte energisch seinen Kopf. Da würde Tom Broder aber schlecht kennen.

»Ich kenne ihn gar nicht!«

»Broder tut nichts aus reiner Freundschaft. Der ist berechnend. Es muss einen anderen Grund gegeben haben.«

Tom zuckte mit den Schultern, fragte, was das denn für ein Grund gewesen sein sollte.

»Keine Ahnung, aber grundlos macht der so etwas nicht.«

Frank stellte die Tasche neben den kleinen Wandschrank. Er hatte seinem Vater frische Kleidung mitgebracht.

»Und, wie geht es dir heute?«

Broder saß in seinem Bett und schaute ihm beim Einräumen der Sachen zu.

»Soweit ganz gut. Der Arzt hat gesagt, wenn ich mich weiter so gut erhole, kann ich schon bald nach Hause.«

Frank blickte ihn an. Der Überwachungsmonitor war entfernt worden, sein Vater wirkte ausgeruht. Er überleg-

231

te, ob er etwas über den Besuch von Herrn Crutschinow erzählen sollte.

»Sag mal, da war neulich ein Herr bei uns auf dem Hof und sollte Unterlagen für dich abholen.«

Broder wich sämtliche Farbe aus dem Gesicht. Sein Mund war trocken, er musste dreimal schlucken.

»Ach so, ja, ich hatte ihn gebeten, sie für mich zu holen.«

»Was sollten das denn für Unterlagen sein?«

»Dringende Abrechnungen.«

»Aber die hätte ich dir doch auch bringen können.«

»Du warst gerade mit Meike Kaffee trinken, als es mir einfiel. Wie geht es ihr denn?«

Er versuchte schnell das Thema zu wechseln.

Frank wusste, dass er log. Niemals hätte sein Vater einen Fremden einfach so in seinen Unterlagen wühlen lassen. Selbst ihm war es verboten an den Sekretär zu gehen. Er wurde ärgerlich.

»Warum sagst du mir nicht, was los ist? Was verheimlichst du mir?«

Broder spürte, wie sein Herz schneller zu schlagen begann.

»Das musst du gerade fragen. Du hast mir ja auch nicht erzählt, warum Meike ausgezogen ist!«

Er war überrascht.

»Weil das nur Meike und mich etwas angeht!«

Seine Stimme wurde unweigerlich lauter. Er war wütend.

»Und die Unterlagen gehen nur mich etwas an!«

»Nicht wenn fremde Leute plötzlich in meinem Haus auftauchen!«

»Dein Haus? Dein Haus? Ich höre wohl nicht recht, das ist immer noch mein Haus und mein Hof!«

232

Broder japste nach Luft. Die Aufregung nahm ihm den Atem, er spürte, wie sich sein Herz zusammenkrampfte und griff sich an die Brust. Frank bemerkte es nicht einmal. Aufgebracht schrie er:

»Du bist doch an allem schuld! Wer hat Meike denn jahrelang wie seine Bedienstete behandelt? Ist doch kein Wunder, wenn sie abhaut!«

Er setzte gerade an, um die nächsten Vorwürfe hinauszuschreien, als die Tür aufgerissen wurde und eine Schwester zum Bett rannte. Broder hatte, ohne das er es bemerkt hatte, den Notruf gedrückt.

»Herr Petersen? Herr Petersen!«

Die Schwester rüttelte leicht an seinem Arm. Erst jetzt fiel Frank die leicht bläuliche Verfärbung in dem Gesicht seines Vaters auf.

»Vater?«

Eine zweite Schwester betrat den Raum.

»Schnell einen Arzt!«, rief Frank ihr zu.

Sie drehte sich um und rannte aus dem Zimmer.

34

Frieda hatte es sich auf dem Sofa bequem gemacht. Vor ihr auf dem Couchtisch standen eine Flasche Wein und Käsewürfel. Sie legte die Füße hoch und schaltete den Fernseher ein.

Im ersten Programm lief der ›Tatort‹. Sie schaltete weiter, da sie keine Lust auf Mord und Totschlag hatte. Außerdem hatte sie den Anfang bereits verpasst.

Sie zappte durch die Programme: eine Musiksendung, Rateshow, Tiersendung – nichts, was sie interessierte. Sie goss sich ein Glas Wein ein und aß einige Käsewürfel.

Im dritten Programm lief ein Bericht über Erbkrankheiten. Sie lehnte sich zurück und verfolgte das Gespräch eines Professors der Uniklinik Hamburg mit einem bekannten Moderator. Der Professor erklärte zunächst die Mendelschen Gesetze. Er erläuterte den Erbgang anhand des bekannten Erbsenschemas. Interessiert versuchte sie den Ausführungen zu folgen:

Kreuzte man zwei Individuen einer Art, die sich in einem Merkmal, für das sie reinrassig waren, unterschieden, so waren die Nachkommen in der ersten Tochtergeneration in Bezug auf dieses Merkmal untereinander gleich. Kreuzte man dann die Individuen der ersten Tochtergeneration unter sich, so war die zweite Tochtergeneration nicht gleichförmig. Es kam zu Individuen mit dem dominanten und zu solchen mit dem rezessiven Merkmal.

Frieda fragte sich gerade, warum man die erste Generation als Tochter- und nicht als Sohngeneration bezeichnete, als der Professor auf eine bekannte Erbkrankheit zu sprechen kam: Die Sichelanämie.

Ihr stockte für einen kurzen Augenblick der Atem. Sie richtete sich kerzengerade auf und starrte auf die Bilder der sichelförmigen Blutkörperchen, anhand derer der Professor die Mutation der Zellen erklärte.

Schlagartig überfielen sie die Erinnerungen an jenen Tag vor etwa fünfunddreißig Jahren, als ihre Schwägerin sie zum Essen besucht und freimütig die Neuigkeiten aus der Praxis von Dr. Seidel ausgeplaudert hatte.

»Und stell dir mal vor, Lorentz«, hatte sie gesagt, »die kleine Britta Johannsen leidet wie du auch an der Sichelkrankheit. Das haben die Ärzte erst jetzt herausgefunden, weil sie im Urlaub in den Bergen immer wieder umgekippt und blau angelaufen ist. So eine seltene Krankheit und wir haben gleich zwei Fälle in der Praxis.«

Frieda hatte der Aussage ihrer Schwägerin keinerlei Beachtung geschenkt. Erst viel später war ihr bewusst geworden, welche Bedeutung diese Worte besaßen.

35

Montag, 7. Juni

Tom stand gerade unter der Dusche, als sein Handy klingelte. Haie saß noch am Frühstückstisch. Er überlegte kurz, ob er das Telefonat entgegennehmen sollte, als er Tom aus dem Bad rufen hörte:

»Gehst du bitte mal ran?«

Er nahm das Handy, das neben ihm auf der Eckbank lag und drückte den Knopf mit dem grünen Telefonhörer.

»Hier bei Meissner.«

Es war Monika. Leicht irritiert fragte sie:

»Ist Tom nicht da?«

»Doch, aber der steht gerade unter der Dusche.«

»Ach so, ich wollte auch nur mal hören, was er denn heute so vorhat.«

Er erzählte ihr von der geplanten Fahrt nach Flensburg.

»Nach Flensburg? Wieso das denn?«

»Hannes hatte dort ein Schließfach bei der Bank. Tom muss es heute auflösen.«

»Ah, ja!«

»Soll ich ihm vielleicht etwas ausrichten?«

»Nicht nötig, ich melde mich wieder.«

Er hatte das Handy kaum aus der Hand gelegt, als es erneut klingelte.

»Soll ich ihm doch etwas ausrichten?«

Es war jedoch nicht Monika, wie er angenommen hatte, sondern Marlene.

»Ist das nicht die Nummer von Tom Meissner?«

»Doch, doch. Er ist nur gerade unter der Dusche.« Marlene lachte.

»Dann sind Sie wahrscheinlich Haie.«

Er war überrascht, doch noch ehe er etwas erwidern konnte, sagte sie:

»Ich bin Marlene. Richten Sie ihm doch bitte aus, er soll mich später zurückrufen.«

Als Tom aus dem Bad kam, sah er Haie leicht verwundert am Tisch sitzen.

»Wer hat da angerufen?«

»Deine Frauen.«

Ihm wurde bewusst, dass momentan nicht der richtige Zeitpunkt war, von seiner Bekanntschaft mit Marlene zu erzählen. Haie hatte im Moment wahrscheinlich am allerwenigsten Verständnis für Beziehungsprobleme. Er wechselte schnell das Thema.

»Und, bist du fertig?«

»Ich rufe nur noch eben in der Schule an und nehme mir einen Tag Urlaub. Darf ich?«

»Natürlich.«

Tom ging nach oben und zog sich an. Haie hatte nicht gesagt, was Monika und Marlene gewollt hatten. Er würde Monika doch nichts von Marlene, oder Marlene von Monika ...?

Hastig zog er sich seine Jeans an und ging hinunter.

»Was wollten die beiden denn eigentlich von mir?«

»Das haben sie nicht gesagt.«

Nur wenige Minuten, nachdem Tom und Haie fortgefahren waren, hielt ein Wagen vor dem Haus. Zwei Männer stiegen aus und gingen den kleinen Weg zum Haus hinauf. Sie klingelten. Als alles ruhig blieb, blickten sie sich mehrmals um, ehe sie um das Haus herum in den Garten gingen. Sie blickten durch die Fenster, der Ältere schüttelte seinen Kopf.

»Ist ja schon fast alles ausgeräumt. Hier werden wir nichts finden.«

»Und wenn er sie doch hier im Garten vergraben hat?«

»Glaub ich nicht. Ist doch viel zu einsichtig. Und überhaupt, wer verbuddelt denn schon wichtige Beweispapiere in seinem eigenen Garten? Da muss man ja schon ganz schön blöd sein. Stell dir nur mal vor, wenn die feucht werden, ist es nichts mehr mit deinen Beweisen. Futsch sind die dann! Nee, die wird er irgendwo anders versteckt haben.«

»Aber wo denn?«

Der Ältere zuckte mit den Schultern.

»Was weiß ich? Hier jedenfalls nicht.«

Er stellte sich in die Mitte des Gartens, stemmte seine Hände in die Hüften und betrachtete das Haus.

»Dein Angebot solltest du übrigens schnellstens zurücknehmen. Oder wolltest du hier etwa einziehen?«

Er ging zum Wagen zurück. Im Vorbeigehen warf er einen Blick in den Container.

»Was für ein Krempel!«

Er schüttelte abfällig seinen Kopf.

»Was hat der bloß mit dem ganzen Geld gemacht?«

Toms Hände waren feucht, als sie das Ortsschild der Stadt passierten.

Während der Fahrt hatten sie immer neue Theorien darüber aufgeworfen, was sich wohl in dem geheimen

Schließfach befinden könnte. Jetzt, so kurz vor ihrem Ziel, stieg seine Nervosität ins Unermessliche. Und auch Haie war sichtlich aufgeregt. Gedankenverloren nagte er an seiner Unterlippe. Seinen Kummer hatte er fast vergessen.

Sie parkten beim Rathaus. Von dort waren es nur wenige Minuten hinunter ins Zentrum der Stadt. Tom griff noch einmal in seine Hosentasche, in welcher der Schlüssel steckte.

Die Deutsche Bank lag ganz in der Nähe der Fußgängerzone. Sie betraten die Schalterhalle und sahen sich um.

Vor dem Serviceschalter befand sich eine lange Schlange. Geduldig stellten sie sich an. Es dauerte eine Ewigkeit, bis sie endlich an der Reihe waren. Umständlich zog Tom den Schlüssel aus seiner Tasche und legte ihn auf den Tresen.

»Mein Onkel hatte ein Schließfach bei Ihnen. Er ist verstorben. Könnte ich vielleicht mit jemandem über die Angelegenheit sprechen?«

Die Dame lächelte ihn mitleidig an.

»Mein Beileid. Bitte nehmen Sie dort drüben einen Moment Platz. Ein Kollege wird sich gleich um sie kümmern.«

Nur kurze Zeit später trat ein junger Mann in einem grauen Anzug auf sie zu.

»Wenn ich bitten dürfte?«

Sie folgten ihm durch die Halle in ein kleines Büro im oberen Stockwerk.

Der Mann stellte sich als Herr Klose vor und bot ihnen an, auf den beiden Stühlen vor seinem Schreibtisch Platz zu nehmen. Anschließend setzte er sich selbst auf einen dicken Ledersessel auf der anderen Seite des Tisches.

Er bat um die entsprechenden Unterlagen und einen

Ausweis. Tom legte alles auf den Schreibtisch. Herr Klose machte einige Eingaben in seinen Computer.

»Das Schließfach ist alles, was Ihr Onkel bei unserer Bank unterhalten hat?«

»Ich gehe davon aus.«

Der Bankangestellte ließ ihn einige Schriftstücke unterschreiben.

»Wir müssen eine Meldung an das Finanzamt machen, wegen des Schließfaches. Haben Sie den Schlüssel dabei?«

Er nickte.

»Wenn Sie mir dann bitte folgen würden?«

Sie standen auf und Tom wischte sich die Handflächen an dem Stoff seiner Jeans ab.

Herr Klose führte sie zu einem Aufzug, mit dem sie in den Keller des Gebäudes fuhren. Der Bereich zu den Schließfächern war durch eine schwere Eisentür gesichert. Der Bankangestellte gab eine Zahlenkombination auf einem Pinpad ein, gleich darauf ertönte ein Summton.

»Wenn Sie hier warten würden?«

Er verschwand in einen angrenzenden Raum, vor dem ein Sicherheitsbeamter auf einem Stuhl saß.

Sie schwiegen. Angespannt starrten sie auf die Tür mit dem davor sitzenden Beamten. Er trug eine dunkle Uniform, dazu ein hellblaues Hemd. An seiner rechten Hüfte hing ein Halfter mit einer Pistole.

Tom trat ungeduldig von einem Fuß auf den anderen. Er musste plötzlich auf die Toilette. Haie kaute wieder an seiner Unterlippe.

Endlich kam der Mann zurück. In der Hand hielt er einen zweiten Schlüssel. Der Sicherheitsbeamte erhob sich.

Sie folgten Herrn Klose und dem Sicherheitsbeamten

240

in einen anderen Raum, der nochmals durch eine Gitter-
tür gesichert war. Der Beamte öffnete die Tür. Dahinter
befanden sich unzählige Schließfächer in verschiedenen
Größen.

Herr Klose ging zielstrebig auf das Fach mit der Nummer 37 zu. Er steckte seinen Schlüssel in eines der beiden
Schlösser neben der Schließfachnummer.

»Sie können das Schließfach nun öffnen.«

Er verließ diskret den Raum.

Toms Finger zitterten, als er den Schlüssel hineinsteck-
te. Ein leises Klicken ertönte. Er öffnete das Fach.

Ungläubig blickte er hinein, trat einen Schritt zur Seite,
damit Haie ebenfalls freie Sicht hatte.

»Mann«, sagte Haie, »das gibt es doch gar nicht!«

Er schaute Tom überrascht an. Der schüttelte nur ungläubig seinen Kopf. In dem Fach lagen mehrere Geld-
bündel, hauptsächlich Tausend-Mark-Scheine. Darunter
ein brauner Umschlag.

»Komm«, sagte Haie, »das schauen wir uns genauer
an.«

»Nicht hier.«

Tom steckte das Geld und den Umschlag in die schwarze Dokumententasche, die er mitgebracht hatte, und
schloss das Fach.

Der Banker wartete in dem ersten Raum, unterhielt
sich leise mit dem Sicherheitsbeamten.

»Alles erledigt?«

Sie nickten wortlos. Herr Klose verschwand kurz im
Raum mit den Schließfächern, kehrte anschließend mit
dem zweiten Schlüssel zurück.

»Kann ich sonst noch etwas für Sie tun?«

»Nein danke. Ich denke, das war alles.«

Draußen war es nicht sonderlich warm, aber Tom

schwitzte trotzdem. Kleine Tropfen hatten sich auf seiner Stirn gebildet. Er presste die Dokumententasche an seinen Körper.

»Und nun?«, fragte Haie, »nach Hause?«

Er schüttelte seinen Kopf bei dem Gedanken an den Einbruch. Dort waren das Geld und der Inhalt des braunen Umschlages nicht gut aufgehoben. Sein Blick fiel auf ein kleines Café auf der anderen Straßenseite. Haie folgte diesem Blick.

»Gut, genehmigen wir uns erstmal einen auf den Schreck.«

Als Frank aufwachte, dröhnte sein Kopf und seine Glieder schmerzten. Er war gestern Abend auf dem Sofa eingeschlafen. Mühsam rappelte er sich auf.

Über den Flur schlurfte er langsam in die Küche. Er schüttete das letzte Kaffeepulver in den Filter, goss frisches Wasser in die Maschine und stellte sie an.

Er suchte im Kühlschrank nach etwas Essbarem. Die Milch war bereits abgelaufen, ein Stück Gouda zeigte ihm seinen pelzigen Belag. Er warf es angewidert in den Mülleimer, nahm ein Glas Erdbeermarmelade aus dem Küchenschrank und bestrich ein Knäckebrot.

Nachdem die Ärzte seinen Vater gestern reanimiert hatten, war er nach Hause gefahren. Broder ging es schlecht, man hatte ihn auf die Intensivstation verlegt. Die Schwester hatte Frank nahegelegt zu gehen. Sein Vater brauchte absolute Ruhe. Er könne momentan sowieso nichts für ihn tun, hatte sie gesagt.

Zu Hause war er über die geheimen Schnapsvorräte seines Vaters hergefallen und hatte sich bis zur Besinnungslosigkeit betrunken. Mit jedem Glas hatte er sein schlechtes Gewissen ein Stück mehr betäubt, bis er nicht mehr in der Lage gewesen war, auch nur einen klaren Gedanken zu fassen. Schließlich war er eingeschlafen.

Warum hatte sein Vater sich gestern so aufgeregt? Was waren das für Unterlagen, die Herr Crutschinow gesucht hatte? Und wieso erzählte er ihm nicht, was los war?

Er stand auf und ging hinüber in Broders Zimmer. Auf dem Sekretär lagen immer noch die Dokumente, zwischen denen der unerwünschte Gast nach irgendetwas gesucht haben musste.

Frank setzte sich auf den Stuhl vor dem Sekretär und blätterte zwischen den Papieren. Betriebskostenabrechnungen, Bestellungen über Saatgut, Tierarztrechnungen.

Er hatte die Dokumente bereits an dem Abend, an dem Herr Crutschinow hier herumgeschnüffelt hatte, durchgesehen. Nichts, womit man etwas hätte anfangen können. Nichts, was sein Vater dringend im Krankenhaus benötigt hätte.

Er zog die Schubladen heraus. Telefonbücher, ein Adressbuch, ein gerahmtes Foto seiner Mutter. Wie jung sie darauf aussah. Er strich zärtlich mit den Fingern über das Glas, ließ das Bild zurück in die Schublade gleiten.

Als er die Lade zuschieben wollte, klemmte sie. Irgendetwas hatte sich in der Schiene verfangen. Er zog die Lade ganz heraus und kniete sich vor den Sekretär. An der Innenseite des Schreibtisches hinter den Schubladen war ein großer, brauner Umschlag befestigt, der sich beim Herausziehen der Lade in der Schiene verfangen hatte. Er versuchte ihn vorsichtig herauszuziehen, dabei riss das braune Papier ein Stück ein. Neugierig öffnete er den Umschlag. Waren das vielleicht die Unterlagen, nach denen Herr Crutschinow gesucht hatte?

Er war enttäuscht. In dem Umschlag befanden sich nur

243

alte Zeitungsartikel über das Verschwinden von Britta Johannsen und die anschließende Gerichtsverhandlung. Warum hatte sein Vater sie hier versteckt? Hatte ihn das Verschwinden von Britta vielleicht doch mehr getroffen, als er jemals zugegeben hatte? Schließlich war Britta bei ihnen auf dem Hof ein- und ausgegangen. Broder hatte sie stets fürsorglich behandelt, beinahe wie eine Tochter. Frank erinnerte sich, eifersüchtig auf Britta gewesen zu sein. Er hatte es gehasst, wenn sie auf den Hof gekommen war und sein Vater plötzlich nur noch Zeit für sie gehabt hatte. Ihn hatte er immer links liegen lassen. Egal was er getan hatte, wie sehr er sich auch angestrengt hatte, Britta war immer die bessere Reiterin gewesen. Sein Vater hatte ihn das deutlich spüren lassen. Er hatte Britta gelobt, von ihren Reitkünsten geschwärmt. Frank hingegen war von ihm immer nur kritisiert worden. Nie hatte er auch nur ein anerkennendes Wort zu hören bekommen. Wie sehr er sich auch um die Aufmerksamkeit seines Vaters bemüht hatte, Britta war immer vorgezogen worden.

Ratlos blickte er auf die Zeitungsausschnitte, die vor ihm auf dem Boden lagen. Er versuchte sich zu erinnern, wie sein Vater auf Brittas Verschwinden reagiert, was er gesagt hatte, aber seine Erinnerungen an jene Zeit waren so blass, er war ja selbst noch ein Kind gewesen. Und die wenigen Erinnerungen aus seiner Kindheit waren immer überschattet vom Vorwurf seines Vaters. Dem Vorwurf, er sei schuld daran, dass sein Vater ein Krüppel war.

36

Die Türglocke tönte laut und penetrant.

Frieda lag noch im Bett. Sie fühlte sich schwach und krank. Dem Klingeln folgte ein beharrliches Klopfen. Unwillig stand sie auf und warf sich ihren Morgenmantel über. Sie schleppte sich über den Flur und öffnete die Tür. Es war Hanna.

»Guten Morgen! Mensch ich hab mir Sorgen gemacht. Du bist ja gestern nicht zum Essen gekommen. Geht es dir nicht gut?«

Frieda schüttelte leicht den Kopf, ließ Hanna eintreten.

In der Küche nahm sie den Teekessel und füllte ihn mit frischem Wasser. Als sie sich umdrehte und ihn zurück auf den Herd stellen wollte, wurde ihr schwindlig. Sie stützte sich auf die Spüle.

»Lass mich das machen.«

Sie setzte sich an den Küchentisch. Hanna stellte den Kessel auf den Herd und schaltete die Platte an. Dann holte sie zwei Tassen aus dem Hängeschrank über der Spüle und setzte sich zu ihr an den Tisch.

»Was ist denn los? Hast du wieder Schmerzen?«

»Mir geht's heute nicht so gut.«

»Ist etwas mit Lorentz?«

»Ach, ich weiß einfach nicht weiter. Es wird jeden Tag schlimmer mit ihm. Manchmal glaube ich, er weiß gar nicht mehr, wer ich bin.«

Hanna streichelte sanft über ihre Hand.

»Das wird schon. Heute ruhst du dich mal aus und morgen sieht die Welt sofort anders aus.«

Sie stand auf, nahm den Kessel vom Herd und brühte einen schwarzen Tee auf.

»Ich koch dir später was Schönes. Wirst sehen, danach geht es dir gleich besser.«

Frieda versuchte zu lächeln. Hanna war schon immer der Meinung gewesen, ein gutes Essen könne jeden Kummer vertreiben. Ihre Figur unterstrich diese Ansicht nur zu deutlich.

Nachdem sie zusammen einen Tee getrunken hatten, ging Frieda ins Bad und machte sich ein wenig frisch. Hanna begann in der Küche mit den Vorbereitungen für das Mittagessen. Sie hatte von zu Hause einige Zutaten mitgebracht und zauberte eine frische Gemüsesuppe. Als Frieda angezogen in die Küche kam, duftete es bereits köstlich. Sie deckte den Tisch.

»Kommt Fritz auch zum Essen vorbei?«

»Nein, der ist heute in Flensburg. Verhandlungen mit der Bank. Die wollen uns den Kredit streichen. Gerade jetzt, wo es wieder ein bisschen besser läuft in der Gastwirtschaft.«

Sie füllte die Suppe auf und setzte sich.

»Hast du schon das Neueste von Haie Ketelsen gehört?«, fragte sie, nachdem sie den ersten Löffel Suppe verspeist hatte.

»Er soll ausgezogen sein.«

»Wieso das denn?«

»Keine Ahnung, er hat wohl Ärger mit Elke. Erst Meike, nun Elke, ich weiß nicht, was mit den Leuten los ist. Wahrscheinlich liegt das doch an diesem Tom. Seit der im Dorf ist, fangen alle an verrückt zu spielen. Der soll bloß wieder verschwinden!«

Frieda rührte in ihrer Suppe.

»Hast recht. Wird Zeit, dass wieder Ruhe im Dorf ein-kehrt. Der Crutschinow will doch das Haus vom Hannes kaufen. Damit wäre die Sache dann ja auch erledigt und dieser Tom kann wieder abhauen.«

»Der Crutschinow will Hannes Haus kaufen? Was will der mit dem alten Kasten?«

Sie zuckte mit den Schultern.

»Besser der, als dieser Aufrührer im Dorf. Steckt seine Nase in Angelegenheiten, die ihn nichts angehen. Der soll uns einfach in Ruhe lassen.«

Das Café war kaum besucht. Haie und Tom setzten sich an einen Tische im hinteren Teil des Gastraumes.

Tom blickte sich mehrere Male um, bevor er mit zitt-rigen Fingern den Umschlag aus der Dokumententasche hervor holte. Ungeschickt öffnete er den großen Um-schlag und nahm die Papiere heraus.

»Was ist das?«, fragte er, nachdem er die Unterlagen flüchtig durchgeblättert hatte.

»Zeig mal her!«

Er reichte Haie den Stapel Papiere. Es waren Listen mit Nummern und eine Flurkarte. Im Anhang befanden sich mehrere Fotos, die aber zu dunkel waren, um darauf wirklich etwas erkennen zu können. Haie studierte die Listen.

»Wenn mich nicht alles täuscht, sind das Registrier-nummern aus der Papierfabrik.«

»Was für Registriernummern?«

»Nummern von Abfallfässern. Die Fabrik hatte ein bestimmtes System, nachdem die Chlorfässer registriert wurden.«

»Etwa solche Fässer, wie sie vor Sylt angespült wur-den?«

Haie nickte. Er blickte ratlos auf die Liste. Es waren unzählig viele Nummern.

Er nahm die Fotos und hielt sie dicht unter die kleine Lampe, die über dem Tisch hing.

»Die sind bei Nacht aufgenommen. Schau hier«, er deutete auf eines der Fotos, »das sind Scheinwerfer.«

Tom beugte sich über den Tisch.

»Tatsächlich. Und da kann man noch ein Stück von einem Nummernschild erkennen. NIB-P-09?«

Er betrachtete die anderen Fotos, aber auf keinem tauchte das Nummernschild ein weiteres Mal auf. Und auch die dunklen Gestalten kamen ihm nicht bekannt vor. Er versuchte sich an Hannes zu erinnern, an seine Größe, seine Statur. Aber keine der Gestalten, die leider nur schattenhaft auf den Bildern zu erkennen waren, entsprach auch nur annähernd der Erinnerung an seinen Onkel.

Er nahm die Flurkarte, drehte sie in verschiedene Richtungen.

»Wo ist das?«

Haie rückte näher an ihn heran.

»Keine Ahnung. Aber hier sind Kreuze verzeichnet, mit denen muss es etwas auf sich haben.«

Nach einer Weile schob Tom die Unterlagen zusammen und steckte sie zurück in die Dokumententasche.

»Fassen wir doch einfach einmal zusammen. Onkel Hannes hatte jede Menge Geld. Wir haben Listen mit Registriernummern von Giftfässern, fragliche Fotos und eine Flurkarte mit mehreren Markierungen.«

»Also wenn ich eins und eins zusammenzähle«, schlussfolgerte Haie, »hat hier irgendjemand Giftfässer entsorgt und eine Menge Geld dafür kassiert.«

»Aber wieso hat Hannes die Unterlagen aufbewahrt, wenn dadurch doch seine Schuld erwiesen wäre?«

»Ist ja nicht gesagt, dass er die Fässer entsorgt hat. Guck dir doch die Fotos an, könnte wirklich jeder sein.«

»Aber woher hatte er das viele Geld?«

Haie kippte das zweite Glas Cognac in einem Schluck hinunter.

»Vielleicht gespart?«

»Mensch, hier in der Tasche befinden sich mindestens 200.000 DM. Wie soll mein Onkel die denn gespart haben?«

Haie zuckte mit den Schultern.

»Aber selbst wenn Hannes irgendetwas mit den Fässern zu tun gehabt hat, erklärt das immer noch nicht, was mit Britta passiert ist. Es beweist vielleicht, dass er kriminell war, vielleicht hat er Britta ja doch ...«

Tom schüttelte energisch den Kopf.

»So dumm kann doch keiner sein. Beweismittel aufbewahren. Oder glaubst du etwa, wenn er Britta umgebracht hat, hätte er noch jemanden zu Elke geschickt und sie zu einer Aussage gezwungen? Und wie hätte er überhaupt von der Abtreibung wissen können? Nicht einmal du hast davon gewusst.«

Er hatte sich in Rage geredet, als er den traurigen Ausdruck in Haies Augen sah, tat es ihm leid, so heftig reagiert zu haben.

»Entschuldige bitte.«

»Hast doch recht. Wahrscheinlich war alles ganz anders.«

Auf dem Nachhauseweg sprachen sie wenig. Jeder hing seinen Gedanken nach. Haie dachte an Elke und daran, dass seine Ehe jahrelang nichts als eine Lüge gewesen war. Mehr noch als die Tatsache, dass sie ihn belogen und betrogen hatte, schmerzte ihn jedoch, niemals auch nur irgendetwas davon bemerkt zu haben. Wie hatte er nur so blind sein können?

Tom grübelte über die Dokumente aus dem Schließfach. Er fragte sich, inwieweit sein Onkel in diese Sache verwickelt gewesen war. Ganz unbeteiligt konnte er wohl kaum gewesen sein. Woher hatte er ansonsten das viele Geld? Aber welche Rolle hatte er gespielt? Die Bilder zeigten noch zwei weitere Personen, die daran beteiligt gewesen sein mussten. War einer von ihnen unter Umständen sogar der Einbrecher von neulich Nacht? Vielleicht hatte er genau nach diesen Unterlagen gesucht. Tom hielt das für sehr wahrscheinlich.

»Haben eigentlich noch weitere Leute aus dem Dorf in der Papierfabrik gearbeitet?«

»Nicht wirklich. Ich glaube, der Arne Feddersen hat mal ein Praktikum in der Fabrik gemacht. Aber der ist kurz darauf nach Mannheim zum Studieren gegangen.«

»Du hast mal erwähnt, der Crutschinow habe etwas mit der Fabrik zu tun gehabt.«

»Stimmt, aber nie offiziell und außerdem war der ja die meiste Zeit in Russland. Der hätte sich auch nie an solch einer Sache die Finger schmutzig gemacht. Der ist viel zu glatt.«

»Hab ich damit ja auch gar nicht gemeint. Vielleicht war er nur der Auftraggeber.«

»Und Hannes sein Handlanger?«

»Vielleicht, würde zumindest das viele Geld erklären.«

Haie überlegte, ob eine Verbindung zwischen Hannes, Crutschinow und der Papierfabrik bestanden haben könnte. Beiden hatten sich scheinbar recht gut gekannt. Jedenfalls dem Foto aus dem Album nach zu urteilen.

Aber wieso sollte er ausgerechnet dieses Foto aufbewahrt haben, wenn die beiden gemeinsame Sache gemacht hatten? Vermutlich hätte Hannes doch alles verschwinden lassen, was auf eine Verbindung zwischen den beiden hingedeutet hätte. Und wer war der dritte Mann gewesen?

»War Crutschinow eigentlich im Dorf als Britta verschwand?«

Haie schüttelte den Kopf.

»Der ist erst kurz danach wieder zu Besuch gekommen. Angeblich Urlaub. Ist auch wieder abgereist, noch bevor die Gerichtsverhandlung beendet war und es zum Freispruch kam.«

»Weißt du, ob er sonst noch Kontakt zu irgendjemand im Dorf hatte? Ich meine, wenn er der Auftraggeber gewesen ist, muss es einen weiteren Komplizen gegeben haben. Oder sogar zwei, denn mit ziemlicher Sicherheit ist keine der Personen auf den Fotos mein Onkel. Der hatte eine ganz andere Figur.«

»Du darfst nicht vergessen, die Fotos sind wahrscheinlich vor über dreißig Jahren aufgenommen worden. Da kanntest du Hannes ja noch nicht mal.«

Tom parkte den Wagen vor dem Haus. In seiner Erinnerung tauchte das Bild von seinem Onkel auf, der vor der Haustür stand und auf ihn wartete. Er schüttelte seinen Kopf.

»Auf keinen Fall ist eine der Personen auf den Fotos Onkel Hannes. Auch vor über dreißig Jahren hatte er einfach eine ganz andere Statur. Außerdem, wer bewahrt Beweismittel auf, durch die seine eigene Schuld ganz eindeutig nachgewiesen werden kann? So blöd ist doch keiner.«

Haie stöhnte leise. Ihm brummte schon der Kopf von der vielen Grübelei.

251

»Vielleicht, aber ich hab einfach keinen Schimmer, wer sonst noch als Komplize in Frage kommen könnte. Wir sollten uns einfach mal einen Plan machen, welche Informationen wir bereits haben und woher wir weitere bekommen. Zum Beispiel die Flurkarte. Das Katasteramt kann uns doch bestimmt sagen, wo sich die markierten Stellen befinden. Und das Nummernschild. Vielleicht gibt es bei der Polizei eine Kartei, in der alte Nummernschilder verzeichnet sind und anhand der man den damaligen Halter ermitteln kann.«

Er stieg aus dem Wagen.

»Aber sei mir nicht böse. Ich muss erst mal an die frische Luft. Klare Gedanken schnappen.«

Er warf die Autotür zu und stapfte in Richtung Wehle.

Tom blieb einen Moment allein im Wagen sitzen. Haie hatte recht. Das Katasteramt konnte feststellen, welche Stellen in der Flurkarte markiert waren und wo sie sich befanden. Er blickte auf seine Uhr. Es war kurz nach eins. Er startete den Wagen und fuhr in die Stadt.

Das Amt lag direkt neben der Polizeiwache. Er parkte auf dem kleinen Parkplatz direkt vor dem Gebäude und folgte den Hinweisschildern. Die Eingangstür war offen, obwohl auf einem Schild neben der Tür die Öffnungszeiten am Nachmittag zwischen 14.00 und 15.30 Uhr angegeben waren. Während er orientierungslos durch die Gänge irrte, überlegte er, unter welchem Vorwand er eine Auskunft über die Flurkarte in seiner Dokumententasche verlangen könnte. Er erinnerte sich, während seiner Schulzeit schon einmal vom Katasteramt Auskünfte für die Erstellung einer Chronik bekommen zu haben. Die Mitarbeiter des Amtes waren sehr hilfsbereit gewesen. Vielleicht sollte er einfach behaupten, er erstelle eine Art Chronik.

Im ersten Stock begegnete er einer jungen Frau mit Brille.

»Entschuldigen Sie bitte. Wo kann ich denn bitte Auskünfte zu einer Flurkarte erhalten?«

Die Frau blickte demonstrativ auf ihre Armbanduhr. Es war erst kurz nach halb zwei. Er rechnete schon mit einem Verweis auf die Öffnungszeiten, als sie ihn leicht entnervt anblickte.

»Versuchen Sie es in Zimmer 176 bei Herrn Michaelsen. Der arbeitet meistens die Mittagspause durch.«

Tom klopfte vorsichtig an der dunklen Holztür. Er war überrascht, als er gleich darauf ein freundliches: »Ja bitte« vernahm. Er öffnete die Tür. Der Raum dahinter war hell und geräumig. Hinter einem großen Schreibtisch saß ein schmächtiger Mann mit Schnauzbart.

»Ich bräuchte ein paar Auskünfte von Ihnen. Ich möchte eine Art Familienchronik erstellen und habe hier eine Flurkarte, mit der ich jedoch nichts anfangen kann.«

Er holte die Karte aus seiner Tasche und reichte sie dem Mann. Der blickte interessiert auf die Karte.

»Mein Onkel hat auf der Karte einige Stellen markiert. Ich gehe davon aus, dass dies wichtige Orte für ihn waren und würde gerne wissen, wo sich dieser Ausschnitt auf der Karte befindet.«

»Hm«, machte der Mitarbeiter des Katasteramtes und kratzte sich hinter seinem linken Ohr.

»Für eine Chronik sagen Sie.«

Tom nickte eifrig.

»Aber es ist eher etwas Privates, oder?«

»Es ist wichtig für mich. Wissen Sie, mein Onkel wird demnächst achtzig. Ich habe ein sehr inniges Verhältnis zu ihm und würde ihm so gern die Freude machen, Bilder von den wichtigsten Orten in seinem Leben zusam-

253

menzustellen. Leider ist er bettlägerig, sonst könnte ich ja mit ihm dorthin fahren. Aber ich denke, es wäre sehr wichtig für ihn, diese Orte noch einmal zu sehen. Auch wenn es nur auf einem Foto wäre.«

»Ich denke, da kann ich in diesem Fall einmal eine Ausnahme machen. Wir dürfen normalerweise keine privaten Auskünfte erteilen, es sei denn, sie wollen das Land eventuell kaufen und haben deshalb ein berechtigtes Interesse daran.«

Es war mehr eine Feststellung, als eine Frage, die der Mann äußerte und er verstand sofort, was man ihm damit andeuten wollte.

»Ja, ich denke darüber nach, das Land zu kaufen.«

»Gut, dann füllen Sie bitte diesen Antrag aus.« Der Mann vom Katasteramt lächelte verschwörerisch.

Er schob einen Bogen über den Schreibtisch. ›Auskünfte über ein zu erwerbendes Grundstück‹ stand in dicken schwarzen Buchstaben darauf. Tom lächelte, griff nach dem Kugelschreiber, den der Mann neben das Papier gelegt hatte und begann den Antrag auszufüllen. Name des Kaufinteressenten: Vladimir Crutschinow.

37

Hilflos blickte Frank durch die Glasscheibe, hinter der sein Vater in einem Bett von mehreren Überwachungsgeräten umgeben lag. Die Ärzte hatten ihm gesagt, er käme wohl durch, aber einem Besuch hatten sie nicht zugestimmt.

›Wie friedlich er aussieht‹, dachte Frank. Kaum vorstellbar empfand er die Wutanfälle seines Vaters. Eigentlich kannte er ihn nicht wirklich. Was wusste er schon über ihn? War er jemals glücklich gewesen? Hatte er geliebt oder war er geliebt worden? Die schmale Gestalt mit dem blassen Gesicht kam ihm furchtbar unbekannt vor.

Er spürte, wie sich vorsichtig eine Hand auf seine Schulter legte und blickte sich um.

»Meike?«

Noch ehe er ein weiteres Wort sagen konnte, legte sie ihm ihren Zeigefinger auf seine Lippen. Fragend blickte er in ihre Augen, aber ihr Blick verriet ihm nicht, ob sie seinetwegen gekommen war. Schweigend schauten sie eine Zeit lang gemeinsam durch die Glasscheibe. Nach einer Weile zupfte sie vorsichtig an seinem Ärmel. Er folgte ihr aus dem Raum.

»Was ist passiert?«

Schuldbewusst blickte er zu Boden. Der graue Linoleumbelag war abgetreten und wies mehrere Risse auf.

»Er hatte einen neuen Anfall. Wir hatten Streit.«

Meike schüttelte leicht den Kopf.

»Hört das denn niemals auf?«

Er spürte, wie sich ein Kloß in seinem Hals bildete und räusperte sich.

»Wollen wir etwas trinken?«

Sie nickte, da sie das Gefühl hatte, er wolle ihr etwas Wichtiges sagen.

»Aber nicht hier. Lass uns ins ›Enneff‹ gehen.«

Das kleine Bistro war um diese Zeit gut besucht. Viele Leute nutzen den günstigen Mittagstisch. Sie hatten Glück und bekamen den letzten freien Platz an einem kleinen Tisch in der hinteren Ecke des Gastraumes. Frank bestellte einen Kaffee für sich und Früchtetee für Meike. Nachdem ihre Bestellung serviert worden war, blickte sie ihn erwartungsvoll an. Aber er schwieg.

»Warum habt ihr euch gestritten?«

Er spürte, es war an der Zeit die Wahrheit zu sagen. Er wollte sie nicht mehr belügen. Deshalb berichtete er ihr zunächst von dem Besuch von Herrn Crutschinow im Krankenhaus. Sie hörte ihm aufmerksam zu. Als er erzählte, Herr Crutschinow habe in Broders Schreibtisch herumgewühlt, blickte sie erstaunt auf.

»Aber was hat er denn gesucht?«

Er zuckte mit den Schultern.

»Angeblich sollte er wichtige Unterlagen ins Krankenhaus bringen. Als ich Vater nach den Unterlagen gefragt habe, hat er sich fürchterlich aufgeregt.«

Er holte aus seiner Jackentasche eine Packung Zigaretten. Umständlich riss er das Cellophanpapier ab, klopfte eine Zigarette aus der Schachtel und zündete sie an. Als er jedoch ihren Blick auffing, drückte er die Zigarette hastig im Aschenbecher aus. Verlegen rührte er in seiner Kaffeetasse.

»Und wie geht es dir?«, fragte er sie wie beiläufig.

Sie spürte die Enttäuschung, die sich in ihr breit machte. Gerade noch hatte sie gedacht, wie schön es sein konnte wenn er ehrlich zu ihr war. Warum tat er jetzt so, als interessiere es ihn nicht wirklich, wie es ihr ging? Immer wenn es um Gefühle ging, versuchte er unnahbar zu sein.

»Gut.«

Sie versuchte, das Gespräch wieder auf Broder zu lenken.

»Und hast du herausgefunden, wonach Herr Crutschinow in Vaters Unterlagen gesucht hat?«

»Nicht wirklich. Ich habe nur einen Umschlag mit Zeitungsartikeln gefunden, den Vater unter einer Schublade im Schreibtisch versteckt hatte. Danach hat er aber bestimmt nicht gesucht.«

»Was für Zeitungsartikel?«

»Ach, alte Ausschnitte aus der Zeit, in der Britta Johannsen verschwunden ist. Von den Verhandlungen gegen Hannes Friedrichsen und so.«

Sie blickte ihn fragend an.

»Wieso hat er die aufgehoben?«

»Keine Ahnung.«

»Meinst du, er hatte vielleicht etwas mit dem Verschwinden von Britta zu tun?«

»Ganz sicher nicht!«

Als Tom den Wagen vor dem Haus abstellte, wartete Haie bereits auf ihn.

»Mensch, wo bist du denn gewesen? Ich warte ja schon eine halbe Ewigkeit auf dich!«

»Na, nun übertreib mal nicht.«

»Mir ist noch etwas eingefallen.«

»Und ich habe Neuigkeiten vom Katasteramt. Lass uns ins Haus gehen und alles in Ruhe besprechen.«

Sie setzten sich in die Küche.

»Nun schieß schon los!«

»Also, ich habe Klaus Nissen einmal in der Papierfabrik getroffen.«

»Und?«

»Na ja, der hatte doch eigentlich nichts mit der Fabrik zu tun. Er arbeitete ja zu der Zeit noch in der Getreidemühle. Als ich ihn fragte, was er in der Fabrik mache, hat er geantwortet, er habe sich auf eine Stellenanzeige beworben.«

»Ist ja nicht so ungewöhnlich.«

Er verstand nicht, worauf Haie hinauswollte.

»Nein, ist nicht ungewöhnlich. Aber ich wollte ein gutes Wort für ihn bei der Personalchefin einlegen. Die wusste jedoch nichts über eine Bewerbung von einem Klaus Nissen.«

»Also hatte er dich angelogen.«

»Hm, fragt sich nur warum?«

»Ich war übrigens beim Katasteramt.«

»Und?«

»Also, die Flurkarten, die wir im Schließfach gefunden haben, zeigen Ausschnitte aus dem Blomenkoog und dreimal darfst du raten, wem das Land gehört.«

»Broder Petersen.«

»Genau, aber die markierten Stellen auf der Karte kennzeichnen seltsamerweise weder eine Grenze, noch irgendwelche Sielzüge oder ähnliches. Sie scheinen völlig willkürlich eingezeichnet zu sein.«

»Merkwürdig.«

»Allerdings, aber jetzt kommt's. Das Grundstück hinter dem Haus gehörte tatsächlich Hannes, aber bis 1962 war Broder Petersen der Eigentümer.«

»Hat Hannes es von Broder gekauft?«

»Darüber war nichts verzeichnet, nur die Umschreibung von 1962.«

»Ist es denn als Bauland deklariert?«

Tom schüttelte den Kopf.

»Onkel Hannes hatte zwar einen entsprechenden Antrag gestellt, der ist aber abgelehnt worden.«

Er stand auf und goss Kaffee ein.

»Hast du vielleicht etwas Süßes?«

»Nur ein paar Pralinen. Die sind noch von Hannes.«

»Macht nichts. Ich habe so einen Schmacht auf etwas Süßes. Hauptsache sie sind noch nicht abgelaufen.«

Tom holte die Pralinenschachtel aus dem Schrank und stellte sie auf den Tisch. Gierig griff Haie nach den kleinen runden Schokoladenpralinen.

»Mhm, köstlich. Die sind wirklich gut. Möchtest du auch?«

Er schüttelte den Kopf.

»Wenn ich nur wüsste, wie das alles zusammenpasst«, murmelte er vor sich hin.

Haie steckte sich eine Praline nach der anderen in den Mund.

»Vielleicht sollten wir einfach Broder Petersen einen Besuch abstatten.«

»Keine schlechte Idee.«

Er wollte gerade vom Tisch aufstehen, als sein Handy klingelte. Es war Marlene.

»Hallo Tom, ich wollte fragen, ob du heute Abend Zeit hast. Ich bin zufällig in Niebüll und dachte, wir könnten uns treffen.«

»Heute Abend?«

Er schaute Haie fragend über den Tisch hinweg an. Der nickte ihm kaum merklich zu.

»Ja, gerne.«

Sie nannte ihm den Namen eines kleinen Restaurants und fragte ihn, ob ihm acht Uhr recht wäre.

»Acht Uhr ist wunderbar. Ich freue mich.«

Versonnen blickte er eine Zeit lang auf das Display seines Handys, bis ihn ein Räuspern aus seinen Gedanken riss.

»Wollten wir nicht zu Broder Petersen fahren?«

»Klar, geht schon los.«

Der Hof lag einsam und verlassen vor ihnen, als sie die breite Auffahrt hinauffuhren.

Aus den Ställen war der Lärm der Schweine zu hören, ansonsten war es ruhig. Haie ging die wenigen Treppen zur Haustür hinauf und drückte den Klingelknopf. Sie hörten ein schrilles Läuten im Inneren des Hauses. Nach dem dritten Klingeln sagte Tom:

»Komm, es ist wohl keiner zu Hause.«

Er ging zurück zum Wagen, aber Haie ging hinüber zu den Ställen.

»Es ist Fütterungszeit, da muss jemand hier sein.«

Er verschwand hinter einer Schiebetür. Tom war sich unschlüssig, ob er Haie folgen sollte. Es war ihm unangenehm, auf fremdem Grund und Boden herumzuschnüffeln. Die Leute hier waren eh nicht besonders gut auf ihn zu sprechen. Man würde nicht begeistert sein, wenn man ihn hier erwischen würde. Trotzdem ging er ebenfalls hinüber zum Stall und zwängte sich an der Schiebetür vorbei ins Innere. Seine Augen brauchten einen kurzen Moment, um sich an das schummrige Licht zu gewöhnen. Es roch nach Schweinedung.

Haie hatte recht. Es war Fütterungszeit und im hinteren Bereich sah er den Knecht mit einer Schubkarre voll Schweinefutter. Haie stand hinter einem Gatter und versuchte,

260

durch lautes Rufen den Lärm der quiekenden Schweine zu übertönen, um auf sich aufmerksam zu machen. Nach einer Weile bemerkte der Knecht ihn und kam zu ihm ans Gatter. Inzwischen hatte Tom Haie eingeholt.

»Moin«, begrüßte der Knecht die beiden.

»Moin«, erwiderte Haie. »Sag mal, ist denn sonst keiner auf dem Hof?«

Der Knecht schüttelte den Kopf.

»Nee. Der alte Petersen liegt im Krankenhaus. Schlaganfall oder so. Und der Frank ist schon seit heute Mittag weg.«

Enttäuscht winkte Haie ab.

»Alles klar. Dann mal frohes Schaffen!«

»Danke.« Der Mann wandte sich wieder den Schweinen zu.

Sie gingen den schmalen Gang zwischen Stallmauer und Gatter hintereinander entlang. Als sie wieder an der frischen Luft waren, atmete Tom tief durch.

»Mann, den Gestank könnte ich aber auch nicht den ganzen Tag ertragen.«

»Ach, da gewöhnt man sich dran.«

»So, das war wohl nichts«, bemerkte Haie, als sie wieder im Wagen saßen, »aber wo wir schon mal hier sind, könnten wir ja eigentlich mal einen Abstecher in den Blomenkoog machen. Bieg mal an der Straße links ab.«

Nach einer Weile passierten sie den alten Außendeich.

»So, hier fängt der Blomenkoog an.«

Er hielt am Straßenrand. Sie stiegen aus. Sein Blick schweifte über die weite Fläche des Kooges, während Haie westwärts schaute.

»Es gibt eine alte Sage«, begann Haie unvermittelt.

»Hier, wo der Außendeich von seiner geraden Richtung ablässt und ein halbmondförmiges Stück außen vor liegen ließ, soll sich nachts eine Spinnerin, die immer so eifrig gesponnen hat, dass sie niemals von ihrer Arbeit aufsah, gezeigt haben. Wer sie sah, dem geschah ein Unglück. In der Nähe von St. Peter gab es eine ähnliche Sage. Da hieß die Spinnerin Maleen.«

Tom schluckte. Wollte sein Freund damit etwa auf sein Treffen mit Marlene anspielen? Er hatte selbst ein schlechtes Gewissen Monika gegenüber. Aber irgendwie konnte er nicht anders. Er musste Marlene wiedersehen. Und was Monika betraf, da würde es sicher einiges bei seiner Rückkehr zu klären geben. Aber den Vergleich zwischen einer alten Sage und seiner Verabredung mit Marlene fand er übertrieben. Es würde wohl kaum ein Unglück geben, nur weil er sich mit einer anderen Frau traf.

»Welche Felder gehören denn nun Broder Petersen?«

Haie zeigte mit ausgestrecktem Arm in nördliche Richtung.

»Wahrscheinlich fast alle, aber das Brachland dahinten auf jeden Fall.«

»Woher weißt du das so genau?«

»Vor einiger Zeit habe ich in der Kneipe mitbekommen, wie sich einige Bauern darüber geärgert haben, dass Broder ihnen das Brachland hier im Blomenkoog nicht verkaufen will. Er nutze den fruchtbaren Boden nicht, aber ihnen würde er den Ertrag auch nicht gönnen, haben sie sich lautstark beschwert.«

Tom blickte auf die vielen Felder, die satt und grün vor ihnen lagen.

»Nicht mal als Weideland nutzt er es«, bemerkte Haie.

Sie stiegen wieder in den Wagen und fuhren die schmale Straße entlang durch den Koog.

»Ich frage mich, warum Onkel Hannes einige Stellen hier im Koog markiert hat.«

Haie zuckte mit den Schultern.

»Vielleicht wollte er auch hier Land von Broder kaufen.«

»Aber warum sollte er das gewollt haben? Hier handelt es sich ja nun ganz offensichtlich nicht um Bauland. Und wir wissen auch nicht, ob er das andere Stück Land überhaupt gekauft hat. Es muss einen anderen Grund gegeben haben.«

38

Hanna war nach dem Mittagessen nach Hause gegangen.
Frieda hatte nicht vorgehabt, ins Pflegeheim zu gehen.
Sie hatte sich zunächst hingelegt, war dann aber aufge-
standen, hatte ihren Mantel angezogen und die Wohnung
verlassen. Sie konnte Lorentz doch nicht im Stich lassen.
›Er braucht mich doch‹, hatte sie sich gesagt.

Als sie die Tür zu seinem Zimmer öffnete, stellte sie
überrascht fest, dass er nicht alleine war. Marlies Johannsen saß an seinem Bett und streichelte behutsam seine
Hand. Als sie Frieda bemerkte, zog sie ruckartig ihre
Hand zurück.

»Hallo Frieda«, begrüßte Marlies sie verlegen, »da bist
du endlich. Lorentz hat schon nach dir gefragt.«

Auch ohne in Marlies' Augen zu blicken, erkannte
sie die Lüge.

»Ich muss leider auch schon weiter. Wollte nur mal
kurz sehen, wie es ihm geht. Du weißt ja, meine Schwester
ist jetzt auch hier. Sie wartet bestimmt schon.«

Frieda, die immer noch in der Tür stand, trat einen
Schritt zur Seite. Sie versuchte zu lächeln.

»Er hat sich bestimmt über deinen Besuch gefreut!«

In Gedanken fügte sie hinzu: ›Aber lass dich nicht noch
einmal hier blicken!‹

Ohne ein weiteres Wort verließ Marlies den Raum.

Sie trat an das Bett und blickte auf ihren Mann hinunter. Er schien zu schlafen. Seine Augen waren geschlossen,
sein Gesicht wirkte entspannt. Er atmete ganz ruhig ein

und aus. Sie setzte sich auf den Stuhl, auf dem zuvor Marlies gesessen hatte und griff nach seiner Hand. Er öffnete die Augen, ein Lächeln glitt über sein Gesicht.

»Marlies«, flüsterte er leise.

Sie schluckte. So hatte er sie schon eine Ewigkeit nicht mehr angesehen. Sie versuchte ebenfalls zu lächeln.

»Ja, Liebster. Ich bin hier.«

»Soll ich dich irgendwo absetzen?«, fragte Tom, als sie das Dorf wieder erreicht hatten. »Vielleicht bei Max? Da kannst du noch eine Kleinigkeit essen.«

»Ich bin zwar noch satt von den vielen Pralinen, aber das ein oder andere Bier kann ich sicherlich vertragen. Nur wie komm ich später ins Haus? Dein Rendezvous wird ja sicherlich nicht nach einer Stunde erledigt sein, oder?«

Er ging auf die Bemerkung gar nicht ein, sondern stoppte den Wagen vor der kleinen Gastwirtschaft.

»Den Schlüssel findest du hinter dem alten Vogelhäuschen an der Birke im Garten. Wenn du schlafen gehst, lass das Fenster im Badezimmer gekippt und leg den Schlüssel in den Spalt. Aber nicht vergessen, sonst muss ich dich aus dem Bett klingeln!«

»Viel Spaß!«, sagte Haie und stieg aus. Er ging den kleinen Hügel zur Gastwirtschaft hinauf. Tom schaute ihm kurz hinterher und fuhr weiter.

Zu Hause duschte er erst einmal ausgiebig. Aber als er sich abtrocknete, hatte er immer noch den Geruch des Schweinestalls in der Nase. Er legte kräftig Aftershave auf und zog sich frische Sachen an. Anschließend schrieb er Haie einen Merkzettel wegen des Schlüssels, den er an der Tür zum Wohnzimmer befestigte und verließ gutgelaunt das Haus. Den Schlüssel hängte er wie vereinbart hinter das verwitterte Vogelhäuschen.

Das kleine Restaurant lag direkt gegenüber vom alten Kino. Neben dem Schriftzug ›Wattwurm‹ tummelte sich ein gestreifter, grinsender Wurm auf der Leuchtreklame.

Er war viel zu früh da, hoffte aber, Marlene würde vielleicht ebenfalls schon dort sein. Schwungvoll öffnete er die schwere Eingangstür und trat in den kleinen Vorraum.

Durch ein kleines Fenster in einer weiteren Tür blickte er ins Innere des Restaurants. Vereinzelt saßen Leute an einigen der Tische. Marlene konnte er nicht sehen. Er öffnete die zweite Tür und trat ein. Augenblicklich waren alle Augen auf ihn gerichtet.

Etwas unsicher machte er eine Runde durchs Lokal, aber auch an den hinteren Tischen, die von der Tür nicht einzusehen waren, saß Marlene nicht. Er wollte zunächst ein Bier an der Bar trinken und später einen Tisch gemeinsam mit ihr auszuwählen.

An der klobigen, braunen Theke bestellte er ein Bier.

Während er auf seine Bestellung wartete, schaute er sich den Gastraum etwas genauer an. Alles war stilvoll eingerichtet. Einzelne Tische waren in kleinen Nischen versteckt. Überall brannten bereits Kerzen und verbreiteten ein angenehm warmes Licht. Die Bedienung stellte das Bier vor ihm auf den Tresen. Er blickte auf seine Uhr. Es war kurz vor acht Uhr.

Die Tür öffnete sich, sein Herz setzte für einen kurzen Moment aus. Doch es war nicht Marlene, sondern eine Gruppe Jugendlicher, die zielstrebig auf einen der Tische zusteuerte.

Er nahm einen Schluck aus seinem Glas und überlegte, ob es sinnvoll wäre, das Handy aus dem Auto zu holen. Eigentlich hatte er es absichtlich im Wagen liegen lassen.

Nicht dass Monika anrief, während er mit Marlene essen war. Was aber, wenn Marlene gerade in diesem Moment versuchte ihn zu erreichen? Vielleicht war sie verhindert und musste ihr Treffen absagen?

›Ach‹, dachte er, ›was sollte schon dazwischen gekommen sein?‹

Es war bereits Viertel nach acht. Er wollte gerade noch ein weiteres Glas Bier bestellen, als ihn ein Lufthauch streifte, der durch das Öffnen der Tür entstanden war. Mit klopfendem Herzen drehte er sich zur Tür. Marlene betrat das Restaurant und blieb kurz im Eingang stehen. Kaum hatten sich ihre Augen an die schummrige Beleuchtung gewöhnt, erblickte sie ihn und kam lächelnd näher.

›Wie hübsch sie ist‹, dachte er, ›beinah überirdisch.‹

Sie trug ein pastellfarbenes Top und eine weiße Leinenhose. Ihr langes, blondes Haar fiel offen über ihre Schultern. Sie begrüßte ihn mit einem Kuss auf die Wange.

»Wartest du schon lange?«

»Nein, ich bin auch gerade erst gekommen.«

Sie wählten einen Tisch in einer der Nischen, der Kellner brachte ihnen sofort die Speisekarte. Während Marlene schon eifrig in der Karte las, blickte er sie über den Tisch hinweg an. Als sie nach einer Weile aufsah, senkte er verlegen seinen Blick in die Karte. Er spürte, wie seine Wangen heiß wurden.

»Weißt du schon, was du nimmst? Ich kann dir den Salat mit Meeresfrüchten empfehlen. Der ist hier besonders lecker!«

Er nickte und klappte die Karte zu.

»Dann verlass ich mich mal auf deinen Geschmack.«

Sie gaben ihre Bestellung auf und warteten. Schon nach wenigen Minuten wurden die Getränke serviert.

»Und was hast du heute für Nachforschungen unternommen? Sicherlich hat dich doch deine Doktorarbeit wieder hierher verschlagen, oder?«

Sie schüttelte leicht ihren Kopf. Eine Strähne fiel ins Gesicht.

»Ich bin wegen dir gekommen.«

Ihr Blick war auf das Tischtuch gesenkt, mit dem Zeigefinger zeichnete sie den Schatten, den die Kerze darauf warf, nach. Sein Herz klopfte plötzlich schneller.

»Warum?«

Sie zuckte kaum merklich mit den Schultern.

»Weil ich gerne mit dir zusammen bin.«

»Das ist gut. Ich nämlich auch mit dir.«

Er griff nach ihrer Hand.

Der Kellner brachte ihre Bestellung. Schnell entzog sie ihm ihre Hand.

»Einen guten Appetit!«, sagte sie und griff eilig nach dem Besteck.

Während des Essens sprachen sie wenig. Tom lobte nur ihre gute Empfehlung und sie meinte:

»Ja, der Salat ist hier wirklich Weltklasse.«

Nachdem das Geschirr abgeräumt und sie noch einen Kaffee bestellt hatten, erkundigte Marlene sich nach neuen Erkenntnissen in der Sache mit seinem Onkel. Eifrig erzählte er ihr von den Neuigkeiten. Die Dokumente aus dem Schließfach, seine Informationen über die Flurkarten vom Katasteramt und auch die Begebenheit von Klaus' angeblicher Bewerbung bei der Papierfabrik erwähnte er.

»Wer ist denn dieser Klaus?«

»Wohl ein Freund von Broder Petersen.«

»Und dem gehört das Land im Blomenkoog, welches auf den Flurkarten aus dem Schließfach markiert ist?«

»Genau.«

»Bleibt also nur die Frage, warum diese Stellen in den Karten markiert sind?«

Sie blickte ihn fragend an.

»Und warum hatte dein Onkel diese Dokumente in einem Schließfach versteckt? Und warum hat dieser Klaus Haie angelogen? Und wer sind die Männer auf den Fotos?«

Marlene holte tief Luft.

»Das sind eine Menge Fragen«, stellte sie fest.

Er nickte. Sie nippte an ihrer Kaffeetasse.

»Vielleicht haben die ganzen Sachen aber auch gar nichts miteinander zu tun«, sagte sie nach einer Weile. »Vielleicht hatte dein Onkel das Geld geerbt und die Dokumente hat er für irgendjemanden aufbewahrt. Dieser Klaus hatte in Wirklichkeit ein Verhältnis mit einer Arbeiterin aus der Fabrik und die Männer auf den Fotos? Hm, vielleicht alte Freunde von deinem Onkel oder ...«

Sie blickte ihn an. Ihre Überlegungen schienen ihn nicht zu überzeugen.

»Klingt nicht sehr wahrscheinlich, oder?«

»Nicht wirklich. Aber ich habe einfach keine Ahnung, wie die Dinge zusammenpassen. Es kann ja nicht alles ein Zufall sein. Aber warum hat Onkel Hannes ausgerechnet Listen mit Registriernummern von Giftfässern in dem Schließfach aufbewahrt, die vor Sylt angespült worden sind?«

»Vielleicht hilft es, wenn du mit deinem heutigen Wissen die ganze Sache noch einmal ganz von Anfang an aufrollst. Was geschah als Erstes?«

Er überlegte kurz.

»Wie soll ich das anstellen? Ich habe doch keine Ahnung. Hat mein Onkel die Listen zuerst im Schließfach deponiert und ist dann Britta verschwunden? Oder ist zuerst Britta verschwunden und hat mein Onkel erst danach die Listen hinterlegt? Und was, wenn die beiden Sachen gar nichts miteinander zu tun haben? Wenn sie vielleicht Jahre auseinander liegen? Wie könnte ich das herausfinden? Und die Überweisungen auf das Sparkonto? Und die Falschaussage von Haies Frau? Wie soll das denn alles zusammenpassen?«

Er schüttelte resigniert den Kopf. Sie sah ihn an. Wie er so verzweifelt dasaß, sein ratloser Blick. Wie ein kleiner Junge, der vor einer Hausaufgabe saß und keine Ahnung hatte, wie er sie bewältigen sollte. Sie empfand tiefe Zuneigung. Mit ihrer Hand griff sie nach seiner. Als er aufblickte, sah sie ihm in die Augen.

»Ich helfe dir!«

39

Als Haie die Gastwirtschaft betrat, herrschte bereits Hochbetrieb. »Moin, Moin«, grüßte er flüchtig in die Runde und setzte sich auf einen freien Platz an der Theke.

»Machst du mir ein Bier fertig?«

Nur kurze Zeit später stellte Max das gewünschte Bier vor ihm auf den Tresen.

»Na, heute ohne Begleitung? Wo ist denn der Schnüffler?«

Haie war eher von ruhiger Natur, aber die Probleme mit Elke ließen ihn heute schneller als üblich aus der Haut fahren.

»Was geht dich das an?«

»Mensch, was ist dir denn für eine Laus über die Leber gelaufen? Ich dachte ja nur, weil ihr in letzter Zeit immer zu zweit auftaucht.«

»Und, ist das etwa verboten?«

»Nee, aber die Leute fragen sich halt, was du mit dem Neffen von Hannes zu schaffen hast.«

»So, fragen sich die Leute das?«

»Weißt doch wie das ist. Die sehen das halt nicht gern, wenn jemand in der Angelegenheit von damals herumschnüffelt.«

Haie durchblickte sofort das verschwörerische Getue des Wirts. Er war es leid, sich immer nur Lügen auftischen zu lassen.

»Und, wie siehst du das?«

Max blickte ihn erstaunt an.

»Ich?«

»Ja du! Du musst doch auch eine Meinung zu der ganzen Sache haben.«

»Ja weißt du, ich hab ja gar nicht so viel mitbekommen von der ganzen Sache. Hatte ja viel Arbeit und so.«

»Erzähl mir doch nichts! Wenn hier einer im Dorf etwas mitbekommen hat, dann wohl du! Soviel wie in deiner Kneipe wird nirgendwo anders erzählt. Und der Hannes war ja Stammgast hier, soviel ich weiß.«

Der Wirt trat nervös von einem Fuß auf den anderen. Er blickte Hilfe suchend in den Gastraum. Die meisten Gäste hatten aufgrund der Lautstärke das Gespräch verfolgt und warteten nun gespannt auf eine Antwort.

»Also mit dem Hannes hatte ich nichts zu tun. Und wenn du mich fragst, war sein Freispruch der größte Fehler der Justiz überhaupt. Für mich war und bleibt Hannes der Mörder von Britta!«

Zustimmendes Gemurmel erhob sich in dem kleinen Raum. Max atmete erleichtert auf. Haie musste sich zusammenreißen. Er fühlte eine Welle in sich aufsteigen, aber irgendetwas schien seinen Hals zuzuschnüren. Aus seiner Hosentasche holte er fünf Mark, knallte das Geld auf den Tresen und stand auf. Kurz vor der Tür drehte er sich noch einmal um und für einen kurzen Augenblick ließ der Druck in seinem Hals nach.

»Ihr habt doch alle keine Ahnung. Ihr kennt alle nur die halbe Wahrheit und selbst die ist eine Lüge!«

Er verließ eilig den Gastraum. Draußen hörte er die lautstarke Diskussion über seine Äußerung. Er holte tief Luft. Vielleicht war es falsch gewesen, die anderen so anzuschreien. Damit hatte er sich nicht gerade Freunde gemacht. Aber auf solche Freundschaften konnte er auch

272

verzichten. Er hatte genug von den jahrelangen Lügen und falschen Anschuldigungen. Mit denen hatte er schon viel zu lange gelebt. Jetzt wollte er die Wahrheit herausfinden, die ganze Wahrheit.

»Weißt du was«, sagte Marlene, als sie sich vor dem Restaurant bei Tom einhakte, »morgen komme ich dich besuchen und helfe dir, alle Hinweise, die du bis jetzt gesammelt hast, noch einmal durchzugehen. Ich als Außenstehende sehe manche Dinge vielleicht anders. Ich kenne das doch. Manchmal verrennt man sich da in irgendetwas. Das ist wie bei meiner Doktorarbeit. Da braucht man ab und zu auch mal Input von außen.«

Er lächelte. Sie spazierten langsam die Fußgängerzone entlang.

»Das ist lieb von dir. Aber ich will dich nicht von deiner Arbeit abhalten.«

»Tust du nicht. Eine Auszeit ist bei mir mal dringend fällig.«

Sie waren auf dem Rathausplatz angekommen. Außer ihnen waren noch andere Spaziergänger unterwegs und genossen die warme Sommernacht.

»Wo bleibst du eigentlich heute Nacht?«

»Ich habe mir ein Zimmer in einem Hotel genommen. Gar nicht weit von hier.«

Er überlegte, ob das eine versteckte Aufforderung war, sie noch bis zum Hotel zu begleiten. Und dann? Noch einen Drink?

Er blickte sie von der Seite an. Wie gerne würde er sie jetzt in die Arme nehmen und küssen. Aber irgendetwas hielt ihn davon ab. Monika kam ihm in den Sinn. Sie war auch hübsch, aber Marlene löste in ihm etwas aus, was er schon so lange nicht mehr verspürt hatte. Wenn er es überhaupt jemals verspürt hatte. Es war wie ein Zauber, der ihn gefangen nahm, ihm nach und nach alle Sinne raubte und schließlich auch das Schuldgefühl gegenüber Monika mit sich nahm.

»Komm«, sagte er, »ich bringe dich noch zum Hotel!«

Es war wirklich nicht weit. Das Hotel lag hinter der Straße, die zum Marktplatz führte. Das alte Gebäude hatte man durch einen gläsernen Vorbau ergänzt. Es sollte sicherlich moderner wirken, aber ihm gefiel die neue Fassade nicht. Vor der Eingangstür blieben sie stehen. Er war unschlüssig, was er sagen sollte. Zwar hatte Marlene gesagt, gerne mit ihm zusammen zu sein, aber was bedeutete das? Empfand sie wie er? Oder aber hatte sie nur eine nette Ablenkung von ihrer Arbeit gesucht? Er blickte auf seine Uhr.

»Oh, schon so spät. Ich habe gar nicht bemerkt, wie schnell die Zeit vergangen ist.«

»Ich auch nicht.«

Sie blickte ihn an, so als wartete sie auf irgendetwas. Aber worauf? Ein Abschiedskuss? Ein paar nette Worte? Oder wartete sie auf eine Einladung zu einem Drink an der Hotelbar? Er fühlte sich hin und her gerissen. Zum einen wusste er nicht, was sie von ihm erwartete, zum anderen war er sich überhaupt nicht darüber im Klaren, was er wirklich wollte. Er dachte, es sei besser, sich zu verabschieden. Flüchtig umarmte er sie, damit sie auf gar keinen Fall bemerkte, wie aufgewühlt er war.

»Bis morgen! Ich ruf dich an.«

Er hatte sich bereits einige Schritte entfernt, als sie seinen Namen rief. Sein Herz begann plötzlich zu rasen, ihm stockte der Atem. Er blieb stehen und drehte sich langsam um. Sie stand noch immer vor der Eingangstür und lächelte.

»Kann ich dich vielleicht noch zu einem Drink einladen?«

40

Als Tom den Flur betrat, hörte er Haie bereits in der Küche hantieren.

»Guten Morgen«, rief er gutgelaunt.

»Guten Morgen!«

»Ich habe Brötchen geholt.«

Tom wedelte mit der Papiertüte als Alibi vor Haies Gesicht herum.

»So? Ist die nächste Bäckerei jetzt erst in Hamburg?«

Tom folgte ihm in die Küche und setzte sich an den bereits gedeckten Frühstückstisch. Haie brühte den Kaffee auf und setzte sich ebenfalls.

»Und«, fragte er, »wie war denn deine Verabredung?«

»Sehr nett. Und wie war es bei dir?«

»Geht so.«

Er ließ sich jedoch nicht vom Thema ablenken.

»Und ist sie hübsch?«

Tom spürte, wie ihm die Röte in die Wangen schoss. Er nickte leicht und überlegte, wieso er ihm gegenüber ein schlechtes Gewissen hatte. Schließlich war es ganz allein seine Angelegenheit, mit wem, wann und wie lange er seine Zeit verbrachte. Was ging ihn das an? Mit fester Stimme bestätigte er sein Nicken.

»Ja, ist sie.«

Haie ließ die Sache schließlich auf sich beruhen. Anstatt noch weitere Fragen über die Verabredung zu stellen, erzählte er von seinem Erlebnis in der Kneipe.

»Ich glaube, einige im Dorf wissen doch mehr von

der ganzen Sache als sie zugeben. Gut, der größte Teil plappert wahrscheinlich eh nur nach, was ihnen andere erzählt haben. Aber dass Max angeblich nichts mitbekommen haben will, ist schlichtweg gelogen. Hat er doch nur gesagt, um sich bei den anderen beliebt zu machen. Auf jeden Fall das mit dem Justizfehler.«

Tom hatte aufmerksam zugehört.

»Also ist an der ganzen Sache doch was faul! Und Onkel Hannes ist nicht der Mörder von Britta?«

»Faul? Oh ja, das würde ich sagen. Aber ob Hannes nun etwas mit dem Verschwinden von Britta zu tun gehabt hat oder nicht? Da kann ich mir beim besten Willen kein Urteil drüber erlauben. Aber weißt du, ich will nun endlich die Wahrheit wissen. Wirklich. Mir ist gestern klar geworden, dass ich viel zu lange mit diesen ganzen Lügen gelebt habe. Damit ist jetzt Schluss. Und deswegen werde ich mit Elke reden.«

Tom sah ihn erstaunt an. So entschlossen kannte er ihn noch gar nicht. Er nickte ihm zu.

»Heute Nachmittag kommt Marlene. Sie will uns helfen, die Wahrheit herauszufinden.«

»Gut, wir können jede Hilfe gebrauchen.«

Nach dem Frühstück machte Haie sich auf den Weg zur Arbeit. Tom blieb noch eine Weile in der Küche sitzen und ließ die letzten Stunden Revue passieren. Dabei regte sich natürlich gleich wieder sein schlechtes Gewissen. Wie konnte er Monika das nur antun? Er liebte sie doch schon länger nicht mehr. Wieso hatte er sich das nicht eingestehen können? Haies Worte klangen in seiner Erinnerung nach:

›Mir ist gestern klar geworden, dass ich viel zu lange mit diesen ganzen Lügen gelebt habe. Damit ist jetzt Schluss.‹

Er griff nach seinem Handy und wählte Monikas Nummer. Vielleicht war es Schicksal, aber es meldete sich lediglich die Mailbox. Er hinterließ eine kurze Nachricht und legte auf. Kaum hatte er jedoch das Handy aus der Hand gelegt, klingelte es. Er dachte, es wäre Monika, doch als er das Gespräch entgegennahm, meldete sich Herr Simons von der Bank.

»Sie hatten ja um Auskunft über den Auftraggeber der Gutschriften auf dem Sparkonto Ihres Onkels gebeten.«

»Ja, richtig.«

Endlich war der Zeitpunkt gekommen, der aufdecken würde, wer der geheime Absender des Geldes war. Gespannt wartete er auf den Namen, aber Herr Simons druckste herum.

»Ich weiß nicht. Wissen Sie, wegen dem Bankgeheimnis und ...«

»Herr Simons, bitte, es ist wichtig. Außerdem kann es ja auch nur im Sinne des Absenders sein, wenn er über die Auflösung des Kontos informiert wird.«

»Aber das könnten doch auch wir ...«

Tom verlieh seiner Stimme Nachdruck.

»Ich habe Ihnen doch schon einmal erklärt, wie wichtig es mir ist, den Absender persönlich zu informieren. Vielleicht war es ein guter Freund. Dem kann man ja nicht einfach so das Ableben meines Onkels an den Kopf knallen.«

»Das glaube ich kaum«, hörte er den Bankmitarbeiter leise am anderen Ende der Leitung murmeln.

»Bitte?«

»Ich glaube kaum, dass es sich bei dem Absender des Geldes um einen guten Freund Ihres Onkels handelt.«

Herr Simons glaubte, aufgrund seiner Information

wieder die Oberhand in dem Gespräch gewonnen zu haben. Tom hörte es an der Stimme.

»So«, sagte er deshalb und versuchte seine Stimme möglichst kleinlaut klingen zu lassen, »und wieso nicht?«

Er war sich sicher, der Bankangestellte würde den Namen gleich ausplaudern.

»Weil es sich bei dem Absender um Broder Petersen handelt«, tönte es auch schon aus dem Hörer.

»Ach so, aber wieso hat der denn meinem Onkel Geld überwiesen?«

»Darüber kann ich Ihnen leider keine Auskünfte geben.«

»Nein, nein! Haben Sie Dank für Ihre Bemühungen.«

Er wählte die Nummer der Auskunft und ließ sich mit der Grundschule im Dorf verbinden. Es meldete sich eine freundliche Frauenstimme.

»Ich würde gerne mit Haie Ketelsen sprechen.«

»Einen Augenblick, bitte.«

Er hörte Schritte, die sich entfernten, dann: »Herr Ketelsen! Telefon!«

Kurze Zeit später meldete sich Haie am Telefon: »Ja, Ketelsen?«

Tom erzählte ihm, was er soeben von der Bank erfahren hatte. Haie pfiff leise in den Hörer.

»So, so, hat der alte Petersen also doch seine Finger mit im Spiel gehabt. Na, dann nichts wie ab zu Broder Petersen ins Krankenhaus. Holst mich in ’ner Stunde ab?«

41

Das schrille Klingeln des Telefons ließ Frieda erschrocken auffahren. Sie war in dem Sessel eingeschlafen. Vor ihr auf dem Couchtisch stand eine leere Schnapsflasche, daneben ein Wasserglas. Sie hatte sich, nachdem sie gestern aus dem Pflegeheim nach Hause gekommen war, mit der Flasche dort niedergelassen. Schluck um Schluck hatte sie ihre Gedanken betäubt. Die Gedanken, die sich immer nur um die eine Frage drehten. Warum?

Das Telefon klingelte erneut. Mühsam stemmte sie sich aus dem Sessel hoch. Ihr Kopf schmerzte. Sie meldete sich mit belegter Stimme.

»Endlich«, hörte sie aufgeregt Dr. Roloff am anderen Ende, »Frau Mommsen, bitte kommen Sie schnell. Ihrem Mann geht es sehr schlecht.«

›Warum ruft ihr nicht Marlies Johannsen an‹, dachte sie, sagte aber:

»Ja, ich komme gleich.«

Als sie das Zimmer betrat, lag Lorentz in seinem Bett. An den Seiten hatte man Gitter befestigt, damit er nicht hinausfiel. Unruhig warf er sich hin und her, murmelte permanent unverständliche Worte.

Sie trat ans Bett. Seine Augen waren weit geöffnet, glänzten fiebrig. Auf seiner Stirn standen kleine Schweißperlen.

»Ich bin ja da!«

Aber er nahm sie gar nicht wahr. Zu weit weg war die Welt, in der er sich befand. Sie streichelte vorsichtig seine Hand. Er zuckte zusammen.

Die Tür wurde geöffnet und Dr. Roloff betrat das Zimmer.

»Frau Mommsen, guten Tag! Wir haben ihm ein Beruhigungsmittel gespritzt, aber es hilft nur wenig. Wissen Sie , was ihn so aufgewühlt haben könnte?«

Sie zuckte mit den Schultern. Oh ja, sie kannte den Grund seiner Aufregung, seiner Ruhelosigkeit. Und auch wenn sie keines seiner Wörter akustisch verstand, wusste sie doch, was er sagte, nach wem er so verzweifelt rief. Aber was würde es ändern, wenn sie es Dr. Roloff sagte? Was würde es nützen? Sie hatte alles versucht, um ihrem Mann zu helfen in den letzten Tagen, Wochen und Monaten. Wirklich alles.

Auf dem Parkplatz war um diese Zeit wenig los. Die offizielle Besuchszeit hatte noch nicht begonnen und so fand Tom ohne Schwierigkeiten einen Parkplatz nahe der Treppe, die zum Eingang des Krankenhauses führte.

Der Mann hinter der Glasscheibe am Informationsschalter gab ihnen die Auskunft, Broder Petersen befände sich zurzeit auf der Intensivstation im fünften Stock. Darüber, ob er bereits Besuch empfangen dürfe, hatte der Mann jedoch keine weiteren Informationen. Er riet den beiden, einfach im fünften Stock an der Tür zum Intensivbereich zu klingeln und bei einer der Schwestern nachzufragen.

Sie nahmen den Aufzug in den fünften Stock. Tom hasste den Geruch, der ihm bereits beim Öffnen der Lifttüren entgegenströmte. Eine Mischung aus abgestandener Luft, Urin und etwas, das er nicht beschreiben konnte. Er verband damit einen Zustand zwischen Tod und Leben, konnte sich nicht vorstellen, wie man in dieser Umgebung genesen sollte.

Auf seinen Armen bildeten sich kleine Pickel, die feinen Härchen in seinem Nacken stellten sich auf. Er hielt für einen Moment den Atem an und blickte zu Haie. Dem schien der Geruch und die Umgebung nicht das Geringste auszumachen. Genussvoll biss er in einen Schokoriegel, den er sich unten in der Eingangshalle aus einem der Automaten gezogen hatte. Tom spürte, wie sich sein Magen aufbäumte.

»Wie kannst du nur jetzt ans Essen denken?«

»Wieso? Ich habe eben Hunger. Ist ja schon eine Weile her seit dem Frühstück.«

Der Aufzug hielt und ein älterer Herr in einem Frotteebademantel stieg zu. Tom verspürte einen Druck in der Magengegend. Zum Glück hatten sie nur einige Augenblicke später den fünften Stock erreicht und er stürmte regelrecht aus dem engen Fahrstuhl.

Haie drückte den schwarzen Knopf an der Tür zur Intensivstation. Nur wenig später hörten sie flinke Schritte und die Tür wurde geöffnet. Eine freundlich blickende, junge Schwester lächelte sie an.

»Ja bitte?«

»Wir möchten zu Broder Petersen.«

»Das tut mir leid, aber Herr Petersen darf keinerlei Besuch empfangen. Er braucht absolute Ruhe.«

Sie schüttelte entschuldigend ihren Kopf.

»Wie geht es ihm denn?«

»Sind Sie Angehörige?«

Haie schüttelte leicht den Kopf.

»Nein, aber sehr gute Freunde.«

»Es tut mir leid, aber wenn Sie nicht zur Familie gehören, darf ich Ihnen keine Auskünfte geben.«

»Aber Sie werden uns ja wohl sagen können, ob er durchkommt!«

Seine Stimme wurde laut. Tom stieß leicht an seinen Arm.

»Komm, lass gut sein!«

»Ich will doch nur wissen, was mit Broder ist!«

Die junge Schwester blickte mittlerweile nicht mehr ganz so freundlich.

»Ich muss Sie bitten zu gehen. Wenden Sie sich an die Familie. Wenn Sie ein guter Freund sind, wird man Ihnen dort Auskunft über Herrn Petersens Zustand geben.«

Haie wollte noch etwas sagen, aber die Schwester ließ sich nicht beirren.

»Das gibts doch nicht. Jetzt wissen wir endlich, wer Hannes Geld überwiesen hat, da macht der alte Sack einen auf krank. Wie sollen wir denn nun rauskriegen, warum der Hannes Geld bezahlt hat?«

Tom zuckte mit den Schultern.

»Keine Ahnung. Aber mal ehrlich, hast du dir große Chancen ausgerechnet, Broder würde uns verraten, warum er Hannes regelmäßig Geld überwiesen hat? Der hätte uns wahrscheinlich doch sowieso nichts erzählt.«

»Stimmt auch wieder. Aber sein Gesicht hätte ich zu gerne gesehen, wenn wir ihn danach gefragt hätten.«

»Na ja, aber gebracht hätte es uns auch nichts.«

Er öffnete die Tür zum Treppenhaus, denn er konnte unmöglich wieder in diesen engen, stickigen Aufzug steigen. Er wollte es Haie gerade erklären, als sich die Türen des Lifts öffneten und Frank Petersen aus dem Aufzug stieg. Erstaunt blickte er die beiden an.

»Moin Frank«, begrüßte Haie ihn.

»Moin!«

Tom war Franks argwöhnischer Blick nicht entgangen. Er spürte, wenn auch nur der Hauch einer Möglichkeit bestand, etwas von ihm über seinen Vater zu erfahren, dann nur, wenn er verschwand. Deshalb verabschiedete er sich eilig.

»Ich warte im Wagen auf dich.«

Es kam ihm wie eine Ewigkeit vor, bis er ihn endlich an der Treppe zum Parkplatz erblickte. Nervös drehte er den Autoschlüssel zwischen seinen Fingern hin und her, bis Haie endlich den Wagen erreicht hatte.

»Und?«

»Sieht wohl nicht gut aus.«

»Mensch, nun lass dir doch nicht alles aus der Nase ziehen. Was ist mit Broder?«

Haie räusperte sich.

»Hat ihn wohl ziemlich erwischt. Nicht mal Frank darf momentan zu ihm. Die Ärzte sagen zwar, er käme durch, aber dennoch steht es schlecht um ihn.«

»Dann können wir uns eine Antwort nach den Zahlungen wohl erstmal abschminken.«

»Können wir sowieso.«

»Wieso das denn?«

»Weil er nicht mal seinem Sohn den wahren Grund erzählt hat.«

Tom zog seine linke Augenbraue hoch.

»Angeblich hat Hannes Broder vor langer Zeit mal Geld geliehen. Jedenfalls sind die Überweisungen wohl Rückzahlungen gewesen.«

»Mein Onkel soll Broder Geld geliehen haben? Wovon denn? Und wieso gerade ihm? Der hat doch selbst Geld wie Heu. Alleine seine ganzen Ländereien sind doch ein Vermögen wert!«

»Ich sag doch, nicht mal Frank kennt den wahren Grund der Zahlungen.«

Tom startete den Motor.

»Die lügen doch, sobald sie den Mund aufmachen. Warum hat denn nicht einer mal den Mumm zu sagen, was wirklich Sache war?«

»Na ja, Frank ist da wahrscheinlich wirklich der falsche Kandidat. Ich glaube, der hat genauso wenig Ahnung von der ganzen Sache wie wir.«

Auf der Rückfahrt hielten sie kurz an einer Imbissbude und aßen jeder eine Currywurst. Dabei redeten sie kaum miteinander. Als sie wieder in den Wagen stiegen, fragte Tom:

»Und wann willst du mit Elke sprechen?«

Haie zuckte mit den Schultern.

»Hat wohl keinen Zweck, es auf die lange Bank zu schieben. Am besten heute Abend.«

»Willst du sie fragen, von wem das Kind war?«

Er blickte ihn kämpferisch von der Seite an.

»Ich will die ganze Wahrheit wissen!«

Als sie Hannes Haus erreichten, stand ihr Wagen bereits auf der Auffahrt. Marlene saß vor der Haustür und las in einem Buch. Als sie Toms Auto erblickte, klappte sie es zu und stand auf. Er stieg aus und küsste sie zur Begrüßung freundschaftlich auf die Wange. Sie blickte ihn fragend an. Wie hatte sie sich nach seinen Küssen gesehnt, seinen zärtlichen Händen auf ihrem Körper. Der freundschaftliche Kuss enttäuschte sie. Als sie jedoch den Ausdruck in seinen Augen sah, erkannte sie, dass ihm die Situation scheinbar etwas unangenehm war. Sie fragte sich, warum.

»Haie, das ist Marlene.«

Haie trat zu den beiden und reichte ihr zur Begrüßung die Hand.

»Angenehm, ich habe schon viel von Ihnen gehört.«

Sie fand ihn sofort sympathisch, erkannte in ihm sofort einen freundlichen und netten Mann. Nicht so verstockt, wie die meisten in dieser Gegend. Sie erwiderte sein verschmitztes Lächeln.

»Angenehm, ich auch von Ihnen.«

Sie gingen in die Küche.

»Ich mache uns schnell mal einen Eistee«, sagte Tom.

Haie und Marlene setzten sich an den Tisch.

»Nett von Ihnen, dass Sie Ihre Hilfe angeboten haben.«

Er beobachtete, wie sie ihren Blick durch die Küche wandern ließ.

»Das ist doch selbstverständlich.«

»Na ja, ich weiß ja nicht, ob Sie wissen, worauf Sie sich da einlassen.«

Tom, dem die Doppeldeutigkeit in Haies Worten nicht entgangen war, räusperte sich.

»Wir schauen einfach mal. Undurchsichtiger kann die ganze Sache ja eigentlich gar nicht mehr werden.«

Er stellte drei Gläser auf den Tisch und setzte sich zu den beiden.

»Kekse habe ich leider keine und die letzten Pralinen ...«

»Habe ich gestern leider aufgegessen. Sagen Sie Marlene, was machen Sie eigentlich in dieser Gegend?«

Sie erzählte ihm von ihrer Doktorarbeit und den Nachforschungen über Theodor Storm.

»Das ist ja interessant. Und was haben Sie danach beruflich so vor?«

Tom, dem die Fragen irgendwie peinlich waren, versuchte schnell das Thema zu wechseln.

»Wie wollen wir denn nun die ganze Sache anpacken?«

»Ich schlage vor«, antwortete Marlene dankbar über den Themenwechsel, »ihr macht mal eine Art Brain-Storming und schreibt zu allen Fakten, die euch bisher bekannt sind, ein paar Stichpunkte auf. Später versuchen wir die Punkte in eine mögliche Reihenfolge zu bringen und schauen einfach, was dabei so herauskommt.«

Haie nickte. Tom stand auf und holte aus einem der bereits gepackten Kartons drei Kugelschreiber und Papier.

Sie begannen sofort, alles, was ihnen bisher bekannt war, aufzuschreiben. Marlene beobachtete sie dabei. Sie fragte sich, was die beiden wohl verband. So unterschiedlich waren diese Männer, die ihr gegenüber an dem alten Küchentisch saßen und eifrig Punkt für Punkt auf die weißen Papierblätter schrieben. Tom hatte ihr lediglich erzählt, er habe Haie eines Abends in der Dorfkneipe kennen gelernt. Was aber bewegte Haie dazu, als Einziger aus dem Dorf mit Tom nach der Wahrheit zu suchen?

Sie errötete, als Haie sie anblickte. Er hatte ihren eindringlichen Blick bemerkt, lächelte kurz und widmete sich wieder seinen Aufzeichnungen. Sie goss sich ein weiteres Glas Eistee ein und ließ ihren Blick erneut durch die Küche wandern. Wie wohl der Mensch gewesen war, der hier gelebt hatte? Wie mochte er ausgesehen haben? Was hatte er erlebt? War er glücklich gewesen? Ihr Blick fiel auf die Küchenuhr, die auf einem der Kartons lag, in dem Tom die Gegenstände, die er behalten wollte, gesammelt hatte. Sie lächelte, als sie die Widmung las. Der ›Blanke Hans‹ war hier allgegenwärtig. Woher wohl eigentlich der Name kam? Sie musste das recherchieren.

Nach einer guten Stunde legte Tom seinen Kugelschreiber aus der Hand. Er stand auf und streckte sich.

»So«, sagte Haie nur einen kurzen Moment später, »ich glaube, das war's.«

Er hatte drei Seiten beschrieben, die er der Reihe nach ordnete und an Marlene reichte.

»Dann mal viel Erfolg!«

Er verließ die Küche. Sie vertiefte sich in Haies Notizen. Nach dem ersten Durchblättern nahm sie einen Kugelschreiber und schrieb zu einigen Punkten Bemerkungen an den Rand. Tom stand an der Spüle und betrachtete sie. Bilder der letzten Nacht tauchten in seiner Erinnerung auf und ein wohliges Gefühl machte sich in seiner Magengegend breit, das sich verstärkte und schließlich in tausend kleine Schmetterlinge zu verwandeln schien. Es fühlte sich gut an.

Sie griff nach Toms Notizen. Er hatte fünf Seiten beschrieben. Seine Schrift bereitete ihr einige Schwierigkeiten, aber schon beim zweiten Durchlesen hatte sie sich an die verschnörkelten, kleinen Buchstaben gewöhnt und strich die Punkte, die sie bereits in Haies Notizen ausfindig gemacht hatte, durch. Nach einer Weile blickte sie auf.

»So, wollen wir?«

Sie riefen Haie, der nur einen kurzen Augenblick später in der Küchentür erschien. Zusammen setzten sie sich an den Tisch und Marlene stellte Fragen zu den einzelnen Punkten, ließ sich die Beziehungen der Personen untereinander erklären und machte sich Stück für Stück ein Bild von der ganzen Sache. Dabei trennte sie die Punkte nach den Geschehnissen in der Vergangenheit und denen, die erst kürzlich vorgefallen waren. Nach ungefähr zwei Stunden lehnte sie sich erschöpft zurück.

»Puh, die ganze Sache scheint verzwickter, als sie auf den ersten Blick erscheint.«

Tom holte aus dem Kühlschrank eine Wasserflasche. Fragend blickte er sie an und als sie nickte, holte er aus dem Küchenschrank ein frisches Glas und stellte es vor ihr auf den Tisch.

»Du auch?«, fragte er Haie, aber der schüttelte den Kopf.

»Also«, begann Marlene, »ich versuche mal, die einzelnen Punkte zusammenzufassen. 1962 verschwindet ein kleines Mädchen mit dem Namen Britta Johannsen. Dein Onkel ist zu diesem Zeitpunkt beim Deichbauamt beschäftigt und wahrscheinlich noch mit Broder Petersen gut befreundet. Eine Leiche wird nie gefunden, nur das Fahrrad der Kleinen, die auf dem Weg zu Broder Petersen war, um mit dem Pferd seiner verstorbenen Frau auszureiten.«

Marlene blickte die beiden Männer an. Sie nickten zustimmend.

»Dein Onkel wird daraufhin verdächtigt, Britta umgebracht zu haben. Dieser Verdacht wird von Broder Petersen begründet und später von Ihrer Frau in der Gerichtsverhandlung bestätigt.«

Haie blickte ihr fest in die Augen.

»Stimmt.«

»Also gut. Hannes wird jedoch nicht verurteilt, weil es erstens: keine Leiche gibt und zweitens: Broder seine Aussage zurückzieht. Das ganze Dorf ist jedoch der Meinung, Hannes habe Britta umgebracht. Er verliert wahrscheinlich seinen Job und noch Jahre später bekommst du die Auswirkungen dieser Anschuldigungen zu spüren.«

Tom nickte.

»Broder Petersen zahlt Hannes monatlich einen Geldbetrag auf ein Sparkonto, der regelmäßig abgehoben wird, weil dein Onkel wahrscheinlich, da er keinen Job mehr hat, seinen Lebensunterhalt davon bestreitet. Zusätzlich leiht Broder Petersen auch Volker und Marlies Johannsen Geld. Der Grund dafür ist ungewiss.«

Sie schwieg einen Moment.

»Ihre Frau hatte ein Verhältnis und bricht die daraus

resultierende Schwangerschaft heimlich ab. Irgendjemand weiß aber von diesem Abbruch und erpresst Ihre Frau. Wenn sie die Falschaussage gegen Hannes nicht macht, sollen Sie von dem Verhältnis und der Abtreibung erfahren.«

Haie senkte seinen Blick, aber das bemerkte nur Tom, denn Marlene blätterte in den Aufzeichnungen.

»Broder hat behauptet, die Zahlungen an Hannes wären Raten für Geld, welches er von ihm geliehen hat. Du fragst dich aber, woher dein Onkel so viel Geld gehabt hat und warum er es ausgerechnet Broder geliehen haben soll. Wahrscheinlich ist alles auch ganz anders, als es auf den ersten Blick erscheint.«

Sie machte eine Pause und überlegte.

»Vielleicht ist Britta gar nicht tot.«

Haie und Tom schauten sie überrascht an.

»Vielleicht war es ganz anders. Nehmen wir mal an, Broder hatte ein Verhältnis mit Marlies Johannsen. Nur mal angenommen. Marlies wurde schwanger und Britta wurde geboren. Broder wusste das natürlich. Das würde auch erklären, warum er die Kleine gerne auf dem Hof hatte, schließlich war sie seine Tochter. Als Broders Frau starb, sah Marlies Johannsen ihre Chance, deren Platz einzunehmen. Ich meine, immerhin war Broder ein reicher Mann und der Vater ihrer Tochter. Wahrscheinlich hätte er ihr ein angenehmeres Leben bieten können. Und sie hatte ein Verhältnis mit ihm. Vielleicht liebte sie ihn noch immer?«

Sie versuchten, Marlenes Spekulationen zu folgen.

»Marlies setzte Broder unter Druck, der wollte aber nichts von der ganzen Sache wissen. Heimlich inszenierte er das Verschwinden von Britta, täuschte einen Mord vor. In Wahrheit brachte er sie ins Ausland, schickte sie dort auf ein Internat. Hannes bekam Wind von der Sache. Er versuchte, Broder zu erpressen. Der schlug ihm einen Deal vor: Er würde Hannes Geld zahlen, wenn er sich vor Gericht anklagen ließ. Broder streute die Gerüchte, die Leute aus dem Dorf griffen die Anschuldigungen auf, schließlich war er nicht nur reich, sondern auch angesehen im Dorf. Er sorgte auch für die Falschaussage Ihrer Frau. Hannes ließ sich auf den Vorschlag ein, kassierte Schweigegeld. Da er aber seine Unschuld beteuerte, und er war ja auch in Wahrheit unschuldig, es keine Leiche gab und Broder letztendlich auch seine Aussage zurückzog, wurde er freigesprochen. Die Leute im Dorf dachten aber weiterhin, er wäre der Mörder von Britta und mieden ihn und später auch dich. Bis heute. Broder hatte natürlich gegenüber Marlies und Volker Johannsen ein schlechtes Gewissen, schließlich wussten die beiden nicht, dass Britta noch lebt und deswegen greift er ihnen nach Marlies' Absturz in die Alkoholabhängigkeit finanziell unter die Arme.«

Zufrieden lehnte sie sich zurück und verschränkte die Arme vor ihrer Brust. Gespannt wartete sie auf die Reaktion der beiden. Aber sie waren zunächst sprachlos. Nach einer Weile räusperte sich Tom. Immer noch ganz erschlagen von den Ausführungen, fragte er zaghaft:

»Und was ist mit den Sachen aus dem Schließfach? Ich meine das Geld und die Fotos?«

Sie griff nach den Unterlagen, die auf der Eckbank lagen, und warf flüchtig einen Blick auf die Listen und Fotos.

»So schlimm es vielleicht auch jetzt für dich sein mag. Aber wahrscheinlich war dein Onkel an dem Giftmüllskandal beteiligt. Das würde zumindest das Geld erklären.«

»Aber warum hat er es denn in einem Schließfach aufbewahrt? Warum hat er es denn nicht ausgegeben?«

»Vielleicht hatte er das ja vor. Vielleicht wollte er eine große Reise machen oder so. Nur ist er leider vorher gestorben.«

Tom stand energisch vom Küchentisch auf.

»Wieso hätte er so etwas tun sollen? Wieso?«

»Na wegen dem Geld«, warf nun Haie ein. »Ich mein, so ein lustiges Leben hatte er ja nun wirklich nicht. Vielleicht hat Marlene recht und er wollte noch mal 'ne große Sause machen!«

»Woran ist Hannes eigentlich gestorben?«, fragte Marlene.

»Angeblich an Herzversagen«, antwortete Tom.

»Stellst du das nun etwa auch in Frage?«

Haie blickte ihn überrascht an.

»Ach, ich weiß gar nicht mehr, was ich glauben soll!«

Erschrocken blickte Haie auf seine Uhr.

»Ich wollte doch zu Elke.«

Er stand hastig vom Tisch auf. Dabei drückte er plötzlich die Hand auf seinen Bauch.

»Ist dir nicht gut?«, fragte Tom besorgt.

»Ach was, ist nur die Aufregung. Wir reden später weiter. Vielleicht habe ich heute Abend auch neue Informationen. Bis dann!«

Tom und Marlene hörten die Haustür zufallen.

»Ich wollte dich nicht verletzen. Das sind doch alles nur Vermutungen.«

»Ich weiß.«

Er trat auf sie zu und streichelte zärtlich ihr Gesicht.

»Es ist nur, egal wie wir es drehen und wenden, die Lösung scheint so weit entfernt. Ich habe kaum noch Hoffnung, die Wahrheit wirklich herauszufinden.«

Sie blickte ihm tief in die Augen.

»Vielleicht liegt die Lösung näher, als wir glauben. Du darfst jetzt nicht aufgeben.«

Sie stellte sich auf die Zehenspitzen. Mit ihren Lippen berührte sie seine Stirn, suchte mit ihren Lippen seinen Mund. Er fühlte wieder diese wohlige Wärme, umarmte sie und zog sie fest an sich.

»Du hast recht. Ich darf jetzt nicht aufgeben.«

Haie lehnte sein Fahrrad an die Hauswand und ging zur Eingangstür. Bevor er den schwarzen Klingelknopf drückte, holte er dreimal tief Luft. Er war fest entschlossen, mit Elke zu sprechen, dennoch verspürte er in seiner Magengegend ein ungewohntes Gefühl. Mit zittrigem Finger drückte er den Klingelknopf. Nur wenige Augenblicke später hörte er Schritte.

Elke schaute ihn mit großen Augen an. Sie hatte niemanden erwartet, ihn am allerwenigsten, schon gar nicht nach so kurzer Zeit. Er war verletzt, die Sache hatte ihn mitgenommen, das wusste sie, umso verwunderter war sie, ihn vor der Haustür stehen zu sehen.

Er räusperte sich.

»Kann ich reinkommen?«

Sie nickte und trat einen Schritt zur Seite. Er ging zielstrebig in die Küche, setzte sich auf die Eckbank. Sie blieb an der Tür stehen, unsicher, was nun geschehen würde. Vielleicht war er gekommen, um sie für immer zu verlassen, ihr zu sagen, er könne mit ihr nicht mehr zusammenleben, nicht mit einer Frau, die ihr Kind, auch wenn es nicht von ihm gewesen war, getötet hatte? Sie blickte ihn unsicher an.

Aber er sagte nichts darüber, was aus ihnen werden sollte, wie es weitergehen könnte, sondern fragte ohne Umschweife:

»Wer war der Mann?«

Sie war darauf nicht vorbereitet. Überrascht blickte sie ihn an. Vorwürfe hatte sie erwartet, Beschimpfungen, ja. Aber mit dieser Frage hatte sie nicht gerechnet. Für gewöhnlich interessierten ihn die Einzelheiten nicht. Seit wann fragte er nach den Details? Sie schluckte zweimal kräftig.

»Wieso willst du das wissen?«

»Weil es wichtig ist.«

»Willst du vielleicht auch den Grund erfahren?«

Er nickte.

»Wieso?«

Ihre Stimme wurde schriller und lauter.

»Nach all den Jahren, in denen du dich nie für irgendwelche Gründe interessiert hast, kommst du und willst wissen, warum ich dich betrogen habe? Wieso?«

Er spürte, wie das Gespräch in einen Streit auszuarten begann, und obwohl er derjenige war, der hier die Fragen stellen wollte, lenkte er ein.

»Ich möchte es verstehen.«

Sie schlug die Hände vor ihr Gesicht und begann zu schluchzen. Er stand von der Eckbank auf, fasste ihren Arm und führte sie zu einem der Küchenstühle. Sie nahm die Hände vom Gesicht. Mit Tränen in den Augen blickte sie ihn an.

»Was gibt es da schon zu verstehen?«

Er wusste nicht, ob er sie je wieder so bedingungslos würde lieben können. Er hatte keine Ahnung, wie es weitergehen sollte. Aber er wollte die Wahrheit von ihr hören. Wenn es überhaupt eine Chance auf ein weiteres, gemeinsames Leben gab, dann nur, wenn sie ihm alles erzählte. Er sah ihr in die Augen.

»Bitte, es ist wichtig.«

Sie erkannte an seinem Blick, wie ernst es ihm war. Sie öffnete ihren Mund und schon sprudelten die Worte nur so heraus. All die Tage, an denen sie allein gewesen war, an denen sie sich einsam gefühlt hatte. Er hatte ja nur immer seine Arbeit im Kopf gehabt, gar nicht bemerkt, wie unglücklich sie gewesen war. Da war es halt passiert. Eine Affäre, ein Flirt, ein Abenteuer. Und der Schreck. Sie bekam ein Kind. Nach ihrer Rechnung hatte es nur von dem anderen sein können. Nächtelang hatte sie wach gelegen, heimlich geweint und letztendlich den Entschluss gefasst, abzutreiben. Die Lügen, die Heimlichkeit, die Ausflüchte. Ihr schlechtes Gewissen war von Tag zu Tag gewachsen, hatte sie nicht mehr zur Ruhe kommen lassen.

»Aber du hast von allem gar nichts bemerkt.«

Ihre Worte waren nicht anklagend, nur feststellend.

Er hatte ihr die ganze Zeit schweigend zugehört. Nun fragte er sich, wie er so blind hatte sein können? Wieso war ihm nie auch nur die kleinste Kleinigkeit aufgefallen? Hatten sie tatsächlich so nebeneinanderher gelebt? Kannte er die Frau, die jahrelang neben ihm aufgewacht war, überhaupt? Er blickte sie fragend an.

»Nach einer Weile ging es mir besser«, fuhr sie fort, da sie seinen Blick als Aufforderung verstand, weiter zu erzählen.

»Ich habe versucht, wieder ein möglichst normales Leben zu führen. Die Beziehung zu dem anderen hatte ich sofort nach der Abtreibung abgebrochen. Ich war mir eigentlich sicher, dass niemand etwas darüber erfahren hatte, aber als eines Tages dieser Mann vor mir stand und mir drohte, dir alles zu erzählen, wenn ich nicht gegen Hannes aussagen würde, war mir klar, irgendjemand hatte mein Geheimnis entdeckt. Ich geriet in Panik. Du solltest auf gar keinen Fall davon erfahren. Deshalb habe ich gemacht, was der Mann von mir verlangt hat. Den Rest kennst du ja.«

Er schwieg. Sie sollte ihm den Namen nennen. Den Namen des Mannes, von dem sie ein Kind erwartet hatte. Stattdessen fragte sie ihn jedoch:

»Wie soll es jetzt weitergehen?«

Er blickte sie an und zuckte mit den Schultern.

»Warum willst du mir seinen Namen nicht sagen?«

»Weil er keine Rolle spielt. Es ist nicht wichtig, wer er war. Du weißt nun, wie es dazu kam. Du kennst das Warum. Sein Name ist unwichtig.«

Er wusste, es hatte keinen Sinn, sie weiter zu fragen und stand auf. Für sie war die ganze Sache abgeschlossen. Für ihn begann sie gerade erst.

»Haie?«

Sie schaute ihn unsicher an.

»Ist es denn so wichtig, wer er war?«

»Ja.«

Sie zögerte, ihm den Namen zu nennen. Es würde nichts ändern, wenn sie ihm verriet, wer der andere Mann in ihrem Leben gewesen war. Sie hatte ihn betrogen und belogen, da würde ein Name auch nichts daran ändern. Als sie jedoch seinen Blick auffing, wurde ihr klar, für ihn zählte einzig und allein die Wahrheit. Nur wenn sie jetzt ehrlich zu ihm war, hatten sie vielleicht noch eine kleine Chance.

»Sein Name war Klaus Nissen.«

42

Marlene war gegangen. Sie hatte versucht, ihn zu überreden, noch irgendwo essen zu gehen. Aber er hatte allein sein wollen.

Nun saß er am Küchentisch, starrte auf die Listen und Fotos. Er fragte sich, ob Marlenes Überlegungen vielleicht doch nicht so abwegig waren, wie sie ihm auf den ersten Blick erschienen. Eine Affäre war ja nicht so etwas Ungewöhnliches. Elke war das beste Beispiel dafür. Nicht nur was das Fremdgehen anging. Sie hatte es auch geschafft, die Beziehung zu einem anderen Mann jahrelang zu verschweigen.

Und er selbst? Er war auch nicht besser. Monika war in München und wartete sehnsüchtig auf seine Heimkehr, während er sich hier mit einer anderen Frau vergnügte.

Sein Handy klingelte und zog ihn aus seinen Grübeleien hervor. Er blickte auf das Display.

»Hallo Monika! Schön, deine Stimme zu hören!«

Er hasste sich für das, was er ihr jetzt antun wollte, antun musste. Schlussmachen am Telefon war nun wirklich nicht die feine Art. Aber er konnte nicht anders. Er liebte sie nicht mehr. Was hatte es für einen Sinn, ihr etwas vorzuspielen? Und er wollte frei sein. Frei für die Gefühle, die er empfand, frei für Marlene.

»Du wolltest mich sprechen?«

»Ja.«

Er hatte sich nicht wirklich überlegt, wie er es ihr am besten sagen sollte. Wäre es besser, wenn er sagte, er habe sich in eine andere Frau verliebt, oder lieber, er habe festgestellt, er liebe sie nicht mehr? Oder beides? Er war sich unsicher, sah ihr Gesicht vor sich, blass und schmal, die Augen eng zusammenstehend. Auf ihrer Stirn zeichnete sich immer eine Falte ab, weil sie sich zu viele Sorgen machte. Sorgen darüber, was er tat, ob er vielleicht fremde Frauen traf, ob er sie noch liebte.

»Toooom?«

Er schrak auf. Was sollte er sagen?

»Ja, weißt du …«

Fieberhaft suchte er nach den richtigen Worten.

»Was weiß ich?«

»Ja, also ...«

»Tom bitte mach schnell. Ich bin gleich noch mit Irene verabredet. Was ist denn nun?«

›Sie hat keine Zeit. Sie hat es eilig. Kein guter Zeitpunkt, um sich von ihr zu trennen‹, signalisierte ihm sein Gehirn.

Schnell suchte er nach einem anderen Grund, warum er sie hatte so dringend sprechen wollen.

»Ja, gut. Also, ich komme bald nach Hause. Das wollte ich dir auch nur schnell sagen.«

Wie ein Hammer traf ihn selbst die Wucht seiner Lüge. Doch anstatt zu taumeln, setzte er noch einen drauf:

»Ich freue mich.«

Ich habe Angst. Eine höllische Angst. Ich kann nicht mehr schlafen, nicht mehr essen, nicht mehr denken. Bei jedem Klingeln des Telefons schrecke ich auf, denke:

›Jetzt ist es soweit. Jetzt haben sie dich!‹

Ich bin mir ziemlich sicher, früher oder später werden sie alles herausfinden. Alles. Mein Bauchgefühl sagt es mir.

Und es sagt auch: Man sieht es mir an. Man kann es mir von den Augen ablesen. Jeder kann sehen, dass ich ihn umgebracht habe. Deshalb traue ich mich kaum noch aus dem Haus, fühle mich ständig beobachtet.

Das Schlimmste jedoch ist: Er war gar nicht schuld. Es hat nicht nur an ihm gelegen. Das habe ich mir nur eingeredet und das macht das Ganze noch schlimmer.

Ich weiß nicht, wie lange ich das noch aushalten kann.

43

Als Frank aus dem Aufzug stieg, sah er Klaus Nissen an der Tür zur Intensivstation mit einer Schwester diskutieren.

»Ich muss dringend zu Broder Petersen! Es ist äußerst wichtig!«, flehte er die Schwester an.

Die schüttelte allerdings nur energisch den Kopf und sagte immer wieder:

»Herr Petersen braucht absolute Ruhe!«

Er trat hinter Klaus.

»Moin, Moin! Schön, dass du Vater besuchen willst. Aber es geht ihm immer noch furchtbar schlecht. Nicht einmal ich darf zu ihm.«

Klaus drehte sich um. Er sah blass aus. Dicke, schwarze Ringe lagen unter seinen Augen. Er zwinkerte nervös.

»Frank«, sagte er, »ich muss aber dringend mit ihm sprechen! Er muss sagen, dass er es war! Sonst bin ich doch allein schuld, wenn er stirbt!«

Panik klang aus seinen Worten. Frank verstand jedoch nicht, worum es überhaupt ging. Er befreite sich von der Hand, mit der Klaus sich Halt suchend an ihn klammerte.

»Nun mal langsam. Lass uns mal in Ruhe unten eine Zigarette rauchen, und du erzählst mir, was überhaupt los ist.«

»Nein, ich muss doch zu Broder!«

Er wollte sich wieder der Tür zum Intensivbereich zuwenden, aber Frank packte ihn am Arm und zog ihn energisch den Gang entlang zum Aufzug. Die Schwester blickte den beiden verständnislos hinterher.

In der Eingangshalle organisierte Frank aus dem Zigarettenautomaten eine Schachtel Marlboro. Klaus saß zusammengesunken auf einem der Stühle im Besucherraum. Er wirkte wie ein Häufchen Elend. Mit zittrigen Händen griff er nach der Zigarette, die Frank ihm anbot.

»So, nun erzähl mal der Reihe nach. Warum musst du unbedingt mit Vater sprechen?«

Klaus begann wieder zu zittern.

»Das kann ich dir nicht sagen. Ich muss das unbedingt mit ihm selbst besprechen!«

»Was?«

»Na wegen der Unterlagen. Und er muss gestehen, dass er an allem schuld ist!«

Frank runzelte seine Stirn.

»Etwa die Unterlagen, nach denen der Crutschinow in Vaters Schreibtisch gesucht hat?«

Klaus blickte erschrocken auf.

»Er war da?«

»Ja, und ich will nun endlich wissen, was das für Unterlagen sind!«

Klaus hatte die Frage gar nicht gehört. In Gedanken erschien ihm Vladimir Crutschinow. Er sprang auf.

»Ich muss gehen!«

Er rannte aus der Eingangshalle. Frank sah ihm verständnislos hinterher. Schließlich erhob er sich und drückte Klaus' noch glimmende Zigarette im Aschenbecher aus.

Tom stieg langsam die Treppe hinunter. Aus dem Badezimmer hörte er seltsame Geräusche. Es klang, als wenn Haie sich übergab. Er klopfte an die Badezimmertür.

»Alles in Ordnung?«

»Geht schon.«

In der Küche räumte er die Unterlagen vom Tisch und deckte das Frühstück auf. Nach einer Weile erschien Haie in der Küchentür.

Er sah furchtbar aus. Sein Gesicht war bleich, seine Augen gerötet.

»Geht es dir nicht gut?«

Er schüttelte den Kopf.

»Mein Magen spielt verrückt. Ist wohl die Aufregung der letzten Tage. Ich leg mich nochmal hin. Könntest du mir vielleicht einen Tee kochen?«

Tom nickte. Im Küchenschrank hatte er noch Teebeutel gesehen. Als das Wasser kochte, goss er es in eine Tasse und hängte einen der Beutel hinein. Vorsichtig trug er die Tasse ins Wohnzimmer.

Haie lag auf dem Sofa. Die Vorhänge waren noch zugezogen, die Luft im Raum roch sauer. Er stellte die Tasse ab, zog die Vorhänge auf und öffnete das Fenster. Haie stöhnte laut und drückte eine Hand auf seinen Bauch.

»Soll ich vielleicht einen Arzt rufen?«

»Ach was, heute Nachmittag geht es mir bestimmt schon wieder besser!«

Während er frühstückte, überlegte er, was es heute alles zu erledigen gab.

Zunächst wollte er sich um einen Stein für Hannes' Grab kümmern. Geld dafür war ja nun reichlich vorhanden. Danach könnte er nochmal bei Herrn Schmidt nachfragen, ob sich vielleicht noch ein weiterer Interessent für das Haus gemeldet hatte.

Als er sich einen zweiten Toast mit Marmelade bestrich, hörte er, wie sich Haie erneut im Bad übergab. Er stand auf, nahm im Flur seine Jacke vom Haken.

»Haie? Ich fahre in die Stadt und bringe dir etwas aus der Apotheke mit!«

Er fuhr zunächst zum Büro von Herrn Schmidt. Das Schild an der Tür hing auf ›geöffnet‹. Herr Schmidt saß am Schreibtisch. Als er Tom sah, lächelte er.

»Herr Meissner, was kann ich für Sie tun?«

»Ich wollte nur mal hören, ob sich wegen des Hausverkaufs etwas getan hat?«

Er setzte sich auf einen der Cordstühle. Herr Schmidt schüttelte mitleidig seinen Kopf.

»Leider nicht, leider nicht. Und ich muss Ihnen sagen, Herr Crutschinow hat sein Angebot zurückgezogen.«

Tom horchte auf.

»Zurückgezogen? Aber wieso das denn? Ich dachte, er wollte das Haus schon zu Lebzeiten meines Onkels unbedingt haben.«

Herr Schmidt zuckte mit den Schultern.

»So ganz verstanden habe ich das auch nicht. Er sagte nur, er sei an dem Haus nicht mehr interessiert und so wie er sich verabschiedet hat ... Klang beinahe, als käme er nie wieder.«

»Merkwürdig. Sagen Sie, halten Sie es eigentlich für möglich, dass Broder Petersen ein Verhältnis mit Marlies Johannsen gehabt haben könnte?«

Der Immobilienmakler blickte ihn überrascht an.

»Ich weiß nicht.«

»Hat man denn im Dorf nicht über solche Sachen geredet? Ich meine, Sie haben doch sicher eine Menge mitbekommen, oder?«

»Ja schon, aber die Marlies und der Broder? Nee, das glaub ich nicht. Angeblich hat die Marlies ja immer für den Lorentz Mommsen geschwärmt, auch nach ihrer Hochzeit mit Volker. Ob da tatsächlich etwas zwischen den beiden gelaufen ist, kann ich nicht sagen, aber wenn die Marlies ein Verhältnis gehabt hat, dann mit Lorentz und nicht mit Broder!«

Tom kratzte sich nachdenklich am Kopf.

»Und wer ist dieser Lorentz?«

»Der Mann von Frieda Mommsen. Er liegt hier im Dorf im Pflegeheim. Alzheimer. Böse Zungen behaupten jedoch, seine Frau habe ihn mit ihrer Eifersucht in den Wahnsinn getrieben.«

»So?«

Er wusste nicht, ob er enttäuscht oder freudig sein sollte. Scheinbar entsprachen Marlenes Spekulationen nicht der Realität.

»Na ja, war ja auch nur so ein Gedanke.«

Er verabschiedete sich schnell und verließ das Büro.

Draußen schien die Sonne und er holte tief Luft. Irgendwie war ihm die Sache peinlich. Wie hatte er Herrn Schmidt nur danach fragen können? War ja schließlich nur ein Hirngespinst von Marlene, diese angebliche Affäre zwischen Broder und Marlies. Er stieg in sein Auto und fuhr über die B 5 nach Niebüll.

Frieda saß am Küchentisch. Vor ihr lag ein Schreiben vom Sozialamt, in dem man ihr mitteilte, dass man die Kosten für das Pflegeheim nicht weiter übernehmen konnte. Das Heim hatte sich an das Sozialamt gewandt und eine Verlegung in eine Spezialklinik beantragt. Die Krankheit war zu weit fortgeschritten. Man konnte keine ausreichende Pflege mehr gewährleisten. Das Sozialamt befürwortete die Unterbringung in der Spezialklinik, dessen Kosten sie, abzüglich dem gewohnten Eigenanteil, übernehmen würden. Für eine Unterbringung in einer ungeeigneten Pflegeanstalt würde das Amt jedoch nicht aufkommen.

Sie zerknüllte wütend das Schreiben. Mit aller Macht wollte man sie auseinanderbringen. Nicht nur Dr. Roloff setzte sie unter Druck, einer Verlegung zuzustimmen, auch das Sozialamt verlangte jetzt von ihr, sich von ihm zu trennen. Anders konnte sie die Mitteilung vom Amt nicht verstehen. Es ging doch gar nicht um Lorentz. Man wollte sie trennen. Die Spezialklinik lag immerhin 200 Kilometer entfernt und war deshalb unerreichbar.

Sie stand auf und ging ins Schlafzimmer. Mit Wucht öffnete sie die Türen des alten Kleiderschrankes und riss die feinsäuberlich gefalteten Hemden und Pullover aus den Regalen, warf alles auf den Boden. Tränen rannen ihr dabei übers Gesicht.

Wie in Trance zog sie anschließend die Schubladen der Kommode heraus und schüttete den Inhalt, Unterwäsche und Socken, ebenfalls auf den Fußboden. Mit einer heftigen Handbewegung fegte sie das Bild von ihm, welches in einem silbernen Rahmen auf der Kommode stand, hinunter. Das Glas zersplitterte.

»Du bist an allem schuld!«

Schluchzend warf sie sich aufs Bett.

44

Tom klingelte an der Tür des Bestattungsunternehmens. Ein kleines Hinweisschild neben dem Klingelknopf forderte ihn dazu auf. Nur einen Augenblick später öffnete ein großer, blonder Mann in einem schwarzen Anzug die Tür und bat ihn einzutreten.

Der Mann führte ihn in ein kleines Büro und bot ihm einen Platz auf einem schwarzen Ledersofa an. Er selbst setzte sich in einen Sessel.

»Was kann ich für Sie tun?«

Seine Stimme wirkte ruhig und einfühlsam.

»Ich benötige einen Grabstein.«

Tom fühlte sich unwohl in dem kleinen Raum. Vor den Fenstern hingen graue Lamellen, an den Wänden Bilder mit Bibelsprüchen.

Der Bestatter stand auf und nahm von einem Glastisch eine Mappe, die er ihm reichte.

»Was schwebt Ihnen denn so vor? Marmor oder Naturstein?«

›Er ist halt ein Geschäftsmann‹, dachte Tom, ›der Tod ist sein Brotgeber.‹

Er blätterte unsicher in der Mappe und betrachtete die verschiedenen Grabsteine.

»Eigentlich habe ich mir noch gar keine konkreten Gedanken gemacht. Ich dachte eigentlich ...«

»Wenn ich Ihnen vielleicht ein paar Beispiele zeigen dürfte?«

Ohne seine Antwort abzuwarten, nahm er ihm die

Mappe aus der Hand, blätterte die letzte Seite auf und deutete auf das Bild eines schwarzen Steines mit goldener Inschrift.

»Selbstverständlich können Sie die Inschrift nach ihren Vorstellungen gestalten. Hatten Sie an eine persönliche Inschrift gedacht oder sollte lediglich der Name mit dem Geburts- und Sterbedatum eingraviert werden?«

Tom blickte unschlüssig auf das Bild mit dem schwarzen Stein.

»Ja also, ich weiß nicht.«

»Einen Spruch kann ich Ihnen sehr empfehlen. Das macht so einen Stein sofort viel persönlicher. Wie wäre es zum Beispiel mit ›O ich hab das Heil gefunden, mir der sel'ge Friede ward‹? Wird gerne genommen. Oder ›Daheim! O welch ein schönes Wort! Daheim! O welch ein sel'ger Ort‹?«

In seinem Kopf begann es zu surren.

»Oder etwas Moderneres? Vielleicht, ›Je dunkler der Himmel ist, desto heller werden die Sterne scheinen‹? Ist übrigens von Leonardo da Vinci?«

Er stand unvermittelt auf.

»Ja, wissen Sie, ich glaube, da muss ich mir erstmal noch so meine Gedanken machen. Ich melde mich nochmal bei Ihnen!«

Er eilte zur Tür. Hinter sich hörte er den Mann immer noch Vorschläge machen.

»Es gibt auch sehr schöne Sprüche von Christian Morgenstern oder ...«

Er schlug die Tür hinter sich zu und lief die kleine Straße hinunter bis zur Ecke am Rathausplatz. Dort blieb er stehen und holte tief Luft. Er warf seinen Kopf hin und her, so als könne er das eben Erlebte von sich abschütteln.

»Das gibt es doch gar nicht.«

Ein vorbeigehender älterer Mann blickte ihn fragend an. Als er den Blick bemerkte, ging er schnell weiter.

Direkt am Rathausplatz lag die alte Apotheke. Ihm fielen die Medikamente für Haie ein. Die Apothekerfrau war sehr freundlich, erkundigte sich nach den genauen Symptomen, aber er konnte ihr nur sagen, dass sein Freund sich ständig übergeben musste. Vorsorglich kaufte er noch eine Packung Imodium akut. Die Apothekerfrau meinte nämlich, häufig gehe ja Erbrechen gleichzeitig mit Durchfall einher.

Als er die Apotheke verließ, klingelte sein Handy. Es war Marlene. Sie fragte ihn, ob sie sich heute treffen wollten, aber er antwortete:

»Haie geht es heute nicht gut.«

»Oh, dann ist es wohl besser, wenn du ihn pflegst.«

Er schlug vor, sie am Abend anzurufen.

»Das ist schlecht. Ich fahre heute Abend schon wieder zurück nach Hamburg. Morgen habe ich einen wichtigen Termin an der Uni.«

»Das ist schade.«

»Ja, das ist wirklich schade.«

Er fragte sie nicht, wann sie sich wieder sehen konnten, sondern sagte nur:

»Dann bis bald!«

Kaum hatte er aufgelegt, bereute er auch schon, ihr nicht gesagt zu haben, dass er in der Stadt war und sie sich auf einen Kaffee treffen konnten. Er schob die Schuld auf das verwirrende Gespräch mit dem Bestatter. Dennoch rief er sie nicht noch einmal an, sondern machte sich auf den Heimweg.

Unterwegs hielt er kurz an einem Supermarkt und kaufte Tee, Zwieback, Gemüse und ein frisches Hühnchen. Er wollte für Haie eine kräftige Hühnerbrühe kochen. Danach würde es ihm sicherlich gleich besser gehen.

Als er das Haus betrat, saß Haie in der Küche. Er sah immer noch elend aus. Er packte die Tüte aus dem Supermarkt aus, reichte ihm die Medikamente.

»Das Paspertin soll gegen Übelkeit Wunder wirken und das Imodium ist gegen ...«

»Ich weiß, ich weiß, aber das wäre wirklich nicht nötig gewesen. Durchfall hab ich keinen, eher das Gegenteil.«

45

Der Monitor verzeichnete eine regelmäßige Herzfrequenz. Die Schwester stand neben Broders Bett und überprüfte seine Werte, als er die Augen öffnete. Mit glasigem Blick starrte er sie an.

»Na, Herr Petersen, wie geht's uns denn heute?«

Er hörte zwar ihre Stimme, verstand aber die Worte nicht. Ihm war schrecklich kalt, seine Lippen begannen zu zittern. In seinen Ohren rauschte es. Plötzlich spürte er Panik in sich aufsteigen. Er schlug wild mit den Händen um sich. Die Kurven auf dem Monitor stiegen heftig an. Ein Warnsignal erklang. Die Schwester redete permanent auf ihn ein.

»Herr Petersen, was ist denn? Sie müssen sich beruhigen!«

Aber er nahm sie gar nicht war. Ein Bild hatte sich vor sein inneres Auge geschoben. Immer aufgebrachter schlug er um sich. Die Schwester rannte aus dem Zimmer, rief durch den Flur nach einem Arzt. Plötzlich hörte sie einen Schrei aus dem Zimmer.

»Der Deich bricht!«

Während Tom das Gemüse für die Hühnerbrühe kleinschnitt, saß Haie auf der Eckbank und nippte an einer Tasse Tee.

»Wie war es denn nun gestern bei Elke? Hast du mit ihr gesprochen?«

Haie nickte stumm. Er war immer noch ganz fassungslos über die Tatsache, all die Jahre nichts bemerkt zu haben. Ihm war nicht aufgefallen, wie unglücklich sie gewesen sein musste. Und das musste sie, denn sonst hätte sie sich sicher nicht mit Klaus Nissen eingelassen.

»Sie muss furchtbar einsam gewesen sein«, sagte er zu Tom.

»Wieso?«

»Na ja, sonst hätte sie sich doch niemals mit so einem wie dem Klaus Nissen eingelassen.«

Tom blickte ihn fragend an.

»Zum einen ist er doch viel älter als Elke und besonders gut ausschauen tut er auch nicht.«

»Vielleicht hat er andere Qualitäten.«

»Außerdem weiß doch jeder im Dorf, was das für ein Windhund ist. Der hat doch ständig seine Frau betrogen. Mal mit der, mal mit der anderen. Und nach Flensburg ist er auch regelmäßig gefahren.«

»Und?«

»Weiß doch auch jeder, was der da getrieben hat. Ich sag nur Olaf Samson Gang.«

»Was ist denn da?«

»Na, im Puff war er da!«

»Und seine Frau hat all die Jahre nichts bemerkt?«

»Was weiß ich, wie der sich immer rausgeredet hat? Jedenfalls hat sie ihn nicht verlassen!«

»Aber vielleicht lässt sich so erklären, warum du ihn in der Fabrik getroffen hast. Wahrscheinlich hat er sich dort mit einer Bekanntschaft getroffen. Ist doch klar, warum er dich angelogen hat, konnte ja wohl kaum sagen: ›Ich bin eben mal auf eine schnelle Nummer mit einer deiner Kolleginnen vorbeigekommen‹.

Er fing einen vorwurfsvollen Blick auf.

311

»Nun tu nicht so! Du hast doch damit angefangen!«

Haie versuchte das Thema zu wechseln, denn über Klaus Nissen hatte er sich bereits ausgiebig in den letzten Stunden den Kopf zerbrochen.

»Und, was macht Marlene? Kommt sie heute noch vorbei?«

Toms Magen krampfte sich kurz zusammen. Er spürte einen leichten Stich in seiner rechten Brust.

»Sie fährt heute zurück nach Hamburg. Hat wohl einen Termin an der Uni.«

»Und wann kommt sie wieder?«

Er zuckte mit den Schultern und erzählte von seinem Besuch bei Herrn Schmidt, und dass Herr Crutschinow sein Angebot zurückgezogen hatte.

Haie runzelte die Stirn.

»Wieso dass denn?«

»Herr Schmidt hatte den Eindruck, er käme wohl nicht so schnell wieder. Hat sich wohl verabschiedet, als sei es für immer. Wusstest du eigentlich, dass die Marlies Johannsen damals hinter dem Lorentz Mommsen her war?«

»Na ja, ganz so war es auch nicht. Der Lorentz hat ihr doch auf jeder Feier den Hof gemacht. Obwohl der schon verheiratet war. Hat der Marlies natürlich geschmeichelt. War ja auch ein hübsches Ding. Aber ob die nun wirklich was miteinander gehabt haben? Schwer zu sagen. Die Marlies hat dann den Volker geheiratet.«

Tom rührte kräftig in dem großen Suppentopf.

»Und wenn sie doch etwas miteinander gehabt haben?«

»Dann ist Volker vielleicht wirklich nicht der Vater von Britta, so wie Marlene vermutet hat.«

Er starrte auf den dampfenden Teller Hühnersuppe, den Tom vor ihn auf den Tisch gestellt hatte.

»Guten Appetit!«

Zögernd nahm Haie den Löffel in die Hand. Eigentlich hatte er gar keinen Hunger. Er verspürte immer noch unterschwellig diese Übelkeit und war eigentlich froh, seinen Magen vollkommen entleert zu haben. Noch bevor er den ersten Löffel in den Mund geschoben hatte, wusste er, das er die Suppe nicht bei sich behalten konnte. Und so sprang er bereits nach dem zweiten Löffel auf und rannte ins Badezimmer. Tom blickte ihm mitleidig hinterher. Die Medizin schien nicht zu helfen.

Frank fragte sich immer noch, was genau Klaus mit seinen Äußerungen gemeint haben konnte. Sein Vater sollte seine Schuld zugeben? Schuld, woran?

Wie gewohnt, stellte er seinen Wagen auf dem Vorplatz ab. Er ging nicht sofort ins Haus, sondern schlenderte durch die Stallgebäude. Alles war ruhig. Die Schweine waren gefüttert, der Knecht nirgends zu sehen. Wahrscheinlich war er aufs Feld gefahren.

Er strich mit seinen Händen über die kühlen Steine der Stallwand. Sein Vater hatte wirklich viel aus dem Hof gemacht. Früher hatte hier lediglich eine Art Blechverschlag gestanden. Über eine Leiter hatte man auf einen Zwischenboden klettern können.

Als Kind hatte er dort häufig Verstecken gespielt, oft sogar mit Britta. Bis es eines Tages von seinem Vater verboten wurde. Angeblich war der Stall zu baufällig, das Spielen darin zu gefährlich gewesen. Broder hatte wie ein Schießhund darüber gewacht, dass niemand den Stall betrat. Er hatte sich immer gefragt, warum sein Vater den

Stall nicht abreißen ließ, wenn es so gefährlich war, ihn zu betreten. Aber das geschah erst etliche Zeit später.

Einige Wochen nachdem Britta verschwunden war, kamen Bagger auf den Hof und walzten den Stall nieder.

46

Tom aß in aller Ruhe seine Suppe auf und schaute anschließend nach Haie. Der hatte sich wieder auf das Sofa gelegt und schlief. Leise schloss er die Tür.

Er räumte den Küchentisch ab. Sein Blick fiel auf den alten Schuhkarton mit seinen Briefen, den er zu den anderen Sachen, die er aufheben wollte, gestellt hatte. Er nahm den Karton, öffnete den Deckel und suchte nach einem der letzten Briefe, die er noch nicht gelesen hatte.

Lieber Großvater,

heute ist vielleicht etwas Merkwürdiges passiert. Ich bin mit dem Fahrrad hinunter zum Laden gefahren. Onkel Hannes zahlt mir jetzt regelmäßig Taschengeld. Zwei Mark die Woche und für gute Noten in der Schule bekomme ich noch etwas extra.

Also, ich hatte mein Taschengeld für einen Fahrradwimpel zusammengespart. So einen ganz Tollen, der reflektierte sogar das Licht. Auf jeden Fall gehe ich in den Laden und will mir den tollen Wimpel vom Ständer nehmen, da schreit plötzlich eine Frau durch den ganzen Laden. Ich habe um die Ecke zur Kasse geschaut und da standen zwei Frauen und schrien sich an. Die eine hat der anderen sogar an den Haaren gezogen. Und ich dachte immer, so etwas machen Erwachsene nicht.

Jedenfalls haben die beiden Frauen sich immer weiter angeschrien. Ich glaube, die eine war böse auf die andere, weil irgendein Mann die Frau wohl lieber mochte oder so. Genau habe ich das nicht verstanden. Irgendwann hat die eine Frau angefangen zu weinen und ist aus dem Laden gerannt. Die andere Frau ist kurz darauf auch gegangen. Die hat nicht mal was gekauft. Als es wieder ruhig war, habe ich mich mit meinem Wimpel an die Kasse getraut.

Die Frau an der Kasse hat mich wütend angeschaut und nur ihre Hand aufgehalten, in die ich das Geld für den Wimpel zählen musste. Fast fünf Mark. Als ich aus dem Laden gegangen bin, hab ich gehört, wie die Kundin nach mir zu der Kassiererin gesagt hat:

»Eigentlich kann der ja auch nichts dafür.«

Und die Kassiererin hat geantwortet: »Wenn der das man nur nicht in den Genen hat.«

Was die damit gemeint haben, weiß ich nicht. Na ja, vielleicht ist es auch gar nicht wichtig.

Ich fahr jetzt auf jeden Fall noch eine Runde mit dem Rad.

Bis bald!

Viele liebe Grüße,
Dein Tom

Tom faltete das Papier zusammen und ließ den Brief zurück in den Schuhkarton gleiten.

Heute wusste er, was die Kassiererin mit ihrer Äußerung gemeint hatte. Sie hielt seinen Onkel ja heute noch für einen Mörder, so wie fast alle hier im Dorf.

Wer jedoch die beiden Frauen waren, die sich so laut im Laden gestritten hatten, war ihm allerdings nicht so klar. Vielleicht waren es tatsächlich diese Frieda und Marlies gewesen. Wie hatte Herr Schmidt noch so schön gesagt? Man vermutete, Frieda habe ihren Mann mit ihrer permanenten Eifersucht in den Wahnsinn getrieben. Warum sollte sie nicht auch andere Frauen angegriffen haben, wenn sie so krankhaft eifersüchtig war? War doch möglich. Allerdings sagte das natürlich nichts darüber aus, ob denn ihr Mann nun wirklich ein Verhältnis mit Marlies gehabt hatte. Vielleicht hatte sich das diese Frieda auch nur alles eingebildet?

Er stand auf und schaute noch einmal nach Haie. Der schlief tief und fest auf dem Sofa.

Er verließ das Haus, ging durch den Garten. An dem kleinen Weg blieb er stehen und blickte auf das Stück Land vor ihm. Er fragte sich, warum Broder Hannes das Land überschrieben hatte? Und die monatlichen Zahlungen? Vielleicht war das Geld aus dem Schließfach auch von Broder Petersen. Irgendetwas musste sein Onkel gegen ihn in der Hand gehabt haben. Nur deswegen hatte er wahrscheinlich gezahlt. Vielleicht hatte er ihn erpresst? Gut möglich, aber womit? Hatte er doch etwas mit dem Giftmüll zu tun gehabt?

Ohne es zu merken, war er den Weg immer weiter Richtung Friedhof gelaufen. Nun stand er vor der hölzernen Pforte und drückte die kleine, verschnörkelte Klinke hinunter. Langsam schritt er über den Kiesweg.

Vor Hannes' Grab blieb er stehen. Er versuchte, sich den schwarzen, glänzenden Marmorstein anstelle des einfachen Holzkreuzes vorzustellen. Nach einer Weile schüttelte er seinen Kopf.

›Nein‹, dachte er, ›der passt nun wirklich nicht zu Onkel Hannes.‹

Wenig später verließ er den Friedhof und lief noch ein Stück weiter hinunter ins Dorf bis zum Sparladen.

Er öffnete die gläserne Tür und erkannte sofort die alte Kassiererin. Auch sie erkannte ihn, denn ihr Blick verfinsterte sich, als sie beim Öffnen der Ladentür ihren Kopf hob. Der feindselige Ausdruck in ihren Augen machte deutlich, sie würde nicht mit ihm sprechen. Er nahm sich einen Einkaufskorb und schlenderte zwischen den Regalen herum.

Eine Packung Salzstangen und eine große Flasche Coca-Cola legte er in den Korb. Vielleicht würde der alte Geheimtipp gegen Haies Übelkeit helfen. An der Kasse packte er die beiden Sachen auf das kurze Laufband. Die alte Frau tippte die Preise in die Kasse ein und hielt ihm wortlos ihre Hand entgegen.

In der Tür stieß er mit einer alten Frau zusammen.

»Entschuldigung«, sagte er freundlich und hielt der Frau die Tür auf.

Die blickte ihn ängstlich an, zwängte sich ohne ein Wort an ihm vorbei in den Laden.

»Moin Frieda«, hörte er die alte Kassiererin die Frau begrüßen, noch ehe die Tür wieder zugefallen war.

Er blickte sich um und betrachtete die Frau durch die Glastür hindurch. Sie wirkte alt und gebrechlich. Ihr Gang war gebückt, so als trage sie eine schwere Last auf ihrem Rücken.

Kurz überlegte er, ob er noch einmal zurück in den Laden gehen sollte. Er könnte so tun, als habe er etwas vergessen. Vielleicht konnte er diese Frieda in ein Gespräch verwickeln.

Er sah, wie sie hastig nach einem Einkaufskorb griff und eilig hinter einem der Regale verschwand. Diese verschreckte, kleine Frau würde nicht mit ihm sprechen. Er drehte sich um und begab sich auf den Heimweg.

Als er das Wohnzimmer betrat, lag Haie mit weit geöffneten Augen auf dem Sofa.

318

»Ich bin wieder da.«

Haie sprang wie vom Blitz getroffen plötzlich auf.

»Dieses verdammte Kribbeln in meinen Beinen! Es will einfach nicht aufhören! Ich habe gedacht, wenn ich nur ganz ruhig daliege, geht es weg. Aber es wird immer schlimmer!«

Wie ein Tiger im Käfig wanderte er im Wohnzimmer hin und her.

»Und weißt du, was das Schlimmste ist?«

Er blieb für einen kurzen Moment am Fenster stehen und starrte mit ausdruckslosem Blick hinaus.

»Es hat doch alles keinen Sinn! Mein ganzes Leben ist ein einziger Scherbenhaufen!«

Er ging zurück zum Sofa, ließ sich auf das Polster fallen und schlug die Hände vor's Gesicht. Tom hörte ein leises Schluchzen. Er setzte sich neben ihn.

»Das wird schon wieder. Das ist alles nur ...«

Er hatte den Satz noch nicht zu Ende gesprochen, da sprang Haie vom Sofa auf und rannte ins Bad. Durch die offene Tür hörte er, wie Haie sich schon wieder übergab.

Als er mit geröteten Augen und blassem Gesicht nach einer Viertelstunde endlich wieder aus dem Bad erschien, sagte Tom mit fester Stimme:

»Komm, ich fahre dich ins Krankenhaus!«

In der Notaufnahme herrschte Hochbetrieb. Die Dame an der Anmeldung reichte Haie eine Metallschale.

»Falls Ihnen wieder schlecht wird.«

Sie bat die beiden, im Warteraum Platz zu nehmen.

Es dauerte eine Ewigkeit, bis er endlich aufgerufen wurde. Tom begleitete ihn bis zur Tür des Untersuchungsraumes und ging anschließend in die Eingangshalle. Er holte sein Handy aus der Tasche und rief Marlene an.

319

»Hallo Tom!«

Er schloss seine Augen. Es tat gut, ihre Stimme zu hören. Kurz erzählte er ihr, was passiert war.

»Scheinbar ist es doch etwas Ernsteres!«

»Oh, das tut mir leid!«

»Kannst du kommen?«

Ohne darüber nachgedacht zu haben, hatte er spontan seinen Wunsch nach ihrer Nähe geäußert. Und als sei es das Selbstverständlichste von der Welt antwortete sie:

»Natürlich, ich komme gleich!«

Nur eine halbe Stunde später sah er sie über den kleinen Vorplatz auf die Eingangstür zueilen. Er hatte in der Eingangshalle gewartet, nun stand er auf und winkte ihr aufgeregt zu. Sie umarmte ihn kurz.

»Was ist mit Haie?«

»Ich weiß es nicht. Lass uns in die Notaufnahme gehen und nachfragen. Vielleicht ist er schon fertig.«

Die Dame an der Aufnahme sagte, man habe Haie in den zweiten Stock gebracht.

»Zimmer Nummer 245«, las sie von einer Liste ab.

Sie nahmen den Aufzug. Die Sorge über den Freund ließ seine Abneigung gegen Krankenhausfahrstühle in den Hintergrund treten. Nur wenig später standen sie vor der Tür mit der Nummer 245. Er klopfte vorsichtig.

Haie lag in einem Bett neben dem Fenster. Das Nachbarbett war nicht belegt und mit einer Plastikfolie abgedeckt.

Als er die beiden sah, versuchte er zu lächeln. Tom trat ans Bett und legte seine Hand auf seinen Arm.

»Mensch, was machst du denn für Sachen? Was ist los? Was hat der Arzt gesagt?«

Haie zog verlegen die Bettdecke etwas höher. Die Schwestern hatten ihn in ein Krankenhaushemdchen gesteckt. Seine Sachen lagen gefaltet auf einem Stuhl neben dem Fenster.

»Der Arzt weiß noch nichts Genaues. Man hat mir erstmal Blut abgenommen, und nun wollen sie einige Tests machen. Ich soll über Nacht zur Beobachtung hier bleiben.«

»Ja aber hat denn der Arzt nicht irgendeinen Verdacht? Ich meine, ob es ein Virus ist oder so?«

Haie schüttelte den Kopf.

»Zu mir hat er nichts gesagt. Man müsse die Ergebnisse erst einmal abwarten. Allerdings habe ich mitbekommen, wie er mit einem Kollegen telefoniert hat, während ich mich wieder angezogen habe.«

»Und?«

»Er meinte, er habe den Verdacht, es könne sich um eine Thallium-Vergiftung handeln.«

»Thallium?«

»Rattengift«, beantwortete Marlene seine Frage.

47

Frieda saß schluchzend in dem Büro von Dr. Roloff.

»Aber, aber, Frau Mommsen. So können Sie die ganze Angelegenheit nicht sehen. Es ist ja kein Abschied für immer!«

»Aber wie soll ich denn nach Hamburg kommen? Wissen Sie eigentlich, was eine Zugfahrkarte kostet?«

Der Arzt schüttelte leicht seinen Kopf.

»Aber Sie können bei der Krankenkasse vielleicht Fahrtkostenzuschüsse beantragen. Und bedenken Sie doch nur, in der Spezialklinik kann Ihr Mann viel besser versorgt werden. Wollen Sie denn nicht auch das Beste für ihn?«

Sie blickte ihn mit blitzenden Augen an.

»Das Beste ist, wenn er in meiner Nähe bleibt! Sie wollen doch nur alles kaputtmachen. Wissen Sie eigentlich, was eine Trennung von meinem Mann für mich bedeutet?«

Wieder schüttelte er leicht seinen Kopf hin und her. In der Tat hatte er selten erlebt, wie eine Ehefrau sich so aufopfernd um ihren Mann kümmerte. Jeden Tag, bei Wind und Wetter kam Frieda Mommsen ihren Lorentz besuchen, las ihm stundenlang aus der Zeitung vor, brachte ihm Pralinen oder Kuchen mit. Und das, obwohl seine Krankheit immer weiter fortschritt. Es war meist nicht einfach für die Angehörigen von Alzheimerpatienten, mit der Krankheit umzugehen. Viele schränkten den Kontakt ein oder brachen ihn ganz ab, wenn der Patient aufhör-

322

te sich an sie zu erinnern, wenn er nur teilnahmslos da-
lag und an die Decke starrte. Bei ihr war das anders. Je
schlechter es ihrem Mann ging, desto intensiver wurde
ihre Zuneigung. Man konnte beinahe vermuten, es wäre
ihr gar nicht so unrecht, dass er sich an so einige Dinge
nicht mehr erinnern konnte.

»Also, Frau Mommsen, ich habe einer Verlegung für
die nächste Woche zugestimmt. Wenn Sie wollen, kümmere ich mich um einen Begleitplatz für Sie während des
Transportes.«

Sie nickte kraftlos und wusste, es war zwecklos, sich
gegen eine Verlegung auszusprechen. Sie hatte auch gar
nicht die Mittel, um für eine andere Unterbringung auf-
zukommen. Und sie konnte sich nun wirklich nicht allein
um ihn kümmern. Das hatte sie jahrelang versucht.

Sie stand auf und verließ ohne ein weiteres Wort das
Büro. Vor der Tür zu Lorentz' Zimmer wischte sie sich
schnell die letzten Tränen von ihrem Gesicht. Mit einem
Lächeln betrat sie den Raum.

Wie üblich lag er in seinem Bett. Die Augen hatte er
weit geöffnet. Er blickte ins Leere. Sie nahm seine Hand
und während sie immer wieder über die blasse Haut
strich, redete sie ununterbrochen auf ihn ein:

»Du musst nicht traurig sein! Sieh mal, ich will ja nur
das Beste für dich. Und das neue Heim ist viel, viel schö-
ner. Dr. Roloff sagt, man kann dich dort besser heilen. Stell
dir doch nur einmal vor, wie es wäre, wenn du wieder ganz
gesund werden würdest. Wäre das nicht schön?«

Sie strich ihm zärtlich über den Kopf.

»Und ich komme dich auch so oft es geht besuchen.
Irgendwie geht das schon. Kennst mich ja. Für dich tue
ich alles!«

Sie griff nach dem Buch auf dem Nachttisch und fragte

323

sich, warum es aufgeschlagen war. Sie blätterte kurz zwischen den Seiten und begann zu lesen:

»›Du musst es wissen‹, sagte sie, ›ich war heut morgen noch bei deinem Vater und fand ihn in seinem Lehnstuhl eingeschlafen, die Reißfeder in der Hand, das Reißbrett mit einer halben Zeichnung lag vor ihm auf dem Tisch. Da er erwacht war und mühsam ein Viertelstündchen mit mir geplaudert hatte und ich gehen wollte, hielt er mich so angstvoll an der Hand zurück, als fürchte er, es sei zum letzten Mal ...‹.«

Ihr rannen die Tränen übers Gesicht. Sie griff nach seiner Hand und drückte sie so fest sie nur konnte.

Marlene und Tom waren gegangen, nachdem Haie erschöpft eingeschlafen war. Leise hatten sie sich aus dem Zimmer geschlichen.

»Möchtest du irgendwo einen Kaffee trinken gehen?«, fragte Marlene.

»Ein Spaziergang am Meer wäre mir jetzt lieber. Ich muss einen klaren Kopf bekommen.«

Sie fuhren an den Außendeich und gingen den Weg hinunter zum Wasser. Schweigend wanderten sie eine Zeit lang nebeneinander her. Jeder hing seinen Gedanken nach. Schließlich griff Tom nach ihrer Hand, zog sie näher zu sich heran.

»Schön, dass du da bist.«

Sie blieben stehen und blickten auf das Meer hinaus. Die Sicht war klar, in der Ferne konnte man die Halligen sehen.

»Wenn ich nur wüsste, womit Haie sich vergiftet haben könnte. Ich meine, wir waren doch in den letzten Tagen immer zusammen.«

»Vielleicht hat er in der Schule Rattengift gelegt. Thal-

324

lium-Vergiftungen haben ja auch in der letzten Zeit kaum abgenommen. Der Umgang mit Rattengift ist nicht immer unproblematisch.«

»Mag schon sein, aber er müsste sich damit doch auskennen. Er wird ja nicht absichtlich das Gift geschluckt haben.«

Sie gingen langsam weiter.

»Meinst du, Volker Johannsen könnte Britta umgebracht haben?«, fragte er nach einer Weile.

Sie blieb stehen und blickte ihn fragend an.

»Ich habe mit Herrn Schmidt gesprochen. Marlies Johannsen und Lorentz Mommsen könnten ein Verhältnis gehabt haben. Vielleicht ist Britta tatsächlich nicht Volkers Tochter gewesen.«

»Hm«, sie überlegte einen Augenblick, »aber warum sollte er Britta umgebracht haben?«

»Weil er herausgefunden hat, wer ihr leiblicher Vater war?«

»Wäre es nicht wahrscheinlicher, er hätte den wirklichen Vater umgebracht oder vielleicht eher seine Frau? Britta konnte doch am allerwenigsten dafür.«

»Manchmal weiß man eben nicht, was in einem Menschen so vor sich geht.«

Er dachte an Monika. Am Morgen noch hatte er darüber nachgedacht, Marlene nicht mehr zu treffen. Es wäre besser, erst einmal reinen Tisch zu machen, einen sauberen Schlussstrich unter seine jetzige Beziehung zu ziehen, bevor er sich auf etwas Neues einließ. Als er ihr jetzt jedoch gegenüberstand, überkam ihn wieder ein Gefühl der Zuneigung, der absoluten Zusammengehörigkeit.

›Ich liebe sie‹, dachte er und zog sie fest an sich.

Ihr Mund fühlte sich warm und weich an, ihre Haut

duftete so vertraut. Er konnte sich nicht vorstellen, jemals wieder ohne sie zu sein. Und noch weniger konnte er sich vorstellen, nach der Begegnung mit ihr wieder zu Monika zurückzukehren.

»Ich liebe dich«, sagte er und küsste sie erneut.

Sie erwiderte seinen Kuss. Eng umschlungen erreichten sie schließlich das Strandhotel. Die frische Luft hatte sie hungrig gemacht. Sie setzten sich an einen der Tische auf der Veranda und bestellten Aal mit Bratkartoffeln.

»Meinst du eigentlich, ich sollte Elke über Haies Krankenhauseinlieferung informieren?«, fragte er, nachdem das Essen serviert worden war.

»Ich weiß nicht. Was sagt er denn dazu?«

»Ich habe ihn nicht gefragt. Aber wenn es wirklich ernst ist, möchte er sie vielleicht bei sich haben.«

»Gut möglich, aber du solltest ihn doch vorher fragen. Wie war denn überhaupt das Gespräch der beiden?«

Er zuckte mit den Schultern.

»Viel hat er nicht erzählt. Aber sie müssen sich doch lange unterhalten haben, denn als ich ins Bett gegangen bin, war er noch nicht wieder da.«

Nachdem er bezahlt hatte, machten sie sich auf den Rückweg. Die Ebbe hatte eingesetzt, einige Leute wanderten in der untergehenden Sonne durch das Watt. Er dachte an Haie und wie schlecht es ihm gegangen war, als er von Elkes Betrug und jahrelangen Lügen erfahren hatte. Er überlegte, ob es nicht besser war, Marlene von Monika zu erzählen. Aber der Abend war so schön. Sie hatte ihre Schuhe ausgezogen und lief barfuß neben ihm her.

»An was denkst du?«, unterbrach sie seine Grübeleien.

»An nichts.«

326

»Komm schon, an nichts denken geht gar nicht. Also?«

»Ich habe gerade daran gedacht, wie schön es wäre, wenn du heute bei mir bliebest.«

48

Tom wachte früh auf.

Marlene schlief noch tief und fest neben ihm. Er befreite sich vorsichtig aus ihrer Umarmung und stand auf. Leise schlich er die Treppe hinunter, setzte in der Küche Kaffeewasser auf. Als er den alten Kaffeefilter in den Mülleimer warf, fiel sein Blick auf die leere Pralinenschachtel. Er nahm sie heraus und betrachtete die Packung. Er konnte nichts Auffälliges entdecken und abgelaufen waren sie auch nicht, davon hatte er sich ja bereits überzeugt, bevor Haie die angebrochene Packung verputzt hatte.

Die Pralinen waren eigentlich fast das Einzige, was er nicht auch gegessen hatte. Er stellte die leere Schachtel auf den Schrank.

»Guten Morgen«, begrüßte Marlene ihn mit einem glücklichen Lächeln.

»Guten Morgen, meine Hübsche. Ich hoffe, du hast gut geschlafen. Frühstück ist gleich fertig!«

»Schön, ich habe auch einen Bärenhunger.«

Sie ging ins Badezimmer, er hörte, wie die Dusche rauschte. Fröhlich pfeifend schob er ein Blech mit Aufbackbrötchen in den vorgeheizten Backofen.

Es klingelte an der Haustür. Überrascht blickte er auf Elke, die mit wirren Haaren und rotem Gesicht vor ihm stand. Ihr Fahrrad lehnte an der alten Birke unter dem Vogelhäuschen.

»Das Krankenhaus hat mich angerufen. Was ist mit Haie?« Ihre Stimme klang schrill.

»Bitte, kommen Sie doch erst einmal herein.«

Sie folgte ihm durch den Flur.

»Was ist mit ihm?«

»Es geht ihm nicht gut. Ich habe ihn gestern ins Krankenhaus gebracht. Die Ärzte untersuchen ihn.«

»Aber was hat er denn? Im Krankenhaus sagte man mir nur, er wolle mich nicht sehen, als ich anbot, sofort zu kommen. Ich weiß nicht, was ich machen soll. Ich werde noch verrückt.«

Sie setzte sich auf einen der Stühle.

»Es war halt alles ein bisschen zu viel für ihn, denke ich«, versuchte er sie zu beruhigen. »Lassen Sie ihn ein wenig zur Ruhe kommen.«

»Das habe ich ja! Er ist doch zu mir gekommen und wollte die ganze Wahrheit wissen!«

»Ja, und die muss er nun erstmal verdauen.«

Marlene kam aus dem Bad. Sie hatte sich nur ein Handtuch umgeschlungen. Überrascht blickte sie auf die Frau in der Küche.

»Marlene, das ist Elke, Haies Frau«, klärte er sie über den unerwarteten Gast auf.

»Freut mich.«

Sie streckte der Frau ihre Hand entgegen. Die sprang plötzlich vom Stuhl auf, stammelte:

»Dann will ich auch nicht länger stören.«

An der Tür drehte sie sich noch einmal um und blickte ihn ernst an.

»Wenn es etwas Schlimmes ist, müssen Sie es mir sagen!«

»Ich gebe Ihnen Bescheid, sobald ich etwas Neues höre.«

Er beobachtete, wie sie auf ihr Fahrrad stieg und davon fuhr. Plötzlich fielen ihm die Brötchen im Backofen ein und er rannte in die Küche.

Marlene hatte glücklicherweise die Brötchen vor dem Verbrennen gerettet. Sie setzen sich an den Frühstückstisch.

»Sie sieht nett aus. Passt zu Haie«, stellte sie fest.

Er nickte.

»Würde ihr gar nicht zutrauen, dass sie Haie betrogen haben könnte. Na ja, wem sieht man so etwas schon an?«

»Was ist eigentlich mit deinem Termin heute an der Uni?«

Er versuchte, das Thema zu wechseln.

»Oh, das hätte ich beinahe vergessen. Kann ich schnell mal telefonieren?«

»Natürlich, das Telefon steht im Wohnzimmer auf dem kleinen Schrank, rechts neben der Tür.«

Nach dem Frühstück fuhren sie ins Krankenhaus. Als sie das Zimmer Nummer 245 betraten, war Haies Bett leer. Dafür war inzwischen das Nachbarbett belegt und der neue Bewohner gab auch unaufgefordert sofort Auskunft, als er die fragenden Blicke der beiden sah.

»Der Haie ist wieder auf'm Pott. Kriegt so ein Abführzeug und sitzt nun seit Stunden immer mal wieder. Kann aber nicht mehr lange dauern. Er ist nun schon 'ne ganze Weile weg. Nehmen Sie doch Platz.«

Er machte eine einladende Geste, so als befänden sie sich in seinem privaten Wohnzimmer. Sie setzten sich wortlos auf die Stühle neben dem Fenster.

Kurze Zeit später wurde auch schon die Tür geöffnet und Haie betrat das Zimmer. Er hatte sich ein Laken um die Schultern gelegt, da er keinen Bademantel hatte. Er lächelte gequält, als er die beiden sah.

»Schön, euch zu sehen!«

Er setzte sich auf das Bett.

»Und«, fragte Tom ungeduldig, »was ist denn nun? Haben die Ärzte etwas feststellen können?«

»Ja, der Verdacht hat sich wohl bestätigt. Es ist tatsächlich eine Thallium-Vergiftung.«

»Aber wie kann das denn sein? Hast du in der Schule in letzter Zeit vielleicht Rattengift ausgelegt?«

Er schüttelte energisch seinen Kopf.

»Hab ich auch schon alles überlegt. Aber in der Schule hatten wir schon lange keine Ratten mehr und auch zu Hause nicht. Das ist ja nun schon Monate her, seit ich das letzte Mal Rattengift ausgelegt habe.«

»Und was tun die jetzt dagegen? Ich meine, gibt es eine Therapie?«

»Ich muss dir dankbar sein. Wenn du nicht darauf bestanden hättest, mich ins Krankenhaus zu fahren, wer weiß? Mein Hausarzt hätte wahrscheinlich überhaupt gar keine Blutuntersuchung gemacht und meine Beschwerden als normale Magen-Darm-Grippe abgestempelt. Zum Glück ist hier ein Arzt auf Vergiftungen mit Schwermetallen spezialisiert. Er hatte vor kurzem einen Vortrag über Vergiftungserscheinungen vor seinem Kollegium hier gehalten. Deshalb ist dem Arzt in der Notaufnahme auch sofort der Verdacht mit der Vergiftung gekommen. Wenn die das nicht erkannt hätten, wäre ich vielleicht schon tot.«

»Na, nun mal man nicht den Teufel an die Wand!«

»Doch, doch, bis zum Herzstillstand hätte das gehen können!«

Er stand vom Bett auf.

»Ihr entschuldigt mich kurz?«

Tom blickte Marlene an.

»Rattengift also. Aber wo kann das nur drin gewesen sein? Meinst du, Elke?«

»Ach Quatsch, meinst du etwa, erst vergiftet sie ihn, und dann steht sie aufgelöst vor deiner Tür und fragt, was mit ihm ist? Das glaub ich nicht. So abgebrüht ist die nun auch nicht!«

»Na, denk nur an Klaus Nissen!«

»Ja, aber das war ja wohl 'ne ganz andere Nummer. Ich meine, zwischen Betrügen und Ermorden liegen ja wohl Welten!«

»Mag sein, aber wie hast du heute Morgen so schön gesagt? Wem sieht man so etwas schon an?«

Sie lächelte.

»Du schaust wahrscheinlich zu viele Krimis!«

»Ich? Ich habe gar kein Fernsehen!«

Auf dem Rückweg holten sie ihre Sachen aus dem Hotel.

»Warum sollst du ein teures Hotel bezahlen?«, hatte er sie gefragt. »Du kannst doch auch bei mir wohnen.«

Sein schlechtes Gewissen hatte er vollständig ausgeblendet.

Er hörte das Telefon läuten, ließ die Reisetasche fallen, drehte eilig den Schlüssel im Schloss herum und stieß die Tür auf. Beim vierten Klingeln nahm er ab. Er hörte ein Rascheln, dann eine keuchende Männerstimme.

»Ihr Onkel ist unschuldig. Fragen Sie Broder Petersen. Sagen Sie nur: Uelvesbüller Deich.«

Es wurde aufgelegt. Er starrte auf den Telefonhörer. Marlene stand mit ihrer Reisetasche im Türrahmen. Als sie sein blasses Gesicht sah, fragte sie:

»Was ist los? Wer war das?«

Er schüttelte nur seinen Kopf und legte langsam den Hörer zurück auf die Gabel. Ratlos blickte er sie an.

»Ich weiß es nicht.«

49

Frank saß am Sekretär seines Vaters.

Er hatte sämtliche Ordner und Unterlagen durchwühlt, aber nichts gefunden. Im Grunde genommen wusste er auch gar nicht, wonach er suchen sollte. Was hatte Klaus Nissen damit gemeint, sein Vater sei an allem schuld? Woran war er schuld? Und was hatte Klaus Nissen damit zu tun?

Er suchte aus dem kleinen schwarzen Telefonbuch seines Vaters die Nummer von Klaus Nissen und wählte. Nach dem dritten Klingeln wurde abgehoben. Die Tochter, Marita, meldete sich.

»Hallo hier ist Frank Petersen. Ich möchte gerne mit Klaus sprechen.«

»Ach, hallo Frank!«

Sie kannten sich aus der Schule. Viel Kontakt hatten sie zwar nicht miteinander gehabt, dennoch hatten sie sich immer gut verstanden.

»Tut mir leid, aber mein Vater ist momentan nicht da.«

»Wann kommt er denn wieder?«

»Kann ich dir leider nicht sagen. Mein Vater ist in den letzten Tagen ständig unterwegs. Er sagt mir nicht, wohin er fährt oder wann er wiederkommt. Das kenne ich gar nicht von ihm.«

»Ich habe ihn gestern im Krankenhaus getroffen.«

»Im Krankenhaus? Was hat er denn da gemacht?«

»Mein Vater liegt dort auf der Intensivstation.«

»Oh, davon hat er gar nichts erzählt. Vielleicht ist er deswegen so durch den Wind.«

»Mag sein. Aber er hat gestern auch so merkwürdige Sachen erzählt. Von wegen, mein Vater müsste zugeben, dass er an allem schuld sei. Hast du eine Ahnung, was er damit gemeint haben könnte?«

»Nein, wie gesagt, er ist in den letzten Tagen schon so komisch. Erzählt kaum etwas. Ich fange bereits an, mir Sorgen zu machen.«

»Das solltest du auch. Gestern wirkte er sehr verwirrt auf mich.«

»Hm.«

Sie überlegte kurz.

»Wenn er nach Hause kommt, werde ich mit ihm sprechen. Ich ruf dich an.«

Sie legte auf.

Er ging ins Bad und duschte ausgiebig. Als er sich gerade rasierte, klingelte das Telefon.

›Das ging aber schnell‹, dachte er und wischte sich rasch den Rasierschaum aus dem Gesicht.

Es war allerdings nicht, wie er erwartet hatte, Marita, sondern das Krankenhaus.

»Herr Petersen, bitte kommen sie möglichst schnell ins Krankenhaus zu Ihrem Vater. Sein Zustand hat sich drastisch verschlechtert. Wir wissen nicht, wie lange ...«

Der Telefonhörer fiel scheppernd auf die Arbeitsplatte des Sekretärs. Für einen Augenblick wurde es schwarz vor seinen Augen. Er suchte Halt an der Lehne des Schreibtischstuhles.

Als er die Worte realisiert hatte, rannte er in den Flur, griff nach den Autoschlüsseln und lief zu seinem Wagen.

Tom und Marlene saßen in der Küche. Sie kochte einen Tee, während er wie versteinert auf der Eckbank saß.

335

»Was meinst du denn, wer das am Telefon gewesen sein könnte?«

Sie stellte eine Tasse auf den Tisch und goss den Tee ein.

»Keine Ahnung, ich kenne die Stimme nicht. Habe ich noch nie gehört.«

»Und was genau hat er noch mal gesagt?«

Er wiederholte die Worte.

»Wir waren doch neulich am Uelvesbüller Deich. Was soll es denn damit auf sich haben? Ich meine, wohnt da vielleicht jemand, den dein Onkel gekannt hat oder gibt es da etwas Besonderes?«

Er zuckte mit den Schultern, griff nach seiner Tasse.

Er wusste nicht, wer der Anrufer gewesen war. Eigentlich hätte er vor Freude jubeln müssen. Auch wenn der Anrufer anonym geblieben war, hatte er doch seine Vermutung über die Unschuld seines Onkels bestätigt. Endlich hatte sich jemand getraut den Mund aufzumachen. Auch wenn er seinen Namen nicht verraten hatte, so empfand er den Anruf als wesentlichen Fortschritt. Zugleich hatte der Anrufer aber auch neue Fragen aufgeworfen. Fragen, auf die er momentan keine Antwort bekommen konnte.

Broder Petersen lag auf der Intensivstation. Niemand durfte zu ihm, nicht einmal sein eigener Sohn. Wie sollte er ihn da nach dem Ülvesbüller Deich fragen? Obwohl die Wahrheit zum Greifen nahe schien, hatte er das Gefühl, die Distanz dazwischen niemals überwinden zu können.

Sein Blick fiel auf die Pralinenschachtel auf dem Küchenschrank.

»Sag mal, hältst du es für möglich, dass die Pralinen vergiftet waren?«

Sie runzelte die Stirn.

»Hattest du nicht gesagt, die Pralinen wären noch von deinem Onkel? Wieso sollte er denn vergiftete Pralinen im Schrank gehabt haben?«

Er sprang wie vom Blitz getroffen auf, griff nach der Pralinenschachtel und betrachtete sie eine Weile schweigend. Sie beobachtete ihn und fragte sich, was in seinem Kopf vor sich ging, bis er plötzlich sagte:

»Weil er gar nicht gewusst hat, dass die Pralinen vergiftet waren!«

50

Als Lorentz eingeschlafen war, blieb Frieda noch eine Weile an seinem Bett sitzen.

Sie war traurig. Auch heute hatte er sie gar nicht wahrgenommen, hatte nur teilnahmslos in seinem Bett gelegen und zur Decke gestarrt. Sie hatte ihm aus der Zeitung vorgelesen bis er eingeschlafen war.

Müde betrachtete sie sein blasses Gesicht. Sein Atem ging gleichmäßig. Sie streichelte leicht seine Hand, stand auf und beugte sich über sein Gesicht.

»Bis bald.«

Auf Zehenspitzen verließ sie das Zimmer.

Draußen schien die Sonne. Ihr war trotzdem kalt. Sie zog ihren Mantel vorne fest zusammen und band sich ihr Halstuch um.

Sie ging nicht sofort nach Hause, sondern spazierte durch die Siedlung hinunter zur Dorfstraße. Ihre Hüfte schmerzte, aber sie nahm den stechenden Schmerz kaum war. Mühsam schritt sie vorwärts, stützte sich auf ihren Gehstock.

Immer weiter quälte sie sich durch das Dorf, betrachtete dabei die Häuser und Vorgärten, die ihr alle so vertraut erschienen. Ab und zu sah sie jemanden im Garten arbeiten, hin und wieder fuhr ein Auto vorbei. Die Leute grüßten freundlich, sie grüßte zurück.

Nach über einer Stunde hatte sie endlich das Haus von Hanna und Fritz erreicht. Sie war schweißgebadet von der Anstrengung, die der weite Weg ihr bereitet hatte.

338

Mit letzter Kraft stieg sie die Stufen zur Haustür hinauf, drückte den messingfarbenen Klingelknopf.

Hanna war überrascht, als sie Frieda vor der Tür stehen sah.

»Komm doch rein. Du bist doch nicht etwa zu Fuß?«

Sie nickte kraftlos.

In der Küche ließ sie sich auf einen der Stühle fallen, holte tief Luft.

»Na, dann mach ich uns erstmal einen Kaffee. Kuchen ist auch noch da. Möchtest du?«

Hanna blickte leicht besorgt.

»Gerne.«

Sie deckte den Tisch und holte aus der Vorratskammer eine Platte mit Bienenstich.

»Greif nur zu. Es ist noch reichlich da.«

Frieda griff gierig nach einem Stück Kuchen. Sie hatte heute noch nichts gegessen und ihr Magen knurrte.

Nachdem sie zwei Stücke gegessen hatte, verriet sie den Grund ihres Besuches.

»Lorentz wird nächste Woche in die Spezialklinik nach Hamburg verlegt.«

»So?«

Hanna kannte die Problematik mit dem Pflegeheim im Dorf. Auf Alzheimerkranke war man dort nicht eingerichtet. Schon seit längerem hatte sie versucht, Frieda davon zu überzeugen, es wäre besser, wenn Lorentz eine Spezialpflege bekäme. Doch die Freundin hatte nichts davon hören wollen. Deshalb überraschte es sie, von der Verlegung zu hören.

»Ich habe dir ja angeboten, Fritz kann dich gerne auch mal fahren. Das ist überhaupt kein Problem.«

Frieda winkte ab.

»Ich fahre nächste Woche mit. Doktor Roloff kümmert sich darum. Deshalb wollte ich dich bitten, ob du nächste Woche wohl meine Blumen gießen und den Postkasten leeren könntest?«

Sie öffnete ihre schwarze Handtasche und holte einen Wohnungsschlüssel heraus.

»Nur für ein paar Tage, bis Lorentz sich eingelebt hat.«

»Das ist doch überhaupt kein Problem. Mach ich doch gerne!«

Sie blieb bis zum Abendessen und ließ sich die Neuigkeiten aus der Gastwirtschaft erzählen. Als sie Fritz nach Hause kommen hörten, blickte Frieda erschrocken auf die Uhr.

Es war spät geworden. Fritz bot ihr an, sie nach Hause zu fahren. Als sie sich bei Hanna verabschiedete, umarmte sie sie kräftig.

»Vielen Dank für alles!«

51

Haie saß in seinem Bett und aß, als Tom und Marlene das Zimmer betraten.

»Na, du lässt es dir ja gut gehen.«

Haie verzog leicht das Gesicht.

»Schonkost.«

Tom stellte die kleine Tasche auf einen der Stühle am Fenster.

»Ich wusste nicht, wie lange du wohl hier bleiben musst. Ich hab vorsichtshalber mehr Kleider eingepackt. Zahnbürste und Rasierzeug sind auch dabei, nur ein Morgenmantel nicht. Ich wusste nicht, ob es dir recht ist, wenn ich Elke frage?«

»Schon in Ordnung, ich habe sie vorhin angerufen. Sie bringt mir Samstag ein paar Sachen vorbei, wenn ich noch länger bleiben muss.«

Tom zog aus seiner Jackentasche die leere Pralinenschachtel hervor.

»Sag mal, meinst du eigentlich, es sein könnte, dass du dich mit den Pralinen vergiftet hast? Ich meine, das ist das Einzige, was mir eingefallen ist, woher du die Vergiftung haben könntest.«

Haie schob sein Essen ein Stück zur Seite.

»Das habe ich auch schon überlegt. Es gibt nur ein Problem, ich habe alle aufgegessen. Es gibt also kein Beweisstück mehr.«

»Und die Ärzte können nichts feststellen?«

Er schüttelte den Kopf.

»Die Vergiftungserscheinungen treten ja meist erst nach zwei, drei Tagen auf. Da ist auch im Magen nichts mehr, was man untersuchen kann.«

»Entschuldigung«, versuchte sich der aufdringliche Bettnachbar an dem Gespräch zu beteiligen, »woher haben Sie denn die vergifteten Pralinen?«

Tom drehte sich leicht zum Nachbarbett um.

»Von meinem Onkel. Sie standen in seinem Küchenschrank.«

»Und warum fragen Sie ihn nicht einfach danach?«

»Weil er tot ist!«

»Mensch«, entfuhr es Haie, »das hieße ja, wenn die Pralinen tatsächlich vergiftet gewesen sind, ist Hannes gar nicht an Herzversagen gestorben. Ich meine, nicht wirklich. Das Herzversagen war dann nur die Folge von der Vergiftung. Das wäre ja ...«

»Unglaublich!«, beendete Tom seinen Satz.

Er hatte sich in den letzten Stunden bereits intensiver mit dieser Vorstellung auseinandergesetzt.

»Aber wer könnte ein Interesse daran gehabt haben, ihn umzubringen?«

»Na, da kann ich dir eine ganze Reihe von Leuten aufzählen. Denk nur mal an Broder oder Volker, selbst Marlies käme in Frage. Ich meine, das würde auch seinen plötzlichen Tod erklären. Er war ja nie krank. Jedenfalls nicht, soweit ich weiß. Oder hast du irgendwelche Medikamente in seinem Haus gefunden?«

Tom schüttelte seinen Kopf.

»Nur Nasenspray und Glaubersalz, und zumindest das würde für eine Vergiftung sprechen, wenn er unter den gleichen Symptomen wie du gelitten hat.«

Marlene blickte fragend von einem zum anderen.

»Verstopfung«, klärte Haie sie auf.

»Vielleicht sollte ich zur Polizei gehen?«

Viele Indizien sprachen für die vergifteten Pralinen. Das wiederum bedeutete, Onkel Hannes wäre ermordet worden. Er blickte Marlene an.

»Ich komme mit.«

Die Polizeiwache lag gleich neben dem Krankenhaus. Für die wenigen Schritte lohnte es nicht, den Wagen zu nehmen.

Die Tür der Wache war verschlossen. Er klingelte ungeduldig.

»Nicht so stürmisch«, lachte ihn ein älterer Mann in grüner Uniform an, als er mit Schwung in die Wache stolperte, »oder geht es um Leben und Tod?«

»So ähnlich. Ich möchte einen Mordverdacht anzeigen!«

Der Polizist schaute ihn immer noch leicht belustigt an.

»Einen Mordverdacht anzeigen? Na, dann kommen Sie mal mit!«

Sie folgten dem Mann über einen düsteren Flur in ein ebenso düsteres Büro.

»Nehmen Sie doch erst einmal Platz.«

Mit dem Zeigefinger deutete er auf zwei Stühle vor einem Schreibtisch.

»So, und nun mal schön der Reihe nach. Also?«

Tom rutschte auf seinem Stuhl an die äußerste Kante der Sitzfläche.

»Mein Onkel ist wahrscheinlich ermordet worden.«

Der Mann, der ihm gegenüber saß, lehnte sich in seinem Stuhl zurück und hörte seinen Schilderungen aufmerksam zu. Sein Gesichtsausdruck wurde dabei immer ernster. Als Tom erzählte, sein Freund sei, nachdem er die Pralinen aus Hannes' Küchenschrank gegessen hatte, mit einer Thalliumvergiftung ins Krankenhaus eingeliefert worden, räusperte er sich.

»Und Sie sind sich ganz sicher, dass Ihr Freund sich mit den Pralinen vergiftet hat?«

Er senkte mutlos seine Schultern. Man glaubte ihm nicht. Oder der Polizist hielt die Geschichte für zu unglaubwürdig. Er war enttäuscht. Ganz genauso wie bei dem Einbruch.

»Wir können es uns nur so erklären«, kam Marlene ihm schnell zur Hilfe.

»Und können Sie sich denn auch erklären, warum Ihr Onkel vergiftete Pralinen im Küchenschrank hatte? Gibt es jemanden, der einen Grund gehabt haben könnte, ihn zu ermorden?«

»Das mag sich jetzt vielleicht komisch anhören, aber es gibt da eine Menge Leute, die einen Grund gehabt haben könnten.«

Der Polizist kratzte sich nachdenklich hinter seinem linken Ohr.

»Das klingt in der Tat merkwürdig. Aber erzählen Sie doch mal.«

Tom schöpfte neue Hoffnung. Vielleicht würde man ihm doch noch glauben. Er versuchte, möglichst alles so verständlich wie möglich zu erklären. Der Mann in der grünen Uniform hatte aufmerksam zugehört. Wieder kratzte er sich hinter seinem Ohr.

»Das sind in der Tat zu viele Zufälle.«

Er griff nach dem Telefon auf dem Schreibtisch und wählte die Null.

»Ja Fräulein Jansen, verbinden Sie mich doch bitte mit dem Staatsanwalt Niemeyer.«

Nach zwei Stunden verließen sie endlich die Polizeiwache. Tom hatte alles zu Protokoll gegeben. Draußen

344

war es inzwischen beinahe dunkel. Er griff nach Marlenes Hand.

»Was meinst du, was der Staatsanwalt zu der ganzen Geschichte sagen wird?«

»Ich weiß nicht. Ein bisschen verrückt ist das alles schon. Aber wenn wir Glück haben, ordnet der Staatsanwalt eine Exhumierung deines Onkels an. Dann wissen wir mehr.«

Er holte tief Luft.

»Hoffentlich.«

52

Als Frank die Intensivstation des Krankenhauses verließ, fühlte er sich leer.

In seiner Hand trug er einen Plastikbeutel mit den Sachen seines Vaters. Broder war in dieser Nacht gestorben.

Er stellte sich an eines der Flurfenster und blickte hinaus. Draußen fuhren die Autos vorüber, Leute spazierten in der kleinen Parkanlage vor dem Krankenhaus. Das Leben ging weiter, so als sei nichts geschehen.

Er hatte die ganze Nacht am Bett seines Vaters gesessen. Broder hatte immer schwerer geatmet. Eigentlich hätte er intubiert werden müssen, doch es gab eine Patientenverfügung. Er wollte keine lebensverlängernden Maßnahmen und Frank hatte sich noch einmal dem Willen seines Vaters beugen müssen, auch wenn es ihm schwer fiel.

Gegen vier Uhr in der Nacht hatte er noch einmal die Augen aufgeschlagen. Mit fiebrigem Blick hatte er ihn angeblickt.

»Es ist vorbei.«

»Nein, Vater, nein!«

Aber das mühevolle Nicken hatte die Wahrheit der Worte unterstrichen.

»Ich muss dir noch etwas erzählen, bevor ich gehe.«

Frank hatte sich vorgebeugt, um den flüsternden Worten seines Vaters zu lauschen. Ungläubig hatte er ihn nach dem letzten Wort angeschaut. Er hatte eine Entschuldigung erwartet oder Ratschläge für die Zukunft, aber mit dem, was sein Vater ihm erzählt hatte, hatte er nicht gerechnet.

»Ich habe das alles nicht gewollt, das musst du mir glauben.«

Kraftlos war Broder zusammengesunken und eingeschlafen.

Einen Moment lang hatte Frank das Verlangen verspürt, ihn zu rütteln und wieder aufzuwecken, aber der anhaltend schrille Ton des Überwachungsmonitors hatte ihm die Unmöglichkeit dieser Tat mitgeteilt. Sein Vater war tot.

Eine Zeit lang hatte er dagesessen, ihn einfach nur angesehen. Er hatte nicht glauben können, was er kurz zuvor gehört hatte. Sein Vater hatte so friedlich dagelegen. Konnte dieser Mann für den Tod eines anderen Menschen verantwortlich sein?

Kurze Zeit später hatte er nach der Schwester geklingelt. Ein Arzt war gekommen und hatte den Tod bestätigt. Der Monitor war abgeschaltet worden.

Er wischte sich mit dem Handrücken eine Träne vom Gesicht und wusste nicht, was er zuerst tun sollte. Meike anrufen? Den Bestatter aufsuchen? Zur Polizei gehen? Er holte tief Luft, bevor er den Flur entlang zum Aufzug ging.

Haie saß angezogen auf seinem Bett, als die beiden das Zimmer betraten.

»Und, was hat die Polizei gesagt?«

»Darfst du denn schon aufstehen?«, fragte Tom überrascht.

»Ja, ja, das geht schon in Ordnung. Ich muss zwar noch eine Weile hier bleiben, aber ich soll mich bewegen

347

und so. Aber nun erzähl schon, wie ist es gestern Abend gelaufen?«

»Ich weiß nicht so genau.«

»Wie, du weißt nicht? Ihr wart doch bei der Polizei, oder?«

Sein Blick wanderte fragend zwischen den beiden hin und her.

»Wir müssen abwarten.«

»Wie abwarten? Warten worauf? Soll etwa noch einer draufgehen?«

»Der Staatsanwalt entscheidet über den Fall.«

»Der Staatsanwalt?«

»Ja, der muss entscheiden, ob Onkel Hannes exhumiert wird oder nicht.«

»Hm, und wann entscheidet er das?«

Tom zuckte mit den Schultern.

»Eine Exhumierung?«, meldete sich nun der Bettnachbar zu Wort, »wer soll denn exhumiert werden?«

Haie sprang vom Bett auf.

»Kommt, wir gehen in den Park.«

Draußen auf dem Flur fügte er eine Erklärung für seinen spontanen Vorschlag an:

»Der ist mir zu neugierig. Als ich gestern mit Elke telefoniert habe, hat der auch die ganze Zeit gelauscht.«

Sie gingen zum Aufzug. Als die Türen des Fahrstuhls sich öffneten, erblickten sie Frank. Der starrte sie wie versteinert an.

»Moin«, begrüßte Haie ihn, »wie geht es Broder?«

Frank schluckte kräftig.

»Er ist heute Nacht gestorben.«

»Was?«, entfuhr es Tom.

Marlene stieß ihm unauffällig ihren Arm in die Seite, als sie Franks erschrockenen Blick sah.

»Mein Beileid«, sagte sie.

»Danke, es ging nun doch recht schnell.«

Der Fahrstuhl hielt im Erdgeschoss. Frank räusperte sich.

»Kann ich Sie vielleicht einen Augenblick sprechen?«

Sein Blick war unbeweglich auf den Linoleumfußboden gerichtet.

»Gehen wir doch in die Cafeteria«, schlug Tom vor.

Sie setzten sich an einen der kleinen Tische. Marlene holte drei Kaffee und einen Tee für Haie.

»Ich weiß gar nicht, wie ich anfangen soll«, räusperte sich Frank etwas unbeholfen.

Tom nickte ihm aufmunternd zu.

»Worum geht es denn?«

»Nun ja. Eigentlich, also, Ihr Onkel war nicht der Mörder von Britta. Mein Vater hat mir, bevor er heute Nacht gestorben ist, erzählt, was damals passiert ist. Sie müssen mir glauben, aber er hat das alles nicht gewollt.«

»Was hat er nicht gewollt?«

Frank holte tief Luft und begann die letzten Worte seines Vaters zu wiederholen.

»Mein Vater hat damals krumme Geschäfte mit dem Crutschinow gemacht. Er hat auf einigen unserer Felder Giftmüllfässer aus der Papierfabrik verklappt. Die Fässer wurden nachts auf den Hof geliefert und dann in der alten Scheune zwischengelagert. Wenn es günstig war, meist in der nächsten Nacht, hat mein Vater die Fässer zu den Feldern rausgefahren und dort entsorgt.«

»Deswegen also die vielen brachliegenden Flächen im Koog«, bemerkte Haie, »Broder konnte sie nicht mehr bestellen, weil der Boden verseucht ist. Und verkaufen konnte er sie erst recht nicht.«

Frank nickte.

»Und wer hat ihm dabei geholfen?«, fragte Tom.

»Klaus Nissen und manchmal wohl auch Volker Johannsen.«

»Und deswegen hat Broder Volker hin und wieder finanziell unter die Arme gegriffen«, sagte Haie.

Frank schüttelte leicht seinen Kopf.

»Leider nicht nur deswegen. An dem Tag, an dem Britta zum Reiten kommen wollte, ist sie auch auf dem Hof angekommen. Bevor sie jedoch zum Pferd gegangen ist, wollte sie wahrscheinlich in der Scheune nach den Katzen schauen. Mein Vater hatte uns Kindern zwar strikt verboten, die Scheune zu betreten, aber daran haben wir uns so gut wie nie gehalten. In der Scheune muss Britta die zwischengelagerten Fässer entdeckt haben. Wahrscheinlich hatte sie der Totenkopf auf den Fässern neugierig gemacht. Als mein Vater am späten Nachmittag in die Scheune kam, fand er Britta tot neben einem offenen, umgeworfenen Fass.«

»Was waren das denn für Fässer?«, fragte Tom.

»Chlor«, antwortet Haie an Franks Stelle. »Durch das Einatmen der Chlordämpfe verätzte ihre Luftröhre und sie erstickte.«

Für einen Moment schwiegen sie.

»Mein Vater hatte wohl schreckliche Angst, dass nun die Sache mit dem Giftmüll herauskommen würde. Er hätte dann alles verloren. Den Hof, die Familie – einfach alles. In seiner Not hat er dann Klaus Nissen angerufen, der ihm half, die Leiche von Britta verschwinden zu lassen. Klaus Nissen hat das auch mit Brittas Fahrrad inszeniert. Alles sollte so aussehen, als sei Britta an diesem Tag nicht auf dem Hof angekommen. Danach hat mein Vater die Gerüchte über Ihren Onkel verbreitet. Er hat

350

alles getan, um jeden Verdacht von ihm und unserem Hof fern zu halten. Klaus Nissen und der Crutschinow haben ihm dabei geholfen.«

»Dann waren es also Crutschinow's Leute, die meine Frau zu einer Falschaussage gezwungen haben.«

Frank zuckte mit den Schultern.

»Darüber hat mein Vater nichts gesagt. Aber es klingt sehr wahrscheinlich.«

»Aber wieso hat denn Ihr Vater während der Gerichts-verhandlung seine Aussage gegen meinen Onkel wieder zurückgezogen?«

»Wahrscheinlich weil Ihr Onkel ihn erpresst hat. Mein Vater hat gesagt, Hannes habe ihn unter Druck gesetzt. An-geblich hatte Ihr Onkel Beweise gegen meinen Vater.«

»Die Unterlagen aus dem Schließfach«, sagte Marle-ne.

Frank blickte sie fragend an.

»Wir haben in einem Schließfach Fotos und Unterla-gen über die Giftfässer gefunden. Wahrscheinlich sind das die Beweise, die mein Onkel gegen Ihren Vater in der Hand hatte.«

Frank nickte.

»Und einen Batzen Geld haben wir auch gefunden«, fügte Haie hinzu.

»Ja, das stammt wahrscheinlich von meinem Vater. Er sagte, er hätte eine große Summe Geld zahlen müssen und das Stück Land hinter Hannes' Haus musste er ihm auch überschreiben.«

»Außerdem musste er meinem Onkel jeden Monat einen gewissen Geldbetrag überweisen.«

»Ja, mir hat mein Vater jedoch immer erzählt, er schul-de Hannes Geld und würde es ihm in monatlichen Raten zurückzahlen.«

»Und das haben Sie ihm geglaubt?«

Frank zuckte mit den Schultern.

»Ich hatte keinen Grund, ihm nicht zu glauben.«

»Wieso hat Ihr Vater die Zahlungen kurz vor dem Tod meines Onkels eingestellt?«

»Mein Vater hat die Zahlungen nicht eingestellt.«

Verlegen fuhr er mit seinem Zeigefinger das Muster der Tischdecke nach.

»Wissen Sie, der Hof läuft momentan nicht so gut. Wir konnten schon dem Knecht seinen Lohn nicht bezahlen und die Bank genehmigt uns keinen Kredit mehr.«

»Hat Ihr Vater davon gewusst?«

»Zunächst nicht. Ich führe den Hof inzwischen. Als er es erfahren hat, ist er beinahe ausgerastet.«

»Und mein Onkel?«

»Hat nur gesagt, mein Vater solle sich warm anziehen, wenn er ihm sein Geld nicht mehr bezahlt.«

»Wir haben den Verdacht, mein Onkel ist ermordet worden. Könnte Ihr Vater vielleicht ...«

Frank schaute ihn traurig an.

»Wir sollten alle zusammen zur Polizei gehen«, sagte er.

Der Polizist staunte nicht schlecht, als er Tom und Marlene nach so kurzer Zeit wieder sah.

»Ich habe noch nichts vom Staatsanwalt gehört«, sagte er unaufgefordert, da er vermutete, dass die beiden deswegen gekommen waren.

»Wir haben weitere Beweise, die für eine Ermordung meines Onkels sprechen. Das ist Frank Petersen. Sie sollten sich anhören, was er zu berichten hat.«

Es dauerte wieder beinahe zwei Stunden, bis Frank sei-

352

ne Aussage gemacht hatte und ein Protokoll verfasst war. Der Polizist verschwand während der Protokollaufnahme in einem Nebenzimmer. Als er wiederkam, sagte er:

»Der Staatsanwalt stimmt einer Exhumierung zu. Bis morgen hat er die richterliche Anordnung. Ich gebe am besten schon mal in der Rechtsmedizin in Kiel Bescheid und informiere die Friedhofsverwaltung. Ich rufe Sie an, sobald der genaue Termin feststeht.«

»Und was ist mit der Leiche von Britta Johannsen? Wollen Sie nicht Klaus Nissen verhören?«

»Zwei Kollegen aus Husum sind schon unterwegs.«

53

Klaus schrak vom Sofa auf, als Marita vorsichtig die Zimmertür öffnete.

»Vater? Da sind zwei Herren von der Polizei, die mit dir sprechen möchten.«

Er fuhr sich hektisch durch's Haar.

»Alles in Ordnung, Vater?«

Völlig geistesabwesend stand er vom Sofa auf.

»Ich komme, ich komme ja schon.«

Die beiden Polizisten standen im Wohnzimmer und betrachteten die Familienfotos, die an der Wand hingen. Als Klaus das Zimmer betrat, drehten sie sich um.

»Herr Nissen?«

Er nickte.

»Wir müssen Sie bitten, mit uns aufs Präsidium zu kommen.«

»Was liegt denn gegen mich vor?«

Seine Stimme zitterte. Der eine Polizist blickte fragend auf Marita.

»Broder Petersen hat sie schwer belastet. Es geht um ...«

»Nein«, fuhr er dazwischen, »das kann nicht sein. Broder liegt schwer krank auf der Intensivstation. Niemand darf zu ihm!«

»Herr Nissen, es tut uns leid, aber Herr Petersen ist heute Nacht verstorben.«

Ihm wich sämtliche Farbe aus dem Gesicht. Er stützte sich am Türrahmen ab.

354

»Aber er hat doch bestimmt alle Schuld auf sich genommen. Ich bin doch unschuldig!«

»Vielleicht ist es besser, wenn Sie mit uns aufs Präsidium kommen.«

Er nickte kaum merklich, ging in den Flur und nahm
seine Jacke von der Garderobe. Die Polizisten folgten
ihm.

Vor dem Haus stand der Streifenwagen. Umständlich
kletterte er auf den Rücksitz. Als der Wagen losfuhr, hielt
er seinen Blick gesenkt.

54

Tom war bereits früh auf den Beinen. Noch am Abend hatte er einen Anruf von der Polizei bekommen. Die Exhumierung war für heute neun Uhr anberaumt.

Er saß am Küchentisch. In Gedanken ließ er die Geschehnisse der letzten Tage Revue passieren. Der Fund im Schließfach, Haies Vergiftung, Broders Geständnis. Beinahe hätte er vor nur wenigen Tagen die Hoffnung aufgegeben, jemals die Wahrheit herauszufinden, und nun fügten sich die einzelnen Teile wie bei einem Puzzle langsam zu einem Bild zusammen.

Marlene riss ihn aus seinen Gedanken. Sie betrat lächelnd die Küche.

»Soll ich dich nicht doch begleiten?«

Er schüttelte den Kopf.

»Ich bin wirklich froh, dich bei mir zu haben. Aber so eine Exhumierung ist sicherlich nicht gerade eine angenehme Sache. Das will ich dir nicht zumuten. Du tust eh schon mehr, als ich eigentlich annehmen kann.«

»Es macht mir aber wirklich nichts aus.«

Er zog sie zu sich auf die Eckbank.

»Ich weiß.«

Er wusste immer noch nicht, wie er ihr von Monika erzählen sollte. Aber eines war sicher, er konnte es nun nicht mehr auf die lange Bank schieben. Er wollte mit seinem Geständnis nicht wie Broder bis zu seinem Tod warten.

»Weißt du, ich möchte lieber allein zur Exhumierung gehen. Es ist für mich irgendwie ...«

»Ich verstehe das.«

»Aber danach fahren wir zusammen irgendwohin. Ich muss nämlich noch etwas mit dir besprechen. Sobald die Exhumierung vorbei ist und ich die restlichen Unterlagen auf die Polizeiwache gebracht habe, hole ich dich ab.«

Er küsste sie zärtlich.

»Bis später!«

Als er sich über den Kiesweg dem Grab seines Onkels näherte, sah er, dass man bereits mit der Exhumierung begonnen hatte.

Der Leichenwagen stand auf dem Hauptweg. Zwei Friedhofsgräber hatten einen kleinen Hügel Erde auf die rechte Seite der Grabstelle geschaufelt. Der Polizist von der Polizeidienststelle überwachte das Vorgehen.

Er verspürte einen leichten Druck in der Magengegend, denn er wusste nicht, was ihn erwartete. Zögernd trat er ans Grab.

»Guten Morgen, Herr Meissner.«

»Morgen.«

Er blickte in das Loch. Der Sargdeckel war bereits freigelegt. Der Polizist bemerkte seinen zaghaften Blick.

»Ist keine schöne Sache, so eine Exhumierung. Sie müssen nicht dabei sein.«

»Ich möchte aber.«

Der Sarg war nun fast vollständig freigelegt. Die Friedhofsgräber befestigten an den beiden Enden des Sarges jeweils ein Seil und kletterten aus dem Erdloch.

»Wir haben Glück, Ihr Onkel ist noch nicht lange begraben. Der Sarg ist noch sehr gut erhalten.«

Die beiden Männer zogen mit einem Ruck an den Seilen und der Sarg schien aus dem dunklen Loch empor zu schweben. Tom lief es kalt den Rücken hinunter. Er holte tief Luft.

Der Sarg war wirklich sehr gut erhalten. Nur an einigen Stellen war das helle Holz schwarz und hatte einige Risse. Die Männer hoben den Sarg auf eine Art Schubkarre und rollten ihn hinüber zum Leichenwagen. Tom starrte in das finstere Loch.

»So«, entgegnete der Polizist, »das war es. Der Wagen fährt jetzt in die Gerichtsmedizin nach Kiel. Am späten Nachmittag haben wir das Ergebnis.«

»Ich habe Ihnen noch die Fotos und Listen aus dem Schließfach meines Onkels mitgebracht. Sie liegen in meinem Wagen.«

Der Uniformierte folgte ihm über den Kiesweg zum Parkplatz.

»Hat Klaus Nissen eigentlich gestanden?«, fragte Tom, als er die Unterlagen überreichte.

»Er hat bestätigt, was Frank Petersen uns erzählt hat. Er sagt, Broder Petersen hätte ihn dazu gezwungen.«

»Glauben Sie ihm das?«

»Nun ja, er scheint keine, wie soll ich sagen, besonders starke Persönlichkeit. Möglich ist das schon.«

»Aber ich dachte, die beiden waren befreundet?«

»Schon, aber Klaus Nissen sagt, Broder habe ihm gedroht, wenn er nicht helfen würde die Leiche verschwinden zu lassen, seiner Frau von seinen Seitensprüngen zu erzählen.«

»Die Seitensprünge kann ich jedenfalls bestätigen.«

Er dachte an Elke.

»Und was ist mit der Leiche?«

»Klaus Nissen hat uns die Stelle genannt, an der er die Leiche von Britta Johannsen hat verschwinden lassen. Eine Suchmannschaft steht bereit. Wir warten nur noch auf eine Genehmigung vom Deichbauamt, um mit den Grabungen beginnen zu können.«

Tom runzelte die Stirn.

»Vielleicht kann ich Ihnen heute Nachmittag Genaueres sagen.«

Ich kann so nicht weiterleben. Mir fehlt die Kraft. Ich kann diese Angst nicht mehr ertragen. Oder ist es etwa doch mein schlechtes Gewissen, das mich quält? Egal. Ich will nicht mehr. Ich kann einfach nicht mehr. Ich habe ein Geständnis geschrieben. Es liegt auf dem Küchentisch. Nichts Ausschweifendes, nichts Erklärendes.

Was gibt es da auch schon groß zu erklären? Sie würden es doch nicht verstehen. Sie würden nicht verstehen, warum ich ihn umgebracht habe, wie ich dadurch meine große Liebe hatte retten wollen.

Sie würden nicht verstehen, wie enttäuscht und gekränkt ich gewesen war, als ich herausgefunden hatte, wessen Tochter Britta gewesen war, als ich endlich in der Lage gewesen war, eins und eins zusammen zu zählen. Er hatte mich betrogen. Ich war nicht diejenige, die er liebte. Vielleicht hatte er mich nie geliebt.

Sie würden nicht verstehen, wie verzweifelt ich gewesen war. Ich wusste doch nicht, was ich sonst noch hätte tun sollen. Ich hatte gedacht, der Tod würde auch die Erinnerungen mit sich nehmen. Aber dem war nicht so. Ganz im Gegenteil. Der Tod hatte noch weitere hinzugefügt, bestehende intensiviert.

Ich hatte einfach gedacht, wenn er nicht mehr da wäre, würde auch der Schmerz über Brittas Verlust endlich verschwinden und er käme wieder zu sich, würde aus seiner Scheinwelt auftauchen. Wahrscheinlich hatte ich gedacht, wenn endlich alles, was ihn daran erinnerte, beseitigt war, er endlich zu mir zurückkehren würde. Was für ein Trugschluss!

Nichts hatte sich geändert. Nichts von dem, was ich mir durch seine Ermordung erhofft hatte, war auch nur annähernd eingetreten.

Stattdessen leide ich nun unter Schlaflosigkeit und einer panischen Angst. Einer Angst, der ich nur auf diesem Wege endlich ein für alle Mal entfliehen kann.

Tom setzte sich in seinen Wagen und starrte auf die hölzerne Friedhofspforte.

Er dachte an Hannes. Seine große Gestalt, sein ernstes Gesicht und die kurzen Augenblicke, in denen er ihm zu verstehen gegeben hatte, wie sehr er ihn mochte. Wieder fragte er sich, warum er niemals hierher zurückgekehrt war, warum er seinen Onkel nicht ein einziges Mal angerufen hatte?

Er war selbst nicht besser gewesen als die Leute im Dorf. Unbewusst hatte er ihn für seine einsame Kindheit, für die Schmähungen seiner Mitschüler, für die vielen Nächte, die er weinend in seinem Bett gelegen hatte, verantwortlich gemacht.

Er startete den Motor und fuhr langsam den schmalen Weg zurück. Als er den Wagen auf dem kleinen Platz vor dem Haus parkte, sah er Marlene am Fenster stehen. Sie hatte auf ihn gewartet. Als er ausstieg, winkte sie ihm zu. Er erwiderte den Gruß und ging den kleinen Steinweg hinauf zur Haustür. Eine wohlige Wärme stieg in ihm auf. Er hatte das Gefühl, nach Hause zu kommen.

Marlene hatte einen Kaffee aufgebrüht. Sie saßen am Küchentisch und er erzählte ihr von der Exhumierung.

»Es ist traurig, wenn man überlegt, was von einem Menschen übrig bleibt. Eine schäbige Holzkiste, die nach einiger Zeit zerfällt und irgendwann ist auch der Mensch, zumindest sein Körper, verschwunden.«

»Asche zu Asche. Staub zu Staub. Es ist nun mal der Gang der Dinge, dass wir wieder zu dem werden, was wir einmal waren.«

»Ja schon, aber dass so gar nichts zurückbleibt. So als hätte es den Menschen überhaupt nicht gegeben.«

»Na ja, so ganz stimmt das ja nicht. Was bleibt, sind die Erinnerungen. Die Bilder in deinem Kopf und die Tage, die du mit ihm verlebt hast. Die bleiben und durch sie auch ein Teil von ihm.«

Er nickte und blickte auf seine Uhr.

»Wollen wir einen Spaziergang machen?«

»Gerne!«

Sie fuhren durch die Köge an den Außendeich. Am Hafen, von dem die Schiffe zu den Halligen fuhren, parkte er den Wagen. Der Wind wehte kräftig und sie kämpften sich gegen dessen Macht am Außendeich entlang. Marlene griff nach seiner Hand. Ein warmer Schauer durchflutete seinen Körper.

»Was wolltest du eigentlich mit mir besprechen?«

Er blieb abrupt stehen und spürte sein Blut am Hals pulsieren.

»Ich möchte das Haus von Onkel Hannes behalten.«

Erstaunt blickte sie ihn an. Er schluckte. Eigentlich war das ja nicht das, was er ihr hatte sagen wollen. Aber er brachte es einfach nicht fertig, ihr von Monika zu erzählen. Und er hatte nicht gelogen, als er sagte, er wolle das Haus behalten. Unbewusst hatte er die Entscheidung bei seiner Rückkehr von der Exhumierung getroffen. Nun hatte er es ausgesprochen und es fühlte sich richtig gut an. Das Gefühl verdrängte zumindest für kurze Zeit sein schlechtes Gewissen.

»Willst du denn hierher ziehen?«

Er zuckte mit den Schultern.

»Das weiß ich noch nicht so genau. Wird sich zeigen.«

»Ich würde mich freuen.«

Sie beugte sich zu ihm und küsste ihn zärtlich.

Auf dem Rückweg fuhren sie über Niebüll. Sie wollten Haie im Krankenhaus besuchen.

Als sie das Zimmer betraten, war sein Bett jedoch leer. Der Bettnachbar gab ihnen erneut bereitwillig Auskunft.

»Er wollte hinunter zum Kiosk und sich eine Zeitung kaufen.«

Sie fanden ihn in der Cafeteria. Die Zeitung lag aufgeschlagen vor ihm auf dem Tisch. Er las die Wohnungsanzeigen.

»Suchst du eine neue Bleibe?«, begrüßte Tom ihn.

Er blickte erstaunt auf, denn mit Besuch hatte er gar nicht gerechnet. Eilig schlug er die Zeitung zu.

»Und was ist nun mit der Exhumierung?«

Er versuchte, das Thema zu wechseln.

»Wir haben noch nichts gehört. Es wird sicherlich noch eine Weile dauern.«

Marlene setzte sich zu Haie an den Tisch und griff nach der Zeitung.

»Hier, das ist mein Professor.«

Das Bild zeigte einen Mann, vielleicht Mitte fünfzig. Tom las die Bildunterschrift.

»Prof. Dr. Mertens stellte erfolgreich sein neues Buch an der Hamburger Uni vor.«

Er runzelte die Stirn.

»War das dein Termin gestern in Hamburg?«

Sie nickte.

»Ich habe zusammen mit Prof. Mertens an der Authentizität der Deichopferdarstellung in der nordfriesischen Literatur gearbeitet.«

»Soll es ja früher hier gegeben haben«, entgegnete Haie.

55

Der Vertreter des Deichbauamtes beobachtete mit Besorgnis die Arbeiten der Polizei am Außendeich. Der Deich diente dem Schutz der Küstenbewohner. Deshalb war es enorm wichtig, ihn möglichst wenig zu beschädigen.

Mit Schaufeln hatte man zunächst einzelne Grassoden an der Stelle, die ihnen Klaus Nissen gezeigt hatte, abgetragen. Nun grub sich die Schaufel eines kleinen Baggers immer tiefer in den Deich hinein.

Klaus wartete unterdessen im Streifenwagen. Vor seinem inneren Auge tauchten die Bilder aus jener stürmischen Nacht im Februar 1962 auf.

Der Deich war bereits in der Nacht zuvor gebrochen. Notdürftig hatte man die Stellen mit Sandsäcken geflickt und gehofft, der Sturm würde nachlassen, das Wasser zurückgehen. Broder und er waren mit Hacke und Schaufel bewaffnet an die Stelle des Deichbruchs gefahren. Im Regen hatten sie die Bruchstelle ein klein wenig vergrößert und den schwarzen Sack anschließend in das Loch gleiten lassen. Mit letzter Kraft hatten sie das Loch wieder zugeschaufelt.

»Stopp«, schrie plötzlich einer der Polizisten dem Baggerführer zu, der sofort seine Tätigkeit unterbrach.

Die Polizisten mit den Schaufeln traten an die Stelle, an der ihr Kollege etwas Helles zwischen dem dunklen Klei hatte schimmern sehen.

Toms Handy klingelte, als sie gerade die kleine Treppe zum Parkplatz des Krankenhauses hinabstiegen.

Sein Zeigefinger zitterte leicht, als er damit auf die grüne Gesprächstaste drückte.

»Meissner?«

»Guten Tag Herr Meissner! Mein Name ist Jürgen Beyer aus der Gerichtsmedizin Kiel.«

»Guten Tag!«

Sein Mund war trocken, er musste zweimal schlucken, ehe er weiter sprechen konnte.

»Sie rufen sicherlich wegen der Ergebnisse aus der Untersuchung meines Onkels Hannes Friedrichsen an.«

»Genau, der Staatsanwalt hat mich gebeten, Ihnen die Daten persönlich mitzuteilen.«

»So?«

»Uns liegen nämlich nun die Ergebnisse aus der Tox vor. Und es verhält sich tatsächlich so, wie Sie es vermutet haben. Ihr Onkel starb an einer Vergiftung. In einer Haarprobe konnten wir Rückstände von Thallium nachweisen.«

Er begann plötzlich zu schwitzen. Ihm wurde leicht schwindlig und er tastete unbeholfen nach dem Treppengeländer. Marlene blickte ihn fragend an, fasste ihn am Arm.

»Und was heißt das nun?«

»Nun ja, zu den Umständen können wir selbstverständlich nichts sagen. Im Prinzip ist alles möglich. Ein Unfall, ein Versehen, ein Selbstmord oder ein Verbrechen. Aber darüber zu spekulieren liegt nicht in meinem Zuständigkeitsbereich.«

»Natürlich nicht. Haben Sie vielen Dank für die schnelle Information. Einen schönen Tag noch!«

Er drückte die rote Taste, um das Gespräch zu beenden und holte tief Luft.

»Onkel Hannes ist tatsächlich vergiftet worden.«

Marlene blickte ihn schweigend an.

»Natürlich kann der Gerichtsmediziner das nicht bestätigen, aber sie haben Thalliumrückstände in seinem Haar gefunden.«

Sie griff nach seiner Hand.

»Also doch«, sagte sie.

Sie gingen zum Wagen. Marlene sah, wie er mehrmals vergeblich versuchte, den Schlüssel ins Zündschloss zu stecken.

»Steig aus, ich fahre.«

Sie lenkte den Wagen auf die Hauptstraße und bog nach wenigen Metern rechts ab. Vor der Polizeiwache stoppte sie.

»Wir sollten uns anhören, was die Polizei dazu meint.«

Schweigend gingen sie zur Eingangstür der Wache. Der Polizist saß hinter seinem Schreibtisch. Als er die beiden sah, stand er eilig auf.

»Herr Meissner, Staatsanwalt Niemeyer hat mich gerade über die Ergebnisse der toxikologischen Untersuchung der Haarprobe Ihres Onkels unterrichtet.«

»Mein Onkel ist vergiftet worden. Herr Beyer hat mich soeben informiert.«

»Nun ja, ausschließen können wir es natürlich nicht. Aber die Thalliumrückstände könnten auch andere Gründe haben. Das nachgewiesene Gift in der Haarprobe bedeutet nicht automatisch, dass Ihr Onkel auch vergiftet worden ist.«

Tom spürte, wie sein Herz schneller zu schlagen begann.

»Was soll es denn sonst heißen?«

Seine Stimme war lauter geworden.

»Meinen Sie etwa, er hat das Gift selbst geschluckt? Sie wissen doch, im Dorf gibt es eine Menge Leute, die meinen Onkel nicht ausstehen konnten. Liegt doch auf der Hand: Da hat ganz offensichtlich jemand nachgeholfen.«

Der Polizist kratzte sich hinter seinem Ohr.

»Nun ja, ich kann Sie ja verstehen, aber wir dürfen keine voreiligen Schlüsse ziehen.«

Marlene versuchte nun ebenfalls ihn zu beruhigen.

»Er hat recht. Die Rückstände könnten auch eine andere Ursache haben. Wir müssen die weiteren Untersuchungen abwarten.«

Er drehte seinen Kopf zur Seite und blickte sie überrascht an. Was sollte ihre Äußerung? Fiel sie ihm nun auch noch in den Rücken? Wollte denn immer noch keiner glauben, dass sein Onkel unschuldig war? Dass er nicht der Täter, sondern das Opfer gewesen war?

»Was ist mit Brittas Leiche? Haben Sie die gefunden?«

Der Polizist setzte sich wieder auf seinen Stuhl. Tom trat noch dichter an den Schreibtisch heran.

»Hat Klaus Nissen Sie nicht zu der Leiche geführt?«

»Ich habe vor wenigen Minuten die Information erhalten, man hat am Außendeich des Uelvesbüller Kooges Knochen einer Leiche geborgen.«

»Da sehen Sie es! Mein Onkel hatte mit der ganzen Sache gar nichts zu tun. Der Fund bestätigt doch Broder Petersens Geständnis.«

»Schon. Im Prinzip bestehen keine Zweifel. Aber wir müssen natürlich noch die gentechnischen Daten abgleichen lassen, um die Leiche zu identifizieren.«

»Und in der Zwischenzeit läuft der Mörder froh und munter weiter durch die Gegend!«

»Oder auch er ist bereits tot.«

56

Tom fuhr viel zu schnell. Die Geschwindigkeitsbegrenzung ignorierte er einfach. Er war ärgerlich. Für ihn war es so offensichtlich, dass man seinen Onkel umgebracht hatte, und noch immer sträubten sich die anderen, daran zu glauben. Verlangten stattdessen immer noch weitere Beweise.

Was wollten sie denn noch? Broder hatte den Tod von Britta Johannsen als Unfall erklärt. Klaus Nissen hatte das bestätigt und die Polizei zur Leiche geführt. Die Vergiftung von Haie und die Ergebnisse der Haarprobe waren eindeutig. Onkel Hannes war unschuldig und ermordet worden. Ermordet, weil er wahrscheinlich zuviel wusste, oder zuwenig.

»Stopp«, schrie Marlene plötzlich vom Beifahrersitz.

Er trat erschrocken auf die Bremse. Der Wagen machte einen Satz, der Motor stotterte noch kurz, bevor er ausging. Die rote Ampel hatte er nicht gesehen.

Als die Ampel wieder auf Grün umsprang, bog er nach rechts auf den Parkplatz der Gastwirtschaft.

»Ich glaube, ich brauche erstmal einen Schnaps.«

Marlene folgte ihm.

Er schlängelte sich durch die Tische hindurch zum Tresen. Fritz zapfte gerade ein Bier für die Gäste an Tisch fünf. Als er ihn sah, verfinsterte sich seine Miene.

»Was wollen Sie?«

»Einen Klaren.«

369

»Und Sie?«

Er schaute Marlene an.

»Auch einen.«

Während Tom Fritz dabei beobachtete, wie er zwei Schnapsgläser füllte, fiel ihr Blick auf eine kleine Schachtel, die neben der Kasse lag. Sie setzte ihr charmantestes Lächeln auf. Fritz war verwundert. Er kannte die hübsche, junge Frau nicht, die ihn so freundlich anlächelte. Unwillkürlich lächelte er zurück. Marlene beugte sich etwas zu ihm über den Tresen und deutete mit dem Finger auf die kleine Schachtel.

»Sagen Sie, diese Pralinen, gibt es die bei Ihnen zu kaufen?«

Er blickte überrascht auf die Pralinenschachtel und auch Toms Blick folgte nun ihrem Fingerzeig.

»Wissen Sie«, fuhr sie fort, »das sind die Lieblingspralinen meiner Großmutter und die habe ich schon ewig nicht mehr in einem Geschäft finden können. Kann ich die Schachtel kaufen?«

Tom verspürte ein Kribbeln in seiner Bauchgegend, für einen Augenblick hielt er den Atem an.

»Nein, nein, die habe ich selbst geschenkt bekommen. Aber wenn Sie möchten, kann ich gerne nachfragen, wo man die Pralinen bekommt.«

»Das wäre furchtbar lieb.«

Sie verstand es, ihn um den Finger zu wickeln. Tom war überrascht, wie freundlich der Gastwirt auf einmal sein konnte.

Fritz drehte sich um und nahm den Hörer von dem Wandtelefon, das neben der Tür zu einem Hinterzimmer hing. Er wählte eine Nummer ohne Vorwahl, aber am anderen Ende meldete sich niemand.

»Komisch, dabei wollte ich sie doch gleich abholen.«

370

Er verschwand im Hinterzimmer. Sie hörten, wie er mit jemanden sprach.

»Bis gleich!«

»Komm«, sagte Marlene und stieß Tom mit ihrem Ellenbogen in die Seite.

Er legte ein Fünfmarkstück auf den Tresen und folgte ihr zur Tür. Sie beschleunigten ihre Schritte, als sie einen Wagen vom Parkplatz fahren sahen.

Tom beeilte sich, den Wagen zu wenden und folgte Fritz. Der fuhr die Dorfstraße hinauf und bog kurz hinter dem Sparladen links ab. Vor einer kleinen Wohnsiedlung hielt er an. Sie sahen, wie er eilig einen kleinen Weg zu einer der verschachtelt gebauten Wohnungen hinauflief und mehrmals an einer der Wohnungstüren klingelte. Als keiner öffnete, zog er aus seiner Hosentasche einen Schlüssel.

Fritz stand wie versteinert im Türrahmen zu dem kleinen Wohnzimmer. Tom und Marlene waren ihm gefolgt, die Haustür war nur angelehnt gewesen.

Als Tom die ältere Frau auf dem Sofa liegen sah, stürzte er zu ihr hin. Vorsichtig legte er seinen Zeigefinger an die Halsschlagader. Nach einem kurzen Augenblick schüttelte er den Kopf.

Sein Blick fiel auf den kleinen Couchtisch, auf dem ein silberner Bilderrahmen lag. Das Glas hatte einen Sprung quer über die vergilbte Fotografie, die einen ernsten, jungen Mann zeigte.

Marlene kniete sich nun ebenfalls neben den reglosen Körper. Dabei stieß sie mit dem Fuß gegen ein kleines Fläschchen, das neben dem Sofa auf dem Boden lag. Tom bückte sich und hob es auf. Das Etikett zeigte einen Totenkopf. In kleinen, verschnörkelten Buchstaben stand darunter: Thallium – Rattengift.

371

57

Die Sonne schien von einem strahlend blauen Himmel, ein leichter Wind wehte.

Tom und Marlene beobachteten Haie, der mit gesenktem Blick auf dem Deich entlang ging. Er hatte auf eigenen Wunsch noch am gestrigen Abend das Krankenhaus verlassen.

»Man sieht fast nichts mehr«, rief er ihnen nach einer Weile zu.

Die Stelle, an der die Polizei am Tag zuvor die Leiche von Britta Johannsen geborgen hatte, war wieder fachmännisch verschlossen worden. Nur ein leichtes Muster, das sich zwischen dem Grün des Grases abzeichnete, deutete darauf hin, dass hier vor kurzem gegraben worden war. Haie kam langsam die Senkung des Außendeiches hinabgestiegen.

»Eigentlich ein perfektes Versteck für eine Leiche«, stellte er fest, als er neben den beiden stand.

Marlene schauderte es bei dem Gedanken, das Broder und Klaus die Leiche einfach in dem gebrochenen Deich hatten verschwinden lassen.

»Obwohl ich schon so viel darüber gelesen habe, läuft es mir bei dem Gedanken daran, dass man Menschen einfach so in einem Deich verscharrt, eiskalt den Rücken hinunter.«

Tom legte seinen Arm um ihre Schulter.

»Na ja«, entgegnete er und versuchte, dabei leicht zu lächeln, »so ganz haben die beiden das ja Gott sei Dank nicht verstanden mit dem Deichopfer.«

Schweigend gingen sie den Koog entlang. Die Stimmung war leicht gedrückt, obwohl sie über den Ausgang der ganzen Sache letztendlich alle erleichtert waren. Jeder hing seinen Gedanken nach, noch unfähig, die Dinge in ihrem Zusammenhang mit dem Verstand vollständig zu erfassen.

Wie konnte ein kleines Mädchen Opfer von schmutzigen Geschäften werden? Wie groß musste Broders Angst gewesen sein, jahrelang diesen Unfall zu vertuschen und mit dieser Schuld belastet zu leben? Nicht nur das. War er doch auch schuld, dass das ganze Dorf Hannes für den Mörder gehalten hatte. Und wenn man es genau nahm, war er auch verantwortlich für dessen Tod. Hätte Frieda nicht geglaubt, Hannes wäre für Lorentz' Krankheit verantwortlich, würde er jetzt wahrscheinlich noch am Leben sein. Und Frieda auch.

Natürlich gab es eine Menge Dinge, die Einfluss darauf genommen hatten. Und man konnte Broder selbstverständlich nicht die ganze Schuld zuweisen. So gesehen, war jeder im Dorf ein klein wenig an der ganzen Sache beteiligt gewesen. Aber wie sollte man so eine Kollektivschuld nachweisen? Und wie sollte man sie bestrafen?

Tom schüttelte seinen Kopf, so als könne er dadurch die vielen Fragen aus seinen Gedanken verscheuchen. Er blickte Marlene an, sie lächelte. Er spürte eine wohlige Wärme in der Magengegend. Sein Blick schweifte über die Weite der Köge. Er holte tief Luft und drehte sich zu Haie um.

»Komm mein Freund«, er wartete, bis sie alle auf gleicher Höhe waren und legte seinen freien Arm um Haies Schulter, »wir wollen mein neues Zuhause feiern!«

ENDE

Weitere Krimis finden Sie auf den folgenden Seiten und im Internet: www.gmeiner-verlag.de

Sandra Dünschede
Nordmord

323 Seiten, 11 x 18 cm, Paperback.
ISBN 978-3-89977-725-3. € 9,90.

Tom Meissner und seine Freundin Marlene haben in Nordfriesland ein gemeinsames Leben begonnen, als ihr kleines Dorf erneut von einem Mord erschüttert wird – und diesmal sind sie persönlich betroffen: Die Ärztin Heike Andresen, Marlenes beste Freundin, wird tot aus der Lecker geborgen. Die Polizei tappt im Dunkeln. Ein Motiv für die grausame Tat ist nicht erkennbar, eine wirklich heiße Spur gibt es nicht – bis Kommissar Thamsen das Tagebuch der Toten entdeckt …

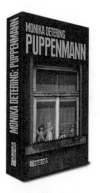

Monika Detering
Puppenmann

276 Seiten, 11 x 18 cm, Paperback.
ISBN 978-3-89977-724-6. € 9,90.

Die 65-jährige Eva-Maria Sauer verabschiedet sich am 1. Juni 2004 von ihrem Sohn Timothius, dem »Puppenmann«, um zu ihrer Freundin an die Nordsee zu fahren. Von dieser erfährt er, dass seine Mutter dort nie angekommen ist. Verspätet erst gibt er eine Vermisstenanzeige auf, doch Eva-Maria bleibt verschwunden.
Mutter und Sohn waren wie ein Paar, das untrennbar schien – seit ihrem spurlosen Verschwinden ist sie nur noch eine Stimme in Timothius' Kopf. Auf der Suche nach der Vermissten muss sich Kommissar Viktor Weinbrenner in Thimotius' psychische Abgründe begeben. Eines Sohnes, der nie Mann werden durfte. Hat er seine Mutter getötet, um sich aus der übermächtigen Bindung befreien zu können?

Wir machen's spannend

Wimmer Wilkenloh
Feuermal
....
376 Seiten, 11 x 18 cm, Paperback.
ISBN 978-3-89977-682-9. € 9,90.

7. September 2001: Der Tunesier Habib Hafside wird an seinem Arbeitsplatz in einer Kieler U-Boot-Werft von seinen Kollegen beleidigt. Bisher waren die Anfeindungen eher unterschwelliger Art, jetzt wird er als Fremder in Deutschland öffentlich beschimpft und belästigt. Kurz darauf wird Hafside auf offener Straße von mehreren Männern überwältigt, in ein Auto gezerrt und verschleppt.
Als wenig später eine abgehackte Hand in das türkische Kulturzentrum in Husum geworfen wird, beginnt für Kommissar Jan Swensen ein Wettlauf gegen die Zeit, denn der Terror ist mit einem Mal zum Greifen nah …

Monika Buttler
Dunkelzeit
....
273 Seiten, 11 x 18 cm, Paperback.
ISBN 978-3-89977-690-4. € 9,90.

Hauptkommissar Werner Danzik ermittelt in einer Serie rätselhafter Frauenmorde: Drei wohlhabende Frauen, alle über sechzig, wurden tot und mit Müll überhäuft auf einer Bank im Hamburger Innocentia-Park aufgefunden. Danziks Freundin, die Medizinjournalistin Laura Flemming, weist ihn darauf hin, dass alle Opfer in einst ›arisierten‹ Wohnungen lebten. Und tatsächlich führen Spuren in die braune Vergangenheit …

Wir machen's spannend

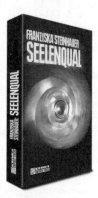

Franziska Steinhauer
Seelenqual

374 Seiten, 11 x 18 cm, Paperback.
ISBN 978-3-89977-697-3. € 9,90.

Als eine junge Frau am Morgen nach einer Party erstochen in ihrer Wohnung aufgefunden wird, scheint die Lösung des Falles zunächst recht einfach: Die Gäste entstammten alle der Cottbuser Partyszene, offensichtlich war die Situation im Alkohol- und Drogenrausch eskaliert. Doch im Zuge der Ermittlungen tauchen immer mehr Verdächtige auf, von denen jeder ein ausreichendes Motiv für einen Mord gehabt hätte – aber nichts ist greifbar oder verwertbar. Dann erhält Hauptkommissar Peter Nachtigall einen Hinweis, der den Fall in einem ganz neuen Licht erscheinen lässt, und ihm bleibt nur noch wenig Zeit, um weitere Morde zu verhindern ...

Klaus Schuker
Wasserpilz

267 Seiten, 11 x 18 cm, Paperback.
ISBN 978-3-89977-699-7. € 9,90.

Louis Astrella, ehemaliger Kripobeamter aus Frankfurt, soll im Auftrag eines Sicherheitsunternehmens nach geeigneten Immobilien in Ravensburg suchen. Er bezieht ein Zimmer in der Pension der Stiehmerts, an deren Grundstück der zwielichtige Bauunternehmer Rainer Ahbold schon seit längerem großes Interesse zeigt. Ehe er sich versieht, wird Astrella in die kriminellen Machenschaften Ahbolds hineingezogen. Und plötzlich gerät er selbst in tödliche Gefahr ...

KRIMI IM GMEINER-VERLAG

Wir machen's spannend

Das neue Krimijournal ist da!

2 x jährlich das Neueste aus der Gmeiner-Krimi-Bibliothek

In jeder Ausgabe:

- Vorstellung der Neuerscheinungen
- Hintergrundinformationen zu den Themen der Krimis
- Interviews mit den Autoren und Porträts
- Allgemeine Krimi-Infos (aktuelle Krimi-Trends, Krimi-Portale im Internet, Veranstaltungen etc.)
- Großes Gewinnspiel mit ›spannenden‹ Buchpreisen

ISBN 978-3-89977-950-9
kostenlos erhältlich in jeder Buchhandlung

Ihre Meinung ist gefragt!

Mitmachen und gewinnen

Als der Spezialist für Themen-Krimis mit Lokalkolorit möchten wir Ihnen immer beste Unterhaltung bieten. Sie können uns dabei unterstützen, indem Sie uns Ihre Meinung zu den Gmeiner-Krimis sagen!

Senden Sie eine E-Mail an gewinnspiel@gmeiner-verlag.de und teilen Sie uns mit, welchen Krimi Sie gelesen haben und wie er Ihnen gefallen hat. Alle Einsendungen nehmen automatisch am großen Jahresgewinnspiel teil. Es warten ›spannende‹ Buchpreise aus der Gmeiner-Krimi-Bibliothek auf Sie!

Wir machen's spannend

Alle Gmeiner-Autoren und ihre Krimis auf einen Blick

Anthologien: Mords-Sachsen 2 (2008) • Tod am Bodensee • Mords-Sachsen (2007) • Grenzfälle (2005) • Spekulatius (2003) **Artmeier, Hildegund:** Feuerross (2006) • Katzenhöhle (2005) • Schlangentanz • Drachenfrau (2004) **Bauer, Hermann:** Fernwehträume (2008) **Baum, Beate:** Häuserkampf (2008) **Beck, Sinje:** Totenklang (2008) • Duftspur (2006) • Einzelkämpfer (2005) **Blatter, Ulrike:** Vogelfrau (2008) **Bode-Hoffmann, Grit/Hoffmann, Matthias:** Infantizid (2007) **Bomm, Manfred:** Notbremse (2008) • Schattennetz • Beweislast (2007) • Schusslinie (2006) • Mordloch • Trugschluss (2005) • Irrflug • Himmelsfelsen (2004) **Bonn, Susanne:** Der Jahrmarkt zu Jakobi (2008) **Bosch van den, Jann:** Wintertod (2005) **Buttler, Monika:** Dunkelzeit (2006) • Abendfrieden (2005) • Herzraub (2004) **Clausen, Anke:** Ostseegrab (2007) **Danz, Ella:** Nebelschleier (2008) • Steilufer (2007) • Osterfeuer (2006) **Detering, Monika:** Puppenmann • Herzfrauen (2007) **Dünschede, Sandra:** Solomord (2008) • Nordmord (2007) • Deichgrab (2006) **Emme, Pierre:** Florentinerpakt • Ballsaison (2008) • Tortenkomplott • Killerspiele (2007) • Würstelmassaker • Heurigenpassion (2006) • Schnitzelfarce • Pastetenlust (2005) **Enderle, Manfred:** Nachtwanderer (2006) **Erfmeyer, Klaus:** Geldmarie (2008) • Todeserklärung (2007) • Karrieresprung (2006) **Erwin, Birgit/Buchhorn, Ulrich:** Die Herren von Buchhorn (2008) **Franzinger, Bernd:** Kindspech (2008) • Jammerhalde (2007) • Bombenstimmung (2006) • Wolfsfalle • Dinotod (2005) • Ohnmacht • Goldrausch (2004) • Pilzsaison (2003) **Gardein, Uwe:** Die letzte Hexe – Maria Anna Schwegelin (2008) **Gardener, Eva B.:** Lebenshunger (2005) **Gibert, Matthias P.:** Kammerflimmern (2008) • Nervenflattern (2007) **Graf, Edi:** Leopardenjagd (2008) • Elefantengold (2006) • Löwenriss • Nashornfieber (2005) **Gude, Christian:** Binärcode (2008) • Mosquito (2007) **Haug, Gunter:** Gössenjagd (2004) • Hüttenzauber (2003) • Tauberschwarz • Riffhaie • Tiefenrausch (2002) • Höllenfahrt (2001) • Sturmwarnung (2000) **Heim, Uta-Maria:** Das Rattenprinzip (2008) • Totschweigen (2007) • Dreckskind (2006) **Hunold-Reime, Sigrid:** Frühstückspension (2008) **Imbsweiler, Marcus:** Schlussakt (2008) • Bergfriedhof (2007) **Karnani, Fritjof:** Notlandung (2008) • Turnaround (2007) • Takeover (2006) **Keiser, Gabriele:** Gartenschläfer (2008) • Apollofalter (2006) **Keiser, Gabriele/Polifka, Wolfgang:** Puppenjäger (2006) **Klausner, Uwe:** Die

KRIMI IM
GMEINER-VERLAG

Wir machen's spannend

Alle Gmeiner-Autoren und ihre Krimis auf einen Blick

Kiliansverschwörung (2008) • Die Pforten der Hölle (2007) **Klewe, Sabine:** Blutsonne (2008) • Wintermärchen (2007) • Kinderspiel (2005) • Schattenriss (2004) **Klingler, Eva:** Königsdrama (2006) **Klösel, Matthias:** Tourneekoller (2008) **Klugmann, Norbert:** Die Nacht des Narren (2008) • Die Tochter des Salzhändlers (2007) • Kabinettstück (2006) • Schlüsselgewalt (2004) • Rebenblut (2003) **Kohl, Erwin:** Willenlos (2008) • Flatline (2007) • Grabtanz • Zugzwang (2006) **Köhler, Manfred:** Tiefpunkt • Schreckensgletscher (2007) **Koppitz, Rainer C.:** Machtrausch (2005) **Kramer, Veronika:** Todesgeheimnis (2006) • Rachesommer (2005) **Kronenberg, Susanne:** Weinrache (2007) • Kultopfer (2006) • Flammenpferd • Pferdemörder (2005) **Kurella, Frank:** Das Pergament des Todes (2007) **Lascaux, Paul:** Wursthimmel • Salztränen (2008) **Lebek, Hans:** Karteileichen (2006) • Todesschläger (2005) **Lemkuhl, Kurt:** Raffgier (2008) **Leix, Bernd:** Waldstadt (2007) • Hackschnitzel (2006) • Zuckerblut • Bucheckern (2005) **Mader, Raimund A.:** Glasberg (2008) **Mainka, Martina:** Satanszeichen (2005) **Misko, Mona:** Winzertochter • Kindsblut (2005) **Ott, Paul:** Bodensee-Blues (2007) **Puhlfürst, Claudia:** Rachegöttin (2007) • Dunkelhaft (2006) • Eiseskälte • Leichenstarre (2005) **Pundt, Hardy:** Deichbruch (2008) **Senf, Jochen:** Knochenspiel (2008) • Nichtwisser (2007) **Seyerle, Guido:** Schweinekrieg (2007) **Schmitz, Ingrid:** Mordsdeal (2007) • Sündenfälle (2006) **Schmöe, Friederike:** Spinnefeind • Pfeilgift (2008) • Januskopf • Schockstarre (2007) • Käfersterber • Fratzenmond (2006) • Kirchweihmord • Maskenspiel (2005) **Schröder, Angelika:** Mordsgier (2006) • Mordswut (2005) • Mordsliebe (2004) **Schuker, Klaus:** Brudernacht (2007) • Wasserpilz (2006) **Schneider, Harald:** Ernteopfer (2008) **Schulze, Gina:** Sintflut (2007) **Schwab, Elke:** Angstfalle (2006) • Großeinsatz (2005) **Schwarz, Maren:** Zwiespalt (2007) • Maienfrost • Dämonenspiel (2005) • Grabeskälte (2004) **Steinhauer, Franziska:** Menschenfänger (2008) • Narrenspiel (2007) • Seelenqual • Racheakt (2006) **Thömmes, Günther:** Der Bierzauberer (2008) **Thadewaldt, Astrid/Bauer, Carsten:** Blutblume (2007) • Kreuzkönig (2006) **Valdorf, Leo:** Großstadtsumpf (2006) **Vertacnik, Hans-Peter:** Ultimo (2008) • Abfangjäger (2007) **Wark, Peter:** Epizentrum (2006) • Ballonglühen (2003) • Albtraum (2001) **Wilkenloh, Wimmer:** Feuermal (2006) • Hätschelkind (2005) **Wyss, Verena:** Todesformel (2008) **Zander, Wolfgang:** Hundeleben (2008)

Wir machen's spannend